平凡すぎる犠牲者

レイフ・GW・ペーション

JN091226

殺されたのは、社会的に孤立し、アルコール依存症で年金生活者の男性だった。きわめてありふれた犠牲者。捜査にあたるのは、かつて精鋭揃いの国家犯罪捜査局殺人捜査特別班に所属していたベックストレーム警部以下、一癖も二癖もあるソルナ署の刑事たちだ。だが、被害者と同じアパートの住人や競馬仲間たちと、関係者は一筋縄ではいかない連中ばかり。さらに、有力な容疑者で第一発見者の新聞配達員が死体で発見されるに至り、捜査は混迷を極める。スウェーデン・ミステリ界の重鎮、『許されざる者』で5冠を獲得した著者の、最新シリーズ第2弾。

登場人物

エーヴェルト・ベックストレーム……………ソルナ署の犯罪捜査部の警部
アンナ・ホルト……………………………………同、署長
アニカ（アンカン）・カールソン………………同、犯罪捜査部の警部補
ラーシュ・アルム…………………………………同、犯罪捜査部の警部補
ピエテル・ニエミ…………………………………同、鑑識官
ホルヘ（チコ）・エルナンデス…………………同、鑑識官
マグダレーナ（マグダ）・エルナンデス………同、生活安全部の巡査。ホルヘの妹
ナディア・ヘーグベリ……………………………同、行政職員
ヤン・O・スティーグソン………………………同、機動捜査隊の巡査
フェリシア（リサ）・ペッテション……………同、犯罪捜査部で実習中の新人警官
トイヴォネン………………………………………同、犯罪捜査部の警部
トーヴェ・カールグリエン………………………検事長代理
ラーシュ・マッティン・ヨハンソン……………国家犯罪捜査局の長官
ヤン・レヴィン……………………………………同、殺人捜査特別班の警部
リンダ・マルティネス……………………………同、捜査課の警部

フランク・モトエレ……………………同、捜査課の警部補
サンドラ・コヴァッチ…………………同、捜査課の刑事
ヨルマ・ホンカメキ……………………ストックホルム県警機動隊の警部

カール・ダニエルソン…………………殺された年金生活者の男性
セッポ・ラウリエン……………………被害者と同じアパートに住む青年
リトヴァ・ラウリエン…………………被害者と同じアパートに住む女性。セッポの母
スティーナ・ホルムベリ………………被害者と同じアパートに住む老婦人
ブリット＝マリー・アンデション……被害者と同じアパートに住む女性
セプティムス・アコフェリ……………ソマリア出身の新聞配達の青年
グンナル（ギュッラ）・グスタフソン……
ビョルン・ヨハンソン……………………
ヨンテ・オーグリエン……………………ダニエルソンの友人
マリオ・グリマルディ……………………
ハルヴァル（ハルヴァン）・セーデルマン……

ローランド・ストールハンマル（ロッレ・ストリス）……元ストックホルム県警の暴力課の捜査官。ダニエルソンの友人
マリヤ・オルソン……ストールハンマルの元恋人
パウル・エングルンド……ストールハンマルの隣人
イェジ・サルネツキ……ポーランドからの出稼ぎ労働者
ラーシュ・〝ドイヤン〟・ドルマンデル……トイヴォネンの情報屋
ファシャド・イブラヒム……イラン系のギャング
アフサン・イブラヒム……ファシャドの弟
ナシール・イブラヒム……ファシャドの末弟
ハッサン・タリブ……ファシャドのいとこ
グスタフ・Gソン・ヘニング（Gギュッラ）……有名な美術商

平凡すぎる犠牲者

レイフ・GW・ペーション
久　山　葉　子　訳

創元推理文庫

DEN SOM DÖDAR DRAKEN

by

Leif GW Persson

Published by agreement with Salomonsson Agency
This book is published in Japan
by TOKYO SOGENSHA Co., Ltd.
Japanese translation rights
arranged through Japan UNI Agency, Inc.

平凡すぎる犠牲者

ある犯罪についての物語
これは、大人になった子供のための恐ろしいおとぎ話である。

1

ソースの染みがついたネクタイ、鉄製の鍋蓋。それに、ありふれた小型の金槌で、木の柄が折れたもの――それが、殺人現場の初動捜査を行ったソルナ署の鑑識官たちが発見した、もっとも重要な三つの証拠品だった。それらが被害者の命を奪った可能性が非常に高いのは、犯罪鑑識官でなくともわかる。ちゃんと目のついている人間なら。あとは、それを直視できるくらい強靭《きょうじん》な胃の持ち主であれば。

柄の折れた金槌に関しては、早とちりだという可能性がその後わりとすぐに判明した。ともかく、被害者の命を奪うのには使用されていないようだ。

鑑識がちまちまと仕事をしている間、捜査官たちもやってしかるべき諸々の作業を進めていた。同じアパートや近隣のドアを叩き、被害者について尋ね、あわよくば事件に関連のあることを目撃していないかも確かめた。ソルナ署の女性行政職員はパソコンの前に座り、その方面から得られる情報を掘り起こしていた。そういう業務を担当するのは行政職員だと決まっているのだから。

じきに悲哀に満ちた事件だと判明した。スウェーデンでこの類《たぐい》の統計を取り始めて、はや百五十年。今回もまた、犯罪史上きわめてありふれた殺人の犠牲者だったのだ。ああそういえば、もっと前からかもしれない。中世初期から記されてきた裁判所の資料を紐解くと、この点については産業革命以降の司法統計もまさしく同じ傾向を示しているからだ。つまり現代のスウェーデン語で言うと、社会的に孤立し、深刻なアルコール依存症を患う独身の高齢者。

「つまり、そのへんによくいるアル中ってわけだ」そう言ったのは、ソルナ署の捜査責任者、エーヴェルト・ベックストレーム警部だった。捜査班の第一回目の会議のあと、いちばん上の上司に報告を行ったときに、被害者をそのように描写したのだ。

2

近所の人たちの話や、警察の各種データベースでみつかった情報だけでもお釣りがくるくらいだったのに、鑑識官の二人まで、信頼に足る科学捜査の視点から同じ結論を導き出した。

「あえて言わせてもらえれば、これは典型的なアル中殺人だ」二人の鑑識捜査官のうちの年上のほう、ピエテル・ニエミがそう結論づけた。例の第一回目の会議で、自分たちの見解を報告したさいに。

ネクタイも鍋の蓋も金槌も被害者のもので、残念なことが起きる前からアパート内に存在していた。ネクタイにいたっては、便利なことに被害者の首の周りに巻かれていたのだ。昔からの決まりどおり、シャツの襟の下に。しかし結果的には五センチ分ほど余計に締められていた。念には念を入れてのどぼとけの下あたりで、普通のおばさん結びに。

その部屋では殺人の数時間前に、二人の人間が――うち一人は、指紋からして被害者本人だと思われるが――酒と食事を共にしたとみられる。空になった蒸留酒の瓶やビールの缶、ビールとウォッカを飲んだグラス。それにリビングのテーブルに残された二人分の皿と、小さなキッチンに残っていた料理から、被害者の最後の晩餐はスウェーデンの伝統家庭料理であるベーコンにインゲンマメの煮こみを添えたものだったと推測される。ちなみに後者は出来合いのもので、ゴミ箱に捨てられていたビニールのパッケージから察するに、近隣のスーパー〈イーカ〉で同日に購入されたものだった。食卓に上る前に鉄鍋で加熱されたが、その後、犯人がまさにその蓋を部屋の主の頭に繰り返し振り下ろしたのだ。

法医学者も類似の結論に達した。その点を、司法解剖に立ち会った鑑識官にことづけたのだ。捜査班の会議の時間にはもっと大事な用があるからと。正式な鑑定報告書は当然まだ数週間は先になるが、口頭で暫定報告をするだけなら、熟練した手と目さえあれば充分だと言わんばかりに。

「俗に言うアル中だな。今回の気の毒な被害者みたいな連中は、署内で常々そう呼ばれているんだろう？」法医学者もやはりそう描写した。この顔ぶれの中ではいちばん教養豊かで、慎重な表現を選ぶと思われている人物なのに。

これらすべての情報をまとめてみると――つまり、近所の人たちの証言、警察のデータベースにあった被害者本人に関する残念な記録、犯行現場の状況、法医学者の所感など――警察が基本的に知っておくべきことは、おおむね明らかになった。もともと知り合いのアル中二人が、ちょっと食事をしてしこたま飲み、けんかになった。彼ら個人、もしくは共通の歴史を創ってきたありとあらゆる無意味なことのせいだろう。そして、一人がもう一人を殴り殺すことで、晩餐が終了したのだ。

つまり、それ以上に難しいことではない。犯人は被害者のもっとも近しい同類の中にみつかるはずだ。そこに寄せられる期待は稀に見るほど高く、すでにそのあたりの捜査が始まっていた。こういう殺人事件は十中八九解決に至るものだし、遅くとも一カ月後には検察官のデスクに書類がのっていると思われた。

つまりこれはまるっきりお決まりの事件で、第一回目の会議に参加したソルナ署のどの捜査官の頭にも、専門家を呼ぼうという考えはまるきり浮かばなかった。例えば国家犯罪捜査局の犯人プロファイリングチームとか、ましてや昔国家警察委員会（スウェーデンの警察庁）にいた例の犯罪学の教授などは。ちなみに、その教授は被害者宅からほんの数街区のところに住んでいる。

　専門家たちのほうも、自分から連絡を寄越すわけではなかった。どちらにしても、それでよかったのだ。なぜなら彼らにしても、ソルナ署の警官たちがすでに知っていることと寸分たがわない内容の報告書を作っただけだろうから。少なくとも今回は、尻丸出しで――科学捜査という名のズボンを下ろした状態で――恥をかくのは免れたわけだ。

　のちのち解答を手にしてやっと、これまで構築されてきた犯罪学の知識、警察の成功事例、それに本物の警官ならすぐに指先で感じる直感に反して、先に述べた推理はどれもとんでもなく間違っていたことが判明するのだが。

「知っておくべきことを教えてちょうだい、ベックストレーム」ベックストレームのいちばん上の上司が言った。ストックホルム西地区ソルナ署の署長アンナ・ホルトだ。殺人が起きた翌日に、ベックストレームが報告を行ったときのことだった。

「つまり、そのへんによくいるアル中ってわけだ」ベックストレームはそう言って、重々しくうなずいた。

「とにかく、五分あげるから」ホルトはため息をついた。報告を聞かなければならない件は他にもあり、そのうちの少なくとも一件はベックストレーム担当の事件よりも深刻なのだ。

3

五月十五日木曜日、ソルナ市のハッセル小路一番では、朝の三時二十分にもう太陽が昇っていた。それからきっちり二時間と四十分後、セプティムス・アコフェリ二十五歳が、朝刊を配達するためにそのアパートへと到着した。

セプティムス・アコフェリの本職は自転車で荷物を届けるメッセンジャーなのだが、数年前からロースンダ通り周辺の数街区で――そこにハッセル小路一番の建物も含まれるのだが――新聞配達をして稼ぎの足しにしていた。彼は南ソマリアからの難民で、ケニアとの国境から行軍半日分の距離のところにある小さな村の出身だった。十三歳の誕生日を迎えたその日に新しい母国へとやってきたが、それが他のどの国でもなくスウェーデンだったのは、叔母と叔父といとこたちがその五年前にスウェーデンに移住しており、それ以外の親類は皆死んでしまっていたからだ。いや、殺されたと言ったほうがいいだろう。彼の母国では、それ以外の理由で死ぬ人間はごくわずかなのだから。

セプティムス・アコフェリは、いちかばちかでスウェーデンにやってきた他のソマリア人難民とはちがっていた。面倒を見てくれる親戚がいたし、居住許可が下りるような人道的理由もあった。すべてが順調に見えた――少なくとも、このような場合に期待できるくらいには。

セプティムス・アコフェリはスウェーデンの小中学校と高等学校を、問題なく――いや、むしろほとんどの科目を優秀な成績で卒業した。それからストックホルム大学に三年間在籍し、英語を主専攻に語学の学士課程を修めた。スウェーデンの運転免許証も取得し、二十二歳でスウェーデン国籍を取得。それから多数の仕事に応募して、ようやくそのうちのひとつに採用された。環境宅配便――大切な地球を気遣うあなたのための宅配便――に。その後、郵便受けに学生ローン返済の一通目の請求書が届けられるやいなや、新聞配達の仕事もかけもちして小銭を稼ぐことにした。数年前からリンケビィのフォーンビィ通りにあるワンルームのアパートで独り暮らしをしている。

セプティムス・アコフェリはやるべきことをきちんとやっている若者だ。しかも誰の世話にもなっていない。つまりこういうことだった。移民かどうかに関係なく、スウェーデンの若者の大半よりもずっと多くを成し遂げていたし、移民の背景をもつ若者の中では、誰よりも成功していた。

セプティムス・アコフェリはありきたりなソマリア人難民ではなかった。まず第一に、セプティムスというのはソマリア人の名前としてはきわめて珍しい。ソマリアで少数派のキリスト教徒であっても。第二に、彼は同胞よりもずっと明るい肌の色をしていた。その二点については、簡潔な理由がある。イングランド国教会からアフリカに派遣された宣教師モルティマー・

S・クレイグ――Sはセプティムスの頭文字――が十戒の七つ目の掟を破ったからなのだ。セプティムスの母親を妊娠させ、自らの重い過ちに気づいて、大いなる神に赦しを請い、さっとハンプシャー州の小さな村グレイト・ダンスフォードの教区へと帰っていった。ちなみにその村には、想像できるかぎりの牧歌的な景色が広がっている。

五月十五日木曜日の朝六時五分過ぎに、セプティムス・アコフェリ二十五歳がカール・ダニエルソン六十八歳の死体をソルナ市ハッセル小路一番の二階の部屋の玄関で発見した。玄関のドアは大きく開いたままで、死体は敷居からほんの一メートル中に入ったあたりに横たわっていた。セプティムス・アコフェリはその数秒前にダニエルソンの新聞受けに差しこむはずだったスヴェンスカ・ダーグブラーデット紙を脇に置き、屈みこんで死体をじっくりと観察した。硬直した頬をそっとつねってもみた。それからあきらめたように頭を振ると、自分の携帯電話から112番に通報した。

六時六分、その電話がクングスホルメンにあるストックホルム県警の通信指令センターにつながった。無線オペレーターはアコフェリにそのまま待つよう指示を与え、事件のことを各パトカーに周知した。すると、即座に西地区のパトカーから応答があった。現在、現場から数百メートルしか離れていないフレースンダ幹線道路にいるという。「ソルナのハッセル小路一番にて殺人の疑い」と無線オペレーターが伝えた。おまけに通報してきた「男」は「不審なほど冷静で、明瞭に話している」。そういう情報は、知っておくにこしたことはない。警察をからかおうとしているのでなければ、「深刻な精神錯乱による……」という可能性もあるからだ。
一方で無線オペレーターが知らなかったのは、きわめて単純な事実だった。セプティムス・アコフェリがこの類《たぐい》の死体発見者として最適だったのは、幼い頃にはすでに、新たな母国の国民九百万人のほぼ誰よりも多く、殺されたり手足を切り落とされたりした人間たちを見ていたからだった。

セプティムス・アコフェリは小柄で細身だった。身長百六十七センチ、体重五十五キロ。スタイルがよく、身体を鍛えてもいた。毎朝二時間ほど走って階段を上り下りし、そのあとは日中ずっと自転車で走り回って、首を長くして待つ顧客に手紙や小包を届けているのだから、当然の結果だ。なお、顧客は待ちかねているだけではなく、わたしたちの大切な地球にも気遣っている。

セプティムス・アコフェリはハンサムだった。濃いオリーブ色の肌、古典的な美しい顔立ちで、古いエジプトの壺に描かれているような横顔。ストックホルム県警の通信指令センターで無線オペレーターとして働く中年のスウェーデン人警部補の頭に浮かんだ考えを、彼は当然知る由もなかったし、子供の頃の記憶については全力で忘れようとしていた。
まずは指示されたとおりに、相手が電話に戻ってくるのを待った。しかし数分後にはあきめたように頭を振り、どうせあの警官は自分のことなど忘れてしまったのだろうと思って通話を切った。新聞配達用のショルダーバッグを床に置き、被害者の部屋の玄関の前にある階段に腰を下ろし、ともあれ約束どおりそこで待つことにした。

数分後にはもう、独りぼっちではなくなった。まず誰かが下の正面玄関の扉を静かに開いて、閉めた。それから階段をそっと上ってくる足音が聞こえた。そして警察の制服を着た人間が二人姿を現した。まずは四十歳くらいの男の警官。その斜め後ろには彼よりずっと若い女の警官。男の警官のほうは右手に拳銃を握っており、左の腕全体でセプティムス・アコフェリを指した。若い女の同僚はそのすぐ後ろにいたが、スチール製の警棒を取り出して右手に握っていた。

「よし」男の警官がアコフェリにうなずきかけた。「では、こうしよう。まずは両手を頭の上にあげよう。それからゆっくり静かに立ち上がろう。背中はこちらに向けて、脚を広げ……」

なんだその言いかたは？　あんたも一緒にやってくれるのか？　セプティムス・アコフェリはそう思いながらも、言われたとおりにした。

4

ハッセル小路はロースンンダ通りと交差した短い道で、たった二百メートルの長さしかない。サッカースタジアムから五百メートルほど西にあり、かつてスウェーデン映画のほとんどが撮影されていたスヴェンスク・フィルムインドゥストリの撮影所、現在はフィルムスターデンと呼ばれる映画館にもほど近い。このあたりは今では分譲マンションが立ち並ぶ高級住宅地になり、ハッセル小路一番のアパートの賃借人たちはきわめて異質な存在だった。

ハッセル小路一番のアパートが建ったのは、一九四五年の秋だった。戦争が終わって半年後のことだ。このエリアに住む人々はこのアパートのことを、神にも見捨てられたような建物――とりあえず家主からは確実に見捨てられている――と呼んでいる。レンガ造りの六階建てで、ワンルームあるいは2Kの小ぶりの住戸が約三十戸。築約六十年で、もうずっと前から外壁の補修や老朽化した水道管の取り換えその他、あらゆるメンテナンスが必要な状態だった。

その中に住む住民たちも、老朽化が進んでいた。二十名ほどが独身で、その多くが年金生活者だ。それ以外に八組の年配の夫婦がいて、その全員が年金生活者だが、一人だけ四十九歳の中年女性がいる。2Kの部屋に、二十九歳の早期年金生活者の息子と一緒に暮らしていた。その息子は、隣人たちの間ではいくぶん変わった人物だと認識されているが、感じはよく、無害で、必要とあらば手を貸してくれることもあった。それに、母親との同居は今に始まったことではない。ところで、最近では独り暮らしも経験している。というのも数カ月前に母親が脳溢血を起こし、リハビリホームに入院中だからだ。

アパートに住む十一人が朝刊を購読していた。ダーゲンス・ニィヒエテル紙が六人、スヴェンスカ・ダーグブラーデット紙が五人。一年前から、彼らの新聞受けに毎朝ちゃんと新聞が届くように取り計らっているのが、セプティムス・アコフェリだった。規則正しく毎朝六時頃。一度たりとも配達が遅れたことはなかった。

ハッセル小路一番のアパートには、総計四十一人が住んでいた。いや、厳密に言うと四十人か。一人殺されたわけだから。ソルナ署の捜査班は、木曜の午後には被害者を含めた住人全員のリストを入手していた。

通信指令センターに通報が入ってから、アパートの住人リストが作成されるまでに、色々なことが起きた。例えば、ソルナ署の捜査責任者エーヴェルト・ベックストレーム警部がその日の午前九時四十分に殺人現場に到着した。穴倉《グローペン》の同僚たちが通報を受けてからわずか三時間半の出来事だ。それがベックストレームだということを考えると、まるで消防車の緊急出動並みの速さだった。

そこにはいたって個人的な理由があった。その前日にストックホルム県警の産業医が、即座にライフスタイルを変えろとベックストレームに強要したのだ。医者が並べ立てたそれ以外の選択肢には、ベックストレームほどの男ですら怯え上がった。ベックストレームがベックストレームのままでいたいのなら、ということだ。どのくらい怯え上がったかというと、しらふのまま宵《よい》を過ごし、一睡もできずに朝を迎え、新しい職場である西地区所轄ソルナ署の犯罪捜査部に徒歩で向かおうとしたくらいだった。

ゴルゴタの丘への終わりなき彷徨《ほうこう》——それも四キロも！　無慈悲な太陽の下で、クングスホルメンのイーネダル通りの愛しのわが家から、ソルナのスンドビィベリ通りの大きな警察署まで全行程を歩きとおすのだ。おまけに言葉に尽くせないほど暑く、マラソンのオリンピック金メダリストでも倒れてしまいそうな気候だった。

5

五月十五日木曜日の朝九時十五分、太陽はすでに雲ひとつない青空の高いところで輝いていた。まだ五月中旬だというのに、日陰でもう二十六度。ベックストレームは自分の汗に溺れそうになりながら、カールベリ運河に架かる橋を渡っていた。先見の明のある男ゆえ、アパートを出る前に、自分を待ち受ける苦難に備えた服装を整えてはおいた。アロハシャツに半ズボン。靴下なしのサンダル。おまけに冷蔵庫と同じ温度のミネラルウォーターをポケットに入れ、危険な水分不足を予防するために、必要とあらばすぐに取り出せるようにしておいた。

しかしどれも役に立たなかった。大人になって初めて自主的に一昼夜しらふでいたのに——厳密に言うと、二十五時間半の間、一滴も飲んでいないのに——これより具合が悪かったことはかつてない。

あの藪《やぶ》医者、殺してやる。二日酔いがどうしたって？　一滴も飲んでいないのにこのざまだ。しらふのまま二日目に突入したというのに、電線に引っかかった鷲のような心境だった。

まさにその瞬間に携帯電話が鳴った。かけてきたのは、ソルナ署の夜間責任者だった。

「ベックストレーム、やっとか」夜間責任者が言った。「今朝の七時からずっと連絡していたんだぞ」

「国家犯罪捜査局のほうで早朝会議があってね」ベックストレームはうそぶいた。本当は、その頃にやっとベッドの中で意識を失ったのだが。

「で、どうした」それ以上面倒な質問をされるのを防ぐため、ベックストレームは問い返した。

「きみに殺人事件だ。現場の警官たちは賢明な助言と指揮を必要としている。年金生活者が殴り殺された。犯行現場は血の海だ」

「他には?」ベックストレームはため息をついた。この喜ばしいニュースにもかかわらず、ちっとも気分はよくならない。

「わたし自身はそれ以上はよくわからない。殺人――それは確実だ。被害者は年配の男。言ったとおり、年金生活者だ。同僚たちの話では、あまりきれいな状態じゃないらしい。犯人は不明。無線で流せるような犯人の人相もない。わかっているのはそれだけだ。ところで、今どこだ」

「ちょうどカールベリ運河の橋を渡っているところだ。豪雨じゃないかぎり、職場までは歩くよう心がけていてね。身体を動かすのは爽快《そうかい》だからな」

「そうなのか」夜間責任者は驚きを隠せなかった。「よければ、今からそっちに車を送って拾わせるが?」

「そうしてくれ。緊急事態だからな。橋のソルナ側にある、フーリガンどものクラブハウスの前で待っている」

七分後、青い光を回転させたパトカーがスピードを落とし、Uターンを決め、サッカーチームAIKのクラブハウスの入口の脇に停車した。運転している同僚ともっと若い同僚が二人とも車から降りて、笑顔でベックストレームにうなずきかけた。どうやら状況は理解できているらしい。というのも、運転手がベックストレームのために後部座席の運転席側のドアを開けたからだ。パトカーでは助手席の後ろの席は悪ガキ専用と決まっており、ベックストレームもそこに座るのだけはごめんだった。

「こんなところでお待ちでしたか、ベックストレーム警部。犯罪史に残る記念すべき場所じゃないですか」運転していた男の警官がそう言って、ベックストレームの背後の植えこみにうなずきかけた。

「ああ、ところで。わたしはホルムです」そう付け加え、自分の制服の胸のあたりを親指でさした。「そしてこっちがエルナンデス」そう言って、女性警官のほうを頭で示した。

「で、なぜここが記念すべき場所なんだ?」後部座席に身体を押しこんだベックストレームが尋ねた。しかし頭はすでに、ホルムの同僚のことでいっぱいだった。長い黒髪を巧みにひとつにまとめ、輝く笑顔はロースンダのサッカースタジアム全体を照らし出せそうなくらいだ。おまけに青い制服のシャツの中から二階部分がベックストレームを激しく魅了していた。

「で、なぜ記念なんだ」ベックストレームがまた尋ねた。

「ほら、あれですよ。あの売春婦。彼女はここで発見されたでしょう。まあ少なくとも、身体の一部はね。昔起きたバラバラ殺人事件。法医学者――ほら司法解剖を担当した医者、そいつとそのお友達の一般医の仕業だって、皆が言ってた事件ですよ。だがまあ、どうだろうね。ここの犯罪捜査部の部長さん、善良なるトイヴォネンにはまるっきり別の考えがあるようですが」

「あなたは捜査に関わっていたんでしょう、ベックストレーム警部」エルナンデスが口を挟んだ。助手席からベックストレームのほうを振り返り、稲妻のような笑顔を放ちながら。「何年でしたっけ？　死体はいつ発見されたんだったかしら。わたしが生まれる前の話だから、七〇年代の初頭？　三十五年か四十年前よね。ちがいます？」

「一九八四年の夏だ」ベックストレームがそっけなく答えた。あと一言でも無駄口を叩いたら、駐車場の警備担当にとばしてやる――それもチリで。ベックストレームはそう思いながら、エルナンデスを睨《にら》みつけた。

「まあ、一九八四年でした？　ならわたし、生まれてるわ」エルナンデスは怯む様子もなく、真っ白な歯をすべて見せることにしたようだ。

「だろうな。きみはそれよりずっと歳を取って見えるし」ベックストレームも食い下がった。このあばずれ女め、思い知るがいい――。

「ええと、今向かっている現場について言うと、色々お伝えすることがあるんですが……」ホルムが話題をそらせ、慎重に咳ばらいをした。エルナンデスはベックストレームに背を向け、念には念を入れてメモを取ったファイルをめくり始めた。「実は我々は今、現場から来たんですよ」

「続けてくれ」ベックストレームが言った。

ホルムとエルナンデスが、現場に到着した最初のパトカーだった。ちょうどソルナ・セントルムというショッピングモール裏の二十四時間営業のガソリンスタンドで早朝の休憩を取っていたところで、無線から通報が聞こえてきたのだ。青い回転灯とサイレンと三分ののち、二人はハッセル小路一番に到着していた。

無線の同僚は、彼らに慎重に行動するよう忠告した。通報してきた〝男〟は、普通の市民がこのような通報をするときとは様子がちがったからだ。パニックを起こしてもいないし、声もしっかりコントロールが効いている。不審なほど落ち着き払っているというわけだ。むしろ、殺人鬼が自分の最新の功績を警察に報告するときのような口調だった。

「通報してきたのは新聞配達員だ。移民の青年で、真面目な子のようだから、犯人だとは思えない。わたしに言わせればね」ホルムがまとめた。

こういう局面で、お前みたいなのの意見を聞くやつがいるのか？　ベックストレームは心の中でつぶやいた。

「被害者は？　わかっていることは？」

「そのアパートの住人です。カール・ダニエルソン。年配の独身男で、六十八歳。つまり年金生活者です」

「それについては確実なんだな？」

「ええ、確実です。見たとたんに彼だとわかりましたよ。数年前にソールヴァッラの競馬場で酔っぱらっているところを保護したことがあって。それにあとでびっくりするほど騒いでね。わたしや同僚たちのことを訴えたんです。おおまかに言うと、天と地の間のあらゆることについて。それに、酔っぱらって保護されたのは初めてじゃない。毎回福祉局系の問題――アルコールやなんやかやでね。最近では、〝社会的に孤立している〟とでも言うのか……」

「つまり、ありきたりのアル中ってことか」

「ええ、まあ、そう表現することもできますね」ホルムは急に、話題を変えたいような表情になった。


その五分後、ホルムはハッセル小路一番のアパートの正面玄関の前でベックストレームを降ろし、幸運を祈った。これから初動捜査報告書を書くために署に戻らなければいけないが、他に何かお手伝いできることがあればいつでも連絡をくださいとも言った。

お前らに手伝ってもらうようなことがあるわけないだろう――ベックストレームは車を降りるとき、送迎の礼も言わなかった。

6

まるっきりいつもと同じだ――ベックストレームは車を降りながらそう思った。アパートを封鎖したテープの周りには、お馴染みの顔ぶれが群れをなしている。ジャーナリスト、カメラマン、同じアパートの住人、周辺の住民、あとはただ単に好奇心旺盛で他にやることのないやつら。それに加えて、お馴染みのチンピラども。どうやってここにたどりついたのかもわかっていないくせに。よく日に焼けた若い三人組など、ベックストレームが苦労して封鎖テープをくぐるさいに、彼の服装と体型に対してコメントを投げつけてきた。

ベックストレームは振り返り、その三人を睨《にら》みつけ、人相を記憶に刻みつけようとした。いつか自分の職場で会ったときのために。どうせ時間の問題だ。そのときは、小さな愚か者たちに一生思い出に残る体験をプレゼントしてやるつもりだった。

アパートの正面玄関を警備する若い制服警官の前を通り過ぎるとき、ベックストレームは自分が担当する新しい殺人捜査におけるひとつめの指示を下した。

「張りこみ捜査課に電話をして、観衆の皆さまの写真を上手に撮れるやつを何人かここへ呼べ」

「それならもうすませました」警官が答えた。「アンカン（アヒルの意、またアニカの愛称）がここに到着したとき、まずそれを命じたんです。張りこみ捜査課のほうでもう何時間も前から写真を撮ってますよ」

「アンカン？　アヒルがどうした」

「アニカ・カールソンのことですよ。ほらあの背が高くて黒髪の女性。以前、強盗対策チームにいた。皆からアンカンって呼ばれてるんです」

「あのレズ女のことか」

「それは自分に訊かれても困りますが……」警官はにやりとした。「でも、もちろん、噂は色色と聞いています」

「例えば？」ベックストレームは訝《いぶか》しげな表情になった。

「腕相撲の誘いには乗らないほうがいいとか」

ベックストレームはうなずくだけにしておいた。いったいおれたちはどうなってしまうんだ――。ハッセル小路一番の正面玄関をくぐりながら、そう考えた。スウェーデン警察で何が起きている？　女々しい男にレズにガイジンに、普通のおめでたいバカども。まともなお巡りさんは、目の届くかぎり一人もいないときた。

殺人現場は、年寄りのアル中が自宅のアパートで殴り殺されたときに毎回そうなるような状態だった。端的に言うと、殺されていない年寄りのアル中の自宅よりもひどい状態だということだ。この被害者は、自分の部屋の玄関を入ってすぐのところで、玄関マットの上にあおむけに倒れていた。足を玄関ドアのほうに向け、両脚を大きく開き、腕はまるで慈悲を乞うかのように、殴り潰された頭の上にあげている。臭いから察するに、尿と便の両方が灰色のギャバジン素材のズボンの中に出てしまったようだ。一メートルほどの血だまりが床に広がっている。小さな玄関の壁は両側とも、床から天井まで血しぶきが飛んでいる。さらには天井にまで血の痕があった。

くそ、なんてざまだ——ベックストレームはあきれたように頭を振った。これはもうインテリア雑誌『美しい家』に電話をして、お宅取材を勧めたほうがいいな。インテリアに夢中のゲイどもに、一度くらいは庶民的な家を見せてやろうじゃないか。生活保護レベルのお宅訪問——そこまで考えたとき、誰かに肩を叩かれてベックストレームは我に返った。

「どうも、ベックストレーム。お会いできて嬉しいです」アニカ・カールソン警部補三十三歳が笑顔を浮かべていた。

「やあ、きみかい」ベックストレームは実際と同じくらい疲れた声を出そうとした。

自分より頭半分背の高い女。ベックストレームだって、脂の乗り切った年頃の立派な体格の男なのに。長い脚、細いウエスト。腹が立つくらいちゃんと身体を鍛えていて、右のあそこも左のあそこもほどよい高さがある。髪を伸ばして短いスカートさえはけば、普通のご婦人と見紛うかもしれない。むろん身長を別にすればだが。それについてはもう手遅れだ。とりあえず、まだ成長期じゃないことを祈ろう。実際にはひよっこみたいなもんだからな。

「ベックストレーム、何かご要望はありますか？　鑑識がちょうど第一段階の作業を終えたところだから、あとは死体が法医学研究所に運ばれればすぐに犯行現場をご覧になれますよ」

「あとでいい」ベックストレームは首を横に振った。それから、玄関を出たところの階段に座っている黒い肌の小柄な若者をあごで指した。「あいつは誰なんだ」若者は心を閉ざしたような悲しげな表情を浮かべ、肩にかけた布のバッグからは朝刊が何部か覗いている。

「通報してきた新聞配達員ですよ」

「なるほど。だから新聞の入ったバッグを肩からかけているのか」

「あら、鋭いですね」アニカ・カールソンは笑顔になった。「正確に言うと、ダーゲンス・ニィヒエテルが五部と、スヴェンスカ・ダーグブラーデットが四部。被害者の分のスヴェンスカ・ダーグブラーデットはそこのドアのところに転がっています」アニカは被害者の玄関の床に落ちている新聞に向かってうなずいた。「その前に、ダーゲンス・ニィヒエテル紙を一部、一階に住む年配の女性に配達済みです」

「あの若者についてわかっていることは?」

「まず第一に、完全にシロのようです。鑑識がランプを当てたけれど、身体にも服にも一切血痕はなかった。この中の様子を考えると、被害者を襲ったのなら、彼自身も血だらけになっていたでしょうからね。本人が自分で言ってましたが、被害者の顔を触ってみたらしいです。正確に言うと、頰をね。完全に硬くなっていたから、死んでいるのがわかったそうです」

「なんだ、医学生か何かなのか」まったくどういうことだ。この坊やにそんな勇気があるとは。

「生まれ育った母国で、死んだ人を大勢見てきたみたいで」アニカは今度は笑顔を浮かべずに言った。

「ついでに何かポケットに入れたってことはないか?」若者の肌の色に、ベックストレームは反射的にそういう疑問が湧いた。

「身体検査はしました。最初に到着したパトカーがまずやったんです。ポケットから出てきたのは、カードケース。その中に免許証、新聞配達会社の身分証、札と小銭が少々――確か百クローネ程度で、ほとんどが小銭でした。それと携帯電話。本人のものです。なお、その番号はもう聞いてあります。何か盗んだとしても身にはつけていないし、アパートじゅうくまなく捜索しても何もみつからなかった。だから、どこかに隠す余裕もなかったんでしょう」

まったくなんてことだ、何も盗らないなんて。こういう若者は、そこまで怠惰なものなのか――。どうしても肌の色への偏見を捨てられないベックストレームは思った。

「携帯でどこかに電話した形跡は?」

「本人の話によれば、一件だけ。緊急通報番号112にです。うちの同僚たちにつながり、それが唯一話した相手だと言ってます。当然その点については裏を取りますが。通話履歴を取り寄せる携帯電話のリストに加えました」

「名前はないのか」

「セプティムス・アコフェリ、二十五歳。ソマリアからの難民、スウェーデン国籍、リンケビィ在住。指紋もDNAも採取して、まだ解析はすんでいませんが、本人に間違いありませんよ」

「なんて名だって?」まったく、なんという名前だ。

「セプティムス・アコフェリです」アニカ・カールソンが繰り返した。「ちなみに彼をこの場に残した理由は、あなたが彼に話を聞きたいかもしれないと思ったからです」

「いや」ベックストレームは首を横に振った。「こいつはもう帰していい。だが、現場を見てみようと思う。中途半端な学歴の鑑識官たちがいつか作業を終えるつもりなら」

「作業をしているのはピエテル・ニエミとホルヘ・エルナンデス——皆からはチコと呼ばれているけれど」アニカ・カールソンはそう言ってうなずいた。「二人ともソルナ署の鑑識官です。わたしに言わせれば、これより優秀な人材は望めない」

「エルナンデス？　どこかで聞いた名だな」

「妹が生活安全部にいるんです。マグダレーナ・エルナンデス。もう彼女に目をつけたんですか？」アニカ・カールソンはなぜか大きな笑みを浮かべた。

「なぜだ」

「スウェーデンいち美人な女性警官——同僚の大多数によればね。わたし自身は、とてもいい子だと思ってます」カールソンはそう言ってまた微笑《ほほえ》んだ。

「そうなのかね」ということは、お前さんはもう手をつけたのか。

アパートの中は、ベックストレームの予測とたがわずひどい状態だった。入るとまず、コートかけのある小さな玄関。左手に小さなバスルームとトイレ、その奥に小さな寝室。右はキッチンのついたダイニングになっていて、正面がリビング。全部合わせて約五十平米。ここに住んでいた男が最後にいつ掃除をしたのかは不明だが、ともあれ新年からこちらではないだろう。

家具は古びてすり切れ、その他のインテリアも同様だった。枕カバーのついていない枕に、乱れたままのベッド、染みだらけのキッチンテーブル、リビングのへたりきったソファ。一方で、被害者カール・ダニエルソンがかつてはもっといい暮らしをしていたことを物語る品々もあった。ペルシャ絨毯《じゅうたん》は激しく摩耗《まもう》しているものの、本物だ。年代物の立派なマホガニー製の書き物机は、明るい色の木の装飾がはめこまれている。テレビは二十年物とはいえ、バング＆オルフセン製。その前に置かれた安楽椅子は英国風の革のウイングチェアで、揃いのフットレストもついている。

酒か――ベックストレームは考えた。酒と孤独。ベックストレーム自身も、約半年前に特殊部隊の半猿人たちに手榴弾《しゅりゅうだん》を投げつけられて以来ずっと、今までにないくらい気分が冴《さ》えなかった。その翌日に意識を取り戻したときには、フッディンゲの精神科病院に閉じこめられていた。

「ベックストレーム、他にご要望は？」なぜかアニカ・カールソンはそう尋ね、おまけにちょっと心配そうな顔だった。

要望だって？　手堅いやつを何杯かと、大きなジョッキで本物のビールがほしいぞ。それにお前さんが髪を伸ばしてスカートをはけば、おれのを吸わせてやってもいい。だがそれ以上はごめんだ。というのも、約一日前から、俗世の欲求と神聖な愛の両方に強く疑いを抱き始めているのだから。

「特にない」ベックストレームは頭を振った。「ではまた署で会おう」

何かがおかしい——ベックストレームはのろのろと署に向かって歩きながら考えていた。おれはいったいどうしてしまったんだ。だが答えを思いつくわけもない。脳みそが急激な水分不足に陥り、手の施しようのない傷を負ってしまったようだ。あの藪《やぶ》医者め、殺してやる——。

7

午後三時に、ベックストレームは今回担当することになった殺人事件の捜査班と第一回目の会議を行った。それは、凶悪犯罪捜査官としてこの二十五年間で率いた中でいちばんの精鋭チームとは言えなかったし、最大でもなかった。ベックストレーム自身と鑑識官二名を含めても、全部で八人。その鑑識官も、カール・ダニエルソンに関して必要最小限の作業が終われば、別の事件の捜査へと向かうのだ。残るのは一＋五人だけ。これまでに同僚たちから聞いたり、自分の目で見たりしたことを考えると、それがあっという間に実質一人へと昇華される。つまりエーヴェルト・ベックストレーム警部一人になるのだ。だって、それ以外に誰がいるというのだ？　毎回必ずそうなるのだから。悲嘆にくれる遺族の最後の望みの綱となるのは、いつだって彼なのだ。ダニエルソンにかぎって言えば、もっとも近しい存在は国営酒屋かもしれないが。

「それでは」ベックストレームが口を開いた。「捜査班の会議へようこそ。捜査班とは、当面はここにいるきみたち全員のことだ。その点について変更があれば、すぐに伝えると約束しよう。話を始めたい気分のやつはいるか？」

「ではぜひ、わたしと同僚に始めさせてもらいたいね」年上の鑑識官ピエテル・ニエミが言った。「まだアパートのほうが終わっていないし、やらなきゃいけないことはいくらでもあるんだから」


ピエテル・ニエミは警官として約二十五年働き、鑑識官としては十五年のキャリアがあった。五十歳を迎えたが、それよりずっと若く見える。金髪によく鍛えた身体、背は平均身長よりかなり高い。生まれも育ちもラップランド地方のトルネ谷だった。すでに人生の半分以上をストックホルムで過ごしているわけだが、まだ故郷の訛りが残っている。常に笑顔で、優しく相手を探るような青い瞳。悪党でなくとも職業を見抜けるだろう。つまり、ここ十五年警察の制服は着ていなくてもまるっきり問題なかった。その瞳に宿るメッセージが物を言うのだ。ピエテル・ニエミは警官で、まともに振る舞う人間に対しては優しくて親切だ。ただ、そうしないやつを見過ごすことはなく、痛い目に遭ってやっとそのことを理解した人間は一人や二人ではなかった。

「いいぞ」ベックストレームが言った。「続けてくれ」このラップ人野郎め、北の果てハパランダからやってきた長距離バスからさっき転げ落ちたばかりのような訛りだが、さっさと話を聞いてしまったほうがいいだろう。

「じゃあ、そういうわけで」ニエミは自分の書類をめくった。

被害者はカール・ダニエルソン、六十八歳。鑑識がアパート内で発見したパスポートによれば、身長百八十八センチ。体重は百二十キロを下らなかったはずだ。

「なかなか立派な体格で、かなり太り気味だった。標準体重を三十キロはオーバーしてるな」死体を自らの腕に抱えて担架《たんか》に乗せたニエミが述べた。「正確な数字は医者のおじさんに教えてもらうとして」

正確な体重なんて、どうでもいいだろう――ベックストレームは不機嫌にそう思った。被害者の肉を挽いてソーセージを作るわけでもなかろうに。

「犯行現場は」ニエミが続けた。「被害者のアパートだ。より正確には、玄関。被害者はどうやらトイレに入っており、出てきてズボンのチャックを上げようとしたところで一発目をくらったようだ。それで、血の飛びかたと半分しか閉まっていないチャックの説明がつく。その後は立て続けに何度も殴られ、最後の数発は玄関の床に倒れたあとだ」

「犯人は何で殴ったんだ?」ベックストレームが尋ねた。

「青い琺瑯《ほうろう》の鉄鍋の蓋だ。死体の脇に転がっていたよ。鍋自体はキッチンのコンロの上にのっていた。そこから玄関までたったの三メートルだ」

「そのうえ」ニエミは続けた。「犯人は木の柄がついた小型の金槌を使ったようだ。柄は金槌の頭との継ぎ目で折れているが、どちらも玄関の床に落ちていた。被害者の頭の脇に」

「どうやら犯人は、仕事の丁寧《ていねい》な小粒の悪党のようだな」ベックストレームはため息をつき、あきれたように丸い頭を振った。

「そこまで小さくはなかったと思うぞ。少なくとも、殴った角度からすると。それに、思ったよりずっと丁寧なやつだ。最初はわからなかったんだが……顔も胸も血だらけだったからね……被害者は首を絞められてもいた。それも、自分のネクタイで。床に倒れた状態でだぞ。そのときには確実に意識を失い、死にかけているところだったのに、犯人はネクタイで首をぎゅっと絞め、仕上げにしっかり結んだ。普通のおばさん結びだ。わたしに言わせれば、まるっきり無駄な行為だな。だがむろん、手を抜くよりは丁寧すぎるくらいがいいんだろう。確実に事をすませたければ」ニエミは肩をすくめた。

「誰がやったのか、アイディアはないのか?」ベックストレームは尋ねた。何がどうなっているかは、すでに予測がついていたのに。

「わたしに言わせれば、典型的なアル中同士の揉めごとだ」ニエミはそう言って、優しく微笑《ほほえ》んだ。「それに、ベックストレーム。きみが質問をした相手はアル中だらけのトルネ谷出身の男だということを忘れるな」

「時間についてはどうだ」こいつ、まるっきり空気を読めてないわけじゃなさそうだな。

「そのことも説明しようと思ったところだ。そんなに急かすなよ、ベックストレーム。被害者は殺される前、もう一人別の人間と――現場に指紋が残っているが、まだ身元は判明していないやつ――リビングのソファに座り、ベーコンとインゲンマメの煮こみを食べた。家の主人はおそらく安楽椅子に、客がソファに座っていたと思われる。ソファテーブルに皿を並べたが、そのあと皿を下げる暇はなかったわけだ。二人分の指紋をいくつも確保できたから、明日じゅうには回答をもらえるといいんだが。運が良ければ、犯人は過去に指紋を採取されていて、警察の指紋データベースに登録されている。食事のお供に、二人はビールの五百ミリリットル缶を五本と、ウォッカを約一本分飲んでいる。空の瓶と、もう一本開けたばかりの瓶が残っていたから。普通の七百ミリリットルのボトルで、偉大なるエクスプローラー・ウォッカだ。瓶のキャップはふたつとも、食事をしていたテレビの前の床に投げ捨てられていた。状況からして、最初は二本とも開封されていなかったようだ。キャップのネックリングの部分も残っていたし。ほら、キャップのいちばん下についている切り目の入った部分だ。キャップをひねると、カチっという心地よい音を立てるあれ」

このラップ人野郎は、部分的にはごくまともなようだ。そう思うと同時に、ベックストレームは急に心の中が空っぽになった。それは死の一歩手前のような体験だった。いったいおれはどうしてしまったんだ――？

「他には？　犯人について、それに殺人直前の状況についてはどうだ？」

「これをやったやつは、肉体的に強靭《きょうじん》な人間だと思う」ニエミは考え深げにうなずいた。「ネクタイで絞めるのには力が要るし、おまけに死体をひっくり返したようなんだ。最初、被害者は横向きかうつぶせに倒れていた。それは血の流れかたでわかる。だが発見時にはあおむけだった。死体をひっくり返したのは、ネクタイで首を絞めるためだろう」

「で、それはいつなんです?」アニカ・カールソンがだしぬけに口を開いた。ベックストレームが同じ質問を突っこむ間もない速さで。

「医学に関して素人のわたしに訊いているなら――司法解剖のほうは今日の夜にならないと始まらないからな――昨日の夜だろう。わたしとチコは今朝、朝の七時きっかりに現場に到着したが、被害者はすでにしっかり死後硬直を起こしていた。そのあたりのことについては、言ったとおり明日には明らかになる」ニエミはそこでうなずき、一同を見回し、座っていた椅子から立ち上がろうとした。「すでにリンショーピンのＳＫＬ（国立科学捜査研究所）にはかなりの量の解析素材を送ってあるが、答えをもらえるまでには数週間かかるだろう。とはいえ、この件においてはたいした問題にはならないと思う。待たされても、という意味だ。この犯人は我々から逃げたりはしない。指紋については、県警犯罪捜査部の鑑識が手伝ってくれると言っている。だからちょっとツイてれば、週末には犯人がわかるだろう。うちの作業は週末じゅうかかりそうだから」ニエミは立ち上がりながら、そう繰り返した。「月曜には、あのアパートで何が起きたか、なかなかいい描写を披露できると思う」

「ご苦労だった」ベックストレームは、ニエミとその若い同僚にうなずきかけた。ダニエルソンのディナー仲間さえとっ捕まえれば、この件は一件落着だ。アル中が別のアル中を殺した。

それ以上に難しい話じゃない。

鑑識官たちが会議室から退出したとたんに、ベックストレームの無能で怠惰な捜査班は、脚を伸ばしたいだのタバコを吸いたいだの様々な要求をつきつけてきた。普段のベックストレームなら当然、黙れと怒鳴りつけるところだったが、今日のベックストレームは不可解なほど意志が弱く、賛同のうなずきを返しただけだった。本当はその場を去ってしまいたいくらいだった。しかし他にいい考えも思いつかず、トイレに直行すると、冷たい水を五リットルはごくごくと飲んだ。

8

「それでは、だ」皆が会議室に戻ってくると、ベックストレームが口を開いた。これでやっと会議を再開して、惨めな事件に終止符を打てる日が来ることだろう。「次は、被害者についてだ。それからしばらく皆で考えて、解散する前に、すでにやったことと明日やるべきことのリストを確認しよう。今日は五月十五日木曜日だ。週末までには解決したい。そうすれば来週はダニエルソン氏よりも深刻な事件の捜査ができるからな」

「ナディア、被害者についてわかっていることは？」ベックストレームはそう続け、会議テーブルのいちばん奥に座っている小柄で丸っこい五十歳ぐらいの女性にうなずきかけた。すでにすごい高さの書類が彼女の前に積みあがっている。

「かなり色々ありますよ」ナディア・ヘーグベリが答えた。「いつものデータベースは調べました。それだけでも相当面白いネタがあります。それから被害者の妹にも話を聞きました。なお、彼女が唯一の親族です。彼女のほうもかなり貢献してくれました」

「続けてくれ」ベックストレームはそう言ったが、実際にはすでに別のことを考えていた。頭の中では、自宅で酒瓶のキャップをひねったときのカチっという心地よい音が響いていたのだ。

カール・ダニエルソンは一九四〇年二月にソルナで生まれ、殺害時は六十八歳と三カ月だった。父親は印刷所のタイポグラファーで、所長でもあった。母親は専業主婦で、二人ともずっと前に亡くなっている。いちばん近い親族は十歳下の妹で、ストックホルムの南、フッディンゲに住んでいる。

カール・ダニエルソンは独身だった。結婚歴はなく、子供もいない。ともあれ警察がアクセスできる各種のデータベースに載っているような子供はいない。ソルナの国民学校に四年、そのあと前期中等学校に五年通い、そこを卒業するとストックホルムにあるポールマン高等商業学校で三年間学び、十九歳で学業を修めた。兵役に就き、バルカビィ航空団の二等兵となった。十カ月後に兵役を終え、ソルナの会計事務所のアシスタントとして初めての職を得た。それが一九六〇年のことで、カール・ダニエルソンは二十歳だった。

その夏、初めて警察のデータベースに載ることになった。カール・ダニエルソンは酩酊した状態で車を運転し、酒気帯び運転で六十日の日数罰金を科され、六カ月間免許停止の処分を受けた。それから五年後、また同じことが起きた。酒気帯び運転で六十日の日数罰金。今度は一年間の免停。それから七年経って、三度目も起こした。今度はもっと深刻だった。

ダニエルソンはへべれけに酔っぱらい、ソルナ通りのホットドッグの屋台に車で突っこんだあげくに現場から逃走したのだ。ソルナ裁判所で酒気帯び運転と逃走の罪で、三カ月の懲役と免許証取り消し処分を受けた。ダニエルソンはスター弁護士を雇い、高等裁判所に控訴し、アルコール依存症だという医師の診断書を二種類も提出することで、逃走については不起訴処分になり、依存症の治療を受けることになった。免許証は取り消されたままだが、欠格期間が終わっても新しく取得する気はなかったようだ。人生の最後の三十六年間、カール・ダニエルソンは免許を所持しておらず、そのため飲酒運転で捕まることもなかった。

しかし、歩行者としては警察に迷惑をかけ続けた。同じ期間に酩酊者保護法により五度もトラ箱に入れられている。実際にはそれより回数は多かったはずだ。ダニエルソンは断固として名を名乗ることを拒否していたようだし、そうする義務もない。そして最後に保護されたときには、何もかもがとんでもないことになってしまった。

それは彼が死ぬ四年前の五月に、ソールヴァッラの競馬場でエリート競走《エリトロップ》と呼ばれるトロットレースが行われた日だった。ダニエルソンは泥酔して暴れ、警察の車に乗せられるときに両腕を振り回して抵抗した。暴力的な抵抗――つまり公務執行妨害。保護は突如として拘束に変わり、はたしていつもどおりソルナ署のトラ箱に入るという結末を迎えたのだった。六時間後に解放されたとき、ダニエルソンは自分を拘束した警官とトラ箱で働く職員を暴行で訴え返した。合計三名の警察官と二名の警備員だ。また別のスター弁護士が雇われ、また別の医者の診断書が書かれ、サーカスが始まった。第一回目の裁判が行われるまでに一年以上かかり、それもただちに中止された。検察側の証人が二人とも、不明な理由により姿を現さなかったからだ。

ダニエルソンの弁護士はきわめて多忙な人物だったため、次の裁判の日取りが決まるまでにさらに一年かかった。そのときも検察側の証人が不在だったために中止された。検察側はこの件に嫌気がさし、不起訴処分にした。カール・ダニエルソンは、少なくとも人生のその部分に関しては無罪となった。

「実際にこういうケースで保護されたり拘束されたりする可能性が極端に低いことを考えると、基本的には常時酔っぱらっていたんでしょう」そういうことについては詳しいナディア・ヘーグベリがまとめた。十年前から西地区所轄ソルナ署の行政職員として捜査に関わっているナディアだが、その前の人生ではナヂェージュダ・イワノヴァとして生を受け、サンクトペテルブルク大学で物理学と応用数学の博士号を修めた。おまけに当時はひどい時代だった。サンクトペテルブルクはまだレニングラードと呼ばれていて、自由な新しいロシアよりもずっと高い学歴が要求されたのだ。

「他にはどんなことをしでかしたんだ？　酔っぱらって騒ぎを起こす以外に」ベックストレームはそう言って、ナディア・ヘーグベリにうなずきかけた。生活安全部および交通部の少々にぶい同僚たちと被害者の交流歴に興味があったわけではない。ナディアにしっかり向き合うことで、この無意味な会議にさっさと終止符を打ちたかっただけだ。それでようやくイーネダル通りの自宅――というか、昨日までは自宅だった場所に足を引きずって帰り、シャワーの下に立ってやっと頭の中の混乱を鎮められるのだ。冷たい水をもう何リットルか飲み、生野菜に果敢に立ち向かい、人生でやらなければいけないことだけをすべてやる。人生の目的と意義は、昨日の時点ですでに奪われてしまったのだから。

ベックストレーム、お前は口を閉じておくということをちっとも学ばないな――五分後、ベックストレームは心の中でつぶやいた。

ナディア・ヘーグベリはベックストレームの言葉を鵜呑みにし、ダニエルソンの経済活動と、それに伴って勃発した法執行機関との紛争を懇切丁寧《こんせつていねい》に説明しだしたのだ。

初めて酒気帯び運転の判決を受けたのと同じ年、カール・ダニエルソンは会計事務所の経理アシスタントから、〝財団法人、結社、経済団体、非営利団体、遺産管理、個人顧客その他〟のコンサルティング部門チーフ代理へと昇格した。その後はどこからどう見ても順風満帆で、コーポレートアドバイザリー部門に異動して経理顧問と税務コンサルタントを務め、そこからほんの数年で部門のチーフへと昇格、取締役会の補欠取締役にもなった。

ソルナ通りでホットドッグの屋台に急接近した翌週、ダニエルソンはちょうど三十二歳の誕生日を迎えたところだったが、副社長および取締役に任命された。さらに二年後には会社自体を引き継ぎ、カール・ダニエルソン・コンサルティング株式会社と命名した。会社の定款によれば、業務内容は〝経理・財務、監査、税務、株式等投資、投資コンサルティング〟および〝資産運用〟となっている。この大躍進の時期に四人しか従業員を雇わなかったことを考えると、驚くほど勤勉に働いたようだ。女性の秘書が一人と、コンサルタントという肩書で実際の業務内容は不明の男性が三人。カール・ダニエルソン自身は会社のオーナーで最高経営責任者で代表取締役だった。

その分野では、運転免許証保持者および歩行者のカール・ダニエルソンよりはうまくいったと言える。一九七二年から一九九五年までの二十三年間、ダニエルソンには合計十度、様々な経済犯罪の疑いがかけられている。税法違反幇助と重大な税法違反が四回、外為法違反が二回、俗に言うマネーロンダリングが二回、それに重大な盗品売買と受託者の権限違反行為。しかしどの場合も、捜査は打ち切られた。ダニエルソンの容疑は立証できなかったし、ダニエルソンは毎回反撃に出た。念のため、司法オンブズマンと法務監察長官の両方に訴えたのだ。

彼は実際、敵陣よりも上手だった。ストックホルム県警の財政経済犯罪課の捜査官の一人は国家警察委員会の職員管理協議会に睨《にら》まれ、警告と十四日間の減給処分を受けた。司法オンブズマンは検察官と税務庁の監査人の耳を引っ張った。法務監察長官はタブロイド紙を起訴し、重大な名誉棄損の判決が下された。

一方で、一九九五年以降はすっかり大人しくなった。カール・ダニエルソン・コンサルティング株式会社はカール・ダニエルソン・ホールディングス株式会社に名前を変えたが、実際にはなんの活動も行われていないようで、従業員もいなかった。ナディア・ヘーグベリは、ここ数年分の年次報告書を会社登録局に請求し、この週末には目を通すことにしている。

不審な所得もなかった。ここ五年間の確定申告を出力してみると、課税対象所得は年十七万クローネ前後。国民年金と保険会社スカンディア社の少額の個人年金保険だ。住んでいるアパートの家賃は月々四千五百クローネで、家賃と税金を払うと、手元に残るのは毎月約五千ほどだった。

自分で自分につけた肩書でその人の成功度を測れるなら、カール・ダニエルソンは華々しい人生を生き、最高の状態で人生を終えたと言えよう。二十歳で三十五人の従業員のいる会計事務所のアシスタントとしてキャリアをスタートさせ、四十八年後に鉄鍋の蓋で頭をかち割られて人生を終えたとき、大人になってからずっと働いてきた会社は十五年近く前に廃業していた。それでも電話帳にはいまだ社長として登録され、鑑識が空っぽの財布にみつけた名刺には、カール・ダニエルソン・ホールディングス株式会社の最高経営責任者であり代表取締役だと記されている。

アル中で虚言癖のあるクレーマーか――とベックストレームは思った。

「被害者の妹にも話を聞いたんですよね？」ナディア・ヘーグベリが話し終えるやいなや、アニカ・カールソンが尋ねた。「今の話について何か言ってた?」

ダニエルソンの妹は、基本的にはすべてナディア・ヘーグベリが調べたとおりだと請け合った。なお、若いときは〝目に余るほど女性に興味があった〟そして〝友達とお酒を飲んで騒ぐのが好きだった〟という。とはいえ、四十歳くらいまではうまくいっていたのだ。しかしそれから酒に人生を乗っ取られた。妹は、兄と仲が良かったことは一度もないとも言い切った。ここ十年は電話で話すこともなく、最後に会ったのは十二年前の母親の葬儀だった。

「お兄さんが殺されたと知っても平気でした?」アニカ・カールソンが訊いた。

勘弁してくれよ――ベックストレームは心の中でため息をついた。これから黙禱《もくとう》でも捧げるつもりか?

「ええ」ナディアはうなずいた。「平気でした。フッディンゲ病院で下級看護師として働いていて、常識的で冷静沈着な女性のようです。驚くようなことでもないと言っていました。そうなるんじゃないかと長年心配していたくらいだと。あんな生きかたをしてきたんだから、という意味です」

「悲しみは堪《こら》えることにしよう」ベックストレームが割って入った。「で、皆はどう思う?」

そして皆で推理を行った。ベックストレームには、念のため自分で練り上げた小さな推理があった。

「さてと」ベックストレームが口を開くと、今回ばかりは皆口を閉じて彼にしゃべらせるくらいの良識は持ち合わせていた。

「アル中が、別のアル中に殺された。それ以外のアイディアがある者は、ぜひ今のうちに言いたまえ」そう言ってテーブルに身を乗り出し、どっしりとひじをつき、同僚たちを鋭い目つきで見回した。

彼らのシンクロした頭の動きを見ると、誰もそれに異論はないようだった。

「よし」ベックストレームが言った。「じゃあアイディアはこれで充分だな。残るは、ダニエルソンが昨日ディナーを一緒に食べたお友達をどこから捜し出すかだ。アパートの聞きこみはどうなってる？」

「基本的には終わっています」アニカ・カールソンが答えた。「留守の人や、仕事に出かけるところだからまた夜に来てくれと言った人が何人かいるだけで。あと、九時に病院の予約があるから、今は話す時間がないという人もいましたが。だから、明日には全員に話を聞けるはずです」

「法医学者は？」

「今夜司法解剖を行って、来週頭には口頭で報告をくれるそうです。うちの鑑識のエルナンデスが解剖に立ち会う予定ですから、明日の朝には基本的な情報が入るでしょう」

「タクシー会社は？　ここで取り上げるに値するような目撃談は？　近隣の捜索、被害者の交際範囲はどうなってる？　死ぬ前の数時間、何をしていた？　それに……」

「大丈夫ですよ、ベックストレーム」アニカ・カールソンが遮《さえぎ》り、大きな笑みを浮かべた。

「どんどん進めています。この件については完全に掌握できていますから、どうぞ落ち着いて」

ちっとも落ち着けやしないんだが――ベックストレームはそう思ったが、口に出そうとは夢にも思わなかった。うなずくだけにしておき、書類を集めて立ち上がった。

「ではまた明日。ああ、解散する前にもうひとつだけ。通報してきた新聞配達員だが。ソートムース（黒鼠《くろねずみ》）・アコフェリだったかな？」

「セプティムスです」アニカ・カールソンが訂正した。その顔にもう笑みは浮かんでいない。「新聞配達員の名前はセプティムス・アコフェリ。本人確認は終えています。ハッセル小路一番で採った指紋と、十二年前にスウェーデンにやってきたときに移民局が採取した指紋を照合して。彼は名乗ったとおりの人間で、もし知りたいなら言いますが、犯罪歴は一切ありません」

「わかった、わかった。だがあの若者は何かがおかしい」

「なんでしょうね」アニカ・カールソンがあきれたようにショートカットの頭を振った。

「わからん。その問いについては悩み続けよう。きみたちも、少し考えてみてくれたまえ」

ベックストレームは会議室を出ると、その足で新しい上司になる警察署長アンナ・ホルトのもとへ向かい、自分が担当する事件の報告を行った。被害者はアル中。犯人は――ある程度限定された可能性ではあるが――やはりアル中。捜査の進捗状況は完璧に把握できている。遅くとも月曜には犯人を差し出せるはず。五分もらったのに、結局三分しかかからなかった。ベックストレームが部屋を出ていくとき、ホルトは安堵の表情を浮かべていた。彼女には他にも考えなければいけない事件があり、それに比べればベックストレームが担当する殺人事件など、気休めのようなレベルだった。

あのガリガリ女め、おれの言葉を嚙みしめるがいい――やっと新しい拷問部屋の門から出たとき、ベックストレームはそう思った。

9

イェジ・サルネツキ二十七歳は、ポーランドの木こりだった。ウッチで生まれ育ち、数年前からスウェーデンにおける出稼ぎ労働者の一角を成している。この一カ月は、仲間とともにソルナのイエケンスベリ通りに立つ小規模アパートの改装を手がけていた。殺人事件があったハッセル小路一番から一キロも離れていない距離だ。時給八十クローネが直接ポケットに入り、望みさえすれば週に七日、一日二十四時間働き放題だった。食べ物は近くのスーパーで調達し、寝るのは自分たちが改装している建物の中。それ以外はすべてお預け――ポーランドの文明社会に戻るまでは。

ベックストレームがソルナ署を出たのと同じ頃、サルネツキは黒いポリ袋に入った建築廃材をえんやこらと運んでいた。外の道にある廃棄コンテナにそれを捨てようとしたとき、あるものを発見した。ぐらぐらするはしごを登ると、ゴミの山のてっぺんに別のビニール袋がのっているのが目に入ったのだ。とりあえず、自分たちは捨てていない。とはいえ珍しいことではなかった。周辺のスウェーデン人住民は、ゴミ出しを簡略化するチャンスを逃さないのだから。しかしこれまでの経験から、彼らがまだ充分使えるようなものを捨てることも知っていた。だからサルネツキは腕を伸ばして袋をつまみ上げた。

ごく平凡なビニール袋。きちんと口が結ばれて、なにやら服のようなものが詰まっている。サルネツキははしごを下りた。袋を開けて、中身を取り出す。丈の長いゴム引きの黒いレインコート。ほぼ新品に見える。それに赤いゴム手袋が一組。どこも傷んでいないし、ほとんど使っていないようだ。あとは濃い色の革のスリッパ。それも真新しいように見えた。

なぜこんなものを捨てるんだ――そう驚いた瞬間、発見物に血がついていることに気づいた。レインコートは大量の血を浴び、明るい色だったスリッパの底は血に浸したみたいだった。ゴム手袋も血で汚れている。誰かがそれを洗い流そうとした形跡はあるが。

ハッセル小路での殺人事件については、その日の午前中に耳にした。スウェーデン人の現場監督がアパートに現れたとき、コーヒーを飲みながらその話をしてくれたのだ。被害者は気の毒な年金生活者だ、ごく普通のまっとうな市民はもう外に出る勇気もない、と。言葉には気をつけたほうがいいぞ――サルネツキは耳半分で監督の話を聞きながら、そう考えていた。あんたたちスウェーデン人は実は天国に住んでいるんだ。それに呪いをかけるようなことは言うな。じゃなきゃ天国を奪われてしまうぞ。サルネツキは人生の早い時期に故郷ウッチで、カトリックの神父からそう教わってきたのだった。

それにもかかわらず、警察に通報の電話をする前に数時間、良心と闘った。いったい何時間かかるのだろうか。警察の車を待ちながら、サルネツキは考えていた。八十クローネ×何時間分を、彼と母国で待つ婚約者と生まれてくる子供から奪うつもりなのだろうか。

十五分後、制服を着た警官を二人乗せたパトカーが到着したが、彼らは驚くほど無関心な様子だった。サルネツキが発見したものを袋ごと別の袋に入れ、サルネツキの名前と携帯番号を書き留めるとその場を去った。しかし帰る前に、一人がサルネツキの名刺をほしがった。アーデルス島に家族で別荘を所有しているのだが、舅《しゅうと》と一緒にサウナ小屋を建てようと考えており、手ごろな値段で手伝ってくれる職人が必要なのだという。サルネツキはスウェーデン人の監督からこういう場合に渡せと言われていた名刺を渡した。そして彼らは行ってしまった。

その日の夜遅く、背の高い金髪の男が、サルネツキらが改装しているアパートのドアを叩いた。革ジャンにブルージーンズとはいえ、どう見ても警官だ。ドアを開けたのはサルネツキだった。仮設キッチンを設置した一階上の部屋で仲間が遅い夕食を作っている間に、ちょうど玄関で新しい石膏ボードを張っていたのだ。金髪の男は優しい笑みを浮かべ、筋張った手を差し出した。

「マイ・ネーム・イズ・ピーター・ニエミ」とニエミは言った。「アイ・アム・ア・ポリス・オフィサー。ドゥー・ユー・ノウ・ホエア・アイ・キャン・ファインド・ジェリー・サーネッキ?」

「ザッツ・ミー」とイェジ・サルネツキは答えた。「ぼくです。スウェーデン語は少し話せます。数年前からスウェーデンで働いているので」

「じゃあ、わたしと同じようなもんだな」ニエミはそう言って、また笑顔になった。「静かに話せる場所はありませんか。あなたに訊きたいことがいくつかあって」

10

ベックストレームは自宅まで歩いて帰った。ソルナのスンドビィベリ通りにある警察署から、クングスホルメンのイーネダル通りまでの全行程を。足が新たに命を得たかのようだった。頭と身体はなんの意志もないまま、足についていくだけ。自宅の玄関ドアを閉めたとき、ここ数時間自分が何をやっていたのかまるっきり記憶になかった。誰かに会ったのか? 誰かと話したのか? 知り合いに自分の惨めな状態を見られたのか? 明らかに、スーパーに立ち寄って買い物はしたようだ。買い物袋を提げているのだから。中身はミネラルウォーターのボトルが数本と、怪しげな野菜がたっぷり入ったサラダだった。
いったいこれはなんだ――ベックストレームはサラダのパックを取り出しながら思った。小さくて赤いのはトマトだろう。それはわかる。トマトなら子供の頃に食べたことがあるから。緑色のはどれもサラダの葉っぱということになる。だが、それ以外のゴミのようなものは？多種多様なサイズの黒や茶色の球体。ウサギの糞か？ヘラジカの糞か？ それに加えて、死体にわくウジ虫そっくりのものも入っている。つついても動かないから、ウジ虫ではないのだろうが。

いったい何が起きているんだ――ベックストレームはシャワーの方向に舵を切り、道中で服を脱ぎ捨てた。

まずはシャワーの下に十五分立ったまま、バランスよく丸々太った肢体に湯を浴びていた。先日までは彼の神聖な社だった身体。県警のおかしな医者がそれを破壊するまでは。そのあとタオルで丹念に身体を拭き、バスローブをまとい、サラダとミネラルウォーターをテーブルに並べた。とはいえ、念には念を入れて冷蔵庫の中をもう一度覗きこみ、昨日の大量殺戮《さつりく》を逃れて身を隠すことに成功したごちそうが残っていないかどうかは確認した。医者の言いつけに従い、冷蔵庫の中にあった不健康な危険物をすべて廃棄したのだ。食料棚も冷蔵庫も空っぽになり、今もまだその状態だった。

ベックストレームはサラダに襲いかかった。脳みそと口のスイッチを切って、ひたすら嚙む。それでも、半分食べたあたりでギブアップした。唯一食べられたのは、意外にもあのウジ虫みたいなものだった。

きっとウジ虫にちがいない——空っぽの冷蔵庫に法外な量のサラダの残りを入れながら思った。運がよければ、ウジ虫だ。ともあれ、ここ数日分のプロテインを摂取できたわけだ。

それからミネラルウォーターをがぶ飲みした。一・五リットルを一気に。世界新記録にちがいない——ベックストレームはペットボトルをシンクの下のゴミ箱に捨てた。おまけに時間はまだ七時、いったい何をすりゃあいいんだ。新しく買ったスイス製の腕時計をちらりと確認しながら、そう思った。


酒が残っていないかどうか探すのは無駄だった。酒瓶のほうも昨晩処分したのだ。あのおかしな医者が断固として主張したのだ。蒸留酒はだめ、ワインもだめ、ビールもだめ。そもそも、アルコールの気配があるものは何もかもだめ。シードルや、普通の果実ジュースがうっかり発酵してしまったものも。古くなった咳止めシロップまで、医者のおじさんから禁止令が出されている。

ベックストレームはここのところ長いこと懐《ふところ》が温かかったため、かなりの量の酒が手元に集まっていた。未開栓のモルトウイスキーやウォッカのボトル。まだ手をつけていないフランス製のコニャック。ほぼ一ケースそのまま残っているチェコのビール。栓を開けた瓶については、大小いくつもある。むろんワインは一本もないが。ワインなど、ソーセージ乗りや鍋舐めどもの飲み物だ。ベックストレームのようにごくまともで脂の乗り切ったスウェーデン人の男が飲むようなものではない。伝説の犯罪捜査官であり、女性なら当然誰でも心密かに憧れる存在なのだから。

ベックストレームは酒をすべて箱に詰め、隣の部屋に住む男を訪ねた。深刻なアルコール中毒に陥ったTV3の元社長で、フィリピンかどこかでリアリティ番組『ロビンソンの冒険』を撮影したときについに度を超したらしく、数百万クローネの退職金をもらって会社を辞めた。会社側としては、その金でしこたま飲んでさっさと死んでくれればいいと思ったのだろう。彼はテレビ局の前にも同じメディア業界のグループ企業に身を置いていたから、暴露《ばくろ》本を書こうなんて思いつかれては困るのだ。現在の彼のライフスタイルを考えると、取締役会の決定はきわめて正しかったと言える。

「おやおや、すごいごちそうじゃないか、ベックストレーム」隣人は素早く箱の中身を確認した。「引っ越すのか？　まさか、きみの小さな肝臓《かんぞう》が店じまいを始めたわけじゃないだろう？」

「いいや、まったく」ベックストレームはうそぶいた。爽やかな笑みを浮かべながらも、心臓をナイフで抉り取られたような気分だった。「長期のバカンスに出ることになっただけだ。侵入強盗にブレンヴィーンまで振る舞うなんてバカバカしいと思ってね。あいつらはどうせ、すでに他のゴミをたっぷり身体に取りこんでるんだから」

「言い得て妙だな、ベックストレーム」テレビ局の元社長は同意した。「全部まとめて五千でどうだ」そう言って、腕を広げた。その寛大な仕草で、尻もちをつきそうなほどだった。

この時間帯にもなれば、物が二重に見えるのだろう——ベックストレーム自身はその半額にも満たないと踏んでいたのに。だがよく考えてみれば、この男は今後数日、国営酒屋までタクシーで往復する手間が省けるのだ。

「それでいこう」ベックストレームは合意を示すために、拳《こぶし》を差し出した。

即日現金払い。だがその金をどうするってんだ。もう食べることも飲むこともないし、ご婦人方のことなど考える気力もないのに。

他に何も思いつかなかったので、思慮深い医者が予備の命綱としてもたせてくれたDVDを観ることにした。それが、よりよい人生を送るという新しいモチベーションを支えてくれるはずだと言われたのだ。これまでの長年の苦労から、医者はベックストレームのようなタイプが患者の中でももっとも治療が難しいことをわきまえていた。使える血管を探して果ては足にまで注射針を刺すような薬物乱用者など、ベックストレームのような食べ物&アルコール乱用者の足元にも及ばない。ベックストレームとその仲間たちが罹患しているのは不治の病のようなもので、自分の行動にまるっきり無頓着なのだ。ひたすら食べて食べて食べ続け、飲んで飲んで飲み続ける。そしてパン焼き小屋の王子のようにご機嫌なのだから。

医者はアメリカの医学雑誌を読んでいたときに、きわめて興味深い記事に偶然行き当たったのだった。アリゾナ州のプライベート・クリニックで、ベックストレームのような患者にショックセラピーを試しているという記事だった。医者は国に旅費の助成を申請し、申請した以上の額をもらい、アメリカへと旅立った。数カ月にわたり、死ぬほど食べたり飲んだりする患者の行動の変化を観察するために。

それは信じられないくらい有意義な見学になった。そして、大量の映像資料を抱えてスウェーデンに帰国した。その中にあったDVDをベックストレームにも鑑賞させ、家にもち帰るようにも言い渡したのだ。


ベックストレームはDVDをプレーヤーに入れて、三度深呼吸をした。胸の中では心臓がすでに蒸気ハンマーのように激しく打っている。そしてやっとのことで再生ボタンを押した。すでに一度観たのだし、恐怖に耐えられなくなったら目を閉じればいいだけのことだ。ほら、四歳のとき、マリア地区の巡査部長だった父親に、地元セーデルの映画館の昼公演に無理やり連れていかれたときのように。大きな意地悪オオカミが、一時間にわたって三匹の仔豚を追いかけ回し、料理しようとする映画だった。ベックストレーム少年は冒頭から間断なく泣きわめき、お漏らしをしてやっと、その苦行から解放されたのだった。

「この泣き虫小僧には、困ったもんだ。永遠に本物の警官にはなれないだろうな」慈愛に満ちた母親のもとへ一人息子を返したとき、父親はそう言った。母親はホイップクリームののったココアと焼き立てのシナモンロールで慰めてくれた。

つまり、再び試練のときが訪れたのだ。アメリカ中西部のリハビリ・クリニックからのルポルタージュ。患者たちは、比較的軽くすんだとはいえ、心臓や脳が詰まったり出血したりして、これから人生をやり直すところだった。

ベックストレームによく似た患者が何人もいた。歩行器に掴まってよろよろ歩いていること、口の端からよだれを垂らしていること、目が死んでいてろれつが回っていないことなどを除けば。そのうちの一人はとりわけベックストレームにそっくりで、一卵性双生児かと見紛うほどだったが、ちょうどカメラとは反対の方向に立ち去ろうとしたときに、もともとだらりと下がっていたズボンが足首までずり落ちてしまい、巨大な水色のおむつが露《あら》わになった。すると男はカメラのほうを振り返り、よだれまみれの口で嬉しそうに笑ったのだ。自分のおむつを両手で掴み、今起きた出来事をこのように顧みた。

「ノー・パンティー」ろれつの回らない口で、そう言ったのだ。同時に和やかな声でナレーションが入った。この患者はこんなふうに見えるがなんとまだ四十五歳で、長年にわたりコレステロール過多の食習慣を続け、大量のビールとバーボンを飲んできた。あきれたことに、バーボンがビールを帳消しにすると思いこんで。それで数カ月前に比較的軽度の脳血栓を起こしたというわけだった。ベックストレームはすでに目をつぶっており、リモコンの電源ボタンを探すのにかなり手間取った。

それから素早く、機動隊のエンブレムのついた古いトレーニングウエアの上下を身につけた。半猿人たちと一緒に研修を受けたときにもらったものだ。どっかのバカが、真剣にやばい状況になったときにはお互い協力しよう、なんてことを思いついたせいで。

そうなったとしても、誰が機動隊なんかに頼るものか――ベックストレームはいくぶん苦労して新しく買ったジョギングシューズの紐を結んだ。これからウォーキングでクングスホルメンを一周するのだ。

二時間後、アパートに戻り、自分の玄関ドアに鍵を差そうとした瞬間、ベックストレームはひらめいた。

そうに決まってるじゃないか――白衣を着たチビの医者は、何もかも誤解しているのだ。この世界に正義が残っているなら、自分のはらわたで首を吊るがいい。食べずに飲む。そうすれば、血管は春の小川のようにさらさらと流れるはず。そんなこと、医者じゃなくてもわかる。脳みそのついた人間なら誰でも、アルコールがこの世でもっとも優れた溶媒液なのは知っているのだから。

有言実行。二分後には、同じアパートに住むテレビ局の元社長の呼び鈴を押していた。

「バカンスに出かけたんじゃなかったのかね、ベックストレーム」元社長は、煩わしそうな顔で、ベックストレームの上質なモルトウイスキーが入ったグラスを揺らしながら、ろれつの回らない口でそう言った。

「数日延期にすることになってね」ベックストレームは嘘をついた。「この間のブレンヴィーンを少しばかり買い戻させてもらえないかと思ったんだが。一本でいい。あと、残っていればモルトウイスキーも少々」ベックストレームはそう言って、元社長の手の中のグラスをちらりと見た。

「取引は取引だ」テレビ局の元社長はなんとか言葉を発すると、首を横に振った。「一度売ったものは、永遠に戻ってはこない」そして断固とした態度でドアを閉め、錠を二重にかけた。

ベックストレームは新聞受け越しに冷静に話し合おうとしたが、その結果、部屋の中のドアもバタンと閉まっただけだった。

そうなるとベックストレームもあきらめるしかなかった。すごすごと自分の部屋に戻ると、もう一度シャワーを浴び、歯を磨き、あのおかしな医者から処方された薬を三錠飲んだ。エルサ・ベスコフの絵本に出てくるおばさんたちのドレスと同じく、茶色と緑と紫のを。それからベッドの中で丸くなった。ランプを消し、遺書を書こうとは思わなかったが、誰かに鍋の蓋で頭を殴られたかのように意識を失った。

目を覚ましたとき、時計は四時を指していた。澄みわたった青空には無慈悲な太陽が輝き、ベックストレームは昨晩寝る前よりもっとひどい気分だった。

コーヒーを淹れ、立ったままブラックで三杯飲み干す。昨晩残ったサラダをかきこむと、ミネラルウォーターを一気飲みして締めくくった。意を決して外に出ると、ソルナの警察署までひたすら歩き続けた。

前日と同じく地獄の烈火のような天気で、気温が二十度に達していないのは、まだ真夜中だからにすぎない。六時過ぎに、ベックストレームはふらふらと職場にたどりついた。疲労で気絶寸前、睡眠不足と栄養不足で気がおかしくなりそうだった。建物の中にいるのは自分一人だけ。他の怠惰で無能な同僚たちは、まだみんな家のベッドでいびきをかいているのだ。

眠れる場所を探さねば――ベックストレームは署内をさまよい、最後に地下のガレージへとたどりついた。

「おやおや、ずいぶん元気そうじゃないか、ベックストレーム」すでに出勤していたガレージの警備員が、作業着で手を拭いてから、油っぽい拳を差し出した。

「殺人捜査だ」ベックストレームがうなるように言った。「ここ数日、一睡もしてない」

「それならいい考えがある。この冬におれが麻薬捜査課のために作った巣を貸してやるよ」

平凡な青のミニバンのドアを開けると、その中にはベックストレームのような状況に陥った人間が必要とするすべてが揃っていた。なんと、大きなベッドまである。

二時間後、ベックストレームの身体がもぞもぞと動きだした。鼻の中に淹れたてのコーヒーの香りが入ってきたからだ。そのうえ、夢としか思えなかった。バターをたっぷり塗ってチーズを挟んだ、熱々のパンの香りまで。

「起こしてすまん、ベックストレーム」ガレージ警備員が大きな盆を床に置き、ベッドの横の椅子に腰かけた。「張りこみのやつらがこの巣を使うと言いだしてね。ほら、リスネで昔からお馴染みのヤク中を張りこんでるんだ。腹が減ったかと思って、コーヒーとパンをもってきたよ」

たっぷりミルクの入ったコーヒー二杯、チーズを挟んだパン二個。いったい何がどうなっているんだ——。ベックストレームは救い主に礼を言い、あやうく抱きつくところだったが、最後の瞬間に思いとどまり、男らしい握手と背中をどんと叩くだけにしておいた。

それから署内のジムでシャワーを浴び、自分のオフィスの段ボール箱に入れておいたきれいなアロハシャツに着替え、ベックストレーム警部は午前九時半にはソルナ署の犯罪捜査部のデスクについていた。ここ二日で初めて、やっと半分くらいは人間らしい気分に戻っていた。

11

金曜の午前十時頃、ベックストレームのオフィスに来客があった。鑑識官ニエミの部下であるホルヘ・〝チコ〟・エルナンデスが、捜査責任者に面会を求めてきたのだ。

あっちを向いてもガイジン、こっちを向いてもガイジン——ベックストレームは心の中で深いため息をついた。ただ、それを口に出すなんてことは考えられない。エルナンデスの上司のピエテル・ニエミのことなら色々と話に聞いているからだ。そういうニエミもやはりガイジンで、フィンランド野郎だ。正確に言えばラップランド人というガイジンだし、二十歳も若いエルナンデスと親友だという。

「座りたまえ、チコ」ベックストレームは来客用の椅子のほうにうなずきかけ、自分は自分の椅子の中でふんぞりかえった。悲しげに残った腹の脂肪の名残の上で手を組んで。少なく見積もっても九キロか十キロは痩せたはずだ。同時に、自分の身体に何が起きているのだろうという不安も感じた。これまでずっと、彼の神聖な社だった身体に。

「で、どうしたんだね」ベックストレームは笑顔を作り、相手を励ますようにうなずいた。ガイジンなんかが警官になるべきではないと思っているのに、チーズを挟んだパンのせいにちがいない。

エルナンデスは色々と報告することがあった。昨晩、法医学者が被害者の司法解剖をする場に立ち会い、まずはニエミが推測した死体の長さと重さが正しかったことを伝えた。

「身長百八十八センチ、体重百二十二キロでした。ニエミはこういうのが得意なんです」

そんなこと、どうでもいい。

「このことを念頭においておくといいかもしれません。犯人の特徴につながります。これほど大きくて重い死体を扱うには、かなりの身体能力を要求されるわけですから」

肥満と立派な脂肪肝を除けば、ダニエルソンの健康状態は意外なほど良好だった。心臓も肺も、血管さえも、法医学者によれば特に問題はなかった。平均的な前立腺肥大など加齢による諸々の症状はあるものの、彼の生活習慣を考えれば驚くほど健康だった。

「一年に数カ月禁酒して、肝臓《かんぞう》に回復する機会を与えていれば、八十は超えられていたはずだそうです」エルナンデスが締めくくった。

雪解け水がせせらぐ春の小川のように——か。ベックストレームは同意のうなずきを返した。それならやはり、肉を挽いてソーセージにしたほうがよかったんじゃないか？　薫り高いコニャック風味のメトヴォルストができあがったかもしれない。何十年もコニャック漬けになっていたダニエルソン社長なのだから。

「ですが、金槌については訂正があります。頭蓋骨のレントゲン写真を見ると、金槌と一致する傷痕はありませんでした。金槌の釘を打つほうも、反対側もね。反対側というのは真ん中に切りこみが入り、釘などを抜くときに使うほうです。それに、柄が折れた方向が逆なんです。釘を打つ側じゃない。折れたのは反対側で、釘を抜く側です。だから、犯人が何かをこじ開けようとしたときに折れたのではないかと睨《にら》んでいます。問題は、アパートの中にこじ開けられたものが何もみつからなかったこと」

「それごともち出したんじゃないか？　例えば金庫とか。ダニエルソンの初めて抜けた歯や、優しい歯の妖精さんからもらった二クローネ硬貨が入っていたかもしれんぞ」

「まあ、そんなところでしょう」エルナンデスが同意してうなずいた。「現在のところ、錠のついた革の書類鞄ではないかという話になっています。真鍮《しんちゅう》か金メッキの錠や金具がついたような。釘抜きの部分にそれを示す痕が残っていた。約一ミリほどの小さなくずがみつかったんですが、かなりの確率で革です。薄い茶色の革。釘抜きの鋭い先には真鍮だと思われるくずがついていました。錠を壊そうとしたときについたのでしょう。SKLに送ってあります。うちの署にはそれを調べる機材がないので」

「だが書類鞄はみつかっていないんだな?」

「ええ。我々の予想どおりなら、犯人がもち去ったのでしょう。のんびり落ち着いて開けられるように」

「よくわかった」ベックストレームはそう言って、念のため小さな黒の手帳に内容を書き留めた。「他には?」

「鍋の蓋に話を戻させてください。鉄製で、表面は青い琺瑯《ほうろう》加工がされている。キッチンのコンロの上にあった鍋の蓋です。直径二十八センチで、真ん中に取っ手がついていて、二キロ近くあります。被害者は少なくとも六回、これで激しく殴られている。一発目は頭頂部の右側。斜め後ろから殴ったのは、トイレから出てきたところだったと考えています。ダニエルソンは前につんのめって倒れ、頭がリビング、足が玄関ドアを向いた。うつぶせか、もしかすると横向きに。そこから犯人は後頭部を二発殴った。それからダニエルソンの身体をひっくり返したはず。そして仕上げに顔を三発殴った」

「その順序で起きたと、なぜ確信があるんだ?」ベックストレームが疑問を発した。

「確実なことは言えませんが、頭蓋骨の骨折の具合や、現場である玄関の廊下を観察した結果を考えると、それがいちばんもっともらしいんです。玄関の状態、血の飛び散りかたを考えるとね。なお鍋の蓋には血液、頭髪、頭蓋骨の骨が付着していた。それに加えて、被害者の頭の傷と蓋の形状が一致する。犯人は力が強いだけではありません。殴った角度からして、背も高いはず。それに、被害者に対して相当憎しみを抱いていた。一発目だけでも死に至る強さだったのに、次の二発は後頭部と首の後ろで、念には念を入れて殴ったんでしょう。そこまではまあわかる。だが顔への三発――少なくとも、三発ですよ――それはあまりにやりすぎだ。しかもわざわざいったん蓋を床に置き、犯人の身体をひっくり返し、また蓋を手に取って殴り始めたわけだから」

「ということは、身長はどのくらいなんだ?」

「ダニエルソンは百八十八センチ、だから少なくとも百八十。わたしに言わせれば、それより十センチは高いかと。百九十ってところですかね」

「プロ野球選手じゃなければだがな」ベックストレームがからかった。「頭のほうまで腕を伸ばして、殴ったとか?　やつらはボールを投げるときそうやるだろう?　あるいはテニス選手かな?　鍋の蓋でサーブを決めた」

「現場付近にプロ野球選手がいたという可能性は比較的低いと思われます」エルナンデスはにこりともせずに言った。「テニス選手に関しても同様です」そう言って、ぷいと口をつぐんだ。

愉快な男だ――やっとユーモアのセンスのあるガイジンが出てきたか。

エルナンデスは話題を変えた。まず、ポーランド人の建設作業員がコンテナで発見した品について。

「それについていた血痕が被害者のものかどうか、今、SKLからの解析結果を待っているところです。そうだとしたら、疑いの余地なく非常に興味深い発見物だ。残念ながら、指紋はひとつもみつかりませんでした。レインコートにも、ゴム手袋にも、スリッパにも。レインコートもスリッパも、サイズはダニエルソンと合う。大きいです。靴のサイズでいうと四十四」

「SKLから返事がくるまでに何カ月くらいかかるんだ?」ベックストレームが皮肉をこめて訊いた。

「なんと、優先的にやってもらえることになったんですよ。少なくとも週明けには、リンショーピンの同僚たちから知らせが来ます。これまでにわかっていることをまとめると、犯人は肉体的に強く、平均身長よりかなり高く、被害者に激しい憎しみを抱いている。みつかったレインコートなどが犯行に使われたものだとして、鍋の蓋や金槌と同じくダニエルソンのものだったとしたら、犯人はかなり手馴れた印象を受けますね。自分の衣服に血が飛ばないように、被害者のレインコートを身につけた。同じ理由で、自分の靴は脱いで、被害者のスリッパをはいた。指紋が残らないように、被害者のゴム手袋をはめた。唯一納得がいかないのは、被害者が夕食を共にした相手です。犯行の前に皿やグラスやナイフやフォークにたっぷりと自分の指紋をつけているし、それをぬぐおうとした形跡も一切ない」

「わたしは納得がいかないなんてことはない。まるっきりね」ベックストレームは頭を左右に振った。「酔っぱらいってのは、そういうもんだろう。まずはリビングに座ってダニエルソンと飲んだ。それから急に怒りが湧き、ダニエルソンが便所に入った隙に靴を脱いでスリッパとレインコート、ゴム手袋を身につけた。鍋の蓋を摑んで、計画を実行に移したんだ。ダニエルソンが便所から出てきて、ふらふらしながらチャックを上げようとした瞬間にな。その前に自分がやったことは、単に忘れたんだろう」

「ニエミとわたしもその線は考えてみました」エルナンデスはうなずいた。「それに、憎しみだけじゃない。別の、もっと合理的な動機もあるのかと」

「どんな動機だ」

「盗みです」

「そのとおりだな」ベックストレームは重々しくうなずいた。「それで、犯人がどれだけ頭が空っぽかわかるというものだ。ダニエルソンみたいなやつから何か盗もうとするなんて。スキンヘッドの頭から髪を切ろうとするようなもんだろう」

「恐れながら、今回はちょっとちがうかもしれません。ダニエルソンの書き物机の右側のいちばん上の引き出しには、ソールヴァッラ競馬場の的中券の束があった。換金済みの券が、日付順に重ねてゴムバンドでまとめられていたんです。いちばん上は、ダニエルソンが殺された日の午後に行われたレースだった。つまり、おととい。二万六百二十クローネで、レース終了の直後にソールヴァッラの換金所で換金されている。ちなみに、V65の第一レースで、夜の六時半のことです。しかしその金がみつからない。例えば財布は、寝室の書き物机の上にありましたが、空っぽでした。入っていたのは、名刺の束だけ」

「なるほど……」ベックストレームは言った。ダニエルソンにしてみれば、それはものすごい収入だったはずだ。

「あと他にもいくつか」エルナンデスが言った。「アパートの中で発見したものや、あるはずなのに発見できなかったものが」

「続けてくれ」ベックストレームはペンと例の小さな黒い手帳に手を伸ばした。

「的中券はみつかったが、金はみつからない。書類鞄が存在した痕跡はあったが、書類鞄自体はない。それと、開封されたバイアグラの箱と、開封されていない箱がみつかりました。カール・ダニエルソンに処方されたものだというのを示す領収書もみつかった。六錠残っていたから、薬の領収書によれば、四月初旬からすでに八錠も消費したことになる。おまけに、十個入りのコンドームの箱には、二個しか残っていなかった」

「被害者はリュートに少なくとも二本の弦を張っていたようだな（本来は〝リュートに何本も弦を張っている〟で、多才の意）。楽器を持ち上げるのに薬の助けを借りなければいけなかったとはいえ」ベックストレームがにやりと笑った。

「銀行の貸金庫の鍵を二本みつけたが、貸金庫自体はみつけられていない。また、携帯、パソコン、クレジットカードの類《たぐい》もない。その関係の請求書も出てこなかった。普通のポケットサイズの手帳に、いくつかメモが残っているだけで。日記もみつからなかった。写真やプライベートなメモやなんかも」

「典型的な酔っぱらいだな」ベックストレームがうなずいた。「そんなやつが携帯など何に使う？　国営酒屋に電話をして注文するくらいだろう。それに誰が年寄りのアル中なんかにクレジットカードを発行する？　いくらなんでも、福祉局もそこまでバカじゃないだろう。他には？」

「書き物机の引き出しに、タクシーの領収書の束がいくつもみつかりました」

「介護タクシーか。まったくこの福祉天国ときたら、アル中全員がタクシーに乗っているときた。それを支払っているのは納税者である我々なのに……」

「いえ、それはありえません。普通の領収書です。おそらく買い受けていたんじゃないかと」

「タクシーの領収書を？　なぜそんなものを。食べるとうまいのか？」

「おそらくタクシー運転手の知り合いがいるんでしょう。客がもち帰らなかった領収書を、例えば額面の二十パーセントの額で買い取る。それを五十パーセントの額で別の人間に売り、その人間はそれを使って自分の事業の税金控除をする。長年経理の仕事をしていれば、そのくらい学ぶでしょう。当時の人脈もいくらか残っていたんだろうし」

「年寄りのアル中が集めるのは、酒の空瓶だとばかり思っていたが」

「まあ、この男はちがうようです」

それがどうしたってんだ、ブレンヴィーンがこんなに値上がりしてしまった今――ベックストレームは心の中でそう思いながら、肩をすくめた。

「それだけか？」

「はい。今のところそのくらいですね」エルナンデスが立ち上がった。「今日このあと、ニエミとわたしが今のところ把握している情報の覚書をメールで送りますね。犯行現場や解剖の写真も入っています」

「うむ。そうしてくれ」いやいや、まったく意外なほどよく頑張ったじゃないか。ラップ人野郎とタンゴダンサーが小さな額を寄せ合ったにしては。

12

アニカ・カールソン警部補は、朝の七時半には職場に到着していた。前夜は夜中過ぎまでベッドに入らなかったというのに。

自分のデスクにつくやいなや、ピエテル・ニエミが携帯に電話をしてきて、レインコートやスリッパが発見されたことを知らされた。

「何度もベックストレームに電話をかけたんだが、出ないんだ」

「わたしもよ。でもそろそろ現れるでしょう。ちょっと心配ね。昨日はずいぶん具合が悪そうだったから。あなたも気づきました？」

「ああ、まあな。そんなことはどうでもいいが、ポーランド人とその仲間への聴取は早いほうがいいと思って。だからきみに電話したんだ」

「それは助かります」ニエミはいい警官だ。すごく。優秀なだけでなく、真摯《しんし》に仕事に取り組んでいる。

「言ったとおり発見現場には行ってみた。コンテナの中も漁《あさ》ったが、何もみつからなかった。それに、その周辺でも何もみつからなかったよ。真夜中だというのに、警察犬まで連れていったんだが……。それから、ビニール袋を発見した男とも話してみた。いいやつだったぞ。わたしみたいなのより、よほど上手なスウェーデン語を話してた」ニエミが笑顔になったのが声でわかった。しかしあまりに忙しいので、それは一瞬だけだった。

「それで、今度はわたしにちゃんとやってほしいんですね。テープレコーダーと録取書つきで」アニカもそう言って、笑みが声に表れた。なぜこの世の男が全員ニエミみたいじゃないんだろう――。

「ああ。だって、我々はそういうタイプだろ？」

「了解」アニカ・カールソンは思った。あなただからよ。


そしてもう一度ベックストレームの携帯に電話したが、やはり電源が切られたままだった。時刻はもう八時半近いのに。アニカ・カールソンはあきれたように頭を振り、フェリシア・ペッテションを連れて、署の車でイエケンスベリへと向かった。小規模のアパートの改装をしているイェジ・サルネツキと四人のポーランド人に話を聞くために。

フェリシア・ペッテション二十三歳は、今年の一月に警察大学を卒業したところだった。今はソルナ署の犯罪捜査部で初めての実習中で、始まって一週間後にはもう殺人事件に関わることになったわけだ。フェリシアはブラジル生まれだった。サンパウロの孤児院で育ち、一歳のときにスウェーデン人夫婦の養女になった。夫婦とも警官で、ストックホルムの西、メーラレン湖に浮かぶ島のひとつに住んでいる。これまでに存在した多くの警官の子供と同じく、今は自分自身も警官になっている。まだ若く経験も乏しいが、この職業に就くための前提は兼ね備えている。身体能力が高く、冷静で理性的で、自分が選んだ仕事を楽しんでいる様子でもあった。

「イエケンスベリはわかるわね、フェリシア？」助手席でシートベルトをかけてすぐ、アニカ・カールソンが言った。

「答えはイエスです、ボス」フェリシア・ペッテションはうなずいた。

「でもまさかあなた、ポーランド語を話せたりはしないわよね？」

「もちろんです、ボス。答えはイエスです。誰でも話せるものかと思ってましたけど？」フェリシアは笑みを浮かべた。

「他に知っておくべきことは？」なかなか頭のよさそうな子じゃないの。

「友人たちにはリサって呼ばれているんです。よかったらそう呼んでください」

「わたしのことは皆がアヒル《アンカン》と呼ぶわ」

「そう呼んでほしいんですか?」リサが驚いた顔でアニカを見つめた。「わたし、アヒルに似ていると思う?」

「いいえ、ちっとも」アニカ・カールソンは首を横に振った。「あなたは、すごくかっこいい女性だと思います。お世辞じゃありませんよ」

「いいえ、全然」リサ・ペッテションが吹き出した。


アニカ・カールソンとフェリシア・ペッテションは幸運に恵まれた。時刻はまだ朝の九時なのに、サルネツキとその仲間たちはもう昼を食べていたのだ。彼らは外が明るくなると同時に起きだし、四時に朝食を食べて、五時半には働き始める。九時ともなれば昼食の時間だ。夜まで体力をもたせなければいけないのだから。

「ソーリー・トゥー・ディスターブ・ユー・イン・ユア・ブレックファスト」アニカ・カールソンは警察バッジを見せて微笑《ほほえ》んだ。「マイ・ネーム・イズ・ディテクティブ・インスペクター・アニカ・カールソン。ジス・イズ・マイ・コリーグ・ディテクティブ・コンスタブル・フェリシア・ペッテション。バイザウェイ、ダズ・エニワン・オブ・ユー・スピーク・スウェディッシュ? オア・アンダースタンド・スウェディッシュ?」

「少しスウェーデン語が話せます」サルネツキが言い、他の三人は首を横に振って、一人は自信なげにうなずいた。「ぼくが通訳してもいいですよ」

「いくつか質問したいだけなんです。座ってもいいですか?」

「ええ、もちろん」サルネッツキが素早く立ち上がった。お手製のテーブルの周りの空いた椅子から工具箱をどけ、別の一人がスツールを取りにいき、自分の椅子をディテクティブ・コンスタブル・ペッテションに譲った。

二人の美しい女性。おまけにスウェーデンの警察官だという。うち一人は西インド諸島あたりから来たようには見えるが。優しくて、明るくて、目の保養にもなる。一本釘を打ちこむごとに思い浮かべるのも悪くない。彼らは結局、一時間も座ったまま話していた。時間がどうだってんだ。八十クローネはしょせん八十クローネだし、仕事が人生でいちばんやりたいことってわけでもない。

水曜の夜から木曜の未明にかけて、何か目撃しませんでしたか？

その日も夜の八時まで改装をしていました。そのあとは作業を止めた。じゃなきゃ近隣から苦情が出るから。夕食を食べ、おしゃべりをし、トランプをして、十時には寝た。その間、誰もアパートから出なかった。ずっと雨が降っていたからだ。

夜中を過ぎてからは、何か見たり聞いたりしませんでしたか？

寝ていました。眠りが浅いという悩みをもつ仲間はいない。誰も何も見ていないし、何も聞いていない。各自自分のベッドで寝ていた。一人だけちょっとトイレに立った。それだけ。

「レシェクです。レンガ職人の」サルネツキは用を足しにいった仲間のほうにうなずきかけた。

「トイレは通りに面していて、窓がある」アニカ・カールソンの次の質問を予測して、サルネツキはつけ足した。

「何時だったか訊いてもらえます？」

「わからないそうです」ポーランド語で短い言葉が交わされ、レシェクが首を横に振ったあと、サルネツキが答えた。

「時計は見なかったそうです。腕時計は外して、ベッドの横に置いていた」

「まだ雨は降っていましたか？」アニカ・カールソンはすでに天気情報サービスから資料を取り寄せていた。水曜の夜、雨は小降りになり、五月十五日木曜日の午前零時半過ぎに止んでいる。

「あまり」ポーランド語でちょっと話したあと、サルネツキが答えた。「暗かったそうです。夜のいちばん暗い時間帯。目を覚ますと、美しい青空でした。朝の四時です」

ということは、真夜中前後――アニカ・カールソンは思った。

「何か見たり聞いたりしなかったか、訊いてください。人間、車、光――普段ならあるはずのものが見当たらなかったとか、聞こえなかったというのでもいい。おわかりのとおり、あらゆる情報が必要なんです」

またポーランド語。自信なげに首を振るレシェク。そして二人とも笑顔になった。レシェクが自信ありげにうなずき、またポーランド語で何か言った。そして肩をすくめた。

「続けてちょうだい」アニカ・カールソンが言った。しっかりしなさい、アンカン。まるでベックストレームみたいな口の利きかたじゃないの。そんなの〝すごくかっこいい警官〟の言うことじゃない。

「猫を見たそうです」サルネッキが嬉しそうな笑顔を浮かべた。

赤茶の仔猫。よく見かけるから、すぐ近所で飼われているのだろう。首輪はしていないが。一度など、牛乳をあげたこともあった。

しかし人間や車や光を見たり、人間の立てる音を聞いたりしてはいない。暗くて、静かで、小雨が降っていた。テレビやラジオの音も聞こえなかった。明かりのついている窓もなかった。犬も吠えなかった。ただ、赤茶の仔猫が一匹、通りを横切った。それだけ。

13

ラーシュ・アルム警部補六十歳は、ここ十年ほどソルナ署の犯罪捜査部で働いている。その前は最初、ストックホルム中心部クングスホルメンの警察本部に昔あった暴力課、そこからシティー地区所轄の捜査課に異動した。そのあとにソルナ署に移ったのだ。その間に離婚して再婚もして、新しい奥さんがカロリンスカ大学病院の看護師でソルナ・セントルムに素敵なアパートをもっていたから、職場まで徒歩圏内になった。徒歩二分——それなら雪が降ってこようが、小さな釘のような雨が降ってこようが、問題なかった。

それだけでもソルナ署で働く理由としては充分だが、理由は他にもあった。アルムは仕事で燃え尽きていた。暴力課での日々のツケを払うことになったのだ。それで、ソルナ署のほうが少しはましだろうと考えた。シティー署では規則正しく毎週月曜日に、週末にバーで起きた騒ぎの書類がデスク上で山になっていたが、やっとそれからもおさらばできるはずだ。しかしその期待は裏切られた。できることならば定年退職したかったが、計算してみて、せめて六十五歳までは我慢することに決めた。看護師の給料だけではとても足りないのだ。二人とも歳を取って飢え死にしたくはなかった。

アルムは可能なかぎり人生を立て直そうとした。凶悪犯罪課、張りこみ捜査課、麻薬捜査課、強盗対策チームのような部署は避け、日常犯罪のような比較的簡単な事件を扱うことにした。つまり、普通の人が襲われるような犯罪だ。自宅への侵入強盗や車上荒らし、軽度の暴力事件、器物損壊など。自分ではかなりうまくやれていると思う。こなさなければいけない数の事件は担当できている。彼のような警官の平均値に合わせる努力はしているのだ。

五月十二日の月曜日、アルムが所属する西地区所轄内に嵐が吹き荒れた。男が二人、ブロンマ空港で現金輸送車を襲ったのだ。警備員を一人、銃で撃ち、もう一人も殺した。重大な強盗、殺人、殺人未遂。数時間後には法務大臣がテレビの各ニュース番組に出ていたほどだ。アルムの新しい上司、ソルナ署長のアンナ・ホルトにとっても笑い事ではなかった。署長になって二カ月で、もうこんなことが起きたのだから。

最初の波はなんとかやり過ごした。犯罪捜査部のボス、トイヴォネン警部が他部署の同僚を含めて大量の人材をその事件の捜査に投入したが、アルムのことは見逃してくれた。しかし木曜の朝にはアルムまで駆り出されることになった。トイヴォネンがオフィスに駆けこんできて、「もうここまできたら状況を受け入れるしかない」と言ったのだ。

「ロースンダ通りでアル中の年寄りを殴り殺したやつがいるんだ。まともな同僚なら昼前には解決できているような事件だが、今は非常事態だ。ベックストレームを責任者に据えるしかなかった」

「で、わたしは何をすればいいんです?」アルムはすでに議論の余地がないことを見抜いていた。

「あの災いの塊みたいなチビのデブが、相手ゴールにシュートを決めることだけはしないよう見張っていてくれ」トイヴォネンはそう言って、颯爽《さっそう》と立ち去った。

そういうわけだった。十年のブランクを経て、アルムは殺人捜査を引き受けることになった。エーヴェルト・ベックストレームが誰だかは知っていたからといって、気分はちっともよくならなかった。

アルムは前からベックストレームのことを知っていた。八〇年代の終わりには、二人ともストックホルム県警の暴力課で殺人捜査を担当していた。その数年後、ベックストレームは突然、国家犯罪捜査局の殺人捜査特別班に引き抜かれた。それはまるっきり理解不能な人事だった。国家犯罪捜査局のお偉いさんの誰かが脳溢血でも起こしたか、ストックホルム県警の犯罪捜査部のボスから賄賂《わいろ》を受け取ったのだろう。アルムや他のまともな同僚たちは、オーランド島への観光フェリーに乗り、一昼夜祝杯をあげ続けた。その十五年後、報復が全力で襲いかかってきたわけだ。

他にどうしようもなく、アルムはアニカ・カールソンに相談に行った。女性だし、ごくまともな同僚だからだ。そして自分が被害者の人物像、交際範囲、それに死ぬ前に何をしていたかを調べてもいいと申し出た。自分のオフィスで作業をして、どうしても必要な場合以外はベックストレームに会わなくていいという条件で。

「いい考えだと思います」アニカ・カールソンはうなずいた。「ベックストレームはどんな人なんです？　噂は散々聞いているけれど、会ったのは今朝が初めて。ほんの短い時間だった。彼が殺人現場を覗きにきたときにね」

「まあ、ちゃんと会っていれば、記憶に残っただろうからな」アルムはため息をついた。

「皆が言うように、そんなに分別がない男なの？　そういう噂って、どうせ大袈裟《おおげさ》なんでしょうけど」

「いや、噂よりもっとひどい。テレビをつけて、同僚が撃たれたというニュースを見るたびに、それがベックストレームであってくれと神に祈ってきたよ。どうしても警官が恐ろしい目に遭わなければいけないなら、なぜベックストレームを選ばない？　他のまともな感じのよい同僚たちは後回しにすればいいだろう。だが祈ったところで、ちっとも効果はない」アルムはあきれたように頭を振った。「あのチビでデブのおめでたいバカは不死身なんだ。どうせベルゼブル（聖書に出てくる悪霊）とでも契約を結んだんだろう。あの男を押しつけられることになったのは、我我が罪深いせいなのだろうが、こんな目に遭うなんて、我々が何をしたって言うんだ……」

「あなたの言う意味はわかります」アニカ・カールソンは考え深げにうなずいた。これは面白くなりそうだ。最悪の場合、ガレージに引きずっていって両腕を折ってやればいい。


被害者カール・ダニエルソンの人物像を調べる段階で、アルムは久々に殺人捜査の醍醐味《だいごみ》を味わった。急死したという知らせが広まったとたんに――それは飛び火のように広まったのだが――知人一同が警察に連絡をしてきた。警察署の交換台は今度ばかりはちゃんと機能し、情報が波のようにアルムに押し寄せ、初日の夜に家に帰る頃には、状況をかなり把握できたと実感したほどだった。

被害者のもっとも親しい友人十余人の名前と個人識別番号も手に入れた。全員男で、訊かずとも、殺された男と同じものに人生をかけて情熱を注いでいるのがわかる。そのうちの数人とはすでに電話で話し、まだ連絡のついていない他の友人たちの名前も教えてもらい、うち二人には聴取も行った。だから夜の七時頃に歩いて家に帰り、妻と一緒にリンゴンベリーのジャムを添えたロールキャベツを食べたとき、アルムは充分に満足していた。エーヴェルト・ベックストレーム警部と働かなくてはいけない場合に満足できる範囲内ではあるが。

ベックストレームがついにスウェーデン国民としての責任を果たしぽっくり逝ってくれたとしても、この捜査についてはまったく心配する必要はないぞ——。

14

ベックストレームは午前中ずっと、同僚たちがすでに理解不能な域までめちゃくちゃにしてしまった殺人事件の捜査に少しは秩序をもたらそうと奮闘していた。おまけにここしばらくぶりに気分がよかった。たっぷりチーズが挟まった熱々のパンの、天にも昇るような香りが鼻の穴にずっと残っていたからだ。

体重監視人など、地獄に堕ちてしまえ。基本的には、普通の人間のように食べていればいいのだ。そこに美味しい液体を大量に混ぜさえしなければ。それからいったんストップする。つまり断食をして、しこたま酔っぱらう。それで全身の細い血管の隅々まできれいに洗浄され、身体が甦《よみがえ》るはずだ。

十時半にはお腹が鳴りだした。あのよく知る心地よい音で、何か口に入れなければいけないとわかった。

職員食堂に下りると、じっくりと献立の組み合わせを考えた。自分の目で確かめて、バランスの取れた昼食になるように。

まずはサラダのビュッフェに立ち寄り、千切りのにんじん、拍子木切りのきゅうり、そしてトマトのくし切りをきれいに小さな山にした。ヘラジカとウサギの糞は取らずに素通りしたし、ウジ虫はここでは置いていないようだ。一度だけ試したときは、まるで人間の食べ物のような味がしたが。それから各種のドレッシングやオイルのボトルをくんくん嗅いで回り、最終的に心を決めた。サウザンアイランド・ドレッシングにしよう——。それなら余裕で食べられることを経験上知っていた。自宅でも購入して、家でハンバーガーを作ったときはたっぷりのチーズとマヨネーズと一緒にかけているほどだ。

メイン料理のコーナーでは長い時間、躊躇《ちゅうちょ》した。本日の肉料理はハンバーグと炒めポテト、きゅうりとクリームのソース。本日のパスタは炒めたベーコンと卵の黄身のカルボナーラ。本日の魚料理はカレイのバター焼きと茹《ゆ》でたじゃがいものタルタルソース。ベックストレームの屈することのない強固な意志が勝り、今日は魚料理を選んだ。魚なんて、ホモやレズや自由教会派のやつらが食べるものなのに。まあ、試してみる価値はある——ベックストレームは急に心が落ち着き、人間としてのレベルがアップしたような気分になった。

残るは、食事のさいのドリンクだ。普通の水、ジュース、ミネラルウォーター、あるいは低アルコールビール。結局、低アルコールビールの小瓶を選んだ。自分が慎ましい人間であることはすでに証明したのだ。質素ではあるが当然の褒美だった。そのうえひどい味がしたから、本物のヘルシードリンクにちがいない。

十五分後には食事は終わっていた。あとはコーヒーと、勝利を祝うための小さなマサリン（表面にアイシングを施したアーモンド風味の焼き菓子）だ。いや、いっそのこと、緑のマジパンにチョコレートがかかった掃《ダム》除機《スーガレ》と呼ばれるお菓子も。

冷静に、ベックストレーム、冷静にだ――ベックストレームはそう思いながら、ストイックなまでの理性でダムスーガレを盆に戻し、小さな取り皿にたったひとつマサリンを取っただけで満足することにした。コーヒーを注ぎ、隅のテーブルに座ると、独りのんびりと簡素な食事を終えたのだった。

15

一時間後、ベックストレームは捜査班の二度目の会議に参加していた。状況はしっかり掌握できているし、心のバランスも取れているし、やっと自分の人生をまたコントロールできるようになった実感があった。まずはラーシュ・アルム警部補にこれまで判明したことを報告するよう促したが、そのときですら血圧が上がることはなかった。被害者の個人情報、そして惨めな酔っぱらい人生の最後の数時間に何をしていたのか。

「ではまず、きみに始めてもらおうか、ラーシュ」ベックストレームはそう言って、アルムに優しく微笑《ほほえ》みかけた。昔暴力課にいた、年寄りのでくのぼう。こんなやつがなぜ警官になれたのかは、おれにも解けない謎だ——。

ラーシュ・アルムはセッポ・ラウリエンの聴取をすませていた。被害者と同じアパートに住むもっとも若い住人だ。ハッセル小路一番に母親が借りている部屋で一緒に暮らしている。ラウリエンがいちばんに聴取されるという栄誉にあずかったのは、十年前に軽度の暴力行為で六十日の日数罰金刑を受けているからだった。そのときは合計七人のAIKサポーターが起訴された。ロースンダで行われた試合のあとに、地下鉄ソルナ・セントルム駅で相手チームのファンに暴行を加えたのだ。警察のデータベースに残っていたのはそのときの記録で、ラウリエンは七人の中ではもっとも軽い処罰を受けた。ただし、被害者と同じアパートの住人の中で暴力犯罪で有罪判決を受けているのは彼だけだ。


「わたしが聴取を担当する？　それとも、あなたが？」アニカ・カールソンがアルムに尋ねた。

「わたしがやってもいいが」

「じゃあ、お願いするわ。よろしく」

大人の男の身体に棲む子供——聴取を終えてラウリエンと別れたとき、アルムはそう思った。

アルムよりもゆうに十センチは背が高いし、体重も十キロは重くて、肩幅も広い。そこから長い腕がだらりと垂れ下がっている。大人の男。常に額に落ちてくる長い金髪の前髪以外は。それをひっきりなしに左手でかき上げ、首をこきっと鳴らす。無垢な瞳——それは子供の瞳だった。おまけに澄んだ青。そして、聞き分けのない子供のような身体。だらしない姿勢。大人の身体に棲む子供——それだけでもあまりに哀れだ。ラウリエンと別れたとき、アルムはそう感じた。

五月十四日水曜の午後四時頃、カール・ダニエルソンは外出先からソルナのハッセル小路一番のアパートに戻ってきた。料金を払ってタクシーから降りると、アパートの入口でセッポ・ラウリエン二十九歳に出くわした。

ラウリエンはまだ若いのに早期年金受給者で、現在は一時的に独り暮らしの身だった。それというのも、普段一緒に暮らしている母親が脳溢血を起こし、しばらく前からリハビリホームに収容されているからだ。ダニエルソンはラウリエンに、街に行ってきたと話した。銀行でちょっとした用事をすませてきたと。それから百クローネ紙幣を二枚差し出し、ラウリエンに食材の買い出しを頼んだ。ダニエルソン自身はこのあとソールヴァッラの競馬場に行くから、自分で買いにいく時間がないという。ベーコンと出来合いのインゲンマメの煮こみをたっぷり二人分、それからトニックウォーター、コカ・コーラ、炭酸水を数本。それだけだ。釣りはやる。

ラウリエンは長年、ダニエルソンからそういう雑用を頼まれてきた。近所のスーパーから戻ると、ちょうどダニエルソンはまたタクシーに乗りこむところで、至極ご機嫌だった。「馬と大金が待ってる」というようなことを口にしたらしい。

「そのときの時刻は覚えているかい？」アルムが尋ねた。

「うん」ラウリエンがうなずいた。「はっきり覚えてるよ。時計はよく見るんだ」そう言って左手を差し出し、腕時計を見せた。

「で、何時だったんだい？」アルムは優しく微笑みかけた。

「五時二十分」

「それからきみはどうしたの？」

「買い物袋をダニエルソンのドアにかけて、自分の部屋に戻って、ゲームをしたよ。いつもゲームをしてるんだ」

「この話は、他の証言とも一致する」アルムがそう言って、自分のノートをめくった。「ダニエルソンは競馬場で十八時に始まったV65の第一レースの馬券を買っている。競馬場まではタクシーでかかっても十五分の距離だし、レースが始まる前にちょっと考える時間まであったはずだ」

「ちょっと待て、ちょっと待て」ベックストレームが追い払うような仕草で手を振った。「話の行間を読むと、そのラウリエンとやらはずいぶん頭が弱そうだが？」

「知的障害があるんだ。だが時計は読める。それは確認した」

「続けてくれ」ベックストレームは大きなため息をついた。なんという偶然だ。でくのぼうの最初の参考人が、また別のおめでたいやつだとは。そして二人とも、時計は読めると言い張るときた。

ダニエルソンは、第一レースで六番のインスタント・ジャスティスに五百クローネを賭けた。それが約四十倍の配当になり、その的中券を鑑識がダニエルソンの書き物机の引き出しの中から発見している。

「それは確かなのか？」ベックストレームが食い下がった。だって、もらったり、盗んだりした可能性もあるからな。

絶対に確か――というのがアルムの答えだった。ダニエルソンの旧知の友人に話を聞いたのだ。ダニエルソンが電話をしてきて、そのとおりのことを語ったという。そもそもダニエルソンにインスタント・ジャスティスを勧めたのはその友人だった。昔はソールヴァッラで騎手やコーチを務めていた男で、現在は年金生活者のグンナル・グスタフソン。ダニエルソンとは国民学校からの仲だという。

「このグスタフソンはソールヴァッラでは伝説のような男で」アルムが続けた。「馬好きの同僚たちも知っていたよ。騎手のギュッラという愛称で知られていて、どの馬が勝ちそうかを皆に教えて回るようなタイプではないので、ダニエルソンと親友だという話にはうなずける。ところでソルナやスンドビィベリ界隈の幼馴染の間で、ダニエルソンは勘定屋のカッレと呼ばれていたらしい」

「まあ、とにかくだ」アルムは自分のメモを確認しながら、さらに続けた。「そのグスタフソンが友人たちと競馬場のレストランにいたときに、ダニエルソンがやってきた。かなりご機嫌だったそうだ。そのとき時刻は六時半で、グスタフソンは一緒に座るよう誘ったが、ダニエルソンは断った。家に帰らなければいけない。もうすぐ別の友人が夕食を食べにくるからと。その友人と祝杯を上げるから――というのも、当たった馬券は二人で買ったものだったそうだ」

「そいつの名前は？」ベックストレームが訊いた。「ダニエルソンがソルナの国民学校に通っていた頃のクラスメートで、ダニエルソンと同じ生まれ年、つまり現在六十八歳。我々が彼を知っているのは、昔あった暴力課の捜査官だったからだ。ローランド・ストールハンマルだよ。ロッレ・ストリス、もしくはスーパーマン、あるいはただのストリス。〝愛される子にはいくつも名前がある〟と言うだろ？」

なるほどそういうことか――。ローランド・〝ストリス〟・ストールハンマル。トランクスの中に古い錆がたっぷり入った状態で、現行犯逮捕ってとこか。ベックストレームに言わせれば、そういうことだった。

「そうかそうか」ベックストレームは椅子の背にもたれ、腹の上で手を組み、満足気な笑みを浮かべた。「これで事件は解決したような気がするのは、わたしだけかな？」

「若い同僚たちに、教えてやってくれないか。元同僚のローランド・ストールハンマルのことを」ベックストレームはそう続け、嬉々としてアルムにうなずきかけた。


アルムのほうはさして嬉しそうな顔でもなかったが、それでも話し始めた。

「ローランド・ストールハンマルは、暴力課の伝説的な捜査官だった。課の中の特別捜査班にいて、県内の悪党とは全員知り合いみたいなもので。悪党たちからひどく気に入られてたんだ。暴力課にいた間に何百人もしょっぴいたというのに。一九九九年に定年退職した。当時はまだ、五十九歳から年金がもらえたんだな」

「ええと、それから……」アルムはなぜかそこでため息をついた。「あとは何を説明すればいいだろうか。ソルナで生まれ育ち、大人になってからもずっと住んでいる。スポーツ万能で、プロの選手になり、その後はコーチもしていた。社交的でダイナミック。すぐに人と仲良くなれる。仕事に燃えていた」

「だが、いい話ばかりじゃないだろう」ベックストレームが意地悪い笑みを浮かべて遮《さえぎ》った。

「他にも色々あったじゃないか」

「ああ」アルムは軽くうなずいた。「元ボクサーなんだ。それもプロのな。六〇年代末に数年連続でスウェーデンのヘビー級チャンピオンに輝いている。一度など、インゲマル・ヨハンソンとリングに上がったこともあるんだ。ユールゴーデンのシルクス劇場で行われた慈善イベントでね。インゴ――インゲマル・ヨハンソンというのは、昔のヘビー級世界チャンピオンだ」

アルムはそう説明して、なぜかフェリシア・ペッテションにうなずきかけた。

「敬愛すべき元同僚の描写に、感動して涙が出そうだよ。だがその説明だと、わたしの知るロッレ・ストリスだとは思えない。身長百九十センチ、百キロの筋肉と骨、警察隊でいちばん切れやすい堪忍袋の緒をもっていた。暴力課の全員を足したよりも頻繁《ひんぱん》に、過度な実力行使で訴えられていたじゃないか」

「それはわかってる。だがそんな単純な話じゃないんだ。言ったとおり、ストールハンマルは仕事に燃えていた。道を踏み外しかけた若者を、本当にやばいことになる前に救ったことは数知れずだ。記憶に間違いがなければ、同僚の中で勤務時間外にもボランティアで街の見回りをしていたのは彼だけだった」

「箒《ほう》職人《き》のように酔っぱらっていないときは、だろ？　結局、それがやつの得意得目だったからな」ベックストレームは興奮が高まるのを感じていた。「今でもそうなら……」

「その点について、情報を補足できるかもしれません」巡査のヤン・O・スティーグソン二十七歳が、控えめに手を振った。「今回の事件に関してという意味です」

「お前さんも元ボクサーなのか、スティーグソン」ベックストレームはすっかり機嫌を損ねていた。

いかにも今どきのパトロール警官。スキンヘッドのボディビルダーで、どうせIQはゴルフのハンデと同じくらいなのだろう。理由は不明ながら、この殺人捜査のために機動捜査隊から貸し出されてきた。低能なフィンランド野郎のトイヴォネン以外にそんなことを思いつくやつはいない。おまけにダーラナ地方出身ときた。ダーラナの赤い馬のロゴのついたクネッケブレッドが口に入っているような話しかただ。膝にポンポンのついた民族衣装で踊っているようなやつが、突然おれの殺人捜査に転がりこんでくるなんて。こんなことで、スウェーデン警察はどうなってしまうんだ——。

「教えてちょうだい」アニカ・カールソンが力強くうなずいた。「そうすれば、ベックストレームとアルムが昔の友達のことで言い争うのを聞かなくてすむから。だって、誰もそんな気力はないでしょう?」

この女はいったい何様のつもりだ——ベックストレームは不機嫌な表情でアニカを睨《にら》みつけた。会議が終わったらすぐに、おれとお前で責任者会議だ。

「昨日の聞きこみで、色々と情報が入ったんです」スティーグソン巡査が言う。「そのうちの二、三人は元同僚ローランド・ストールハンマルについて証言していて、アルムの話と一致する部分があります」

「続けたまえ」ベックストレームが言った。何を待ってる? 秘密の話でもあるのか?

「未亡人スティーナ・ホルムベリ、七十八歳」スティーグソンがそう言って、ベックストレームにうなずきかけた。「ハッセル小路一番のアパートの一階に住んでいます。可愛いおばあちゃんですよ。引退する前は教師だったそうで、とても元気で頭も冴《さ》えている。聴力にも問題はない。彼女の部屋はダニエルソンの真下です。あのアパートは音が筒抜けなので、捜査に役立つ情報がかなり入ってきました」

スティーグソンは余韻を残すようにうなずき、ベックストレームを見つめた。

まったく自分の耳が信じられない。膝ポンポンの民族舞踊ダンサーは、あのラウリエンと血がつながっているにちがいない。異母兄弟か異父兄弟ってとこか。苗字がちがうから。

「で、続きは？ いつまで待たせるんだ？」ベックストレームはあきれた顔で両腕を広げた。

五月十四日水曜の夜、ダニエルソンの家では酒宴が開かれていた。ホルムベリ夫人によれば夜の八時半に始まり、大声、笑い声、そして食器の音がかちゃかちゃと聞こえていた。一時間ほど経った頃、完全に手がつけられない状態になった。大音量でグラモフォンをかけ始めたのだ。ホルムベリ夫人によればエーヴェルト・トウベの曲ばかりで、サビの部分になると二人も合唱で参加した。『缶焚きのワルツ』『フルの帆船ブルーバード号』『フリーチョフとカルメンチータ』……あとはなんだったかしら、とにかく、永遠に終わりそうになくてね」ホルムベリ夫人はそう語った。

しかも、こういうことは初めてではなかった。夫人はダニエルソンのことがちょっと怖かったから、同じアパートの住人に電話をして助けを求めた。ブリット＝マリー・アンデションという、最上階に住む自分より年下の女性に。

「あのダニエルソンは厄介な御仁でしたよ」ホルムベリ夫人はそう説明した。「死んだ人のことを悪く言うなんて、ひどいと思われるでしょうけど。大柄で粗野で、一日じゅう酔っぱらっていた。一度アパートの入口を開けてくれたことがあったんだけれど、あんまり酔ってるものだから転んでしまって、あたしも買い物袋もぺちゃんこになるところでしたよ」

「それで、最上階の女性に電話して助けを求めたんですね。ブリット＝マリー・アンデションに」聴取を担当したスティーグソンは、録音しておいた聴取を報告書に起こし、今それを声に出して読んでいた。

「ええ、彼女はきっちりした人ですからね。ダニエルソンみたいな男にもはっきり物を言うことができる。だから、お願いしたのは今回が初めてじゃないんですよ」

「それで、アンデション嬢は？」

「アンデション夫人ですよ、嬢じゃなくて。離婚したのか、ご主人が亡くなったのかは知らないけれど。でもともかく二階に行って、静かにしろと言ってくれたんでしょうね。しばらくすると騒音が止んだから」

「そのとき何時だったかわかりますか？　つまり、静かになった時刻です」

「夜の十時半頃かしらね。あたしの記憶ではですよ」

「それから？」

「床につきました。そういえば、本当に運が良かったわ。あそこで首を突っこんでいたら、あたしも殴り殺されていたかもしれないでしょう」

「その年下の住人というのは？　その女にも話は聞いたのか？」

「ブリット＝マリー・アンデションです。えへへ」スティーグソン巡査は嬉しそうな笑顔を浮かべた。

「えへへってのはなんだ」

「いやまったく、すごい女で……」スティーグソンは深いため息をついた。「なんて言えばいいのか……。金髪──本物の金髪です。確信がありますよ。それにあの身体。なんという上半身。えへへ。あんなの誰も見たことないはずですよ。ドリー・パートンといい勝負だ」スティーグソンは満面の笑みを浮かべた。

「で、その女性は口はきけたのか？」ベックストレームが尋ねた。

「もちろん」スティーグソンがうなずいた。「すごく親切で、録音機をもっていってよかったですよ。だってあの身体じゃ……」

「ちょっと、いい加減にしなさい！」アニカ・カールソンが怒鳴った。「その人が何を言ったのか、さっさと話しなさいよ」

膝ポンポンよ、それ以上調子に乗らないほうがいいぞ。アニカの目が怒りに燃えている。スティーグソン坊やの手足をもぎそうな勢いだ。

「はい、もちろん」スティーグソンは急に頬を赤くした。怯えたように書類をめくり、こう読み上げた。

「参考人ブリット＝マリー・アンデションの発言を以下にまとめる」

水曜の夜十時頃にホルムベリ夫人から電話があり、ダニエルソンのことで助けてほしいと頼まれた。アンデション夫人は二階のダニエルソンの部屋に下り、呼び鈴を鳴らすとダニエルソンがドアを開けたが、相当に泥酔していた。アンデション夫人は音量を下げるよう頼み、そうしないなら警察に通報すると脅した。ダニエルソンは謝ってドアを閉めた。アンデション夫人がそのまま耳を澄まして待っていると、グラモフォンの音が止んだ。だからエレベーターで自分の部屋に戻った。その約十五分後、ダニエルソンがアンデション夫人の固定電話に電話をかけてきた。彼女を怒鳴りつけ、ひどい態度だった。自分に関係ないことに首を突っこむな――と。そして乱暴に電話を切った。アンデション夫人の推測によれば、時刻は夜の十時半頃だったという。

「その話には納得がいく」アルムが口を挟んだ。「会議の直前に電話の発着信リストの第一弾が届いたんだが、被害者の自宅の固定電話から別の固定電話へ二十二時二十七分に発信されている。つまり、十時半になる直前だ。アンデションの聴取の報告書を見せてくれないか」

「はい、もちろん」スティーグソンはプリントアウトしたA4の紙を手渡した。

「やはり」アルムは受け取った書類に素早く目を通すと、うなずいた。「これはアンデション宅の固定電話の番号だ。なお、ダニエルソンが最後にかけた通話でもある」

だってそのあと殴り殺されて、金を奪われるんだからな。かつては仕事に燃えていた元警官のローランド・ストールハンマルに――ベックストレームはそう思いながら、興奮を隠せなかった。

「ひとつ気になったことがある。忘れる前に今言っておこうか」アルムはなぜかそこでベックストレームを見つめた。

「ああ、それがいちばん安全かもしれん」ベックストレームは穏やかな笑みを浮かべた。

「ストールハンマルの情報を調べたときに気づいたんだが、彼はスンドビィベリのヤーンヴェーグ通りに住んでいる。イエケンスベリからはほんの数百メートル。ほら、ポーランド人がレインコートやスリッパ、ゴム手袋を発見した場所だ。つまり、動線としては自然なわけだ。ハッセル小路からヤーンヴェーグ通りまで最短距離で帰りたければ、イエケンスベリを通ることになる。ちょうど、ポーランド人が発見したあたりを」

「それはなんと」ベックストレームは狡猾な笑みを浮かべた。「青少年のコーチをしていた男が犯人だなんて、誰に想像できたかな?」

「スティーグソン」ベックストレームは続けた。「そのアンデションという女性だが。ダニエルソンの客の顔は見なかったのか?　それともきみは訊くのを忘れたか?　他のことに気を取られていたようだからな」

「もちろん尋ねましたよ」スティーグソンはそう言って、怯えたようにアニカ・カールソン警部補に目をやった。「当然です。ですが、見ていません。姿は見なかったそうです。ダニエルソンと話している間に、誰かがリビングにいる気配は感じていたらしいですが。部屋に入ったわけではないので、誰だかはわからなかったと」

「ひとつ気になることがあるんだが」ベックストレームはなぜかアルムを見つめた。

「なんだ？」

「きみはさっき、ダニエルソンが殺されたと知ったとたんに昔のお友達が大勢連絡してきたと言ったな？」

「ああ」

「だがローランド・ストールハンマルはその中に含まれなかったわけか」

「そのとおりだ」アルムがうなずいた。「ストールハンマルから連絡はきていない」

「この状況で、ストールハンマルほど連絡を取るべき友人はいないのでは？　元警官なんだし、ダニエルソンが死ぬ直前に一緒に酒を飲んでいたんだ」ベックストレームが満足気に言い放った。

「ああ、そこはわたしも気になったよ。ただ、ダニエルソンが殺されたことを知っていればの話だ。それにその夜一緒にいたのが彼だとしてだ。騎手のギュッラがなんと言おうと、まだ確定したわけじゃないからな。だがそうだとしたら、ひどく気になる点だ」

「ふうむ」ベックストレームは考え深げにうなずいた。漁網が引かれていくぞ――もしや自分自身をねぎらってもいいんじゃないか？　小さなダムスーガレにコーヒーのお代わり、ご褒美に生クリームをちょっとのせて。

「では、少し休憩にしないか」ベックストレームがそう言って、時計を見た。「十五分でどうだね？」

責任者会議に適当なタイミングではなさそうだ――アニカ・カールソンが怒りのあまり信じられないほど目を細めて部屋から走り出ていったとき、ベックストレームは思った。

休憩については、誰も異論はないようだった。

16

はてさて――皆がまたテーブルについたとき、ベックストレームは心の中でつぶやいた。ではあとはまとめるだけか。慌てたり、急いだりする必要はない。

「ナディア」ベックストレームはにこやかにナディア・ヘーグベリにうなずきかけた。「被害者について、あれから何かわかったかね？」

ナディア・ヘーグベリによれば、調査はほとんど終わっているということだった。ダニエルソンの株式会社以外は。それについては、この週末に目を通そうと思っている。それに、みつけられていない貸金庫がひとつあるようだ。アパートで発見された鍵はストックホルム中心部のヴァルハラ通りにある商業銀行《ハンデルスバンケン》の貸金庫のものだが、問題はその支店にダニエルソン名義の貸金庫も、彼の会社の名義の貸金庫もないことだった。鍵に番号はついていないし、その支判明するでしょう」

「銀行と協力して調べているところです」ナディア・ヘーグベリが言った。「でも、おそらく店だけで何百という貸金庫があるため、そう簡単には進まない。

すでに終わった作業のひとつが、ダニエルソンのアパートでみつかった銀行の取引明細に目を通すことだった。

「大量にありました」ナディアが言う。「ソールヴァッラ競馬場の的中券が五十万クローネ分、タクシーの領収書、レストランの領収書、それに大量の請求書。オフィス家具からストックホルムの南に位置するフレミングスベリの倉庫の塗装代まで。総計百万以上の額で、すべてここ数カ月のものです」

「なんてこった。とんでもない馬好きだな」耳半分でしか話を聞いていなかったベックストレームが言った。数カ月で五十万だなんて——。

「ちっともそうは思いませんよ」ナディアが首を横に振った。「競馬は儲けの出ないギャンブルです。ちょっとツイていたり、馬の知識があったりすれば、長期的に見てやっとプラスマイナスゼロってところでしょう。ダニエルソンは的中券を買い受けていただけ、それだけのことです。そのうちの何枚かは当然本人のものでしょうけど。収入がないことになっているのになぜ新しいメルセデスを買えたのか税務署に釈明しなきゃいけない人たちにでも売っていたんでしょうよ。請求書もしかり。それを事業の経費として計上し、税金を逃れたい人に売っていたんです。そういう人脈なら会計コンサルタント時代に作れただろうし、たいした専門知識も要らない」

それでも、他の酔っぱらいじじいみたいに空の酒瓶を集めるよりはましなんじゃないのか？

「失礼」携帯が鳴りだしたので、アルムは申し訳なさそうな仕草をした。

「アルムです」アルムはそれから数分間相槌を打っているだけだったから、ベックストレームの目つきがさらに不機嫌になった。

「失礼」通話を終えたアルムが言った。

「いいや、ちっとも失礼なことはない。邪魔はしたくないからね。きっと、途方もなく大切な用件だったんだろう？」

「ニエミだった。さっき休憩中に電話して、ローランド・ストールハンマルが怪しいことを伝えておいたんだ」

「ストールハンマルのDNAはデータベースに入っていたのか。なぜそれを先に言わない」

「いや」アルムが首を横に振った。「そういうわけじゃない。ただ、ずっと昔にストックホルムで殺人事件が起きたときに、ニエミに指紋を提出したことがあったんだ。ストールハンマルとその同僚が――確かブレンストレームという名前だったかな――ピーペシュ通りの、警察署のほぼ隣みたいなところに住んでいるヤク中の年寄りを訪ねたんだが、留守だったので、せっかくだし狭いワンルームのアパートの中を漁《あさ》った。部屋の中で奇妙なにおいがすると思ったブレンストレームが、リビングのソファベッドの収納部分を引き出してみたところ、そこに部屋の住人が入っていたわけだ。頭にアイスピックを刺されて、ソファにしまわれていた。だから鑑識が到着したとき、ロッレとブレンストームは指紋を提出した。彼らの指紋を除くためにね」

「やつらが殺ったとは思わなかったのか？」ベックストレームが笑みを浮かべた。「ブレンストームは確か、クロスカントリースキーの選手だったろう」おまけに真正のおめでたいバカだった。よく考えると、すごい二人組だな。目の見えていない野郎が二人、お互いを誘導しながら進んでいくとは。

「それは七月の話で、死後一週間経っていた。だがこの話はもういい」

「ああ」

「つまりだ。ニエミが電話してきたのは、ストールハンマルの指紋をダニエルソンの部屋にあったコップや酒瓶、ナイフやフォークについていた指紋と比較してみたからだ」

「で？」

「当たりだった。ストールハンマルの指紋だ」

「おやおや、それはびっくりだな」ご立派なストールハンマル氏だとはね。

「ではこうしよう」考えがあっという間にまとまった。たったの三十秒しかかからなかったから、またもとのベックストレームに戻りつつあるのだろう。

「アニカ、きみは」ベックストレームは同僚のアニカ・カールソンに向かって言った。「ストールハンマルのことを検察官に伝えてくれ。やつを連行して、週末じゅう閉じこめておければ最高じゃないか。月曜の朝にたっぷりいたぶってやる。アル中じじいの場合、アルコールを一滴も口にできない状態で三日閉じこめておくとかなり効果があるからな」

「手配しておきます」アニカ・カールソンは今回は不機嫌な顔にはならなかった。

「じゃあナディア、きみは引き続きダニエルソンの貸金庫を捜してくれ。どうせ古い領収書のようなゴミが詰まっているだけだろうが。ええと、それについてもまず検察官に相談するんだ。あとで色々うるさく言われたくないからな」

「被害者の昔からのお友達については」ベックストレームは次にアルムにうなずきかけた。

「やつらの写真を用意し、改めて近所を回って目撃者を捜すんだ。いちばんいいのは、ストールハンマルが血だらけのレインコートとゴム手袋とスリッパでふらふら歩いているところを目撃したやつがみつかることだ」

「すでに十一人分は用意できている」アルムは自分のファイルから、ビニールフォルダを取り出した。「どれも免許証かパスポートの写真。それにデータベースの検索結果もプリントアウトしてある。あとで何人か追加しなければいけないことになるだろうが、とりあえずストールハンマルはすでに入っている」

「素晴らしい。ではその写真を貸してもらおうか」ベックストレームはその理由は説明しなかった。「あとは警笛を鳴らして進むだけだ。アルム、最重要参考人はストールハンマルで、それ以外に重要なやつはいない。わかったな?」

アルムはうなずいて、肩をすくめただけだった。惨めな負け犬はいつもそうするのだから

――とベックストレームは思った。

「きみはわたしと来なさい」ベックストレームはむっちりとした人差し指でスティーグソン巡査を指さした。「ストールハンマルのアパートに行って、何をしているかこっそり覗いてみようじゃないか。それだけだ、今のところは」

「わたしは何をすればいいでしょうか」フェリシア・ペッテションが念のため自分を指さしながら尋ねた。

「きみか」ベックストレームはわざと重々しい口調で答えた。「あの新聞配達員のことだが……。あの小さな黒……ええと、アコフェリだったな。あいつは何か怪しい」

「でも、あの若者がストールハンマルとどう関係あるんです?」フェリシアが不思議そうな顔で訊いた。

「いい質問だ」ベックストレームはすでに部屋を出るところだった。「じっくり考えなさい、フェリシア」これで黒雌鶏にも考える問題を与えてやった。アコフェリがおれたちの犯人とどう関係あるっていうんだ? おれに言わせれば、これっぽっちもない。

「スティーグソン、車を用意しろ」アニカ・カールソンの厳しい視線から充分に安全な距離まで離れたとたん、ベックストレームが命じた。

「すでに手配済みです。ストールハンマルの住所はわかっています。ヤーンヴェーグ通りの……」

「あとでいい」ベックストレームが遮《さえぎ》った。「あの女に電話しろ。ハッセル小路一番のアンデションだ。今寄ってもいいか訊くんだ」

「ええ、もちろん。ボスは彼女にストールハンマルの写真を見せるおつもりですか？」

「まずは彼女の玉ねぎを見物するつもりだ」普段のベックストレームに戻ったベックストレームは言った。何もかもタイミングが大事なのだから。ストールハンマルの写真にしても。

「玉ねぎですか……」スティーグソンはため息をつき、非難がましくスキンヘッドの頭を振った。「ボス、信じてください。あれはメロンですよ。それも巨大なメロン」

17

これは、いったいどういうことだ！　ドアが開いたとたん、ベックストレームは心の中で叫んだ。ブリット＝マリー・アンデション……年寄りのばあさんじゃないか！　六十は過ぎているはずだ。ベックストレームのほうは秋に五十五歳を迎えるところで、人生で脂の乗り切った時期だった。

ふさふさした金髪、陶器の人形のような青い目、真っ赤な唇。歯は真っ白だから、きっと本物の陶器にちがいない。日焼けサロンで焼いた肌。花柄のワンピースは膝よりかなり上で終わっている。寛大に開いた胸元。これは、うつぶせに寝るのは不可能だろう。だが、六十は超えた女。なんと哀しき運命――ベックストレームのスーパーサラミは、新世紀を迎えるずっと前にこのチャンスを逃してしまったのだ。

ブリット＝マリー・アンデションは、小さな飼い犬でスタイルを完成させていた。それが周りをちょろちょろ走り回っている。犬というよりメキシコ産のゴキブリと言ったほうが正しく、ティーカップに入れて溺死させられそうだ。よりによって、プッテちんという名前だった。

「よしよし」飼い主は汚らわしい生き物を抱き上げ、その鼻にキスをした。「男の人がやってくると、可愛いプッテちんはいつも嫉妬しちゃうのよね」アンデション夫人はそう言ってウインクし、真っ赤な唇をほころばせた。

じゃあ気をつけたほうがいいぞ――プッテちんとスティーグソンちんと3Pなんてことにならないように。ベックストレームの発想は、いちいちそういう方向に行ってしまうのだった。

この惨めな状況を終わらせていつか帰路につけるように、ベックストレームは素早くダニエルソンのお友達の写真を取り出した。夫人はボタン絞りのピンクの安楽椅子に座り、向かいの花柄のソファを客に勧めた。その間じゅう、プッテちんが周りを駆け回り、ついには優しいママがかわいそうに思って膝に抱き上げた。

一方、膝ポンポンは幸福に浸っている様子だった。こいつは変態なのか――こんな年上の相手に。アンデション婆さんがダニエルソンのアル中仲間の写真をよく見るためにテーブルに身を屈めたときなど、スティーグソンちんの目からは涙がこぼれそうだった。

「ほとんど全員、見たことがあるわ」アンデション夫人は背筋を伸ばし、念のため激しい息づかいをしてから、客のほうに満面の笑みを向けた。「ダニエルソンの昔からのお友達でしょう。わたしが住み始めたときからよく来ていたし、しらふのところは一度も見たことがない。ところで、これ、元警官のおじいちゃんじゃない？」そう言いながら、ローランド・ストールハンマルのパスポート写真に長く伸ばした赤い爪を置いた。

「そうです」ベックストレームが答えた。「すでに引退してますが」

「じゃあダニエルソンが殺された夜に一緒に騒いでいたのは彼にちがいないわ」

「なぜそう思うんです？」スティーグソンが訊いた。

「プッテちんを散歩に連れて出たときに、見かけたんです。ロースンダ通りのほうから歩いてきた。八時くらいだったかしら。ダニエルソンを訪ねてきたとしか思えないもの」

「だが、ダニエルソンの部屋の中で見かけたわけではありませんね？」ベックストレームはスティーグソンを睨《にら》みつけながら言った。

「いえ、見てないわ。でもロッレ――確か、そう呼ばれているでしょう？――のことなら今までに何度見かけたことか。ダニエルソンの部屋に出入りするのをね」

「他の男たちは？」ベックストレームは写真の山にうなずきかけた。

「実はこれ、わたしの元弟なの。ハルヴァル・セーデルマン」アンデション夫人は元車のディーラーのハルヴァル・セーデルマン七十一歳を指さした。「この男の兄と結婚していたのよ。ペール・セーデルマン、正確に言うとペール・A・セーデルマン」アンデション夫人はAをあえて強く発音した。「とても兄弟だとは思えなかったけど。弟は本物の負け犬でね。それは保証するわ。夫のほうは十年前に亡くなりました」

どうせ落下物に当たって死んだんだろう——ベックストレームはそう思いながら、最後にもう一度ブリット＝マリー・アンデションを見つめた。否定の余地なく、きわめて包容力のある身体だ。ベックストレームは礼を言い、まだ帰りたくなさそうなスティーグソンを引きずって、やっとその場を離れた。スティーグソンはまるで心臓をナイフで抉り出されたような顔をしていて、警察の規律を破って、帰る前にアンデション婆さんを抱きしめた。

「なんて女だ、まったく……」またハンドルを握ったとき、ヤン・O・スティーグソンはため息をついた。これからヤーンヴェーグ通りに向かうところだった。ストールハンマルの住居をちょっとこっそり覗いてみるために。

「あの女は、きみのおばあちゃんであってもおかしくない歳なんだぞ。そこのところを考えたことはあるのか？」

「いや、せいぜいお母さんってとこでしょう」スティーグソンが反論した。「でもベックストレーム、考えてもみてください。あんな身体をしたママがいたら……」

「きみはママが好きらしいな」ベックストレームはしたり顔でうなずいた。そのママが、やはり息子を襲ったのだろうか。

「え？ 誰だって母親のことは好きでしょう」スティーグソンは驚いた顔で上司を見つめた。

こいつは確実に近親相姦の犠牲者だ。気の毒なやつめ——ベックストレームはそう思いながら、うなずくだけにしておいた。

18

ベックストレームはルールブックどおりに事を進めた。まずは車でストールハンマルのアパートの周りを何周かしてみた。しかしストールハンマルの姿は微塵《みじん》もなかった。

それからアパートに入り、ストールハンマルの部屋の新聞受けから中の音に耳を澄ました。しかしなんの音も聞こえない。

そこでベックストレームは、ストールハンマルの自宅の番号に電話をかけた。部屋の中から何度か呼び出し音が聞こえてきたが、人の気配は一切ない。

それから今度は、ストールハンマルの携帯電話にかけた。

「ロッレだ」ストールハンマルがうなるような声で電話に出た。しかしベックストレームは一言も発さない。「もしもし、もしもし？」ストールハンマルが電話の向こうで繰り返している。

ベックストレームはそこで通話を切った。

「確実にずらかったな」ベックストレームがスティーグソンにうなずきかけた瞬間、隣の部屋のドアが開き、隣人が仁王立ちになって彼らを睨《にら》みつけた。小さな痩せたじいさん――七十歳くらいだろうか。

ルールブックによればこういうことは滅多に起きないはずだが、ベックストレームは当然事態の収拾に当たった。

「ロッレがどこに行ったかご存じですか」ベックストレームが朗らかな表情を浮かべて訊いた。

「彼の幼馴染なんです。今日はちょっと話があって」

「そんなこと、天才じゃなくたってすぐにわかる」老人はベックストレームのアロハシャツとスティーグソンのスキンヘッドを見つめた。

それ以上の情報はない。すぐにここを立ち去らないなら、警察に電話するぞ。


警察署に戻る道すがら、ベックストレームはスティーグソンに当たりまえのことを説明した。張りこみ捜査課に依頼して、ストールハンマルのアパートを張りこませろ。やつが現れたらすぐに、アニカ・カールソンに連絡するように。携帯電話の発着信を調べている同僚にストールハンマルの番号を伝え、さっき通話を受けたのがどこの基地局なのかも調べさせろ。

「電話をした時刻はメモしただろうな?」

「十四時四十五分二十秒です」スティーグソンがうなずいた。「大丈夫ですよ、ボス」

地下のガレージで車を降りたとき、アニカ・カールソンにばったり出くわした。アニカはベックストレームに話があると言い、スティーグソンのことは黙って睨みつけた。

「わたしに何ができるかな、アニカ？」ベックストレームは優しく微笑《ほほえ》んだ。

「検察官と話したので。担当検察官はトーヴェです。すごくいい子ですよ」

ということは、検察官にまで手を出したのか――。だがそんなことを口にするなんて愚の骨頂だ。頭蓋骨にひびが入った状態で週末を始めたいわけがない。

「週末はどちらが担当します？　あなたかわたしか」

「きみがやってくれるなら助かるよ。前の事件の捜査がちょっと厄介なことになってね。最後のほうで残業の上限を超えてしまったんだ。だって、いよいよというときにはその場にいたいだろう？　だから今週末は休もうかと」ベックストレームはそう嘘をついた。

問題ありません――というのがアニカ・カールソンの答えだった。


自分のオフィスに戻り、いい加減、そろそろ家に帰るために荷物をまとめていると、ニエミが突然鼻を突っこみ、色々と話があると言う。

「座ってもいいか？」ニエミはそう言いながらすでに腰を下ろしていたので、ベックストレームはうなずくしかなかった。

「で、わたしに何かご用かな？」フィンランド野郎がおれになんの用だ？

たいしたことではない――というのがニエミの答えだった。ベックストレームにちょっとしたアドバイスがあるのだと。

「これは善意のアドバイスだ」ニエミが言う。

「聞こうじゃないか」

「ローランド・ストールハンマルについては、事を急かないほうがいい。あいつなら、ダニエルソンのような老人の命の灯を消すのに鍋の蓋なんか使う必要はない。それに二人は友達だったんだろう？　まるっきり辻褄《つじつま》が合わない」

「ああ、本当にそうだな」ベックストレームは無邪気に微笑んだ。「わたしが間違っていたら教えてくれ。まずダニエルソンとストールハンマルは一緒に酔っぱらい、夜の十時過ぎまで騒いでいた。それから同じアパートの住人がやってきて、彼らを叱り飛ばした。そのすぐあとにダニエルソンは殴り殺されている。だがストールハンマルにではない。だって彼は、お肌のハリを保つために家に帰って寝るところだったんだから。その代わりに、間髪を容れず謎の犯人が現れた。姿も見えず音も立てず、なんの痕跡も残さない犯人。実際、きみもエルナンデスも何ひとつ証拠をみつけていない。その男がダニエルソンを殴って殺したはずなのに。それで正しいかな？」

「不思議に思うのはわかる。だが……」

「正しいかなと訊いているんだ」ベックストレームは繰り返し、不機嫌にニエミを睨みつけた。

「ああ。ロッレが友達に対してそんなことをするとは絶対に思えないから、そういうことだったんだろうな。どれほど信じられないとしてもね」

「わたしはそう思わないね。すまんが、これで失礼させてもらう」

ニエミは肩をすくめ、よい週末をと言い、ベックストレームのオフィスから立ち去った。ベックストレームは軽くうなずき返しただけだった。それから現在の職場である狂気の館を出て、自宅に向かって歩き始めた。

19

その一時間後、ベックストレームは愛しのわが家のキッチンテーブルに座り、汗をだいたいぬぐい終えると、紙とペンを取り出し、人生を整理し直すことにした。
さてさて――そうつぶやきながら、ペンの先端を舐めた。すでに二日間の断食はすませた。完全にヘルシーな食事に徹した。野菜や水だけ。これからバランスの取れたダイエット食を二日続け、計算が正しければ――あくまでベックストレーム・メソッドに基づいてだが――日曜にはしこたま酒を飲んでもいいはず。これなら楽勝だ。

しかし実際にはそれより早かった。というのも、金曜の夜にお告げがあったからだ。

まずはシャワーを浴び、バスタオルで丹念に身体を拭き、バスローブをまとい、ソファに座って医者からもらったＤＶＤを鑑賞した。今度は最初から最後まで。それからトレーニングウエアを着て、クングスホルメンを歩き回り、玄関をくぐるやいなや低アルコールビールを三本飲み干した。しかしそんなものくらいでは癒されなかった。また電線に引っかかった鷲のような心境だった。

その頃にはもうどうしようもなかった。茶色と緑のを一粒ずつ飲み、気を失ったアザラシみたいに眠ってしまった。その眠りと昏睡《こんすい》状態の間のどこかで、神のお告げを聞いたのだ。

寝室の中は暗く、なぜだかいくぶん煙っぽかった。いったいどうしたことか、突然、白い服を着て、長い髭をへそまで垂らした背の高い痩せた老人が、ベックストレームのベッドの前へと進み出た。青い血管の浮き出た手を彼の肩に置き、話しかけたのだ。

「わが子よ」老人はそう言った。「わが子よ、わたしの声が聞こえるか？」

なんだよ、親父――そう思いながらも、ベックストレームは困惑していた。だってこの白い髭の痩せたじいさんは、マリア署の巡査部長で赤ら顔の酔っぱらいだった父親――母親によれば、ベックストレームの著作権者でもある――には露ほども似ていない。

「オー・マイ・ゴッド」急に状況を呑みこんだベックストレームがつぶやいた。「オー・マイ・ゴッド！」

「わが子よ」髭の老人が繰り返した。「わたしの声が聞こえるか？」

「父なる神よ、聞いています」

「お前の人生はもう完全ではない」老人の声が轟《とどろ》いた。「わが子よ、お前は誤った道を進んでしまった。偽の預言者の声に従ったからだ」

「ごめんなさい、パパ……」ベックストレームがつぶやいた。

「平安を求めなさい」老人はまたベックストレームの肩を叩いた。「正しい道をゆきなさい。そして完全な人間に戻るのだ」

「約束します」そう言って起き上がった瞬間、はっきりと目が覚めた。

誤解しようのないメッセージだった。ベックストレームはまたシャワーを浴び、ズボンをはき、きれいなシャツとジャケットを着た。外の通りに出ると、自分の丸い頭の上に広がる果てしない青空を見上げ、創造主である神に感謝を捧げた。

「パパ、心からありがとう……」その二分後、ベックストレームは近くの酒場のいつもの席に座っていた。

「あらやだベックストレーム、いったいどこ行ってたのよ」フィンランド人のウエイトレスが話しかけてきた。ベックストレームのヘステンス製のベッドで常々がっつり突かれている女だ。むろん、ベックストレームに他にやることがないとき、という前提だが。

「殺人捜査だ」ベックストレームは男らしくぶっきらぼうに言った。「今週はずっと静かに伏せていたんが、やっと結果が出た」

「あら《ヴオイネ》、あら《ヴオイネ》。警察はあなたがいてよかったね、ベックストレーム。じゃあ美味しいものを食べたいでしょう」ウエイトレスは母親のような笑みを浮かべた。

「当然だ」まずは、食前に強いビールをジョッキで、そしてたっぷりの蒸留酒も頼んだ。

イステルバンド・ソーセージに茹《ゆ》でたビーツ、それにじゃがいものクリーム煮を添えたもの。念には念を入れて、レバーペーストや目玉焼きがふたつのった小さな皿も。いつもの習慣どおりそれで週末の始まりを祝い、月曜の朝九時にタクシーで職場に向かったときには、おかしな医者からもらったDVDなどとっくにゴミ箱に捨ててあった。ちゃんと見る気にさえなれば、あのおむつ男と自分は露ほども似ていないことはすぐにわかった。

「偽の預言者か……」ベックストレームは鼻で笑った。

「なんですって?」タクシーの運転手が驚いた顔で見つめた。

「ソルナ署まで。今日じゅうに着かなくても、ちっともかまわんぞ」ベックストレームはまたいつものベックストレームに戻っていた。

20

ベックストレームが自分のオフィスに入ると、デスクの上に携帯通話の追跡をしている同僚からのメモがあった。金曜の午後にベックストレームがストールハンマルにかけたいたずら電話は、エーレスンド海峡の反対側にある基地局で受信されたという。デンマークの首都コペンハーゲンの中心部で。

「あの野郎、やはり！」ベックストレームはそう叫ぶと、アニカ・カールソンの携帯に電話をかけた。

「おはようございます、ベックストレーム」

「もうそれはいい」ベックストレームにしては丁寧《ていねい》な口調で言った。「ストールハンマルの野郎はコペンハーゲンに逃げたようだ」

「でも、今はちがいます」アニカ・カールソンが言う。「警備員から電話があって、今、警察署のロビーに来ているんですって。わたしたちに会いたいそうよ」

十分後、ベックストレームとアニカ・カールソンとストールハンマルは、犯罪捜査部の取調室に座っていた。その服装と見た目からして、ストールハンマルは大変な週末を過ごしたようだ。三日分の無精髭、汗、よれよれの服、古い酒と新しい酒のにおい。それ以外は昔と変わらなかった。大きくてがっしりした体格。皺《しわ》が刻まれているものの、くっきりした目鼻立ち。筋骨隆々の身体に、無駄な脂肪は一筋もなかった。

「ベックストレーム、ひどい話だ」ストールハンマルは右の拳《こぶし》で目の端をこすった。「いったいどこのギャングがカッレを殴り殺したりしたんだ」

「きみがその答えを教えてくれると思っていたんだが。もう何日も前からきみを捜していたんだぞ」

「木曜の朝にマルメに行ったんだ」ストールハンマルは赤い目をこすった。「おれの理解が正しければ、その時分に起きたんだろう?」

「マルメには何をしに?」質問するのはおれのほうだぞ?

「昔の恋人がいてね。すげえいけてる女だ。水曜にカッレとおれは競馬で勝っただろう。突然懐《ふところ》に札が十枚もあってはね。それ以上何を望めばいい? 列車で南に向かった。飛行機は苦手でね。めちゃくちゃ狭いだろ。あんなところに収まるのは脚を切り落とされた日本人くらいだ。最近じゃ食事も出ないし。だから朝の列車に乗ったんだ。着いたのは昼過ぎだ」

「その女に名前はないのか?」

「どの女だ?」ストールハンマルは驚いて、アニカ・カールソンを見つめた。

「そのマルメの女だよ」

「むろんあるさ。マリヤ・オルソンだ。スタッファン通り四番。電話帳にも載ってる。マルメの病院の下級看護師で、中央駅まで迎えにきてくれた。信じられないなら電話してみるといい」

「それから、どうした？」

「金曜までは部屋から出なかった。金曜はコペンハーゲンまで行って、たんまりランチを食べた。一日じゅう、夜までね」

「それで？」

「ああ、戻ったよ。明け方にね。つまりマルメにだ。マリヤのアパートに。そこからはいつもどおりだ。土曜日は少し出かけて、国営酒屋が閉まる前にと思って買い出しをした。それからまた酒宴が始まった」

「また？」

「ああ」ストールハンマルはため息をついた。「あの女にはとんでもない体力があってね。おれも昔はもっと元気だったが……。今回は日曜の夜までは便所から出てこられなかった。そのときになって稲妻《ブリクステン》が携帯に電話をしてきて、事件のことを聞いたんだ」

「ブリクステン？」

「ビョルン・ヨハンソンだ。また別の同級生だよ。知らないのか？　村の有名人だ。昔ソルナで有名だった。スンドビィベリで〈ブリクステンの電気屋〉を経営してたやつ。今じゃ息子が継いでるが。とにかく何があったかを聞いて、これはマルメで酒を飲んでる場合じゃないと気づいた。だから夜行列車で帰ってきたんだ。きみらを助け、カッレを殺したやつを捕まえるために」

「それはどうもご親切に」このじいさんは、アル中でありながらよく考えたらしいな。ちょっと抵抗を試みようというわけか。

「ああ、あたりまえだろ。もちろん手伝うさ。だから今ここにいるんだ」

ストールハンマルの木曜の朝以降の動向が明確になるまでに、それから二時間かかった。急にマルメへ行ってから、ソルナの警察署に現れた月曜の朝まで。そこでやっと、昼食休憩を取ることになった。

ベックストレームはたっぷりと料理を皿によそった。この取り調べは時間がかかりそうだと思ったからだ。ミートソースにマッシュポテトにクリームソース。今日はダムスーガレとマサリンの両方。アニカ・カールソンのほうは素早く食べられるパスタサラダとミネラルウォーターを選び、アルムたちにローランド・ストールハンマルがマルメとコペンハーゲンに行った話の裏を取るよう頼んだ。ストールハンマルはアニカがカフェテリアから買ってきたサンドイッチとコーヒーで充分だという。

やっとだ——また取調室に戻ったとき、ベックストレームは思った。おまけにストールハンマルはいい具合に冷や汗をかき始めている。念のため両手でコーヒーカップを口に運んでいるし。

「先週の水曜日は、ソールヴァッラの競馬場にいたんだな？　五月十四日の水曜日だ」ベックストレームが尋ねた。「そのときのことを教えてくれないか？」

午後四時頃には競馬場に着いていた。馬のウォームアップを見たり、友人たちにちょっと話を聞いたりするために。

「ウォームアップ？」午前中はほとんど口を開かなかったアニカ・カールソンが尋ねた。

するとストールハンマルが説明した。レースの前に、ウォームアップのために馬をコースに出すことだと。

「ストレッチみたいなもんだ。ウォームアップだよ。本気で走る前にね」

二時間後、カール・ダニエルソンも競馬場に現れた。二人はグンナル・グスタフソンとおしゃべりをし、グスタフソンはその前日に勧めた馬はまだお勧めだと請け合った。インスタント・ジャスティスは最初のウォームアップでも完璧だった。古傷は完全に癒えたようだ。

「グンナルいわく、まるで別の馬のようだと」ストールハンマルが言う。「昔みたいにホットな存在ではないが、奇跡のような肉体は変わらない。おれに言わせれば、まじで蒸気機関車だ、ベックストレーム」

「競馬場では、どうやってダニエルソンと落ち合ったんです？」アニカ・カールソンが訊いた。

「どこかで会う約束をしていたの？」

「あいつが携帯に電話をかけてきたんだったか」ストールハンマルは困った顔で頭を振った。

「たぶんそうだ」

「じゃあダニエルソンは携帯をもっているのね」

「今どき誰だってもってるだろ」ストールハンマルは驚いた顔になった。

「番号は？　ダニエルソンの携帯の」ベックストレームが畳みかけた。

「いやあ……」するとストールハンマルは困ったように頭を振った。「おれが知ってるわけないだろう。いつも家に電話するか、街で出くわすかなんだから。家にいなければ、留守電にメッセージを残す。すると向こうからかかってくる。おれの携帯番号は知ってるんだから」

「ちょっと待て、ストールハンマル」ベックストレームが食い下がった。「それなら、きみはダニエルソンの携帯番号を知っているはずだ」何かおかしいぞ――。

「いいや。今言っただろう」ストールハンマルは不機嫌にベックストレームを睨《にら》みつけた。

「ダニエルソンの携帯を見たことはありますか？」アニカ・カールソンが尋ねた。「もっているのは確か？」これは何かがおかしい――彼女もそう思っていた。

「そう言われてみれば、自信がない」

まったく……。ベックストレームは同僚と視線を交わすと、作戦を変えることにした。

「その話はあとだ。きみとダニエルソンは競馬で大勝ちしたそうじゃないか」

ストールハンマルとダニエルソンは、復活したインスタント・ジャスティスに五百クローネを賭けた。割り勘して馬券を買ったのだ。スタートから二分後、二人はざっくり二万クローネ分金持ちになっていた。

「それから？」ベックストレームが尋ねた。

「カッレはそれを換金して、タクシーで家に帰ったよ。夕食を用意するためにね。もともとあいつの家に行って食べることになっていたし、おれもそれがいいと思った。これ以上誘惑にかられなくてすむだろ？　七十に近くもなると、自分のことはよくわかってる。実に正しい選択だったよ」ストールハンマルは続けた。「だって次のレースではもう大負けしちまったんだ。それで幼馴染に百クローネ借りる羽目になった。カッレの家まで歩いていくのだけは避けたいからな。もう八時近かったし、真夜中に食事はしたくない。それが夜食ならともかくね」

まったく——ベックストレームは心の中でため息をついた。

「そいつに名前はあるのか？」

「どいつだ？」ストールハンマルは驚いて頭を振った。「カッレか？」

「百クローネ貸してくれたやつだ」

「ブリクステンだよ。さっき言っただろ？　昼食の前に話したよな？」

「ダニエルソンの家まではタクシーで行った。ハッセル小路一番まで」しかしベックストレームの頭の中では、ブリット＝マリー・アンデションの目撃談が記憶に新しかった。

「ああ、そうだ」

「本当に確かか？」

「いや、よく考えるとそうでもない。百クローネじゃ足りなくて、あのケチなイラク人運転手がおれをロースンダ通りでほうりだしたんだ。まあたいしたことじゃない。カッレのアパートの門まであとほんの数百メートルだった。だから最後の部分は十二使徒の馬に乗った（徒歩の意）んだ」

「領収書はもらったのか？」

「もらいたかったんだが――いつもカッレにあげてるからな。カッレはそれを、白物家電屋の友達に売りつけていた。だがあのガイジン運転手はあっという間に消えちまった」

「じゃあ最後は歩いたんだな？」この酔っぱらいじいさんは、もうボケてるわけじゃなさそうだな。「それから？」

まずは金を山分けした。ほぼきっちり。ストールハンマルは一万と三百クローネを受け取った。千クローネ紙幣が十枚と、百クローネ紙幣が三枚。しかし小銭がなかったので、最後の十クローネはダニエルソンに取っておいてくれと言った。

「おれたちはなにしろ幼馴染なんだ。たいしたことじゃない」ストールハンマルはその広い肩をすくめてみせた。

それから食事をし、酒を飲み、おしゃべりをした。八時半頃からベーコンとインゲンマメの煮こみ、強いビールを何本か、そして蒸留酒。食事が終わると、カッレがウォッカとトニックでグロッグを作り、ストールハンマルはストレートで飲んだ。さらにおしゃべりを続け、機嫌も雰囲気も上々だった。そのときカッレがエーヴェルト・トウベの古いレコードをかけ始めた。「素晴らしい歌手だった」ストールハンマルの声には感情がこもっていた。「トウベが引退して以来、この国では一曲もまともな曲が出てこない」

「何時頃まで音楽をかけていたの？」

「かなり遅くまでだ」ストールハンマルは驚いた顔でアニカ・カールソンを見つめた。「昔のLP盤で、それを数回はかけたかな。古ぼけたハイランド・ローバー、アバディーンからの船。サンペドロ沖に停泊、ガソリンを積みこんで――」とストールハンマルは口ずさんだ。「聞こえたか？　歌詞はまだ、昔スポーツキャップをかぶっていた男の頭にも刻まれているのさ」

「何時くらいまで歌っていたんだ？」

「どえらいばあさんがやってきて、呼び鈴を鳴らし、怒鳴り始めるまでさ。おれはリビングでトウベの歌声に酔いしれていた。惨めな騒ぎに巻きこまれたくはなかったし。だがあの女の声は聞こえてきたよ」

「そのとき何時だった」ベックストレームがしつこく尋ねた。

「さっぱりわからん」ストールハンマルは広い肩をすくめた。「だが家に帰ってマリヤに電話したのが何時かはわかる。そのときには時計を見たからな。真夜中に他人の家に電話をしたくはないだろ」

「それは何時だったんだ」

「記憶が正しければ、十一時半。ちょっと遅すぎるかなと思ったのは覚えてるよ。だがすっかりその気になってたから、勇気を出して電話をかけたんだ。そうだ、その前に家でも祝い酒を一杯やった。食料棚に残っていた酒で。飲んでいる間に、南へ旅立つことを思いついたんだろうな」

「じゃあダニエルソンと別れたのは何時頃だ?」その最後の点は、どうやって裏を取れっていうんだ。

「ばあさんが騒ぎ始めてすぐに、そろそろ家に帰って寝る頃合いだと思った。だからカッレに別れを告げて、歩いて帰った。千鳥足でも十分はかからなかっただろうよ」ストールハンマルはにやりとしてから、あきれたように頭を振った。「パーティーの雰囲気は台無しになってしまったし、カッレは腹の虫がおさまらずにさっきのばあさんに電話をかけた。おれが帰るときには、電話口でやりあってたよ」

「きみが帰るとき、ダニエルソンは電話で上の住人に文句を言っていたんだな?」

「そのとおり。だからそろそろ家に帰って、静かにゆっくりしようと思ったんだ。しかしまったく、ひどい話だ……」ストールハンマルはまた拳で目の端をぬぐった。

「おれがマリヤの夢を見ながら幸せに眠っている間に、どっかのおかしなやつがカッレの家に押し入り、殴り殺しただなんて」

「なぜ押し入ったと思うんだ」

「ブリクステンがそう言ったからさ」ストールハンマルは驚いた顔でまずベックストレームを見つめ、それからアニカ・カールソンを見つめた。「カッレのアパートのドアは外れて、斜めにぶら下がっていたと聞いたが。誰かが押し入って、盗みを働いたんだろう? 寝ていたカッレを殴り殺して」

「きみが帰るとき、カッレがドアの鍵をかけたかどうかわかるか?」ベックストレームが話題をそらした。

「いつも鍵をかけてる。カッレは慎重な男だった。そのときには深く考えなかったが、鍵をかけたのは百パーセント確かだ。そのことをいつもからかってるくらいだからな。必ず鍵をかけるって。おれは家にいるときに鍵をかけたことなんかないが」

「何かに怯えていたんだろうか。いつも施錠するということは」

「誰かに家に入られて、物を盗まれるのが嫌だったんだろう。色々高価なものを所有してたから」

「高価なもの?」現場で惨状を見てきたベックストレームは思わず訊き返した。なんだって?

「ああ」ストールハンマルはまるで明晰な頭脳で考えているような様子だった。「例えば古いレコードのコレクションなんかはかなりするはずだ。それにあの書き物机……すごい価値がある」

「寝室にあったやつか」そもそも、あれを運び出せればの話だがな。ストールハンマルみたいなやつが、よく警官になれたものだ。

「そのとおり。あれはアンティークだ。カッレはいくつもそういうのをもっていた。本物のペルシャ絨毯《じゅうたん》や、他にも色々古くて価値のあるものを」

「ちょっと待ってくれ、きみの話についていけないんだが……」ベックストレームが言った。

「被害者が発見されたとき、玄関ドアは施錠されていなかったし、こじ開けた痕もなかった。中からは鍵かサムターンで施錠することができるが、外からは鍵だけだ。警察が駆けつけたときにはドアは大きく開いていたのに、言ったとおりこじ開けた痕跡はない。鑑識の推測では、犯人は逃げたときにドアを閉めたが、リビングのバルコニーのドアが開いていたものだから、風圧で玄関ドアが開いてしまったということだ。それについてはどう思う？」

「どう思うかだって？」ストールハンマルは驚いた顔になった。「鑑識が言うなら、そうなんだろ。おれに訊くなよ。おれは元捜査官だ。鑑識官じゃない。ピエテル・ニエミかその部下たちに訊いてみろよ」

「我々はちょっとちがった方向性を考えたんだ」ベックストレームがアニカ・カールソンのほうにうなずきかけた。「カール・ダニエルソンが自ら犯人を部屋に入れたんじゃないかとね。知り合い、しかも信用している相手だった」さあ、よく考えてみろ。

「それは考えすぎだ、ベックストレーム」ストールハンマルがあきれたように頭を振った。

「おれたち幼馴染に、あいつを殺す理由があるわけないだろう」

「心当たりはないのか？　我々はそれを期待していたんだが」

「おれが思いつくのは、マンハッタンくらいだな。幼馴染の中ではってことだ。カッレのことをよく思っていなかったという意味で」

「マンハッタン？　ニューヨークのか？」

「ちがうに決まってるだろう。ウイスキーとリキュールを混ぜた、甘くてべとべとしたカクテルだよ。どうやったらウイスキーにリキュールを入れようなんて思いつくんだ。そんなの、違法にすべきだ」

「で、マンハッタンというのは？」

「マンネ・ハンソンだよ。友達の間ではマンハッタンと呼ばれていた。引退する前は、今はなきカールトン・ホテルでバーテンダーをしていたんだ。ブレンヴィーンを飲むと嫌なやつになってね。カッレの勧めである会社の取締役になったんだが、言うまでもなく結果は散々だった。だから、カッレのことをよくは思ってないだろうよ」

「マンネ・ハンソンか。どこに行けば会える？」

「残念だが難しいな」ローランド・ストールハンマルはにやりとした。「いちばんいいのは、ソルナの教会墓地に行ってみることだ。子供たちが埋葬代をけちって、遺灰を共同墓碑に撒いたから」

「いつの話だ」こんな目に遭うなんて、おれはいったい何をしたんだ――。

「粉ひき小屋が燃えた年だ（一八七八年に、現在市庁舎のある場所に建っていた蒸気機関の粉ひき小屋が燃えた）。だからまあ、十年くらい前かな……」

「ひとつ訊きたいことがあるんです」アニカ・カールソンが口を開いた。「あなたも元警官だから、通話履歴を確認できることはもちろん知っているわよね」

「少しは記憶にあるかもな」ストールハンマルはしたり顔でうなずいた。

「カール・ダニエルソンのアパートを出たとき、彼は電話で上の住人と口論していた。その通話は確認できました。十時半前にかけてます。それからあなたはそのまま家に歩いて帰り、おそらく十分ほどかかったと言った。つまり十時四十分頃に家に着いたことになる」

「そうだろうな」

「それから十一時半にマルメの女性に電話をかけた」

「ああ、それは覚えている。まず時間を確認したからな。言ったとおり、あまり遅い時間にかけるのは悪いと思って」

「その間、何を？　十時四十分に帰宅し、十一時三十分に電話をかけるまで。その間《かん》、五十分。つまり一時間近くあった。何をしていたんですか？」

「言ったじゃないか」ストールハンマルは驚いた顔になった。

「じゃあわたしが忘れてしまったのね。もう一度話してもらえます？」

「食料棚にちょっと酒が残っていた。祝杯を上げたい気分だったんだ。だから飲み始めた。それからマリヤに電話をした。そうさ、座ってちょっと飲んでるうちに、連絡してみようと思いついたんだ」ストールハンマルはそう言って、にやりとした。

「五十分よ」アニカ・カールソンがまた言った。そして一瞬だけ、ベックストレームと視線を交わした。

「ちょっとじゃなくてずいぶん飲んだんだな」ベックストレームも言う。

「そんな言いがかりはやめてくれよ、ベックストレーム。座ったまま、色々考えてたんだ」

「話は変わるが」ベックストレームが言った。「カール・ダニエルソンが書類鞄をもっていたかどうか、知ってるか？　革製で、真鍮《しんちゅう》の金具がついたようなちょっと高級なやつだ」

「ああ、もってたよ。ベージュの革で、まさに社長鞄ってやつだ。いちばん最近だと、夕食を食べに家に行ったときに見かけたよ。あいつが殺された夜にね。それは確かに覚えている」

「そうか。なぜ覚えているんだ」

「テレビの上にのっかってた。夕食を食べたリビングのね。あんなところに鞄をのせるなんて不思議だと思ったんだ。おれはあんな鞄はもっちゃいないが、もっていてもテレビの上には置かないだろうな。なぜそんなこと訊くんだ？」

「その鞄がみつからないんだ」

「なるほど」ストールハンマルは肩をすくめた。「とりあえず、おれが帰るときにはまだあったよ。つまり、テレビの上にだ」

「翌朝警察が捜査したときには、なかったんだ。どこにいってしまったんだと思う？」

「いい加減にしろよ、ベックストレーム」ストールハンマルが睨みつけた。

「今日はこれで終わりにしよう」ベックストレームは同僚を見つめた。

「おれはちっともかまわない。家に帰ってシャワーを浴びたいからな」

「数分ください」アニカ・カールソンが優しく微笑《ほほえ》んだ。「あなたを帰す前に、検察官と話さなくてはいけないから」

「わかったよ」ローランド・ストールハンマルは肩をすくめた。

一時間後、トーヴェ・カールグリエン検事長代理が元警部補ローランド・ストールハンマルの逮捕を決定した。ベックストレームとアニカ・カールソンが彼女を説得したのだ。廊下であれこれ噂する人間がいるとはいえ、彼女は二人の仮説をのんだ。ストールハンマルには、カール・ダニエルソンを殴り殺し、帰路でレインコートを捨てる時間が充分にあった。それを示唆する情報は多数あり、確認しなければいけない点も山ほどある。だから、低度の蓋然性がある殺人容疑での逮捕となった。捜査官たちがストールハンマルの話の裏を取ったり、アパートの家宅捜索をしている間、ストールハンマルには留置場に入っておいてもらうのが関係者一同にとっていちばんいいのだ。

その日ベックストレームが職場を出ようとしたとき、ピエテル・ニエミから電話がかかってきた。血まみれのレインコートの解析結果が、ファックスでSKLから送られてきたという。

「ダニエルソンの血だったろう？」ニエミが結果を伝える前に、ベックストレームが言った。

「ご名答」

しかしSKLとニエミによれば、ダニエルソン以外の人間の痕跡はみつからなかった。衣服の繊維、頭髪、指紋などは何も。残るはDNAだが、それは結果が出るまでにもっと時間がかかる。

まあ、どうせ関係ない――ベックストレームはそう思いながら、電話でタクシーを呼んだ。

21

翌日火曜日の昼食後、捜査班は三度目の会議を行い、二人の鑑識官を含めた全員が集まった。始めようとしたときに、ソルナ署犯罪捜査部のボスであるトイヴォネン警部が部屋に入ってきた。軽くうなずくと、そこにいる同僚たちを不機嫌に睨《にら》みつけ、それから部屋のいちばん奥の椅子に座った。

九人いるが、本物の警官はおれ一人だけだ――とベックストレームは考えていた。それ以外はフィンランドのラップ人野郎、もう一人フィンランド人に、チリ人、ロシア人、若い黒雌鶏、凶暴なレズ、膝ポンポン、そして愛すべきラーシュ・でくのぼう・アルムは生まれつきのバカだ。こんなことで、警察隊はいったいどうなってしまうんだ。

「よし、じゃあ始めるか。ストールハンマル宅の家宅捜索の状況は？」ベックストレームはそう言って、ニエミにうなずきかけた。

ニエミによれば、基本的には終わっている。長い話を短くまとめると、ストールハンマルに不利になるような証拠は何もみつからなかった。説明のつかない現金や、血しぶきが飛んだズボンもない。金槌で壊された書類鞄も出てこなかった。

どうせそういうものはきれいに隠しておいたんだろう。全部石の下に埋めたんだ――まさに狡猾《こうかつ》な男のやりそうなことだ。

「発見したわずかな証拠は、むしろロッレの話を裏づけている」ニエミが言った。

「例えば？」おいおい、なんてことだ。急に犯人をそんなに親し気に呼ぶようになったのか？


寝室のベッドの上から、ストールハンマルがマルメとコペンハーゲンに行っていた証拠がみつかった。中にまだ物が入った状態のスポーツバッグ。例えば服――汚れているものも清潔なものもいっしょくたになっている。洗面用具に、デンマーク産の酒ガンメル・ダンスクは瓶の中身が半分しか残っていなかった。ストールハンマルのような男がマルメとコペンハーゲンに短い旅をしたらもって帰ってきそうなものばかりだ。

「それにレシートがたんまり」ニエミが言った。「マルメまで往復した列車の切符に、そこからコペンハーゲンへ往復した切符。マルメとコペンハーゲンの計五ヶ所の酒場の領収書。タクシーなんかのレシートが十枚。費用総額約九千スウェーデンクローネ。ストールハンマルの話に出てきた日時とも一致する」

「よき友人でレシート販売人のカール・ダニエルソンのために集めたんだろうな。ストックホルムに戻ったらすぐにプレゼントしようと思って」ベックストレームはにやりとした。どれだけバカな男なんだ。

「彼自身の話ではそうだ」アルムが口を挟んだ。「そのことはわたしも質問したが、そのとおりだそうだ。だがきみが何を考えているかはわかるよ、ベックストレーム」

「で、他には？」

「ストールハンマルが一緒に過ごしたという、マルメの女性にも話を聞いた。電話でね。彼女にも同じ質問をしたが、彼女のほうから、自分も同じことをコペンハーゲンで質問したと言いだした。なぜ急にレシートを集めるようになったのかと。するとストールハンマルは、ストックホルムの友達にいつもあげているからだと答えたらしい」

「おやおや」ベックストレームは無邪気な笑い声を立てた。「ロッレ・ストリスがこれ見よがしにレシートを集めだし、そのガールフレンドはいったい何に使うのかと訝《いぶか》ったわけだ。確かに、やつの昔の雇用主なら、そんなもの絶対にほしがらないからな」

「言ったとおり、きみが何を考えているかはわかっている」

「他には？」おれが腕まくりをしてロッレ・ストリスをぎゃふんと言わせる前に。

「時間だよ。例の五十分間。酒を飲みながら、マルメのマリヤ・オルソンに電話をしようかどうか考えていたという。確かに電話はかけている。十一時二十五分に、家の固定電話からマリヤ・オルソンの家の固定電話に」

「楽しい想像をするのに、あと四十五分残っているわけだな。それについては？」

「まずは自分で歩いてみた。ハッセル小路一番から、レインコートが発見されたイエケンスベリ通りのコンテナを経由し、ヤーンヴェーグ通りのストールハンマルのアパートまで。小走りに歩いたんじゃなければ、少なくとも十五分はかかる」

「それでも、あと三十分残っている。ダニエルソンの頭蓋骨をカチ割るには充分な時間だ。それから現金を奪い、血で汚れた衣服を脱ぎ、道中でレインコート、スリッパ、ゴム手袋を捨てたとしても」

「まあ、そうだな」アルムも同意した。「問題は同じアパートの住人の目撃談だ。その話が本当なら、ありえない」

そんなことだろうと思った――。なんとしてでも昔の伝説の男ロッレを窮地から救おうという運動でも起きているのか？


その住人の名前はパウル・エングルンド、七十三歳。引退する前はストックホルムの海洋歴史博物館で警備員をしていた。なお、警察を呼ぶぞとベックストレームとスティーグソンを脅したのもこの男だ。エングルンドにはタブロイド紙エクスプレッセンのカメラマンをしている息子がいて、前の晩には息子から電話があり、隣の男が殺人容疑で逮捕されたことを知った。ひょっとしてパパはお隣の合鍵を預かっていたりはしないよね？　殺人犯のお宅訪問取材ができないかなと思って。

パパ・エングルンドは毅然《きぜん》とした態度で息子の問いを退けた。合鍵など預かっていない。ストールハンマルは無責任なアル中男で、隣人としては最悪の部類だ。そんな男と同じ階に住まなくてよくなるなら、なんでもしよう。だから翌朝早くにソルナ署に電話をかけ、ダニエルソンが殺された夜にストールハンマルを見かけたことを伝えた。これでやっと隣人を永遠に追い払えると期待して。しかしよく考えてみれば、黙っておいたほうがよかったのだ。

「で、そいつは何を見たんだ」ベックストレームが訊いた。

「水曜の夜十時四十五分頃に、ストールハンマルがアパートの門を入っていくのを見かけたと。それは確実にストールハンマルだった。話すのを避けているくらい嫌いだから、自分はアパートの門をくぐる前に数分間待ったほどだという」

「おやおや」ベックストレームが言う。「なぜそこまで確信があるんだ。それにそんなに遅い時間に外で何をしていた？　十時四十五分だったという確信はどこからきたんだ。ところで、そいつはしらふだったのか？」ベックストレームはさらに続けた。「どうせいつものパターンだろう。別の日と取り違えたんだ。あるいは時間を何時間か間違えたか。それとも、見かけたのは別の住人だった。何もかも作り話じゃなければの話だが。目立ちたいとか、ストールハンマルをはめてやりたいとか」

「まあ落ち着け、ベックストレーム」アルムは一分一秒を楽しんでいるようだった。「目撃者の言うとおりだとしたら、ストールハンマルにダニエルソンを殺す時間はなかった。少なくとも、我々が考えているような流れではね。夜の十時半過ぎに殺せたわけがない」

「最初から説明するとだ」アルムが続けた。「TV4の遅い夜のニュース——それが十時半に天気予報で終わったあと、エングルンドは飼い犬のダックスフントを散歩に連れ出すことにしている。毎晩必ず同じルートでアパートの周りを歩き、かかる時間は約十五分。しかしこの夜はそうはならなかった。というのもエスプラナーデン大通りで右に曲がろうとしたら、制服を着た警官に止められ、その場から追い払われるような恰好になった。もと来た道を戻れと言われたらしい。エングルンドは警察の指示に従った。不本意ながらね。むろん他の皆と同じで、何が起きたかを知りたかったわけだから。だが何も見えなかった。ヤーンヴェーグ通りに立ったまましばらく耳を澄ましていたが、それから自宅のほうに戻り、隣のアパートまで差しかかったときに――彼自身のアパートから二十メートルほどの距離なんだが――ストールハンマルがアパートに入っていくのを目撃したんだ」

「生活安全部のやつらはそこで何をしていたんだ」

「エスプラナーデン大通りを封鎖していたんだ。そこから百メートルほど奥に行ったアパートに機動隊が突入することになっていたから。数日前に起きたブロンマでの強盗殺人に関わっていた人間がそこに住んでるという情報が入ったせいで」

「その時刻については?」

「まず何よりも、これは五月十四日水曜夜の十時半の話だ。それ以外の可能性はない。突入はその時間に始まり、生活安全部の同僚たちが一帯を警備していた」

「エングルンドと犬はそこで三十分くらい見物していたのかもしれんぞ? そうじゃないという証拠がどこにある?」

「むろん確実なことは永遠にわからない」アルムが言う。「ただ、本人はそう主張しているし、わたしは彼を二時間も問い詰めたんだ」

「それ以外に、そいつは何を言ったんだ？　ぜひ知りたい」だが、クリスマスが来るまでに頼むぞ。

「数分間そこにいたが、それからアパートのほうに戻った。するとストールハンマルがアパートに入っていったから、顔を合わすのを避けるために、その場でまた数分待った。それからエレベーターで自分の部屋に上り、部屋に入ってすぐに息子に電話をかけた。自分の携帯から息子の携帯にだ。簡単に言うと、皆と同じように好奇心を抑えられなかったんだな。すると息子は、まさにエスプラナーデン大通りの現場にいた。新聞社はすでに、何かが起きているという情報を得ていたんだ」

「つまりそのときの時刻が十時五十分だった。今朝、携帯の通話を確認したところだが」アルムはそう締めくくった。

「そうか……」ベックストレームは相手を不機嫌に睨みつけた。「そのじいさんは家に固定電話はなかったのか？」

「ある」アルムが言う。「だが、きみが何を考えているかはわかる、ベックストレーム。わたしは目撃者の発言をそのまま伝えているだけだ」

「だって、なぜ携帯から電話したのか説明がつかないだろう。ケチなじいさんが、なぜ携帯から？」

「部屋に入ったとき、すでに手に携帯があったからだ。本人の説明ではそういうことだ。残念だが」アルムはちっとも残念そうではなかった。「だが状況のほとんどがストールハンマルの証言を裏づけている。ダニエルソンの家は十時半に出た、まっすぐに家に帰った。十時四十五分には家に着いていた」

そこでベックストレームは休憩を提案した。鑑識官たちは会議から退出しなければいけなかった。もっと大事な仕事があるのだ。トイヴォネンもうまくその場から逃げた。なぜか、会議が始まったときよりもずっと機嫌がよさそうだった。部屋を出るとき、なんとベックストレームを励ますようにうなずいてみせたのだ。

「おめでとう、ベックストレーム」トイヴォネンが言った。「昔とちっとも変わっていなくて嬉しいよ」

22

また一人おかしな目撃者が現れたってわけか——十五分後に再び捜査班が集まったとき、ベックストレームは思った。最悪の場合、ストールハンマルは夜遅くにまたハッセル小路のアパートに戻り、ダニエルソンを殴り殺して金を盗んだんだろう。ああいう男のやりそうなことだ。

ヤーンヴェーグ通りの自宅アパートで酒を飲みながら考えにふけっているうちに、急に頭の中のアルコールの霧が晴れて、二万クローネは一万クローネの倍だと気づいたのだ。ふらつく足でダニエルソンのアパートに戻り、酒宴を続けようと誘った。それからダニエルソンのレインコートとスリッパとゴム手袋を身につけ、鍋の蓋で親友の頭を殴った。そういう可能性は多いにある。

「何か意見は？」ベックストレームはまだ部屋に残っている五人を見回した。ベックストレームに言わせれば、無能な五人組だ。ロシア人、若い黒雌鶏、レズ女、膝ポンポン、呪われたでくのぼう——。

「わたしはとりあえず、ストールハンマルだという可能性も捨てたくはないです」アニカ・カールソンが口火を切り、励ますように上司に笑顔を向けた。

そんなことを凶暴なレズの口から聞くことになるとは——。

「続けてくれ」

「だって、おかしいじゃないですか。ストールハンマルが帰った直後に、都合よく別の犯人がダニエルソンの家に現れるなんて」アニカはそう言って、アルムを見つめた。

「待ちかまえていたのかもしれないぞ」アルムが言う。「ストールハンマルが帰るのを。狙った相手と二人きりになるために」

「でも、犯人は部屋に上げてもらったんですよ」アニカ・カールソン警部補はそれでも食い下がった。「ということはつまり、ダニエルソンのまた別の友達ということになる。彼らのほうの捜査はどうなっています?」

「やっている最中だ」アルムはそう言って、困ったように肩をすくめた。

「わたしも僭越《せんえつ》ながら、ベックストレームやアニカと同意見です」ナディア・ヘーグベリが言いだした。「わたしのように旧ソヴィエト連邦で生まれ育ったら、偶然など信じなくなります。少なくとも、ダニエルソンのアパートを見張っていたという人間の情報は入っていません。そういう意味では、わたしはエングルンドの目撃証言が気に入らない。それがストールハンマルだったという確証がないし。それも、激しく嫌悪している相手ですよ。自分の見たいものを見たという可能性を捨てられますか? 十一時前に息子に電話をしたのは、この件とまったく関係ない。単に、エスプラナーデン大通りに警察がわんさかいたのがなぜなのか不思議だっただけ。それとも、事件が起きていることを息子に知らせたかったか。だって息子はタブロイド紙のカメラマンでしょう。なぜ家にいるのに携帯から電話をしたの? そこも忘れてはいけない。この目撃者は信用ならないです」

レズ女にロシア人まで加わったか。だが、こいつはただのロシア人じゃない、狡猾《こうかつ》なロシア人だ。

「これ以上どうしようもないな。とりあえず今は」ベックストレームが言った。「他には?」

「ということは、ダニエルソンの他の友人たちの出番か」アルムが言う。「アニカ、きみが知りたがっていたように」アルムはアニカ・カールソンのほうにうなずきかけた。

「わかっていることを教えてくれ」ベックストレームが言った。

アルムによれば、それは十余名の〝ソルナの飲んだくれ〟のことだった。ソルナで生まれ育ち、ソルナやスンドビィベリ界隈で働いていた男たち。ダニエルソンと同い歳か、年上のやつまでいる。つまり、年齢を考えると典型的な殺人犯とは言い難い。

「六十を超えた殺人犯が非常に珍しいのを忘れないように」アルムが言う。「それは俗に言うアル中という人種においても同じだ」

「その点については、ストールハンマルなら問題ないだろう」ベックストレームが異論を唱えた。

「同感だ」アルムも言う。「純粋に統計的・犯罪学的な見地から言うと、彼がもっとも犯人らしい」

臆病者め。「わたしは警官であって、統計学者でも犯罪学者でもないが」

「どいつも独身で飲みすぎ。妻には捨てられ、子供からも連絡はない。うち数人は犯罪歴データベースにも載っていた。基本的には、飲酒運転や酔っぱらっての犯罪だが。一人は酒場で騒ぎを起こし、暴力行為で有罪になっている。もう七十歳だったのに」アルムはそこでため息をついた。まるで独り言のような話しかただった。

「おやおや、危険なじいさんだな」ベックストレームがにやりと笑った。「名前は?」

「ハルヴァル・セーデルマンだ。この秋に七十二歳になる。近所の行きつけの酒場で、先週食べたもののことで店主に言いがかりをつけたんだ。毒殺されかけたとね。セーデルマンは若い頃は怪しげな中古車を売ってたんだ。ハルヴァン（半分および蒸留酒の二杯目の意）と呼ばれていて。酒場の店主のほうはユーゴスラビア人で、セーデルマンより二十歳は若い。セーデルマンはそれでも遠慮なく店主のあごの骨を折った。うちの年配の同僚たちによれば、ソルナの伝説的なチンピラで、ナンパ王で、中古車のディーラーで、引っ越し屋を経営したり、白物家電を売ったり、天と地の間のあらゆることに手を出していたそうだ。犯罪データベースにも古い注記がいくつかある。ほとんどは詐欺や暴行だ。セーデルマンの歴史を紐解いてみると、五十年前に警察の書類に登場し始め、それから五度服役している。いちばん長いのは二年と六カ月だ。六〇年代の半ばの話で、そのときは暴行、重大な詐欺、飲酒運転なんかだ。しかしここ二十五年はずいぶん落ち着いている。さすがに寄る年波には勝てないんだな。まあ、ユーゴスラビア人の件を除けばだが」

「ああ、そうだろうな」ベックストレームが朗らかな声で言った。「そんなやつに鍋の蓋をもたせたら、きっとうちの機動隊を一隊丸ごと沈めるだろうよ。興味本位で訊くが、五月十四日の夜のアリバイはあるのか？」

「本人はあると言っている。電話で話しただけだが、あると主張していた」

「どういうアリバイですか」アニカ・カールソンも興味を示した。

「内容については教えてくれなかった。地獄に堕ちろと言われ、電話をガチャンと切られたよ」

「じゃあ、アリバイについてはどうする」ベックストレームがにやにやしながら訊いた。

「家まで行って話を聞くつもりだ」アルムはその任務を楽しみにしているようには見えなかった。

「よければ一緒に行きますが」アニカ・カールソンはすでに顔をしかめている。

ハルヴァンよ、気の毒なこった。

「他には？」話題を変えるために、ベックストレームは訊いた。

「ダニエルソンの友人のほとんどはアリバイがある」アルムが言う。「グンナル・グスタフソンにビョルン・ヨハンソン。騎手のギュッラ、ブリクステンと仲間内で呼ばれている二人だ。例えばその二人はアリバイがある。競馬場のレストランに十一時頃までいて、それからまた別の友達の家に行ってポーカーをしたそうだ。その男はスポンガの一軒家に住んでいる」

「そいつにも名前はあるのか？」ベックストレームが訊いた。「スポンガに住んでいる男にも」

「ヨンテ・オーグリエンだ。ベルスタのヨンテと呼ばれている。元ブリキ職人で、ベルスタ川のあたりに作業場があった。七十歳、犯罪歴はなし。だが怪力として知られていた。若い頃は管やブリキを素手で曲げていたんだと。ところで、まだ結婚生活が続いている数少ない一人だ。だがポーカーをしていた夜は、奥さんは旅行に出かけていた。ニィネースハムンの妹に会いに。今までの経験から、そうするのがいちばん賢いとわかっていたんだろうな」

「他には？」不本意ながらも、ベックストレームは次第に興味が湧いてきた。

「マリオ・グリマルディ、六十五歳。イタリアからの移民。六〇年代にスウェーデンにやってきて、セーデルテリエのサーブの工場で働いていた。ハルヴァル・セーデルマンと親友になり、その十歳年上の兄とも仲が良かった。そいつも中古車を売ってたらしい。なお、兄のほうはヒエラン（全部および蒸留酒の一杯目の意）と呼ばれていた。だが十年前に死んでいるから、とりあえず今回は外していいだろう。だがマリオは生きている。サーブは数年で辞めて、ピザ職人になった。話によれば、今でもソルナとスンドビィベリでピッツェリアを数軒とパブを一軒経営しているという。だがそれが本当かどうかは、わからない。とりあえず、正式な事業登録はみつからなかった」

「そいつにもニックネームがあるのか？」ベックストレームが訊いた。

「イタリア人は仲間からはゴッドファーザーと呼ばれている」アルムは申し訳なさそうに頭を振った。「この男とはまだ連絡が取れていないが、まあなんとかなるだろう」

「やっぱりな」ベックストレームが嬉しそうに言った。「嚙みつくべき相手は大勢いるだろう。だが、わたし自身はやはり元同僚のストールハンマルに賭けるよ。他には？」ベックストレームが時計を見ながら訊いた。

「ダニエルソンの貸金庫がみつかりました」ナディアが言う。「苦労しましたが」

「やったじゃないか」このおばさんは、やはりなかなか抜け目のない女だ。まさにロシア人。まったく気味が悪いくらい抜け目がないんだから。

「その鍵をあなたのデスクに置いておきました」

「素晴らしい」ベックストレームはすでに、街に出て大きくて強いやつを飲む自分の姿が目の前に浮かんでいた。

23

ベックストレームのデスクの上には、貸金庫の鍵と、検察官が貸金庫を開ける決定を下した書類のコピーと、ナディアの手書きのメモがあった。銀行の女性担当者の名前と電話番号が書かれている。事務的なことはその女性が手伝ってくれるということだった。

それで全部だったが、ベックストレームは元来好奇心の強い性質なので、帰りがけにナディア・ヘーグベリのオフィスに寄った。

「どうやって捜し出したのか教えておくれ、ナディア」

たいしたテクニックは要りませんでした——というのがナディアの見解だった。まずは、ヴァルハラ通りとエリック・ダールベリ通りの角にある商業銀行の支店に貸金庫を借りている顧客のリストを入手した。その大半は個人名義だがそれはいったん保留するとして、法人は百社ほどだった。個人事業主、合名会社、株式会社、非営利団体、それに遺産管理も数件。ナディアはその中でもいちばん大きなグループから取りかかった。株式会社だ。

各社の取締役、経営陣、認定署名者、その他の理由で会社と関連のある人間の名前をリストにした。しかしカール・ダニエルソンの名前はどこにもなかった。

「一方で、ある株式会社の存在に気づきました。マリオ・グリマルディとローランド・ストールハンマルが取締役で、セッポ・ラウリエン――ほらハッセル小路のいちばん若い住人――が社長になっている会社があったんです。わたしの好みにしては、知った名前が多すぎる」ナディア・ヘーグベリはあきれたように頭を振った。

「ああ、そうだな。おまけにそいつは知的障害があるんじゃなかったか？　ラウリエンとやらは」

「その可能性はありますね。アルムもそうだろうと言ってたけど、わたしは直接会ってないから……。でもラウリエンは法的能力欠如の決定を受けているわけではないし、破産宣告も受けていないから、法的には社長になることになんの支障もない。ダニエルソンはわざとラウリエンを社長に据えたんじゃないかしらね」

「すごいぞ」このロシア女を公安警察の長官に据えたほうがいいんじゃないか？　そうすれば、スリッパをはいた役人たちももうちょっと仕事に精を出すようになるだろう。

「数人だけの小さな会社です。十年ほど前から休眠していて……つまりなんの事業も行っていない。資産もない、ともかくたいした資産はない。ところで、社名は物書き小屋株式会社。会社の定款によれば、個人および企業向けの執筆のサポート。広告パンフレットから、五十歳の誕生日パーティーのスピーチまでね。この会社を興した二人の女性は、広告代理店の秘書をしていたから、ちょっとした小遣い稼ぎのつもりだったんでしょう。でも客が集まらなくて、数年後には当時警部補だったローランド・ストールハンマルに売り渡された」

「本当かね」ベックストレームは自分も同じくらい狡猾《こうかつ》な表情を浮かべようとした。

「わたしが思うに、ストールハンマルもグリマルディも、単にカール・ダニエルソンの身代わりだったんです。ストールハンマルについての噂を信じるなら、彼はきっとこのことを夢にも知らないはず」

「なんのためにそんな会社を。物書き小屋株式会社なんて」

「それはわたしも不思議ですよ。だってなんの事業も行われていないみたいだし。ただ、まだ貸金庫を借りています」

「銀行に電話してみたら」ナディアは続けた。「しばらく面倒そうに顧客のファイルをめくっていましたが、最後には、カール・ダニエルソンにその会社の貸金庫の使用権を譲渡するという古い委任状がみつかった。いちばん最近ダニエルソンが貸金庫を訪れたのは、殺された日だそうです。五月十四日水曜日の午後。その前は去年の十二月の半ばでした」

「本当かね。中身は？」

「いちばん小さなサイズです。長さ三十六センチ、幅二十七センチ、高さは約八センチ。だからたいしたものは入らない。あなたはなんだと思います？」

「ダニエルソンの人柄からして、馬券とか古いレシートが入っているんじゃないか？　きみはどう思う、ナディア？」

「黄金の詰まったおまるかしらね」ナディアが笑った。

「いったどこからそんな考えを……」ベックストレームはあきれて頭を振った。

「子供の頃ロシアでは――あらちがった――ソヴィエト連邦では、貧しくて悲しくてつまらないことばかり、それに恐ろしいことばかりだったけれど、父がわたしをこう励ましてくれたんです。ナディア、忘れちゃいけないよ――父はいつもそう言ってました。虹の始まるところには、必ず黄金の詰まったおまるがある、と」

「古いロシアのことわざか」

「いいえ、ちっとも」ナディアが鼻で笑った。「あの当時そんなことわざを口にしたら、KGBに捕らえられたでしょうよ。でもよかったら、ウォッカを一瓶賭けましょうか」

「ではわたしのウォッカをレシートと馬券に賭けよう。ナディア、きみは？」

「黄金の詰まったおまるに」ナディアは急にメランコリックな表情になった。「あんな小さな貸金庫には入らないけれどね。でもわたしたちロシア人は、希望だけは最後まで捨てないんです」


この女は狡猾だ、ひどく狡猾だ。だがロシア人らしくクレイジーでもある。

それからアニカ・カールソンに運転を頼んだ。なぜなら、ダーラナ出身の近親相姦被害者がふくよかな金髪のばあさんの話ばかりするのを聞く気力はなかったからだ。アニカのほうは少なくとも運転中は口を閉じておくくらいの思慮深さがあり、ソルナの警察署を出た十五分後には銀行の外に警察の車を停めた。

銀行の女性は実にサービス精神旺盛だった。身元確認は二人の身分証を見ただけでよしとし、地下の金庫へと案内し、自分の鍵とベックストレームがもってきた鍵で貸金庫を開いた。中から小さなスチールの箱を取り出すと、テーブルの上に置いた。

「待ってくれ、ひとつ質問させてもらいたい」ベックストレームは笑顔を浮かべて銀行員を引き止めた。「ダニエルソンは先週ここに来たんだろう？　そのときもきみが担当してくれたそうじゃないか。そのとき、何か気づいたことは？」

銀行員は、答える前に戸惑ったように首を振った。

「銀行には守秘義務がありますから」そう言って、申し訳なさそうに微笑《ほほえ》んだ。

「では、我々がここに来たのは殺人捜査のためであって、その場合は守秘義務の対象にはならないことも知っているね？」

「知っています。ええ、ダニエルソンのことは覚えています」

「なぜだい？」

「あまり来ないのに、記憶に残ってしまうような顧客でしたね。いつもちょっと大袈裟《おおげさ》で……大きすぎるくらいの身振り手振りで。常にお酒のにおいをさせていました。一度冗談を言ったほどです。経済犯罪局に目をつけられてもおかしくないですねって」

「書類鞄をもってきていたかは覚えてないですか？　ベージュの革で、真鍮《しんちゅう》の金具がついたような」アニカ・カールソンが尋ねた。

「ええ、毎回もっていました。先週もね。貸金庫から中身を取り出して入れるために」

「なぜそう思うの？　中身を取り出すためだと」

「わたしがこの箱を取り出しているときに、ダニエルソンが書類鞄を開いたんです。中は空っぽでした。ノートやペンもなかった」

「助かったよ」ベックストレームが礼を言った。


「これでどうかしら」銀行員が去るとすぐに、アニカ・カールソンはビニール手袋を取り出した。

「すでに無数の銀行員の指紋がついた小さな箱を触るためにか？」ベックストレームはあきれたように頭を振った。「無駄だろう。そういうのはニエミと仲間たちに任せておけばいい」どうか、馬券とレシートでありますように——。

「よし、アニカ」ベックストレームは手で箱の重さを量りながらにやりとした。「小銭を賭けないか？」

「百クローネ。それ以上は嫌です。普段は賭けなんかしないけど、今日は馬券とレシートに賭けるわ。あなたは？」

「黄金の詰まったおまるに賭けよう。知っているだろう、アニカ？　虹の始まるところには、必ず黄金の詰まったおまるがあるって」ベックストレームはそう言って、箱を開けた。

なんてことだ――ベックストレームの目が、その頭と同じくらいまん丸になった。なぜおれは独りで来なかったんだ。そうすれば残りの人生、もう二度と自分の尻を拭く必要もなかったのに――。

「ベックストレーム、あなた、霊視ができるの？」アニカ・カールソンもやはりベックストレームの頭と同じくらい目を丸くして、ベックストレームを見つめていた。

24

約半年前、国家犯罪捜査局の長官ラーシュ・マッティン・ヨハンソンは、部下のアンナ・ホルト警視正に電話をかけ、夕食に誘ってもいいかと尋ねた。

「まあ素敵」アンナ・ホルトは驚きを悟られないよう答えた。知り合ってもう十年になるのに、こんなことは初めてだ。今度は何を企んでいるのかしら――。これまでの経験から、ヨハンソンのやることには必ず意図があり、ほぼ必ず隠された計画があるのを理解していた。

「いつですか？」

「今夜だ。遅くとも明日」

「今夜なら空いてますよ」今度は何を頼んでくるつもりかしら。きっと今までになくとんでもないことにちがいない。

「素晴らしい。では十九時に。行こうと思っているレストランの住所はメールする。タクシーの領収書をもらいなさい。わたしが払うから」

「大丈夫です。興味本位で訊くんですけれど……今回は何をさせられるのかしら？」

「アンナ、アンナ、アンナ……」ヨハンソンはため息をついた。「一緒に夕食を食べないかと誘っているだけだが？　楽しい時間にしようじゃないか。質問の答えだが、ノーだ。何も頼もうとは思っていない。ただ、ある秘密を話そうと思っている。その秘密というのは純粋にわたしについてのことだから、心配することはない」

「心配なんかしてません。会えるのを楽しみにしています」セールストークがうまいわね——受話器を置くと同時に、アンナ・ホルトは思った。


　本当は何を企んでいるのかしら——レストランに向かうタクシーに乗りこみながら、アンナは考えた。ヨハンソンの言葉とは裏腹に、秘密の告白とはまったくちがう話のはずだ。ヨハンソンは秘密をばらすような男じゃない。彼は秘密を守ることにかけては天下一なのだから。とりわけ自分の秘密に関しては。

　まだ半年も経っていない。ヨハンソンがアンナ・ホルトに——そしてあっという間に部下の数も増えたが——秘密裡にパルメ首相暗殺事件（一九八六年）をもう一度洗い直すよう命じてから。

当時の捜査官が見逃したことがないかどうか調べろと言われたのだ。

資料が膨大な量に及んだ上、最初から死亡宣告を受けているような捜査なのに、奇跡としか言いようのないことが起きた。これまで知られていなかった有力な容疑者を二人みつけたのだ。暗殺を計画した男と、首相に向けて発砲した男。前者はもうずっと前に死んでいるが、後者はまだ生きていた。しかし所在は不明。身を隠したようだ。こうして突然、事件の全貌が明らかになった。

二人の容疑者が困るような証拠をいくつもみつけることができた。目撃者を一人と、容疑を裏づける科学的証拠まで手に入った。最後には、生きているほうの犯人までみつけたのだ。しかし拘束する数時間前に、その男は説明のつかない事故に見舞われた。北マヨルカ島で乗っていたボートが爆発して粉々になったのだ。ホルトと同僚たちが捜査を進めてきた真実は、犯人とともに海に沈んでしまった。ホルトや同僚、そしてその上司が住む世界では、首相暗殺事件の捜査はすでに完結した一章だった。

ヨハンソンの言う秘密というのがそのことなら、他の人間も関わっている秘密だ。自分たちにとってはそれが真実になったが、証明することは永遠にできない。間違っていたとしてもわからない。

自分の秘密を話す？　笑っちゃうわ——アンナはレストランの前でタクシーを降りた。

そこはヨハンソンの行きつけの店だった。小さなイタリア料理店で、セーデルマルム地区の彼のマンションから数街区のところ。美味しい食事に、もっと美味しいワイン、さらにはこれまででいちばん上機嫌なヨハンソン。スタッフはヨハンソンを王様のように扱い——実際そこでは王様なのだろうが——アンナのことも王妃のように扱った。

事前に伝えてあったのだろう、とアンナは思った。わたしは同僚であって、愛人なんかじゃないことを。

「きみのことは一緒に働いている仲間だと説明しておいたんだ」ヨハンソンは微笑《ほほえ》んだ。「おかしな想像をされないようにね」

「そうだと思いましたよ」アンナも微笑み返した。「角の向こう側を見通せる男ですもの」

「ああ、不思議だろう、アンナ。角の向こう側を見通せるなんて」

「正直、ちょっと気味が悪いくらい。でも今日はとても楽しいわ」それにあなたが間違えることもあるし。

「放浪の狩人であり、予知能力もある」ヨハンソンがうなずいた。「だが必ず正しいというわけじゃない。わかっておいてくれ、わたしが間違っていたこともあった」

「それが今日教えてくれる秘密ですか?」

「いいや、ちがう」ヨハンソンはヨハンソンにふさわしい表情を浮かべた。「そんなことを告白しようとは夢にも思わない。そんなことをしたら、せっかくノルランド出身なのに信頼性が失われてしまうだろう?」ヨハンソンはまた微笑み、グラスを掲げた。

「あなた、とても面白い人ね、ラーシュ。こういう機嫌のときは。でもわたしは知りたくて知りたくて死にそう……」

「辞めるんだ」ヨハンソンが言葉を挟んだ。「あと一週間で。同日かぎりで辞職すると伝えてある」

「何かあったわけじゃないですよね？」今度はいったい何を思いついたの？　あなたはいったい何を言ってるの？

いいや何も――というのがヨハンソンの答えだった。何も起きていないし、冗談を言っているわけでもない。ただし、ひとつ思いついたことがある。あくまで個人的な思いつきだが。

「わたしは自分の仕事は終えたつもりだ。本当ならあと一年半残っているんだが、もう仕事はやり終えた――四十年もかけて。警官としての人生は卒業だ。残された時間をただじっと座ってやり過ごすつもりはない」

「妻とも話したんだ」ヨハンソンは続けた。「妻も素晴らしいアイディアだと言ってくれた。政府と国家警察委員会長官とも話した。任期を終えるまで残ってくれと請われたが、相手の信頼に対して礼を言い、丁重に断った。他の役職や任務のオファーもすべて断った」

「職場ではいつ発表するおつもり？」

「木曜の閣僚会議のあとで発表される」

「引退したら何をするの？」

「キャベツでも育てて、気持ちよく歳を取るつもりだ」ヨハンソンは考え深げにうなずいた。

「でもなぜわたしに話すんです？　職場の人たちより先に」

「きみに質問があるからだ」

やっぱり――。こうなるのはわかってたわ。

「だがそんな顔をするのなら、まずは安心するがいい。きみにプロポーズするために呼んだわけではない。答えはノーだ。ところできみの同僚のヤン・レヴィンはどうしてる？」

「元気ですよ。あなたの最愛の妻ピアは？」

「わたしの人生のすべてである女のことか？」ヨハンソンは急に真面目な顔になった。「黄金の中の真珠のごとく元気だ」

「で、質問というのは？　質問があるとおっしゃったでしょう」

「ああ、それか。近頃頭の中のケーブルがすぐにショートしてしまうんだ。ちょっと話題がそれると……」

「真面目な話、ラーシュ。真剣に訊いているんです」

「西地区所轄ソルナ署の署長にならないかね？」

西地区所轄ソルナ署の署長？　わたしにはすでに仕事があるのに。その仕事を楽しんでいるし、同僚も気に入っているし、一カ月前にはそのうちの一人と交際まで始めた。ただ、後者についてはむしろ仕事を替える理由にもなるか。職場での交際は、愛を疲弊《ひへい》させる。いや、それ以上に色々なものを疲弊させる。

月給が二万クローネ以上アップする。家から徒歩圏内の職場。よく管理の行き届いた所轄。県内でも最高レベルだ。この国でもっとも優秀だと評される警官を大勢含む何百人という部下を率いるのは、かなりの挑戦になるが。それらをすべて無視しても、ヨハンソンが彼女にこの提案をもちかけたのには、たったひとつの理由しかなかった。

「なぜきみかというと、それにはたったひとつしか理由はない。たったひとつだ」ヨハンソンは繰り返し、長い人差し指を立てた。

「その理由とは?」

「きみがいちばん優秀だからだ。それ以上に難しいことじゃない」

「実際的な質問ですが、あなたにそんなこと決められるんですか? 決定権はストックホルム県警の執行幹部にあるのでは?」

「近頃では政府だ。国家警察委員会と相談の上で。つまりこの場合は、ストックホルム県警の執行幹部だ。県警本部長から連絡が来るはずだ。きみが今どんな返事をしようとね。考えてみてくれ」

「わかりました」自分が優秀なことは知っていた。他の多くの同胞姉妹たちとはちがって、必要ならばそれを公言することもできる。だがいちばん優秀かどうかは……? ヨハンソンの口からそんな言葉が出るなんて。長年の間にどれだけ衝突してきたかを考えると、耳を疑うほどだ。

「よかった」ヨハンソンは微笑んだ。「ではこの話は終わりにしよう。ここからは楽しい話だけだ。ノー・モア・ビジネス。バック・トゥー・プレジャー。アンナ、きみが話題を決めてくれ」

「教えてください。なぜ急に警官を辞めようと思ったのか」

「言っただろう」ヨハンソンは相変わらず上機嫌だった。「楽しい話だけだ。ノー・モア・ビジネス。だが聞きたいと言うならば、なぜわたしが警官になったかを話してやろう。すべてがどのように始まったのか」

「なぜ警官になったんです？」相変わらずね――。

「なぜかというと、真実を探るのが好きだったからだ。それは常にわたしの大きな情熱だった」

それに、言うまでもなく奥さんのピアもでしょう？　信じられないような幸福を勝ち得た男だ。地上での彷徨《ほうこう》の半ばを過ぎてから、運命の女性と出逢えたのだから。

それに、誰が首相を暗殺したのかわかった今、もう真実を探ることが面白くなくなったんでしょう。残る情熱は、あなたの奥さんだけ。彼女のことはまだ愛してるんだものね。

25

一週間後、ストックホルム県警の本部長が電話をしてきて、ホルトはランチに誘われた。なるべく早いほうがいいという。

「すごく楽しみです」アンナ・ホルトは言った。二人とも女性警官ネットワークの理事を務めていて、お互いのことが好きだし、尊敬し合っているし、断る理由はひとつもなかった。「いつですか？」

「来週の金曜はどう？　わたしのオフィスでと思っているの。知りたがり屋の男性陣の目を避けて、ゆっくり話せるでしょう？」

「素晴らしいアイディアですね」

幸いなことに、一人くらいはヨハンソンと全然似ていない人間がいるものだ——アンナ・ホルトは受話器を置きながら、そんなことを考えていた。

一週間後の金曜日、またあの質問をされた。

「西地区所轄ソルナ署の署長になってもらえない？　受けてもらえたらとても嬉しいのだけど」

「ええ」ホルトはうなずいた。「喜んで」

「じゃあ、そういうことで」県警本部長はちっとも驚いた様子はなかった。

アンナ・ホルトが警察署長に任命されたことは、一月の初めに公表された。三月三日月曜日に着任し、役所という名の水車がゆっくりと回り始めた。今回は、いつもよりも速い速度で。就いた役職を考えると、望める以上に長い蜜月を与えられた。しかし西地区所轄ソルナ署の署長になって六週間後、また県警本部長から連絡があった。

「会って話したいことがあるの、アンナ。できればすぐに。ひとつお願いがあって」

まるでヨハンソンみたい。わたしはなぜそう思うのかしら？

「お願いというのは？」その数時間後、県警本部長のオフィスに座ったアンナ・ホルトが尋ねた。

「それが……」県警本部長は言いにくそうな表情をしている。

「さあ、言ってください」ホルトは笑顔を作った。

「エーヴェルト・ベックストレームよ」

「エーヴェルト・ベックストレーム？」アンナはオウム返しに訊いた。驚きを隠すこともなく。

「現在、ストックホルム県警の物品捜索課に配置されているエーヴェルト・ベックストレーム警部のことでしょうか。あのエーヴェルト・ベックストレームですか？」

「残念ながらそうよ」県警本部長も微笑《ほほえ》んだ。少なくとも、微笑もうとしている。必死で浮かべた笑みだ。

「西地区所轄ソルナ署の犯罪捜査部に、警部の枠がひとつ空いているでしょう。そこにベックストレームを配置したいんです」

「あなたのことはよく知っているし、尊敬していますから……」

「その尊敬は双方向のものだというのは覚えておいてちょうだい」県警本部長が口を挟んだ。

「……つまり、どうしようもない事情があってのことと思っていいですね？」

「ええ……」県警本部長の声には感情がこもっていた。「その事情をあなたに話せればどんなにいいか。事務的な話を先にすると、ベックストレームは暫定的にそのポジションに採用されることになる。つまり期間限定でね。そうすれば表向きには問題にならないし、不都合が生じればまた配置換えすることもできる。その点については責任をもつと約束するから、あなたは心配しなくて大丈夫」

「ちょっと待ってください」ホルトは相手を制すように手をかざした。「決める前に、あなたの言い分を聞かせてください」警察署長になって一カ月半。だしぬけに天からベックストレームが降ってきた。わたしの腕の中に。迷える天使みたいに——いや、翼の折れた、ぷよぷよの中年智天使《ケルブ》か。

「聞く気力があるなら、言い分はいくつかあります」県警本部長はまた言いづらそうな顔になった。「聞く気はある？」

「ええ、もちろん。伺いましょう」

　もともと、ベックストレームはもっといいポジションに就いていた。国家犯罪捜査局の殺人捜査特別班の警部まで務めたのだ。いちばん上の上司によって国家犯罪捜査局から蹴り出され、本来の所属であるストックホルム県警に返されるまでは。

「その理由はわたしも結局よくわからなかった」県警本部長が言う。「悪い捜査官じゃないでしょう。重大犯罪をいくつも解決している」

「まあね……」ベックストレームと仕事をしたことがあるホルトは口ごもった。「象のようにのしのし歩き回って、周囲にあるものをすべて破壊するような男なんです。その埃が落ち着いた頃に、同僚が価値のある証拠をいくらかみつけることもある。そんなやりかたでもいいなら、あなたのおっしゃるとおりです。ベックストレームの周りでは、必ず何かが起きる」

「あの男は手のつけられないようなエネルギーを秘めているみたいね」県警本部長は深いため息をついた。

「そうなんです。彼の生活習慣と見た目を考えると、さっぱり理解できませんけどね」

「物品捜索課に配属になったのは不幸な展開だったわ。上司たちの話によれば、何か具体的な問題が発覚したわけではないの。ただ、すでに充分恐ろしい噂が飛び交っている。ベックストレームへの支援が充分だったともわたしは思わない。興味のもてる任務を与えられていないんだから。ベックストレームは自分が不当に扱われていると思っていて、残念だけどそれにはまっとうな根拠があり、労働組合がひっきりなしにわたしに連絡をしてくる。おまけに彼は素晴らしい推薦文を書いてもらってるのよ。見事なまでの推薦状を」

つまり、それを書いた上司は、ベックストレームをさっさと別の部署へやりたかったわけね。そんなこと可能なのかはわからないけれど。しかしホルトは黙ってうなずくだけにしておいた。

「アンナ」県警本部長はまたため息をついた。「ベックストレームを扱えるのはあなただけだと思う。あなたにも無理なら、返品すると約束します。クビにしたっていいくらい。組合は今でもすでに、皿にわたしの生首をのせて差し出せと要求しているけれどね」

「なるほど」

「ここ半年、ベックストレームはパルメ首相暗殺事件の犯人がわかったと吹聴して回っていた。怪しい集団をみつけたと。わたしもつい彼の演説を聞いてしまったくらいよ。アンナ、誓ってもいいけど……」

「知ってます。わたしも聞きましたから」

「まったくバカげた話なのよ。おまけに陰謀の裏にいるとベックストレームに名指しされたうちの一人がわたしに連絡をしてきて、あの男をなんとか支援しろと言う。かなり地位の高い国会議員が、ベックストレームを助けろっていうのよ。ベックストレームのほうは、自分は法的なレイプを受けたと主張している。しかも複数回」

「つまり、ベックストレームの関心をよそにそらせたいんですね」

「そのとおり。彼は凶悪犯罪のことしか頭にないみたいだし、それなら西地区にいくらでも転がっているでしょう」

「わかりました。ベストを尽くすと誓いますが、決める前にまずはともかく彼の直属の上司になる警官に伝えて、意見を聞いてみなくては。それはわたしの義務です」

「そうしてちょうだい、アンナ。まんじりともせずに待っているから」

「ベックストレームだって?」西地区所轄ソルナ署犯罪捜査部の責任者であるトイヴォネン警部が声を上げた。「まさかエーヴェルト・ベックストレームのことか? あの男がうちで働くと?」

「ええ」トイヴォネン――ストックホルム県警の伝説の警官。絶対に怖気づいたりしないし、丁重な挨拶に貴重な時間を割いたりもしない。常に自分の考えや意見をはっきりと口にする男。

「ええ、そうです。当惑するのはよくわかるわ」

「いいですよ」トイヴォネンは肩をすくめた。「別にかまわない。問題を起こしたら、困るのは本人だし」

「本当にいいの?」いったい何を考えているの――。

「ああ、ちっともかまわない」トイヴォネンはうなずいた。「いつからです?」

やっとだ――署長が行ってしまうと同時に、トイヴォネンは思った。二十五年経って、やっと好機が巡ってきた。もう望みを捨てかけていたのに。あのチビのデブめ、借りはすべて返してもらうぞ。今度こそ思い知るがいい――トイヴォネン警部の頭にあるのは、新しく部下になるエーヴェルト・ベックストレームのことだった。

上司に話すつもりはなかった。二十五年以上前に、トイヴォネンが若い巡査見習いの〝キツネ〟——当時はそう呼ばれていて、今でもトイヴォネンの世代の警官はそう呼んでいるのだが——として警察に入ったばかりの頃、ストックホルム県警の暴力課で三カ月見習い実習をやったのだが、そのときに指導担当としてあてがわれたのがエーヴェルト・ベックストレームだった。

ベックストレームは〝キツネ〟に捜査のいろはを教える代わりに、自分の奴隷にした。トイヴォネンが何代にもわたって誇り高き農夫であり戦士だったカレリア人の血を引いていることなどてんで無視して、ロシアの農奴のごとく扱った。惨状を呈する自分のデスクの上を片付けさせたり、ゴミを捨てにいかせたり、床を掃除させたり、コーヒーを淹れさせたり、デニッシュパンを買いにいかせたり、警察の車であちこちに送らせたり。そのどれも、仕事とはまるっきり関係のない怪しげな用事ばかりだった。腹がすけば車を停めさせ、屋台にソーセージとマッシュポテトを買いにいかせた。トイヴォネンは雀《すずめ》の涙のような見習いの給料からそれを支払ったのだ。ベックストレームが常に職場に財布を忘れてくるから。一度大使館の警備に駆り出されたときなど、皆の目の前で靴を磨かせられたこともあった。しかもベックストレームは大使館の警備員にこう説明したのだ。「こいつはおれ専用のキツネなんだ。おまけにフィンランド人だ」

トイヴォネンはレスリングで何度もスウェーデン王者の座を獲得している。グレコローマンスタイルでもフリースタイルでも。だから、ベックストレームの全身の骨を折るなどたやすいことだった。手をポケットから出す必要もないくらいだ。その考えは常に頭の片隅にあったが、警官になると決めていたので――それも指導教官とはちがって本物の警官に――トイヴォネンは歯を食いしばって耐えた。カレリアの農夫や戦士は石器時代以来、樹皮を混ぜたパンを食べて生き延びてきたのだ。二十五年経った今、やっと先行きが明るくなった。それも突然に。

その夜、トイヴォネンは今まででいちばん心地よい夢を見た。まずは小さなデブに、フィンランドの伝説的レスラー、アルヴォ・リンデンの名を冠した投げ技をかけた。それから双羽固めと片羽固めを試し、さらには彼が現役だった頃には反則だとされていた色々な技を決めた。ウォームアップが終わったところで、素早く何度かタックルをお見舞いし、最後にはその太った短い首を脚で締めにかかった。二十五年経った今、やっとベックストレームが床に転がっている。顔色を赤と青のまだらにし、ぷっくり太った小さな手をばたつかせて。トイヴォネンはうっとりとため息をつくと、さらに脚に力をこめた。

26

ソルナ署に来る数年前、エーヴェルト・ベックストレームは彼にふさわしい職場だった国家犯罪捜査局の殺人捜査特別班から、ストックホルム県警の物品捜索課へと左遷された。またの名を〝警察の落とし物倉庫〟。本物の警官なら皆――ベックストレーム本人を含めて――そう呼んでいる場所だ。持ち主不明の自転車、落とした財布、そして、さまよえる警官魂の最終処分場だった。

ベックストレームは邪悪なシナリオの犠牲者だった。彼の前の上司――ラップ人で、臭いシュールストレミングを食べたり、隠れて社民党を支持したりしているはずのラーシュ・マッティン・ヨハンソンが、ただ単にベックストレームに嫉妬したせいで。ベックストレームには凶悪化し続ける犯罪を制することができるからといって。あらゆる名誉棄損をより合わせて作った縄にベックストレームの頭を突っこませ、足の下の椅子を蹴ったのだ。

物品捜索課での仕事は罰ゲームとしか言いようがなかった。二年間、盗まれた自転車や、消えてしまったショベルカーのバケットを捜すような仕事ばかりだった。群島の沖のほうで難破したヨットだったり、各種の産業廃棄物や便槽だったりを発見したこともある。こんな仕打ち、世界いち強い男でも心が折れるだろう。しかしベックストレームは耐え抜いた。この状況でできることはすべてやった。長い付き合いの美術商から情報を仕入れ、五千万もする油絵をみつけだした。当然とも言える謝礼をこっそりたっぷり受け取ったはいいが、名誉は半分ぼけた上司たちに奪われた。だがそんなことにはすっかり慣れっこだし、我慢できる範囲だった。

翌年の秋、同じ美術商が興味深い情報をもってきた。オロフ・パルメ首相を暗殺したのは誰か。ベックストレームは一瞬も躊躇《ちゅうちょ》しなかった。間もなく、暗殺に使われた拳銃のありかと、かなり高い地位に就いている四人が暗殺を計画したことを突き止めた。彼らが陰謀に関与していることは間違いない。四人はずっと昔に知り合った仲間だった。六〇年代にストックホルム大学で共に法学を学んだ仲なのだ。学業のかたわら、控えめに言っても倒錯的な犯罪活動を続けていた。例えば、秘密結社を結成して〝売女同盟〟と名付けたり。

ベックストレームがそのうちの一人に話を聞きにいこうとすると――次長検事を務め、今ではキリスト教民主党の国会議員をしている男だったのだが――暗黒の力が反撃を開始し、ベックストレームを潰そうとした。宿敵ラーシュ・マッティン・ヨハンソンが、人生の大半を警察の野良仕事に費やしてきたくせに、法治国家の暗殺チーム、つまり特殊部隊をベックストレームのもとへ送りこんだのだ。ベックストレームの息の根を止めるために、閃光発音筒《スタングレネード》まで投げつけた。そして惨めにも作戦に失敗したのを悟ると、今度はベックストレームを精神科病院に閉じこめた。

しかしベックストレームは再び立ち上がった。あらゆる予測を裏切ってカムバックを果たし、反撃に出た。まずは組合を味方につけ、それから影響力のあるメディアや、ベックストレームの正義の闘いに密かに共感したらしい匿名の権力者たちも自分の側につけた。孤独を愛する者は強いとはよく言ったものだが、悲しいかな現実にはそんなに甘くはない。だがベックストレームはいま一度、自分が誰よりも強いことを世間に証明したのだ。

数カ月後には仕事に戻った。相変わらずクソの山みたいな仕事だったが、裏でちょっとしたことを片付けて見返りをもらうにはうってつけだった。首相暗殺事件を解明するという試みは一時的に脇に置いて。勝利はむろんそれなりの犠牲を伴うが、いい思い出ができたし、まだ入金されていない複数の支払いを催促する時間も充分にあった。

敵は勢力を弱めつつあった。ラップ人野郎ヨハンソンが突然辞任したのだ。要はクビになったのだろう。ひと月前にはストックホルム県警の人事部長に呼ばれ、西地区所轄ソルナ署の凶悪犯罪課で凶悪犯罪捜査官として働かないかという打診をされた。それで突然、まっとうな警官に戻ることになった。警察のデータベースに入っている美味しい個人情報にまたアクセスすることができるようになる。そのおかげで、窮地に陥った気の毒な友達を助けることができる。事前に忠告を受けた者は、武装したも同じ——。もう便槽やら落とした財布やらを追わなくてすむ。追うのは、ごく平凡でまっとうな凶悪犯罪者だけ。奥さんの首を斬り落としたり、ベビーシッターの若い女を銃弾で穴だらけにしたり、近所の未成年の娘を襲ったりするようなやつらのことだ。

「考えてみよう」ベックストレームは重々しい表情で、人事部長にうなずきかけた。

「そうしてもらえるとありがたい、ベックストレーム」人事部長は書類を神経質そうにめくった。「ただ、早急に頼むよ。ほら、先方はきみに来てほしくてうずうずしているんだから。新しい上司になるトイヴォネンは、すぐにでも始めてもらいたいと言っている」

トイヴォネンか――あのフィンランド野郎。昔はおれのキツネだったくせに。二十五年前には、しっかりお手を教えこんでやったものだ。これは面白くなりそうだ。

ベックストレームは五月十二日月曜日から西地区所轄ソルナ署の凶悪犯罪捜査官になる予定だった。その日から配属になるのだ。しかしベックストレームはやはりベックストレームなので、ちょっと余分に休暇を取ってから新しい任務を始めることにした。署に電話して、この日は残念ながら予定があって行けないと伝えた。前の捜査の裁判が――産業廃棄物の違法投棄の件だったのだが――その日開かれ、法廷で証言することになっているという理由で。

その翌日も無理だった。ストックホルム県警の産業医から、健康診断に呼ばれているから。非常に大がかりなやつで、一日じゅうかかると聞いている。そういうわけで、水曜になってやっとベックストレームは新しい職場に現れた。ただ、その前日に死刑宣告に近い宣告を受けた。その医者は悪名高いナチスのメンゲレ医師の再来だというのが発覚したわけだが、五月十四日水曜日にソルナの警察署によろよろとたどりついたときには、ベックストレームは実際いつ死んでもおかしくないような状態だった。

しかし今では――あれからたった一週間しか経っていないが、またもとのベックストレームに戻っていた。

ベックストレーム・イズ・バック、アズ・オールウェイズ――言うまでもなく流暢《りゅうちょう》な英語を操るベックストレームはそう考えた。好みがうるさい上に、毎日テレビを観る男なのだから。

五月十二日月曜日に、アンナ・ホルトの蜜月は完全に終わった。ただし、それはベックストレームとはなんの関係もなかった。

その日の午前中、ブロンマ空港でＶＩＰ専用出入口から出てきた現金輸送車を二人の強盗が襲った。強盗が獲物を車に積みこみ、その場を離れようとしたときに、警備員の一人がリモコンで現金輸送鞄の中の塗料アンプルを破裂させた。そこから、とんでもない展開になった。運転していた強盗が車をＵターンさせ、逃げようとした警備員を轢いた。もう一人の強盗も車から飛び出し、銃を何発も撃ち、警備員を一人殺し、もう一人は意識不明の重体にした。強盗犯らはその場から逃走し、現場から一キロも離れていないところで車と現金の入った鞄を遺棄した。そして煙のように姿を消してしまった。

ホルトの不幸はまだ始まったばかりだった。同夜、名の知れたフィンランド人のチンピラが、ベリスハムラに住むガールフレンドのアパートから車で立ち去ろうとしたときに、何者かに銃撃された。なんの目的でどこに行こうとしていたのかはわからないが、車に小さめの旅行鞄があり、その中にはトランクスや歯ブラシ、それに十ミリ口径の銃や折り畳みナイフが入っていた。とはいえ職務質問をするには一歩遅かった。後頭部に二発――即死だった。

ブロンマ空港の強盗殺人事件の捜査を率いるトイヴォネンは、こういう類《たぐい》の偶然を信じるのはずっと昔にやめていた。このふたつの事件には関連がある。翌日には鑑識もそれを裏づけた。最新の犠牲者は、両の手首に赤い塗料がついていた。洗っても取れない塗料——その成分は現金輸送会社の塗料アンプルの中身と一致した。強盗に参加したのなら、そのときについたのだろう。手袋と黒い上着の袖口の間から入ったのだ。

誰かがこの後始末をしようとしている——トイヴォネンは思った。

その二日後に〝アル中殺人事件〟が起きたとき、アンナ・ホルトは安堵したほどだった。やっと普通の事件だわ——。まるで天からの贈り物のよう。しかし間もなく、彼女はその見解を撤回することになる。

27

「おい、どうする……」ベックストレームが低い声でつぶやき、まずは自分の部下、それから貸金庫の箱を見つめた。

「すぐに誰か責任者に電話しましょう。わたしたちがあらぬ疑いをかけられぬように」アニカ・カールソンが言う。「誰かに来てもらって、これを封印してもらわないと……」

「その気味の悪い箱を閉じてくれ」ベックストレームはもう中身を直視していられなかった。人生で初めてアリババの宝の洞窟に入れてもらえたというのに、ルールブックどおりの行動しかとれないレズを連れてきてしまったなんて――。おまけに携帯電話の電波も届かない。

「こういう金庫室の壁はかなり分厚いですからね。よければわたしが上にあがって電話してきますが」アニカ・カールソンが自分の携帯電話を取り出した。

「こうしようじゃないか」ベックストレームは短いむっちりした人差し指で相手を指した。「きみはここを動くな。何も触ってはいけない。誰かが入ってきたら撃てばいい。その箱だけは死守するんだ」

それから一階に戻り、トイヴォネンに電話をかけた。現状を素早く説明し、指示を待つ。それが自分たちの身のためなのだ。この世に正義が存在するならば、今ごろもうリオに到着していたのに――。

「誰と一緒なんだ？」トイヴォネンは特に興奮した様子でもなかった。

「アンカンだ。アニカ・カールソン」

「アンカンを連れていったのか。で、いくらぐらいの話だ？」

「何百万という額だ」ベックストレームがため息をついた。

「で、アンカンを連れていったと？」

「ああ、そうだ」なぜトイヴォネンはそんなにおかしな声を出しているんだ？　まさか酔っぱらっているわけじゃあるまいな？　この時間にすでに。

「そうか。わかった。銀行に頼んで紙袋をもらい、箱ごとここまで運んでくるんだ。わたしからニエミに話して、あとは進めておくから」アンカンを連れていったなんて、現実だと思えないくらいに素晴らしいじゃないか。トイヴォネンは心の中でそう考えていた。

「だがおれたちの身の安全を……」ベックストレームは食い下がった。「つまり……」

「大丈夫だ」トイヴォネンが遮《さえぎ》った。「アンカンは命尽き果てるまで、そして文の最後の句点まで、規則に忠実なやつだ。交通部のじいさんみたいに愛想がいいが、方眼紙の目のように細かい性格でもある。変なことを考えるんじゃないぞ。じゃなきゃ彼女の手錠を味わうことになる」

通話を終えるやいなや、ベックストレームは銀行員に紙袋をくれと頼んだ。貸金庫の箱をもち出す書類にサインし、自分でそれを車まで運び、ソルナ署までの長いドライブの間ずっと膝にのせていた。車はアニカ・カールソンが運転し、二人とも一言も口をきかなかった。

トイヴォネンのほうも通話を終えるやいなや廊下に出て、側近の同僚たちを呼び、彼らを自分のオフィスに押しこむと、ドアを閉めた。

それから手早く事情を話し、いつものように大事なことは最後にとっておいた。

「あのチビのデブは誰を一緒に連れていったと思う？」トイヴォネンは嬉しさのあまりその場

で飛び跳ねた。

皆訝《いぶか》しげな顔になり、首を横に振った。

「アンカンだ。アニカ・カールソン」トイヴォネンは顔いっぱいに笑みを広げた。

「それは気の毒に」ピエテル・ニエミがあきれたように頭を振った。「ベックストレームから拳銃を取り上げたほうがいい。バカなことを思いつかないようにな」

十五分後、ベックストレームは自らの手で現金の入った紙袋をニエミのデスクに置いた。アニカ・カールソンはガレージからニエミのオフィスまで、忠犬のようにベックストレームの脇を守っていた。なんだ、この女はおれをびびらせようとしているのか——? 突然、歩きかたがボディビルダーみたいになっている。この頃には、アニカ・カールソンの鍛え抜かれた身体の筋一本一本まで忌み嫌うようになっていた。

その二時間後、ベックストレームは行きつけの近所の酒場で、二杯目の蒸留酒と二杯目の大きくて強いビールを飲んでいた。それでも、どうにもならない。少なくとも、まだ。その最中にニエミから電話で報告があったが、ちっとも状況はよくならなかった。

「二百九十万クローネだったよ」ニエミが言う。「十万クローネの束が、二十九束。それで全部だ」ニエミの声は、まるで目の前にある報告書を読み上げているみたいに無感情だった。

「指紋その他の痕跡は残っていない。ダニエルソンはこれを触るとき、注意深く手袋をはめていたんだろう。手袋はいつも携帯していたのかもな。ところで、おめでとう」

「え?」この野郎はおれをからかっているのか?


「きみがみつけた金のことだよ。ダニエルソンはただの酔っぱらいじゃなかったようだな。他に何かわたしにできることは?」

「もしもし、もしもし? どうも電波が悪いようだ……」ベックストレームは電話を切ると、もう一杯注文した。

「大きいのを頼む」

「ヴォイネ、ヴォイネ、ベックストレーム」フィンランド人のウエイトレスが、母親のような笑顔でうなずいた。

28

また捜査班の会議が開かれた。朝の八時に緊急招集をかけたのは、トイヴォネンが現状を皆に知らせようとしたからだ。ベックストレームはそれに間に合うように、夜中には起きださなければいけなかった。タクシーでの移動に、ひどい頭痛。途中で車を止めて水分とミント味の飴を補給し、頭痛薬をさらに二錠飲んだ。ダニエルソンが殺されてから間もなく一週間が経とうとしている。本当なら今ごろコパカバーナ海岸に寝そべり、手にはモルトウイスキー、両膝に地元の黒雌鶏をのせているはずだったのに――。アニカ・カールソンさえいなければ！

タクシーに乗っていると検察官から電話があり、ローランド・ストールハンマルに不利な証拠は何も出てこないから、午後には彼を釈放する予定だと告げられた。

「きみの言うことはわかる。だが、唯一気に入らないのは、あの男が逃亡するのに充分な金をもっていることだ」

「ストールハンマルみたいな男に身を隠すことなんてできないはず」検察官が反論した。「タイに逃げたとしても――だってたいていみんなタイに逃げるじゃない――三カ月も経てば自分から戻ってくるわ」

「わたしはそのあたりの事情には疎い。ストールハンマルのようなやつと付き合ったことはないんでね。だがきみがそう言うんなら。他には？」

「それだけです。ところで、ここまでのところよくやってくれましたね」検察官は取りなすようにつけ足した。

この性悪女め、警察の仕事の何を知っているって言うんだ――。ベックストレームは携帯電話を切った。

きっちり八時にトイヴォネンが部屋に入ってきた。前回とはちがって、今日は非常に機嫌がよさそうだ。

「やあ、ベックストレーム」トイヴォネンはベックストレームの肩を叩いた。「元気そうじゃないか。よく眠れたといいが」

このキツネめ――。

「ではナディア、きみから始めてもらおうか」ベックストレームがうなずきかけた。三百万近く掠め取られただけではない。ロシア女にウォッカまで騙し取られるのだ。この状況をいったいどう切り抜ければ――。

ナディア・ヘーグベリは二十年前に物書き小屋株式会社を興した二人の女性に話を聞いた。会社を興したときに、ストックホルムのヴァルハラ通りの支店で貸金庫を契約したという。「二人ともその近くの広告代理店に勤めていたので、立地的に便利だったんでしょう。ちょっとした小遣い稼ぎにと思って会社を設立したんですって」

しかしその思いつきはいい結果にはつながらなかった。そもそも顧客がほとんど集まらなかったし、途中で広告代理店の上司にばれてしまい、会社を辞めるか副業を辞めるかの二者択一を迫られたのだ。

その時点で彼らの資本金五万クローネはほぼ底をついていた。だから、経理を任せていたカール・ダニエルソンに助けを求めた。ダニエルソンは快く頼みを聞きいれ、別の顧客に一クローネでその会社を売却してくれた。会社を買った人間とは会ったこともないし、名前も知らない。書類はダニエルソンがすべて用意し、二人は彼の事務所に行って書類にサインをしただけ。売却額の一クローネは要らないと伝えた。それで終わり。

「でも、ちゃんと払おうとしたそうですよ」ナディアが言う。「ダニエルソンは一クローネを取り出して、テーブルに置いたんですって」

「美談じゃないか。他には、ナディア?」

「色々ありますよ。貸金庫の二百九十万を無視したとしても、わたしたちは被害者のことをかなり桁違いしていたみたい」ナディアの奔放なスウェーデン語は、最近では彼女の個性になっていた。

「なんだ、無視してもというのは」二百九十万あれば、今ごろリオにいたのに——。

「彼の会社カール・ダニエルソン・ホールディングス株式会社には、それよりもっとあるようなんです」

「酔っぱらいのじいさんがもっと金をもっているだと? いくらだ」ベックストレームが怪訝《けげん》な顔で訊いた。

「それについて報告しようと思ったところなんです。殺された日の昼間に、いくら現金をもち出したのか。貸金庫の箱はいちばん小さなサイズだった。長さ三十六センチ、幅二十七センチ、高さ約八センチ。つまり、七千七百七十六立方センチ。容量でいうと、約八リットル。そこに十万クローネ単位の札束を入れると、八百万クローネ入ることになる」

「八百万だと？　あの小さな箱に？」まるで犯罪じゃないか――。

「おまけにそれがユーロだったら、いちばん高額の五百ユーロ紙幣だとして、ユーロ札はスウェーデンの千クローネ紙幣よりずっと小さいし、一枚で約五倍の価値がある。つまり約五千万クローネ分入ることになる」ナディアが微笑《ほほえ》んだ。「あるいはドルの高額紙幣、五千ドル札だとしたら――ほらマディソン大統領の顔がついている、マディソンのポートレートと呼ばれているお札です。それなら五億クローネ近く入っていたことになる」

「ナディア、それは冗談だろう」アルムが頭を振った。「普段、強盗犯ってのは苦労して重い袋をいくつも運んでいるじゃないか。説明がつかない」

「ダニエルソンは世界いち金持ちのアル中だったようだな」ベックストレームは言う。過去形ではあるが。

「色々な額の紙幣が交じっている場合、札というのは平均して一枚百クローネってところです。それをあの箱に詰めたら、約百万クローネ。二十クローネ紙幣だけだったら、三十万も入りません」

「あの野郎は、貸金庫に五億入れていた可能性があるってことか……」ベックストレームは不本意にも完全に舞い上がっていた。

「そうは思いませんよ」ナディアは頭を振った。「多くて八百万くらいでしょうね。ベックストレーム、あなたの質問に答えるなら、世界いち金持ちのアル中だとも思わない。ところで世界いちの金持ちの多くはアル中ですけどね」

「ということは、一週間前に五百万を銀行からもち出した可能性があるわけね」アニカ・カールソンが口を開いた。「そして自分のアパートにもち帰り、その鞄をリビングのテレビの上に置いた」

「それが目撃者の話に出てきた普通の書類鞄だとしたら、五百万クローネ分の千クローネ紙幣は収まりません」ナディアが言う。「計算はどれも推測ですけどね。みなさんにまだ聞く気力があるなら、わたしの考えをお話ししましょう」

「ぜひ聞きたい」トイヴォネンは相変わらず満足気な笑顔を浮かべている。

「まず第一に、ダニエルソンは現金を取りに銀行に行ったんだと思います。当然、他のもの――メモ書きとかそういったもの――を取りにいった可能性もあるけれど。でもわたしはお金だと思います。第二に、そうだとしたらそれは十万クローネの束になった千クローネ紙幣だと思う。貸金庫にまだ残っていた札束と同じようにね。第三に、それを書類鞄に入れたんだと思います」

「それでいくらになる」トイヴォネンはそう言って、なぜかベックストレームに笑みを向けた。

「最高で三百万。隙間なくきっちり詰めての話なので、実際にはもっと少なかったはず。二百万ってとこでしょうか」ナディアは肩をすくめた。「おわかりのとおり、これはすべてわたしの勝手な推測です」

「誰か、ニエミが新車を買っていないかどうか確認したか？」スティーグソンがそう言って、にやりとした。

「言葉に気をつけろ、坊や」トイヴォネンが睨《にら》みつけた。「ナディア、さっきダニエルソンの会社のことを言っていたね。そこにはいくらくらいの金があるんだ?」

「会社の決算書によれば、約二千万クローネの純資産がある。ここで注目すべきは、この会社の株式資本が法的な最低限度額の十万クローネであること。ダニエルソンが執行責任者で取締役会長で、単独のオーナーでもある。もう一人の取締役はお友達のマリオ・グリマルディ、補欠取締役がローランド・ストールハンマル」

「それはそれは」トイヴォネンが皮肉な笑みを浮かべた。「会社の資産のどのくらいが空気なんだ?」

「一千万はみつけました。株、債券その他の金融商品が、SEB銀行とカーネギーに保管されている。残りの一千万は海外の証券保管銀行にあるのでしょうが、問い合わせの許可がまだ検察官から下りていないため、わかりません。でもおそらくそこにあるんだと思います。決算書自体はルールどおりに作成されているようです。でも問題は別のところにあって」

「なんだね?」トイヴォネンが尋ねた。

「帳簿です。帳簿がみつからない。十年間保存する義務があるのに、一冊もないんです」ナディアは肩をすくめた。

「これはまるで、経済犯罪局に回したほうがよさそうな話だな」

「わたしもそう思います。わたしに他の作業もしてほしければ、そうなりますね」

「ではそうしよう。疑惑の根拠をいくつか書いてくれれば、すぐに手配する。それともうひとつ。ダニエルソンはいつからこんな大金を儲け始めたんだ？」

「ここ六、七年です。その前までは、特に会社で祝うようなニュースもなかった。ですが、六、七年前からどんどんうまくいっています。各種の投資や株、証券、オプション、その他の金融取引でね。利子に利子がつき、少なくとも株式市場の成長には追いついています」

「なるほど……」トイヴォネンが立ち上がった。「ダニエルソンはただのアル中ではなかったようだ」そして笑みを浮かべ、なぜかベックストレームのほうにうなずきかけた。

29

「他に何か？」ベックストレームは部屋を出ていくトイヴォネンの背中を睨《にら》みつけながら、一同に尋ねた。

「ボスから指示された件ですが」フェリシア・ペッテションが丁寧《ていねい》な手の動きで自分に注目を集めようとした。「ほら、あの新聞配達員が怪しいという。死体を発見した、セプティムス・アコフェリという名前の若者です。わたし、みつけたと思います。怪しいことを。携帯電話の通話履歴を確認してみたら、彼が聴取で語ったこととは一致しない点が出てきました」

これはこれは――。黒雌鶏が卵を産んだか。まだ小さなヒヨコちゃんのくせに。

「で、なんだね？」ベックストレームはそんなことよりも今すぐトイレに駆けこんで、数リットルくらい冷たい水をごくごく飲み、さらにもう何錠かアスピリンを飲み、ミントの飴で仕上げたかった。いやいっそ、狂人の館を出て愛しのわが家に戻ろうか。冷蔵庫と食料棚は今ではすっかり以前のナイスな状態に復元されていた。

「アコフェリはプリペイドカード式の携帯を使っています。だから、誰が番号を契約しているかはわからないようになっている。ダニエルソンが発見された五月十五日木曜日に、彼は十本の通話をかけています。一本目は朝の六時六分過ぎ、警察に通報するためです。その通話は約三分間、正確に言うと百九十二秒」フェリシアは手にもっている書類に、確認するようにうなずきかけた。「その直後、六時十分過ぎに、別のプリペイド式携帯にもかけています。このときは十五秒後に留守番電話が起動して、通話が切れている。するとまたすぐ同じ番号にかけていて、やはり十五秒後に切れています。それから一分後、三度目にまた同じ番号にかけた。つまり六時十一分です。これは面白いですよね」

「なぜだ」ベックストレームはわからないというふうに頭を振った。「なぜそれが面白いんだ」

「その瞬間に、一台目のパトカーがハッセル小路一番のアパートに到着したからです。アコフェリは誰かが来たのに気づいて、携帯電話を切り、ポケットに入れたんでしょう」

「その後の通話は？」ベックストレームは二日酔いながら、できるかぎり鋭敏そうな表情を作った。

「九時になると、遅れることを連絡するため、職場に電話しています」フェリシアはそこでアニカ・カールソンを見つめた。

「その前に、かけてもいいかとわたしに訊いたわよ」アニカがうなずいた。

「次の通話も職場にです。ちょうどハッセル小路一番を出た直後」

まずは警察の緊急番号、それから謎のプリペイド携帯に三回、それから職場に二回。三十二は……なんになる？ ベックストレームはすでに論点を見失いかけていた。

「七本目の通話は、午後早い時間です」フェリシア・ペッテションが続けた。「正確に言うと十二時三十一分。そのときは、勤めている宅配便会社の顧客です。その会社に集荷に行くことになっていたが、事前に聞いていた入口の暗証コードが間違っていた」

「なぜわかるんだ」

「顧客は昼食中で、電話に出なかったんです。だから八本目の通話を職場にかけて、正しいコードを確認した」

「きみはアコフェリの職場に電話をかけたのか。なぜだ。わざわざそんなことをする必要があったのか？」この青二才めが。

「ええ、あったと思います。それについては今から……」

この黒雌鶏は何を言ってるんだ？ このあとすぐに責任者会議だ。

「九本目の通話は、仕事を終えてすぐです。夜の七時。そして最後となった十本目の通話は、その四時間後、夜の十一時十五分。どちらも朝かけたプリペイド携帯の番号です。このときも相手は出ず、七秒後には通話が切られています。おそらく相手が着信を拒否したのでしょう。

つまりこの日かけた十本の通話のうちの五本が同じプリペイド携帯にかけられている。その持ち主が誰なのかはわかっていません」

「どうせ友達に電話して、自分の体験を自慢しようと思っただけだろう」ベックストレームは本心と同じく不機嫌な声だった。「ああいう若者はみんなプリペイド携帯を使っているからな。それが目的なんだろう？　誰がかけているかわからないのが」

「ええ、そうですね。わたしもプリペイド携帯を使ってます。すごく便利ですよ」フェリシアはちっとも機嫌を損ねることなく、ベックストレームを見つめ返した。

「そうか」ベックストレームは声を和らげようとした。アニカ・カールソンの目がすでに危険なほど細くなっていたからだ。「フェリシア、すまないが、その話のどこがおかしいのか、やはりよくわからないのだが」

「なぜかというと、彼が行方不明だからです。セプティムス・アコフェリがみつからないんです」

「行方不明？」この女はいったい何を——。

「ええ、行方不明です」フェリシアはうなずいた。「おそらくすでに金曜日から。朝はいつもどおり新聞を配達したんですが、昼間働いている宅配便会社には現れませんでした。こんなこと初めてだそうです、もう一年以上働いているのに。携帯も金曜から完全に死んでいます。電源が切られている。彼が自分の携帯からかけた最後の通話は、木曜夜の十一時十五分。持ち主不明のプリペイド携帯にです」

「続けてくれ」ベックストレームは先を促した。ということは、黒鼠《くろねずみ》が鞄を盗んだのか――。

「職場では金曜に何度もアコフェリに電話をかけました。月曜になっても現れないので、同僚が彼のアパートに行って、呼び鈴を鳴らしてもみた。リンケビィのフォーンビィ通り十七番に住んでいるんです。でも誰も出ない。同僚は中庭側に回って、窓から覗きこんだ。アコフェリは一階のワンルームに住んでいて、カーテンは閉まっていなかった。同僚によれば、部屋は無人だったそうです。ドアを開けたくないからと隠れたんじゃなければ、家にはいなかったことになります。同日、職場の上司がアコフェリの失踪届を出した。彼の自宅がうちの所轄だったことから、失踪届はうちの署に入りました。そのことに気づいたのは、アコフェリのことをデータベースで検索したとき。それで彼の職場に電話をかけたというわけです」

「これでボスの質問に答えられたでしょうか」フェリシア・ペッテションはいかにも優等生な表情でベックストレームを見つめた。

「これはまずいぞ」ベックストレームは頭を振った。「捜し出さなければ……アコフェリを。アニカ、きみが担当してくれるか？」

「わたしとフェリシアで」アニカ・カールソンがうなずいた。

「いいぞ」ベックストレームはさっと立ち上がった。「逐次報告を入れるように」

「もうひとつ」ベックストレームはドア口で立ち止まり、指揮官の目つきを部下たちに走らせた。視線は最後にフェリシア・ペッテションで止まった。

「プリペイド携帯に何度も電話をかけていたことや、急に失踪したことは、当然のことながら非常によろしくない。そこを調べなければ。気づいてくれてよかったよ、フェリシア。だがわたしがいちばん気になるのはそこじゃない」ベックストレームが首を横に振った。「アコフェリに関しては、何か別のことが気にかかる」

「どういうことですか？」アニカ・カールソンが訊いた。

「わからん。今それを必死に考えているところだ」ベックストレームは頭痛にも負けず微笑《ほほえ》んだ。お前らも少しは考えるといい――そう思いながら廊下に出た。というのも、ベックストレームが今気になっている唯一のことは、大きな、とても大きな、とてもよく冷えたチェコのピルスナーのことだったから。

黒鼠のことなど気にしている余裕はない。あいつらがどんなあさましいことをするか、そのくらい誰だってわかるだろう。どうせ書類鞄をこっそりくすねたに決まっている。ニエミかエルナンデスがやったんじゃなければだ。ストールハンマルではないのは洟たれ小僧でもわかる。ストールハンマルなら、被害者の財布に入っていた小金で充分にハッピーになれたはずだからな。

ストールハンマルがダニエルソンを殴り殺した。その財布の中身を抜き取り、ヤーンヴェーグ通りの家に帰った。何百万も入っている書類鞄は見逃して。

アコフェリが死体をみつけた。ダニエルソンの家の中をこっそり見て回る。鞄をみつけ、それを隠した。あとでゆっくり開いてみて、突然自分が億万長者になったことに気づいた。そして遙か彼方へとばっくれた。それ以上に難しいことじゃない。やつじゃなければニエミとそのチリ人部下だ。そろそろ小さな素嚢《そのう》に餌を入れるときがきたようだ。

30

環境宅配便のオフィスはクングスホルメンのアルストレーメシュ通りにあった。そこに着くまでの間、アニカ・カールソンとフェリシア・ペッテションは自分たちの予測について話し合った。それ以外はありえないし、ましてや二人は本物の警官なのだ。

「あなたはどう思ってるの、フェリシア？」アニカ・カールソンが訊いた。

「わたしが間違っているといいのですが……。でもいちばんありそうな可能性は、残念ながらアコフェリが警察に通報する前に鞄を盗み、どこか近くに隠した。ダニエルソンを発見してすぐに通報したというのは、本人の証言でしかないし」

「ええ、残念だけどそうかも。少なくとも、突拍子もない話ではないわ」

「ということは、アコフェリはもうとっくに国外でしょうね」

「検察官とは話をつけたから、宅配便の会社を訪ねたあとに、そのままアコフェリの自宅に行って調べましょう」

「まず鍵を手に入れないと」

「アパートの管理人とはすでに話したから」アニカ・カールソンが笑みを浮かべた。「わたしを誰だと思ってるの？」

「好きにならずにはいられない先輩だと思ってます。たまにちょっとからかいたくなるだけで」


環境宅配便のオフィスは建物の一階にあり、ドアの上に看板がかかっていて、半ダースほどの自転車が歩道を占領していた。

「ベビーカーでここを通りかかったら、車道に下りなくちゃいけないじゃない」アニカ・カールソンが眉をひそめた。

「まあまあ、落ち着いて《クール・イット》、ベイビー」フェリシア・ペッテションが満面の笑みで言った。「その話は最後にしませんか？」

「おしゃべりは任せたわ」アニカが決めた。「あなたのほうが得意そうだから」


まずアコフェリの上司に会った。イェンス・ヨハンソンという名前で「イェンサって呼んでくれよ。職場では皆にそう呼ばれてるから」と言う。見た目は典型的なスウェーデン人のパソコンオタクで、アコフェリよりだいぶ年上のようだ。彼は何よりもアコフェリのことを心配していた。分厚い眼鏡の奥の瞳に、それがはっきりと見て取れた。

「こんなのちっともミスター・セブンらしくないんだ。ああ、セプティムスのことだよ。セブンって呼んでるんだ。ラテン語で七という意味だから」セプティムスの上司は、自分の言ったことを強調するように頭を振ってみせた。「勤め始めてから、一度も無断欠勤したことはなかった。勤めて一年半になるのに」

「アコフェリはどういう若者ですか？」アニカ・カールソンが尋ねた。五分前にした約束も忘れて。

「すげえいいやつだよ。自転車の運転はうまいし、身体のコンディションもすごい。仕事が入れば、いつだって引き受けてくれる。ひどい雪嵐ラリーになるような日でもだ。正直で、感じがよくて、顧客への対応もいい。有力なメンバーだよ。当然、環境にも気を使っている——ここではそれが大事なんだ。そこは譲れないからね。ここのスタッフは全員が環境に優しいんだ」

「何が起きたんだと思います？」フェリシア・ペッテションが尋ねた。ここで質問するのはわたしよ！

「あの殺人事件と関係があるはずだ。見てはいけないものを見てしまったとか。最悪の場合、誰かに消されたということも考えられる。少なくとも、職場じゃ皆そう思ってるよ」

「木曜に出社したとき、怯えている様子はありませんでした？」

「いや。事件の話はしたがらなかった。皆でよってたかって質問したんだが……。ほらだって、殺されたばかりの死体を発見する機会なんてそうそうないだろ？　とりあえず、おれは一度もないよ」イェンサはそう言って、うろたえたように眼鏡を拭いた。「ここで働いているやつらも、おれの知り合いの中にもいない。それからどうなった？　あいつは忽然と消えてしまった。偶然にしてはずいぶん出来すぎじゃないか。タイミング的にだよ」

「わかります」フェリシアが言う。「職場でいちばん仲が良かったのは誰ですか？」

「法律屋《ローマン》だな。ニッセ・ムンク。法学部の学生だよ。父親がめちゃくちゃ有名な弁護士で。ああ、今オフィス内にいるよ。地下の自転車倉庫で自分のロードバイクを磨いてる。プロの自転車競技選手なんだ。ジロとかツールドフランスほどのレベルではないが」イェンサはそこだけ声を落とした。「やつに会われます？」

「ええぜひ。大好きな自転車から手を離す余裕があるならね」


ローマンは驚くほど上司に似ていた。ちゃんと眼鏡までかけている。その長い筋肉質な脚を除けば、自転車競技選手にはあまり見えなかった。

「事件のこと？　もちろん訊いたさ」ローマンが言う。「刑法はおれの専門だし。卒業したらそれで事務所開こうと思ってて。犯罪弁護士になって、自分の事務所を……」

「アコフェリはそれに対してなんと？」フェリシア・ペッテションが訊く。

「そのことについては話したくないとの一点張りで。まあわかるよ。楽しい体験じゃなかっただろうしな。木曜の夜に家に帰ってすぐネットで検索してみたが、チェーンソー系の最悪な殺人だったんだろ。記事には斧って書いてあったけど」

「でも、アコフェリは自分が何を見聞きしたかは話さなかったのね」アニカ・カールソンが言う。

「訊いたんだが、ミスター・セブンは話したがらなかった。そりゃまあ仕事もあるし、新しい依頼はどんどん入ってくる。二人乗り自転車に乗っておしゃべりしながら仕事してるわけじゃないんだから」

「それだけ？」

「うん、まあ」

「それ以外にアコフェリは何も言わなかった？　あなたも他に何も尋ねなかった？」

「そう言われてみれば、ひとつ質問されたんだ。おれが仕事を上がる直前に。ちょっと変な質問だったが……でもみんなおれにそういう質問をするから」

「法律のことね？　法的にどうかっていう」フェリシアが言う。

「イエス」ローマンはうなずいた。「ひっきりなしに無料コンサルティングをやってるようなもんだ。ほとんどは家族法関係。彼女ともめたけど、アパートの契約者じゃない自分が追い出されるのかとか、一緒に買った冷蔵庫はどうなるのかとか、そういう類《たぐい》の質問だ。おれの専門は刑法だって言ってんのにさ」

「で、その変な質問というのは？」フェリシアが思い出させた。

「正当防衛のことだったんだ。スウェーデンではどうなのかって。誰かが自分の身を守るために相手を襲った場合。つまり、どこまでならやってもいいのか」

「で、あなたはなんと答えたの？」

「まず、ずいぶんおかしな質問だなって答えたんだ。それからもしかして、セブン、お前があのじいさんを殺したのか？　間違った新聞を配達したとかで、襲いかかられたのか？　たまにそういうウザイやつがいるからな。だがそうじゃなかった。そんな考えは捨てろと言われた。そうじゃないんだよ、まさか《ノー・ウェイ》——と」

「正確にアコフェリがなんと言ったか思い出せる？」フェリシアは食い下がった。

「どこまでなら合法なんだ？　相手が自分を殺そうとしていたら、そいつを殺す権利はあるのか？　そんな感じだったな」

「で、あなたはなんと答えたの？」アニカ・カールソンが繰り返した。

「イエス、そしてノーでもある。でもそれはあんたたちも知ってるだろ？　攻撃の危険度によっては反撃する権利がある。それに加えて、攻撃を回避するための反撃行為。それ以外は忘れろと言っておいたよ。地面に突っ伏してるやつに、さっきの礼だと言っておまけの蹴りを入れたりするのはだめだ」

「アコフェリは、自分のことで質問しているという印象だった？　彼自身が暴力にさらされたのかしら」アニカ・カールソンが言う。

「ふざけてんのかよ。セブンはソマリアで生まれ育ってるんだぞ。暴力にさらされたって……ネットで調べてみろよ。まったくお巡りさん、地球に来たのは今日が初めて？」

「いや、ここスウェーデンでということよ」アニカ・カールソンが言い直した。「ここスウェーデンでそういう目に遭ったような話しかただった？」

「ああ、それはおれも訊いたが、断固として否定されたよ。それはさっき言っただろ。もちろん、あいつは毎日のようにあらゆる種類の人種差別行為を我慢しなきゃならない。それを除けばだ。まったく、差別をするようなやつらは洞穴での暮らしに戻ればいいのに」

「じゃあ、他の誰かのために訊いているという印象だった？」

「それについては尋ねてないよ。だがその日の朝体験したことを考えれば、おかしなことでもない。つまりおれは、セブンが自分自身のことを訊いていると思いこんだわけだが、ちっともおかしくないだろ？」

「ええ、ちっとも」フェリシアはそう言って微笑《ほほえ》んだ。

　そして二人は宅配便会社のオフィスをあとにした。イェンサが外の通りまで送ってくれたので、アニカ・カールソンはソルナ署での噂に恥じないところを見せた。

「ところで環境への配慮ってやつだけど。この歩道にベビーカーを押した人が通りかかったらどうなると思う？」

「ああ、やるやる。やっとくよ」イェンサはうっとうしそうに手を振った。

「よろしい。じゃあ次にわたしたちが来たときには対処されているわね？」

「どう思います？　正当防衛の質問のこと」フェリシアが言う。「捜査官殿、謎は深まるばかりです。若い部下にどうか教えてください」

「ダニエルソンは、アコフェリがみつけるよりも前、夜の間に亡くなったことは判明している」

「法医学者の話ね」フェリシアが同意にうなずいた。

「それだけじゃない。わたしはニエミとチコが来る前、七時前には現場に到着していて、死体を触ってみたの」

「あらあらあら」フェリシアが満面の笑みを浮かべた。「手で触っちゃだめ——大学では犯罪科学捜査の先生にしつこくそう言われたけど」

「忘れちゃったわ。それに、ゴム手袋はしてたし」

「それで?」

「まるで石のように硬かった。だから医者のおじさんの意見に異論はない。今回はね。完全に同意よ」

「まあそういうことなら、リンケビィに行く前にちょっと食事しませんか? ソルナ・セントルムになかなかいいスシ・レストランがありますよ」

「決まりね」アニカ・カールソンはもうすでに別のことを考えていた。この事件はいったいなんなの? どんどん話がおかしくなっていく——。

31

部下たちが雌鶏のようにやみくもに走り回っている間、ベックストレームはソルナ・セントルムのひっそり目立たないレストランを訪れていた。マッシュルームのクリーム煮とポテトのクロケットを添えた豚肉のステーキを食べ、大きくて強いやつで渇きを癒す。おまけに小さなグラスにこっそり蒸留酒まで何杯か。鋭い視線で入口を監視しながら——というのも、トイヴォネンやニエミがやってきて、勤務時間内に秘密裡に酒を飲もうとする可能性は捨てきれないからだ。何よりも酒が好きなフィンランド人に邪魔されてたまるものか。

コーヒーと小さなミルフィーユ、そして瞑想と思索のひとときを経て、ベックストレームは署へと戻った。身体も魂もリフレッシュし、ガレージから入ると、良き友であるガレージ警備員に出くわした。

「また巣箱で少し横になりたいんだろう?」同胞が尋ねた。

「今、空いてるかね?」

「ばっちり空いてるよ。麻薬捜査課のやつらは昨日一晩じゅう張りこみをしていたから、今ごろ自分のベッドでいびきをかいているところだ」

「二時間で起こしてくれ。ここ二十四時間寝ていないから、一瞬で意識を失いそうだよ」

二時間後、ベックストレームは自分のオフィスに座っていた。おつむがクリスタルのようにクリアで、舌はカミソリの刃のように鋭い。その餌食となった一人目は検察官だった。ローランド・ストールハンマルを留置場から出したことを知らせに電話してきたのだ。

この案件は複雑なことになった。検察官いわく、ダニエルソンは控えめに言ってもただのアル中ではない。自分にその十分の一でも貯金があればよかったのにとまで言った。

同じことがストールハンマルにも言える。彼もただのアル中ではなかった。ベックストレームの昔の同僚であり、被害者について判明した事実を考えると、殺したのはまったく別の人間で別の動機があったと考えられる。ただのアル中とか、ただのアル中同士のいさかいではなくて。

「当然だ」とベックストレームは請け合った。「きみとは完全に同意見だ。ストールハンマルのようなアル中のことをどう思っているかは別として、アル中どもの大半は殺したり殺されたりしないだろう？　つまり実際には、誰かを殴り殺すアル中の割合は、誰かに殴り殺されるアル中の割合と等しく同じというわけだ」

「どういう意味です？」検察官が訝《いぶか》し気な声で訊いた。

「ストールハンマルは珍しいアル中だということだ」さあ、この言葉を嚙みしめるがいい。検察官向けのＩＱテストってとこだな――ベックストレームは受話器を置きながら思った。

紙とペンを取り出し、それから二時間、捜査における大小の伏線を書き出した。そして最後に、覚えておくことのリストを作った。このあとすぐに部下たちに取りかからせるために。書かれたことを読むくらいは、やつらでもできるだろう——そう思いながら、時計を見上げた。すでに五時。もう帰る時間だ。そこまで考えたときに、控えめにドアを叩く音で我に返った。

「入りたまえ」ベックストレームはうめいた。

「お邪魔して申し訳ありません」ナディア・ヘーグベリだった。「もうお帰りになる時間でしょう？　少なくとも、わたしはそのつもりですし。でもあなたが帰ってしまう前に、これを渡そうと思って」ナディアがビニール袋を差し出した。形から察するに、中身はかなり大きい酒瓶だ。それもウォッカ——世にも高貴な液体。ラベルを見るかぎりロシア製で、ベックストレームも目にしたことのない種類のウォッカで、名前を読むことすらできなかった。

「なぜわたしがこのような栄誉に？」ベックストレームが笑顔で訊いた。「まあまずは座りなさい。ドアは閉めよう、邪悪な舌に噂されずにすむように」

「ほら、あの賭けです。あれからずっと良心が痛んで」

「あれなら、わたしのほうがきみに一瓶渡すのだと思っていたが？　実は今日帰りに酒屋に寄ろうと思っていたんだよ」ベックストレームはうそぶいた。「良心が痛むって、なぜだね？」

「賭けをした時点で、ダニエルソンがかなり金を隠しもっていることに勘づいていたんです。彼の会社の調査を始めていたから。つまり、黄金の詰まったおまるというのは、まったくの出まかせではなかった。だからわたしが払わなくちゃいけないんです。あなたはわたしになんの借りもありません」

「じゃあ、一口くらいはいただこうか」ベックストレームの表情がますます明るくなった。

「粉骨砕身して働いた一日の最後に」やはりロシア人というのは実に狡猾《こうかつ》だ——。このおばさんは顔色ひとつ変えずにおれを騙そうとしていたのだ。突然センチメンタルなことを言いだしたりして。そして翌日には良心が痛んで、過ちを正したいだと？

「じゃあほんの一口どうぞ。ところで、これは最高級のウォッカです。ストリチナヤやクバンスカヤ、モスコフスカヤなんかよりずっと格が上。スタンダードという銘柄で、スウェーデンの国営酒屋では扱っていない。親戚が遊びにくるときに、必ず何本かもってきてもらうんです」

「それは興味深い美酒体験になりそうだな」通を気取るベックストレームは、もうデスクの引き出しからグラスを二個と、ミント味の飴の袋を取り出していた。「ほら、ここにグラスとおつまみがある」そう言って、飴を指さした。

「わたし、冷蔵庫にピクルスを入れてあるんです」ナディアはミントの飴の袋をうさんくさそうに一瞥してから言った。「それを取ってきたほうがよさそうね」

結局ピクルスだけでは終わらなかった。戻ってきたナディアの手には、ピクルスとサワードウのパン以外に、燻製《くんせい》ソーセージや生ハムまであった。

きっとロシアがこれまでに経験してきた無数の戦争のせいにちがいない——何かあったとき

のために、本物のロシア人は常に食料棚を手の届くところに用意しているのだ。

「乾杯、ナディア」ベックストレームは巨大なソーセージを嚙みちぎると、グラスを掲げた。

「ナ・ズダローヴィエ！」ナディアが金歯をすべてむき出しにして微笑《ほほえ》んだ。それから首をコキっと鳴らすと、顔色ひとつ変えずに、目もつむらずに、一気にウォッカを飲み干した。


くそっ——その十五分後、さらにもう一杯ロシア産の強いウォッカを喉に流しこみ、ピクルスを一本と燻製ソーセージを半分食べ終えたとき、ベックストレームは心の中でつぶやいた。ロシア人ってのは実に広い心の持ち主だ。時間をかけて、信頼さえ得れば。

「これ以上の幸せがあるだろうか、ナディア」ベックストレームは三杯目を注いだ。「あと必要なのは、バラライカと、このデスクの周りで踊り回るコサック兵くらいか」

「充分幸せですよ。コサック兵は要らないけれど、バラライカならあっても悪くないわね」

「きみの話を聞かせてくれ、ナディア。なぜここに流れ着いたんだ。母なるスヴェアの国へ。この北の大地へ」広い心、それにこのウォッカは他に類を見ない。さっそく一箱注文しなくては。

「聞く気力はありますか？」

「聞かせてくれ」ベックストレームは椅子にもたれ、いちばん温かい笑顔を浮かべた。

するとナディアは語り始めた。ナヂェージュダ・イワノヴァが、崩壊したソヴィエト帝国をあとにした経緯を。スウェーデンにたどりついてナディア・ヘーグベリになり、この十年、西地区所轄ソルナ署の犯罪捜査部の行政職員として働いている。

ここまで決して平坦な道のりではなかった。ソヴィエトの大学を卒業したのちに原子力発電所のリスク分析官の職を得、バルト海沿岸の原子力発電所何ヶ所かで働いた。

最初に海外に行く許可を申請したのは一九九一年だった。一九八九年にベルリンの壁が崩壊して二年後のことだ。そのときはリトアニアの発電所で働いていて、バルト海までほんの数十キロだった。しかし役所から返事は返ってこなかった。一週間後、彼女は上司に呼ばれ、別の発電所への異動を告げられた。そこから一千キロも北の、ムルマンスクのすぐ北にある発電所に。寡黙な男たちが、わずかな持ち物をまとめるのを手伝った。彼女を新しい職場へと車で送り、その二日間片時もそばを離れなかった。

二年後、ナディアは許可の申請はすっ飛ばすことにした。コネを使ってフィンランドとの国境を越え、そこでまた別のコネと落ち合い、翌朝にはスウェーデンのどこか田舎の家で目を覚ました。

「一九九三年の秋でした」ナディアは皮肉な笑みを浮かべた。わたしはその家に六週間身を隠し、受け入れてくれた人たちと話しました。あんなによくしてもらったのは初めてだったわ。その一年後、スウェーデン語ができるようになるとすぐにスウェーデン国籍を得て、自分の住まいと仕事も手に入れたんです」

軍の諜報機関に雇われたのか。あいつらは本物の男だ。公安警察の阿呆どもとはちがって。

ベックストレームは心が祖国愛に燃えるのを感じた。

「どういう仕事だったんだい？」

「内容はもう忘れました」ナディアは皮肉な笑みを浮かべた。「それからストックホルム県警の通訳になったんです。一九九五年でした。だからそこでの仕事のことは覚えています」

公安警察か――ケチなやつらめ。正しく接すればロシア人には広い心があることも、理解できないくせに。

「ヘーグベリ氏については？」ベックストレームが好奇心を抑えきれずに尋ねた。

「それはまた別の話」ナディアが笑みを浮かべた。「ネットで知り合い、のちに離婚。わたしの好みにしてはちょっとロシア人っぽすぎたのね。意味わかりますか？」そしてグラスを掲げた。「じゃ、乾杯」

「ナ・ズダローヴィエ！」ベックストレームも言った。こいつは海のように広い心をもった女だ――。

32

ラーシュ・アルム警部補とヤン・O・スティーグソン巡査は、その日の大半をダニエルソンの旧友に話を聞くことに費やした。ハルヴァル・〝ハルヴァン〟・セーデルマンにマリオ・〝ゴッドファーザー〟・グリマルディ。アルムは本当はアニカ・カールソンに一緒に来てほしかった。セーデルマンが以前レストランの店主にやったことを考えると。しかしアニカは他にもっと大事な仕事があるようだったので、スティーグソンで我慢するしかなかった。

二人はまず、ハルヴァル・セーデルマンから取りかかった。旧ソルナ《ガムラ》のヴィンテル通りに住んでいて、サッカースタジアムのすぐ裏、そこから犯行現場までほんの数百メートルのところだ。まずは電話をかけたが、誰も出ない。それから家に行って玄関ベルを鳴らした。誰も出ない。何度か虚《むな》しく呼び鈴が響いたあと、だしぬけに玄関ドアが開いた。その開きかたは、明らかにドアをスティーグソンの頭にぶつけようとしていた。アルムは前にもこういう経験があったので、危険を察知し、ドアの覗き穴に気配を感じた瞬間にスティーグソンを脇へ押しやり、ドアのへりを掴んで勢いよく開いた。おかげでセーデルマンは自分の玄関でつんのめって倒れ、すっかりご機嫌斜めな様子だった。

「おやおや」アルムが言った。「そんな開けかた、危ないんじゃないか?」

「お前らはバカ面下げてここで何をやってるんだ?」セーデルマンがわめいた。

「警察だ。お前に話がある。ここで話すか、署にするか? まずは留置場に入ってもらってもいいんだぞ。面倒をかけるようなら」

セーデルマンはそういう意味ではバカではなかった。黙って二人を睨《にら》み返し、二分後には三人で小さなダイニングのテーブルを囲んで座っていた。

「お前の顔には見覚えがある」セーデルマンがアルムを睨みつけた。「ストックホルムの暴力課にいなかったか？」

「昔の話だ。今はソルナ署で働いてる」

「そうだ、ロッレの昔の同僚だ。あいつを留置場にぶちこんだバカどもに話をつけてくれないか？」

「ストールハンマルなら、一時間前に釈放されたよ」アルムは理由には触れずにそう教えた。

「そうか、そうか」セーデルマンは笑みを浮かべた。「何か飲むか？」

「結構だ。長居するつもりはないし」

「だがコーヒーくらい飲むだろう？　今ちょうど淹れようと思ったところなんだ。あとはコーヒーメーカーのスイッチを押すだけ」

「じゃあコーヒーをいただこうか」

「で、そっちは？」セーデルマンがスティーグソンにうなずきかけた。「お前は言うまでもなくバナナだろ？」

「コーヒーで結構だ」

「変えたのはずいぶん前なのか？」セーデルマンがアルムに尋ねた。

「変えた？　なんのことだ」

「シェパードからチンパンジーにさ」セーデルマンは笑みを浮かべていた。

「まあ、かなり前だな」アルムが答えた。

セーデルマンは来客用のティーカップを並べた。砂糖にミルク、クリーム、気が向けばコーヒーに酒を垂らしたっていい。ブレンヴィーンが常々家にあるから。コニャックは切らしているが、バナナリキュールなら食料棚にある。

「バナナリキュールは女が来たときのために置いてあるのさ」セーデルマンがアルムに説明した。「だが、もしチンパンジーがほしいと言うなら、やってもいいぞ」そこでスティーグソンにうなずきかけた。「むろん、飼い主の許可が下りればだが……」

「ブラックで結構だ。お猿さんにもブラックを」

「まったく最近は黒いのばっかりだな」セーデルマンがため息をついた。「先日、ソルナ・セントルムまで歩く間に数えてみたんだよ。何人見たと思う？　四百メートル歩く間に」

「二十七人くらいか？」アルムが答えた。

「いいや」セーデルマンはため息をつきながらコーヒーを注いだ。「百を超えたところでやめたよ。生まれて初めて黒いのを見たとき、おれは何歳だったと思う？」

「さあ」

「おれは三六年生まれだが、十七歳で初めて見たんだ。一九五三年のことだ。旧ソルナ・セントルムの〈ロリィ〉の前でね。ほら、昔あった酒場だよ。その年にオープンしたばかりで、毎日すごい人だかりだった。皆がそいつに近寄って、愛想よく挨拶して、背中を叩き合い、英語で話してた。聞いちゃいられないようなひどい英語だったが。ルイ・アームストロングとは知り合いなのか――なんてね。おれはシーヴァンて名の女を連れていた。シーヴァン・フリスクだ。彼女はそいつを一目見たとたんに興奮して、足首まで濡れてやがった。そこから連れ帰るのが大変だったよ」

「今とはちがう時代だったな」アルムが無感情に言った。

「そこなんだよ」セーデルマンがため息をついた。「一人ならいい、二人でも許せる。特におれたちはこういう場所で生まれ育ってるからな。ここは昔の労働者地区だ。おれの世代のソルナボーイズの本拠地。ただ三人は多すぎる。一人ならいい、二人でもいい、だが三人は多すぎる」

「まったく話は変わるが……」

「おれが先週の水曜の夜、何をしていたか知りたいんだろ？　どっかのおかしな男がカッレを殴り殺したとき」

「そうだ。何をしていた？」

「そのことならもう話しただろう。頭空っぽのサツが電話してきて、しつこく訊かれたときに。昨日だったかおとといだったか……覚えてないや」

「そのときはなんて答えたんだ？」その警官が自分だったとは言わずに、アルムは続けた。

「アリバイがあることを説明しようとしたが、そいつは聞く耳をもたなかった。だからおれは電話を切ったんだ。地獄に堕ちろとも祈ってやった」

「わたしには話してくれるだろ？　それに、アリバイを証明できる人間の名前もいくつか……」

「もちろんだ。簡単なことさ。だが、そのつもりはない」

「なぜだ」

「十四日前におれは飛行機でスンツヴァルに行くはずだった。ちょっとやばいことになった幼馴染に会うためにね。前立腺にガンができて、すっかりへこんじまってるんだ。なのにいざ搭乗という段になって、カウンターの女がおれに身分証を見せろと言ってきたんだ。聞いてくれよ、おれはしらふだったし、おりこうにしてた。だからそのせいじゃないんだ」

「おれはチケットをもう一度見せたが、女はちっともあきらめようとしなかった。とにかく身分証を見せろという。おれは身分証なんてもっていないと説明した。免許証は十年前に取り上げられたし、パスポートは家の引き出しに入っている。スンツヴァルに行くのにパスポートなんかもってるわけないだろ！　それでもなんとか冷静に説明しようとしたんだ。おれは百パーセントスウェーデン人だ、と。それも、約七十年も前から。母国スウェーデンにいるかぎり、そしてなんの悪さもしないかぎり、身分証を見せる必要はないはずだ。ましてや、スウェーデンの国内線でスンツヴァルに行くためには。なあ、調べてみろよ。憲法にもそう記されてる。だが、まいったよ。急に二人もこういうやつが現れたんだから」セーデルマンはそこでスティーグソンのほうをあごで指してみせた。「だからスンツヴァルには行けなかった」

「それは残念だったな」アルムがあきれたように頭を振った。「あのテロリストどものせいで……」

「バカかよ。おれがオサマ・ビン・ラディンにそっくりだとでも言うのか?」

「いや、あまり」アルムが微笑《ほほえ》んだ。「だが……」

「そのときに決めたんだ」セーデルマンが遮《さえぎ》った。「仕返ししてやるってな。おれがカッレを殴り殺した証拠をわずかでもみつけていれば、ここに座ってアリバイがどうのとしつこく言ってはこないだろ。すぐに警察署に連れていかれたはずだ。それも初めてってわけじゃないがね。お前らはとっくに知ってるだろうが」

「なぜカッレが殴り殺されたと思うんだ? 殺害方法は他にもある」

「誰かが鍋の蓋で頭を殴ったという噂を聞いたからだ」

「誰に聞いた?」

「ヒントをやろう。おれは生まれてこのかたずっとソルナに住んでる。ソールヴァッラの競馬場やロースンダサッカースタジアムに顔を出し、このあたりの酒場はどこも行きつけだ。ここに住んでるかぎり、週に七日通ってる。警官に車を売って生計を立ててきたし、家電やテレビも売ってきた。警官が女に追い出されたり、新しい女をみつけたりしたら、すぐに引っ越し作業を請け負った。いつもの割引料金でね。ソルナ署の警官を何人知ってると思う?」

「かなりの数に上るんだろうな」

「だからこれ以上話をしても無駄だ。カッレを殴り殺したのはおれじゃない。なぜそんなことをする必要がある。カッレにも欠点はあったが、そんなの誰だってそうだ。それに、おれなら鍋の蓋など使わない。おまけにアリバイがあるんだ。だが話す義務はないから、話すつもりはない。パスポートを見せなくてもスンツヴァルに行かせてくれるなら、また来てくれよ。まともな人間同士話し合おうじゃないか」

セーデルマンは頑固だった。さらに三十分居座ってしつこく問いただしても、それ以上どうにもならなかった。グリマルディの家に向かうために車に座ったとき、スティーグソンが溜めていたものを吐き出した。

「あれは警官侮辱罪に当たる。猿だなんて」

「チンパンジーだ」アルムがため息をついた。「猿と言ったのはわたしだ」

「ええ、でも我々は同僚じゃないですか」スティーグソンが驚いてアルムを見つめた。「それとこれとは話がちがう」

「きみは髪形を変えるつもりはないのかね?」アルムがなぜかそう訊いた。

「あのじじいを留置場までしょっぴいて、腕を捩じ上げるべきだ」スティーグソンは聞いていないようだった。

「本気でそう思うなら、転職を考えたほうがいいぞ」

グリマルディはセーデルマンとは正反対だった。電話に出て、時間を約束した。二度目の呼び鈴でドアを開け、握手をして挨拶し、きちんと片付いたアパートに彼らを招き入れた。

三人はリビングのソファにかけた。自分の出身に忠実に、グリマルディはミネラルウォーター、レモネード、エスプレッソ、それにアペリティフはどうですかと尋ねた。それとも赤ワインのほうがいいですか？　昼に開けたやつがまだたくさん残ってるんです。だからちっとも手間じゃないですよ。

「ありがとう。だが長居はしないので」アルムが答えた。

先週の水曜の夜は何を？　友人カール・ダニエルソンが自宅で殺された夜。ここからたった五百メートルのところで。

「覚えてないんです」グリマルディが答えた。「おそらく家にいたんでしょうね。最近はほとんど家にいるから」

「覚えていない？」

「説明します」

一年前に、若年性アルツハイマーの診断を受けた。それ以来、進行を止める薬を飲んでいる。それでも短期記憶がここ数カ月で劇的に悪化した。担当医に話を聞きたければ、ソルナの診療所に電話してみてください。医者の名前は忘れたけれど、処方箋《しょほうせん》と薬がある。バスルームの棚に入っているから、どうぞ見てください。

「メモを取ったりはしていないんですか？　日記のような感じで」アルムが尋ねた。

それはやっていないという。誰かに勧められたかもしれないが、どうせ忘れてしまった。紙とペンを前にして、自分は何をするつもりだったんだろう？と首をかしげることになるだけ。「身近に把握している人はいないんですか？　あなたが毎日何をしているのかを」

「幸いなことに、いませんよ」グリマルディは穏やかに微笑んだ。「ありがたいことに、わたしは独りぼっちです。愛する人をこんな目に遭わせたいですか？　こんなふうになってしまった人間と一緒に暮らさなきゃいけないなんて」

それ以上、どうにもならなかった。二人は帰るときにバスルームの棚を確認し、薬の名前を書き写し、処方箋に載っていた医師の名前も書き留めた。

「ゴッドファーザーとはね……」署に戻る車の中で、スティーグソンがつぶやいた。「本家のほうは頭が冴《さ》えわたっていたが。なんて名だったかな、ニューヨークのマフィアのボス。ええと、なんて名だったか……」

「思いだせないなあ」

33

アニカ・カールソンとフェリシア・ペッテションがアコフェリのアパートに到着してみると、

そこにはニエミとエルナンデスがいた。

「やあ、入ってくれ。我々はもう終わるから」ニエミが言った。「一時間前にきみの携帯に電話を入れたんだが、電源が切られていてね。我々はトイヴォネンにここへ来るよう指示されたんだ。殺人捜査中に重要な目撃者が失踪するのが気にくわないらしい。それとも歳のせいで慈悲深くなり、心配性にもなったのか」

「携帯は切っていたんです」アニカが答えた。「フェリシアと二人でゆっくり話をしたかったので」

「ほら、ガールズトークですよ」フェリシアが目を輝かせてチコ・エルナンデスを見つめた。

「当然おれのことだろ?」チコは堂々と胸を張ってみせ、それは演技ではないようだった。

「警察署でいちばん素敵な同僚の話をしていたの」フェリシアがうっとりとため息をついた。

「マグダ——あなたの妹よ。ところで素敵なキャップじゃない、チコ。スーパーの魚売り場で盗んだの?」

そのキャップとは、白いビニール製の使い捨てのものだった。責任感溢れる鑑識官には不可欠な頭飾りだ。自分の頭髪やフケで犯行現場を汚染したくはないのだから。ただ、それを別の機会に使っても——例えば出会いを求めてバーに行くとか、単に犯罪鑑識官が登場する人気テレビ番組に出演するとか——容姿を引き立てることにはならなかっただろう。視聴率は半減し、バーからは一人寂しく家に帰ることになる。

「これはキャップじゃない……」チコは肩のあたりに哀愁を漂わせながら、戸棚の中を照らしてみるためにキッチンに戻っていった。

キッチン付きのワンルーム。キッチンには小さなダイニングスペースもあり、あとは小さな玄関と、予想外に広いバスルームにはトイレ、シャワー、バスタブ、それに洗濯機と乾燥機を置く場所まであった。家具はわずかだが、掃除はきちんとされている。

部屋は普通の学生寮の部屋よりもずっと大きくて、イケアの縞模様のベッドカバーがきちんとかかったベッドと、洋服ダンス、小さなソファ、テレビとＤＶＤプレーヤー、本棚の中はほとんど大学の教科書、それに二十冊ほどのペーパーバック、ＤＶＤやＣＤなどだった。緑のビニールがかかったトレーニングベンチ、バーベルが一本、鉄アレイが一対、バーベルにつける小さなプレート状の重りが床に積まれている。一方で、絨毯《じゅうたん》とか、毛皮や壁飾りといった出身地アフリカを連想させるものは何もなかった。小さな像や仮面、その他の装飾品もない。壁にはポスターもなければ、写真一枚なかった。

キッチンに入ると、テーブルとイスが二脚ある。テーブルの下の床にはプリンターが置かれているが、ノートパソコンは見当たらない。デスクトップのパソコンももちろんない。キッチンテーブルは見るからに仕事机としても使われているが、この部屋が一階であることを考えると、家にいないときにパソコンをテーブルに出しっぱなしにしておくのは賢いとは言えない。窓は中庭に面していて、テーブルは窓ぎわにある。ただ問題は、パソコンがどこにも見当たらないことだった。

書類鞄もみつかっていない。アコフェリの携帯も。それに、慌てて旅に出るときにもっていくようなものがみつからない。アパートの鍵、現金、身分証、クレジットカードなど。しかしどうにも納得がいかないのは、パスポートはみつかったことだった。

「洋服ダンスの中の靴棚の後ろに突っこんであった」ニエミが言う。「隠していたようだ。大切にしてたんだな」

「自主的に失踪したのかしら」アニカ・カールソンが言う。

「まあ状況からはそう読み取れる。襲われたにしても、ここじゃないのは確かだ。間違っていたら、チコの帽子を食ってもいい」ニエミはそう言って笑みを浮かべた。

「パスポートは？　パソコンは？」

「パスポートには困ったな」ニエミが同意のうなずきを返した。「まあ、もう一冊パスポートをもっていた可能性もある。昔のソマリアのパスポートをまだ所持していたかどうかを確認してみよう。だがヨーロッパ内で逃亡するつもりなら、スウェーデンのパスポートには黄金並みの価値があるのに。パソコンがないことについては、まあ騒ぐほどのことじゃない。おそらくノートパソコンで、もっていったんだろう」

「マグダによろしくね」アニカとともにアパートをあとにするとき、フェリシアが瞳を輝かせながらチコ・エルナンデスに言った。「夜の女子会に参加したかったら連絡ちょうだいと伝えて」

チコは黙って中指を立てた。

「チコって面白いですよね」署に戻る車の中でフェリシアが言った。「こんな簡単なこともわからないなんて。わたしは思いっきり彼に気があるのに、きっとレズで妹に目をつけていると思われた」

「男ってそういうものよ」アニカ・カールソンが微笑《ほほえ》んだ。「まあ、そういう意味では男だけじゃないけど」

「どういうこと？」

「まあ、ちょっとおバカさんよね。鈍感すぎるっていうか。言うべきでないことを言ったり、やるべきではないことをやってしまう。まるっきり無駄よ」

「あのう、じゃあ世界チャンピオンは誰？　わたしたち、同じ男のことを考えているのかしら？」

「少なくとも、あなたが誰のことを考えているかわかるわよ」アニカ・カールソンがくすくす笑った。

「彼はあなたのことがちょっと怖いみたい。見せかけてるほどタフじゃないのよ」

「そう思う？」

「だって、あなたが見つめると、背筋を伸ばすもの。あのチビのおデブちゃん」

「あらまあ、上司のことをそんなふうに言うなんて」

「彼にしたらこれでもラッキーなほうなんじゃない」フェリシアが吹き出した。「もっと酷いこと言われてないだけマシ」


ニエミが署に戻ると、ベックストレームはすでに帰ったあとだった。仕方がないので、ニエミはトイヴォネンのオフィスに向かい、簡潔に報告を行った。

「パスポートはみつけたのか。だが携帯、パソコン、その他の貴重品はみつからない——その理解で正しいか？」

「ああ。かといって、ダニエルソンの所有物らしきものもなかった」

「新聞配達用のカートは？　それともベビーカーか？　新聞を配達するときに何を使ってた？あの青年は毎日何百部もの新聞を配っていたんだろう。全部脇に抱えて走っていたとは思えない」

「それは思いつかなかった」ニエミがにやりとした。「そういうカートや台車はアパート内にはなかったな。地下の倉庫にもなかった。行ってみたが、空っぽだった。自分の自転車はもっていないみたいだし。だがそう言われてみれば……ハッセル小路のアパートで話したとき、新聞の入った布製のショルダーバッグをかけていたのを思い出した。それもみつからなかったな。だがそれを旅行鞄にして逃げたのかもしれない。ものはあまりもたないタイプのようだったから」

「車輪のついた大きな鞄か？　古いベビーカーや、四輪自転車は？」

「なかった」ニエミが首を横に振った。

「なぜそんなものをもっていったんだ。南国へ逃げたのなら」

「さっぱりわからない」

34

家に着くと、時刻はもう夜の八時だった。それでもベックストレームの機嫌が最高によかったのは、まだ半分中身が残っているロシア最高級ウォッカをもって帰ってと言われたからである。半分は職場のオフィスでナディアとベックストレームの胃に収まった。酒瓶の底にしかみつからない真実を模索する過程で。

真実の模索は続く――ベックストレームはまず第一の対策としてキッチンに行き、もう一杯蒸留酒をなみなみと注ぎ、冷蔵庫からピルスナーも取り出し、スライスしたパンにたっぷりレバーペーストと刻みピクルス入りのマヨネーズを塗った。それを盆にのせると、テレビの前のソファテーブルに置いた。あのロシア女に、職場にピルスナーも常備するよう頼んでおかなくては。

それから服を脱ぎ捨て、シャワーを浴びた。最後にデオドラントを塗り、歯も磨いた。歯を磨くときはなぜか、よく母親のことを思い出す。今回も思い出したが、理由はわからない。まあ、なんとかなるだろう――ベックストレームの心は穏やかだった。ソファに座り、テレビのニュースをつける。ここ一昼夜のうちに起きた国内外の惨状を肴に、質素な夜食を楽しむために。

それから眠ってしまったのだろう。というのも目が覚めたときには夜中の二時で、誰かが玄関で呼び鈴を鳴らしていたからだ。

どうせ隣の親父にちがいない。先週売りつけられた酒を全部飲み尽くしたのだろう。言うべきセリフはもう決まっていた。「これ以上おれから買えると思うなよ。おれさまのロシアンウォッカに手を触れようものなら、殺してやる」

しかし、訪ねてきたのは同僚のアニカ・カールソンだった。ちゃんと服を着て、真夜中なのに頭も冴《さ》えわたっているようだ。

「起こしてしまったなら申し訳ないです、ベックストレーム。でも携帯の電源が切られていて、職場では自宅の番号もわからなくて。だからいちかばちか、来てみたんです」

「起こしたなんてことはちっともないよ。間もなく出かけるところだったんだ。常々この時間にジョギングに出ていてね」だって、わざわざ電話番号を訊くためにここへやってきたわけじゃないだろうからな。

「何が起きたのかと不思議にお思いですよね、実は……」

「何も言わなくていい」ベックストレームは相手を遮《さえぎ》り、念のため手もかざした。

「わたしはそこまでバカじゃない。まずは服に着替えてくる」

35

アクセル・スティエンベリは十七歳だった。身長百八十五センチの立派な体格で、身体をよく鍛えてもいた。たいていの大人の男よりも強靭《きょうじん》で、年齢を問わず誰よりも柔軟だった。プロのスポーツ選手になれるほどの素質があるのに、練習は大嫌い。それでも、サッカーでもアイスホッケーでも体操でも水泳でも学校でいちばんだった。生まれもった身体能力のおかげで。だから体育教師とは複雑な関係だった。なぜその素晴らしい肉体を——誕生時に受け取った贈り物を——活用しようとしないんだ?

アクセルは金髪の巻き毛に青い瞳、白い歯で、いつだって笑顔を浮かべていた。小学校に入ると女子がこぞって交際を申しこみ、その現象はずっと続いた。体育教師以外の先生とは全員、単純に険悪な関係だった。なぜ勉強しない? 頭が悪いわけではまったくないのに。

アクセルの唯一の関心事は、異性だった。今現在彼の注目を引いているのはハンナという同じ歳の女子生徒で、たった一カ月前に同じアパートに越してきたばかりだった。

ハンナ・ブロディンは十七歳で、身長百七十五センチで、美人で、スタイルがよく、身体をよく鍛えていた。長い栗色の髪に茶色の瞳、白い歯、輝くような笑顔。小学校のときからずっとクラスでいちばんだったから、先生とは全員、単純に良好な関係だった。彼女の場合もやはり、男子がこぞって、考えつくあらゆる方法で交際を申しこんできた。

いちばん最近モーションをかけてきたのはアクセルだった。ハンナの母親が新しい同僚たちと出張に出かけた隙にアクセルがハンナの家にやってきて、初めて誰にも邪魔されず二人きりになった。アクセルは予想どおり口説いてきたが、こういうゲームにはハンナのほうも負けずに慣れっこだったので、簡単にかわすことができた。

二人とも相手に同じだけ興味があると、時間がかかるものなのだ。

「夜の湖で泳いでみないかい」アクセルが言った。「今年の初泳ぎだ」

「ちょっと寒すぎない？」ハンナが異論を唱えた。「それにわたし、水着がどこにあるかもわからない。ママもわたしも、まだ全然荷解きを始めてなくて」

「どっちみち裸で泳ごうかと」アクセルが笑みを浮かべた。

「それは見逃せないわね」ハンナも微笑《ほほえ》み返した。「でも寒かったら、一人で泳いでね」

それからアクセルは自分のビーチへとハンナを案内した。正確に言えば、アクセルがいつも友達と集まるビーチだ。二人が住むアパートからほんの百メートルほどのところで丸い大きな岩がせり出していて、眼下にウルヴスンダ湖を望む絶壁のようになっている。人目につかないし、天気のいい日には最高の場所だ。誰かと距離を縮めたければ、柔らかな緑に包まれて人目につかない場所がいくつもある。湖にダイブするのにも絶好の地点。ここは水深四メートルあるから、岩場から飛びこんでも平気なのだ。

アクセルは誓いを守った。服をすべて脱ぐと、頭から湖にダイブした。斜め下へと弧を描くように。

ハンナは岩場に座ったままそれを眺めていた。真夜中ではあるが、周りが見えるくらいには明るいし、残りは想像するまでだ。

これ、絶対前にもやってるよね、とハンナは思う。それでも、見ていて楽しかった。まったく男ってのは——なぜこんなに予想どおりの行動を取るんだろう。

確かに、アクセルは今までこれを何度もやったことがあった。飛びこんだのも、いつもと同じ位置。ちょうどよい幅の岩の割れ目から水面までは二メートル。勢いをつけて大きくジャンプし、身体をぴんと伸ばし、手のひらを合わせて水面に向ける。ほとんど聞こえないようなパシャリという音、アクセルが水の中に消え、水面に波紋が一輪広がる。両足をしっかり蹴り、背中をそらせ、腕を伸ばし、水中で完璧なターンを決めるために必要なことをすべてやってから、また水面に上がろうとした。

しかし今回はいつものようにはならなかった。というのも急に何かが手に触れたからだ。軟らかくて大きくて、布にくるまれている。それともビニールシートだろうか。湖の底で揺れているが、暗い水の中ではよく見えない。手で感じてみるしかなかった。触っているうちに、取っ手がひとつみつかった。そしてもうひとつ。さらに下へと手を伸ばすと、車輪に触れた。ふたつ目の車輪もみつかった。

ゴルフバッグだ——とアクセルは思った。伯父が歯科医で、できることならフルタイムでゴルフをしていたいくらいのゴルフ好きだ。いつも甥であるアクセルをキャディーとして連れていき、十八番ホールが終わったあとには大きくて強いやつを飲ませ、別れぎわに数百クローネを渡し、ウインクをして、妹には絶対に言うなと命じるのだった。それに、くれぐれもこの金を教科書やその他の本のようなくだらないものには使うなとも。

アクセルは毎回その約束を守った。女の子ならいくらでもいるから、楽しいことをしたければ金はいくらあっても足りない。湖にゴルフバッグを投げ捨てるなんて、どこのバカだろう。伯父さんのバッグの中には、全部売れば悪くない中古車が買えるくらいの値段のクラブが入っているのに。

あいつ、いったい何やってんの？ ハンナは苛立ってきた。さっき飛びこんでから、もう数分は経っている。立ち上がりTシャツを脱ごうとした瞬間、アクセルが水面から顔を出した。こちらに向かって手を振っている。

「ちょっと、何やってんのよ」ハンナは怒った声を出した。

「どっかのバカが、ゴルフバッグを捨てたらしい。ちょっと待ってて。今、取ってくるから」

そしてアクセルはまた水中に消えた。


湖底に生えているわけではなかった。そんなわけはない。この湖は、岸から二十メートルは平らな岩が続いているのだから。アクセルは取っ手を摑み、引っ張った。水中で運ぶのは簡単だ。急に浅くなるあたりまで十メートル。いったん水面に出て息継ぎをする必要もなかった。そこからはハンナも手伝い、陸にバッグを引き揚げた。そのときやっと、それがいかに重いかに気づいた。

「何がゴルフバッグよ。新聞配達が朝刊を配るときに使うカートに見えるけど」

シット――。

「おめでと、アクセル」ハンナが笑みを浮かべた。「これでびしょ濡れのダーゲンス・ニィヒエテルが二百部手に入ったじゃない」

シット――なんのために一晩じゅうセックスを我慢してきたんだ。うまくいきそうな兆しもあったのに、完全に失態だ。こんなカートをどうしろってんだ。ちょっと中を覗いてみて、あとは藪《やぶ》の中に捨てるまでだな。

まずは袋になっている部分の紐を解き、布の蓋をめくった。中は黒いビニール袋に包まれたものでいっぱいだった。手で触ってみると、硬いが丸っこい。ということは、確実にゴルフクラブではない。そういう意味では、新聞でもないが。アクセルは中身を見ようとビニールを破った。

「発見した謝礼をもらえるかなあ」ハンナも岩場に膝をついた。ちょっと子供っぽい発言だったかしら？

「シット！」アクセルが叫び、飛びのいた。「シット、シット、シット！」叫びながら、両手を振り回している。

「いったいどうしたのよ？」ハンナは我慢の限界だった。「オスカー賞でも狙ってんの？」

「くそっ。中に死体が入ってるんだよ！」そう言って、自分の服のほうへと駆け寄った。おまけにおれときたら真っ裸じゃないか――。

「くそっ、どうすりゃいいんだよ……」アクセルは水ぎわに残されたカートのほうを見つめた。念のためにもう一度覗いてみるつもりは一切ないし、いちばんいいのはこの場から立ち去ることだ。とりあえず、もう裸ではないし。しかし寒くてがたがた震えていた。可愛いムスコについては言わずもがな。冬じゅう氷の中に閉じこめられていたような様子だ。

「行こう」アクセルが提案した。「なあ、もう行こう」

「バカじゃないの？　警察に電話しなきゃ。そのくらいわかるでしょ」

それからハンナ・ブロディン十七歳が携帯電話で緊急番号112にかけ、すぐに警察の通信指令センターにつながった。なんの問題もなかった。なぜならハンナの声は、まさに今、水中で死体をみつけた人の声そのものだったから。

「水ぎわに浮いているのね？」女性オペレーターが尋ねた。気の毒に。水死体は最悪だもの。そのことなら今までの経験で知っていた。

「カートに入ってます」

「水の中にカートがあったの？」この子は、いったい何を言ってるの？

「ええ、水の中でみつけたんです。カートを。彼が泳ごうとして飛びこんだときに、みつけたの。二人で引っ張って陸に上げて、中身を見たら……。ええと、見たのは彼なんだけど。わたしじゃなくて……」

「大丈夫よ、そこにいてください。二人で一緒にね。カートのところには戻らなくていいけど、電話は切らずに。すぐにパトカーを送るから、その間このまま話し続けましょう」

「ありがとうございます」

〝彼〟か――アクセルは思った。アソコもこんな状態だし、がたがた震えているが、完全に希望が消えたわけではなさそうだ。

現場に最初に到着したパトカーは西地区所轄ソルナ署のもので、ホルム警部補とエルナンデス巡査が乗っていた。ハンナとアクセルは手を上げさせられたり、脚を広げて立たされたり、身体検査をされることはなかった。ホルムが懐中電灯で二人を照らし、優しくうなずいた。そして自己紹介をした。

「わたしはカシュテン・ホルムだ。そしてこちらが同僚のマグダ・エルナンデス」

それからホルムはカートに近寄り、それも懐中電灯で照らし、エルナンデスにうなずきかけ、携帯無線機を取り出した。

エルナンデスがハンナとアクセルの面倒をみた。パトカーのトランクから毛布を出し、よければ後部座席に座ってちょうだいと言った。

「そのほうが寒くないでしょう」マグダは微笑んだ。「もうすぐ終わるから。そのあとすぐに家まで送っていきますね」

ジーザス、これが警官だなんて――とアクセルは思った。人生で初めての十一点だ!

36

アニカ・カールソンは運転をしながらベックストレームに状況を報告した。十七歳の若者二人が――男女一人ずつなんだけど――ソルナのユングフルーダンセンの、ウルヴスンダ湖を望む高台のアパートに住んでいて、夜の十一時半に、泳ぐために湖に行った。彼らのアパートからほんの百メートルの距離の湖岸に。

「少年のほうが一人で湖に飛びこみ、彼女は岩の上でそれを眺めていた。少年の手が水の中で大きな鞄みたいなものに触れ、それを岸まで引っ張り、陸に引き揚げた。中を覗いてみると、死体が入っていたというわけ」

「それがアコフェリだとなぜわかった」真夜中に、真っ黒な袋の中に真っ黒なやつが入ってたというのに、何がアコフェリだ。もしもーし？　このあたりには黒鼠《くろねずみ》がうようよいるんだが？

「ホルムとエルナンデスが最初に現場に到着し、ホルムはそれがアコフェリだと確信していま す。それに鞄を見たことがあるとも。アコフェリが新聞を配達するときに使っていたのと同じものです。大きなサイズで車輪のついているタイプ」

「ホルムとエルナンデスか。ここ一週間で二度目だ。わたしの好みにしては、ちょっと多すぎる」ベックストレームが鼻で笑った。「小さな連続殺人犯がパトカーを乗り回しているということはないかな？」

「そこまでひどくはないでしょう。でもあなたが何を考えているかはわかります」アニカ・カールソンが微笑《ほほえ》んだ。「確かにちょうど彼らの夜勤のときですが、スケジュールは自分で組んだわけじゃない。今月、あの二人は水曜の夜が夜勤です」

「死体を発見するなら昼間にしてもらいたいもんだ」ベックストレームが文句をつけた。「そうすれば、少なくとも自分がみつけたものくらいは見えるのに」

「夜中に起こして申し訳ありません。ですが、あなたには最初からいてもらったほうがいいと思って……」

「賢明な選択だ、アニカ。それに、わたしの暮らしぶりを見てもらえた」万が一にも興味があればの話だが。

「それに、ちょうど朝のジョギングに出るところだったんでしょう？　実は、ちょっと驚きました」

「驚いた？」

「すごく素敵なうちだったから。家具も素敵だし、おしゃれに片付いていて。きちんと掃除されているし」

「整理整頓されているのが好きなんだ」ベックストレームはうそぶいた。ヴォイネ、ヴォイネ──ヘステンス製の高級ベッドから埃の塊をすべて落としてもらうのにたんまり礼をしたんだから。

「わたしが知っている独り暮らしの同僚男性たちは、豚小屋みたいなところに暮らしていますよ」

「泥豚ちゃんどもか」ベックストレームは憤慨したように言った。ところで、誰に掃除する気が湧くものか。お前のような女に女を奪われたのに。

「あなたには意外な一面があるんですね、ベックストレーム」アニカ・カールソンはそう言って微笑んだ。

そのあと車は沈黙のまま進んだ。カールスベリ運河の橋を渡り、ウルヴスンダ湖ぞいに走る。

湖ぞいの遊歩道を二キロは走っただろうか。くねくねした急な道で丘を上がる。封鎖テープ、警察車両、ライト。それに、真夜中だというのにもう現れた好奇心旺盛な人々。

「ここです」車を降りたアニカ・カールソンが言った。そこには通信指令センターから送りこまれた大勢の同僚が集まっている。

「反対側から来ても同じくらいの距離なのか？」ベックストレームが訊いた。「つまり、ヒューヴドスタ橋のほうから来てもだ」

「ええ」アニカ・カールソンがうなずいた。「あなたの考えはよくわかります」

砂利道、しかも上り坂。そこを数キロ歩かなくてはいけない。犯人は車で来たはずだ。ここは死体の入ったカートを引いて歩くのに適した場所ではないからな。

37

ベックストレームはまず死体を確認した。確かによく似ている。そして、自分の殺人捜査に関連する黒鼠《くろねずみ》だという確証を得た。つまり正しい黒鼠だったわけだ。ダニエルソンのアパートの階段に座っていたときよりさらに哀しげに見える。

それから、少し離れたところにトイヴォネンがいるのが目に入った。手をポケットに突っこみ、こちらを睨《にら》んでいる。ベックストレームは近寄り、相手に少しだけ考える余裕を与えた。

「どう思う、トイヴォネン？　殺人か自殺か事故か」

「バカなことばかり言うな、ベックストレーム。一度くらい少し役に立つことをしろ。あの子がなぜこんなふうに人生を終わらせることになったのか、説明してくれ」トイヴォネンはまずベックストレームを叱責して、それから死体の入ったカートに目をやった。

「それは話が飛躍しすぎだろう、トイヴォネン」ベックストレームが穏やかに微笑《ほほえ》んだ。「きみはこの気の毒な被害者が、誰かに騙されたり、ひょっとしたら犯罪に巻きこまれたりしたとでも思っているのかね？」

「お前はどう思うんだ」トイヴォネンは岸辺のカートにうなずきかけた。

「それを示す証拠は何もない」ベックストレームが悲しげに頭を振った。「一方でわかっているのは、アコフェリが仕事熱心な、尊敬すべき若者だったということだ。本職は自転車メッセンジャーだが、夜中みたいな時間に新聞配達もしていた。これほど立派な学歴のある若者が……博愛の精神すら感じるよ。この先きっと明るい未来が広がっていたのに。あと二十年、いや三十年頑張れば、自分だけの三輪スクーターを乗り回せるようになっていたはずだ」

「ベックストレーム、あそこで泳ぎたくなければ口を閉じておけ。お前が今侮辱しているのは、殺されたばかりの若者なんだぞ」

「それではこうしよう」その十五分後、ベックストレームはアニカ・カールソンに言った。

「家まで送ってはくれないか?」

「もちろんです、ベックストレーム。早くジョギングに出たくてうずうずしているんでしょう?」

ベックストレームの素敵なアパートに戻る道すがら、二人は今回の事件について話し合った。

「ニエミとエルナンデスに、アコフェリのアパートをもう一度調べるよう頼んでくれ。今度はもっときっちりやるように」

「そうおっしゃるのはよくわかります。だって自分の新聞配達カートに入っていたんだし」

「アニカ、きみは冴《さ》えているな」ベックストレームがにやりとした。「宅配便のオフィスまであのカートを引っ張っていったとは考えにくい。一度置きにうちに戻ったはずだ」

「わたしもそう思ったんです。普段、新聞配達は六時頃に終わる。それから宅配便の仕事は九時に始まります。二時間くらいは寝ることができたでしょうね」

「コーヒーをごちそうになってもいいかしら」ベックストレームのアパートの門の前で車を停めたとき、アニカが尋ねた。「それと、ひとつ話しておきたいことがあるんです」

「当然だ」おれにすっかり夢中のようじゃないか。アニカ・カールソンのような悪名高い鍋舐めすらも——。

38

ベックストレームがキッチンで、買ったばかりのイタリア製のエスプレッソマシンを操作していると、アニカ・カールソンがうちの中を見て回ってもいいかと尋ねた。

「自宅のようにくつろいでくれ」ベックストレームには恐れるものは何もなかった。この週末、フィンランド人のウエイトレスが休日返上で白い竜巻《たつまき》のように彼のアパートを大掃除してくれたのだ。

「案内しよう」ベックストレームは言った。

まずは最近タイルを張り替えたばかりのバスルームと、新しく設置したシャワーキャビンを見せた。スチームバス、スピーカー、それに折り畳み式の小さな椅子までついている。ほとばしる湯で身体と魂を覚醒させながら、高尚な思索を巡らすために。

「お湯の強さはそこのパネルで操作するんだ」

「悪くないわね」アニカ・カールソンは欲情したような目つきになった。

それからベックストレームはアニカを、もっとも神聖なる部屋へと案内した。この週末に片付けてもらったばかりで、その報酬として白い竜巻にはヘステンス製の高級ベッドの上でいい思いをさせてやったのだ。

「これ、ヘステンス製のベッドじゃない？　すごい値段がするのに」アニカ・カールソンは確かめるかのようにマットレスを押してみた。

「すごく素敵な暮らしぶりね、ベックストレーム」その五分後、アニカはため息をついた。今はリビングで淹れたてのカプチーノと小さなビスコッティを手に座っている。「このソファテーブルだけでもすごい値段のはず」そう言って、黒いテーブルの表面に手を這わせた。「大理石でしょう？」

「コールモーデン大理石だ」

「でも、どうやったら警察の給料でこれほどのものが買えるの？　ヘステンスのベッド、プラズマテレビ――それも二台、革のソファに、バング＆オルフセンのスピーカー。床には高価な絨毯《じゅうたん》。それにその腕時計。本物のロレックスじゃない？　相続したの？　それとも宝くじに当たった？」

「倹約する者には金が残る」ベックストレームはスウェーデンの古い格言を口にした。仕事外でやっている小遣い稼ぎのことに言及するつもりはさらさらない。ましてやアニカ・カールソンには。「ところで、何か話したいことがあると言ったね？」ベックストレームは話題を変えるためにアニカに思い出させた。

「ええ、今、その勇気をかき集めているところです」アニカ・カールソンは穏やかに微笑《ほほえ》んだ。

「ほら、言いにくいこともあるでしょう」

「言ってごらん」ベックストレームは自分のいちばん男らしい笑顔を浮かべた。

「噂だけ聞くと、あなたはちょっと仕事で燃え尽きていて、他人に偏見をもっている印象でした。残念だけど、わたしたちの職場では驚くほど多くの同僚がそうなってしまうし」

「よくわかるよ」ベックストレームはすでに戦略を決めていた。

「でもそんなに単純な話のわけがない」アニカ・カールソンはショートヘアをエネルギッシュに振った。「このところ、捜査中のあなたの姿を見ていました。これまでに会ったなかで、いちばん凄腕の捜査官だわ。傲慢《ごうまん》極まりないというのに。例えばアコフェリの件。何かがおかしいと即座に気づいたのは、あなただけだった。それに、銀行で貸金庫を開けたときなど霊視ができるのかと思ってしまった。親戚にそういう方がいらっしゃるの？」

「まあ正直言うと、多少はね。母方のほうに」ベックストレームはうそぶいた。この女はまったく、ストックホルム南部でいちばん頭の悪い女だな。

「そうだと思った……」アニカ・カールソンが言う。「そうだと思ったのよ」

「それに、神への深い信仰も揺らぎはしない」ベックストレームは厳《おごそ》かにため息をついた。

「たいしたことではないんだよ。子供のように素直な信仰心。幼い頃からそれをもち続けてきた」

「やはりそうだったのね、ベックストレーム」アニカ・カールソンは熱っぽいまなざしでこの家の主人である上司を見つめた。「わたしには、わかっていました。信仰があなたに力を与えていたのね。誰にも曲げられないような信念を」

「だがアニカ、きみの言いたいことはわかる」ベックストレームは慈悲深い手の動きで相手を制した。

「きみが言いたいのは、わたしが周りに見せる態度のことだろう？　それは燃え尽き症候群のせいだ。哀しいかな、我々のような仕事をしている者は遅かれ早かれ襲われる。わたしのような人間も、その犠牲を払わなくてはならない。そのせいで、しばしば舌が勝手に動いてしまうことがあるのだ」

「そんなあなたを、表面的に判断しなかった自分を褒めたいわ」アニカ・カールソンは真剣な面持ちだった。

「せっかくこういう繊細な話をしているのだから、わたしのほうもきみに言っておきたいことがある」

「どうぞ、おっしゃってください」

「若きスティーグソンにそう厳しく当たるな」

「ええ。でもあなたも発言を聞いたでしょう。あの女性のことをあんなふうに言うなんて……ほら、胸のことです」アニカ・カールソンは念のため、自分のものを指してみせた。

「わかっている。あれは完全なる性差別的行為だ。職場でこれまでに聞いた中でも最悪の部類。しかし残念ながら、それには理由があるのだ」

「どういうことです？」

「あのスティーグソンは、近親相姦の被害者なのだ。気の毒なことに、人生のかなり初期に」

「なんてこと……」アニカは目を見開いてベックストレームを見つめた。

「こういうことは普通口にはしないものだ。だがわたしはいくつも典型的な特徴をみとめた。スティーグソンが殺されたダニエルソンと同じアパートに住むあのアンデションという女性――胸が印象的な女性――のことを語るのを聞いたときに。母親に襲われたはずだと確信したんだ。スティーグソンの母親がアンデション夫人にそっくりだったとしても、ちっとも驚きはしないね」

「じゃあどうすれば……」

「様子を見てみよう」ベックストレームは言った。「このことを頭の隅に置いていてくれ。我我がいつでも手を差し伸べられるように。だがまずは様子を見よう」

39

次から次へと、いったいどこから湧いて出てくるんだ――客を帰してドアを閉めると、ベックストレームは思った。頭のおかしな女どもめ。どいつも負けず劣らずおかしいときた。

ベックストレームがアニカ・カールソンに別れを告げたその頃、ハンナとアクセルは互いに癒しを求め、ハンナのベッドにたどりついた。

ハンナの中に入ったとたん、アクセルは射精してしまった。それは初めてだからでも、相手がハンナだからでもない。ハンナは確かに八点はいくいい女だが、人生のその部分については十三歳のときにすでにクリアしていたし。今回はそれよりさらに厳しい状況だった。ハンナとの初めてのセックスなのに、アクセルの頭にあったのは数時間前からずっと、マグダ・エルナンデスという名の若い女性警官のことだけ。人生で初めて出会った十一点。十点満点に十一点なんて存在しないのに。

それでもアクセルは気を取り直して、もう一度トライしようとした。しかしマグダ・エルナンデスへの想いと、ハンナがそばにいることで、可愛いムスコはまた氷の中に閉じこめられたような案配になっていた。

「どうしちゃったんだろう。こんなこと今まで一度もなかったのに」本当なら泣きべそをかいて逃げ出したいくらいだった。

「気にしないで」ハンナは冷たい汗のにじむアクセルの背中を爪でなぞった。「まだショックを引きずってるのよ」かわいそうに――とハンナは思った。彼女もこれが人生で初めてというわけではなかったから。

「ねえ」ハンナは続けた。「今日はもう寝ましょ。あとは明日にして。別にたいしたことじゃないし」このセリフ、今まで何回口に出されてきたんだろう。

アクセルは寝たふりをして、ハンナが眠ってしまうとこっそり起きだし、静かに服を身につけ、玄関を出た。

これでよかったのよ——ドアがかちゃりと閉まったとき、ハンナは思った。人生はアクセルがいてもいなくても進んでいくし、あと数時間で学校なのだ。

マグダに電話するのを覚えておかなくちゃ。眠りに落ちる前、ハンナは思った。精神的支援《デブリーフィング》に行ったほうがいいと言われたから、そのことを相談するのだ。

40

木曜の朝、つまりカール・ダニエルソンが殺されて八日後、ラーシュ・〝ドイヤン〟・ドルマンデルがタレコミのためにトイヴォネンのところにやってきた。

ドイヤンは自ら警察署に赴き、「おれの昔からのダチ、トイヴォネン」以外には話さないと明言した。ブロンマ空港での強盗殺人についてのホットな情報をもっているという。だが警察で信用できるのはトイヴォネンだけだと。

ここ十年間、ドイヤンは薬物乱用者として着実に堕ち続けていたが、タレコミ屋としては手堅く成長した。西地区所轄にドイヤンがチクらなかった悪党は一人もいない。それも一人につき二回以上。それを考えると、早いうちにトイヴォネンとだけ取引することに決めたのは不幸中の幸いだった。

ドイヤンは衰えきり、犯罪に手を染めながら生きていける状態ではなくなっていた。早期年金は毎月振りこまれた翌日にはなくなっているし、次の振りこみを待つ間は、自分以外の人間を売るしかなかった。最高にホットな情報――確かにそのうちのいくつかは、ドイヤンが毎回言うように最高にホットだった。だからまだトイヴォネンの信頼をつなぎとめられているのだ。

「元気そうじゃないか、ドイヤン」トイヴォネンが声をかけた。ドイヤンは全身にブークレカーペットみたいな刺青《いれずみ》を入れている。三十三歳で、まだ生きているのが奇跡のような男だ。

「ヘヴィーなやつはやめたんだ。ここ一年はタバコだけ。ああ、もちろんブレンヴィーンも。だが長年吸いこんできた他のゴミに比べたら、健康食品みたいなもんだろ?」

「お前はそう思うのか」トイヴォネン自身は、肉とフルーツと野菜で生きている。もちろん、ニエミをはじめとするフィンランド騎兵クラブの仲間と集まって、自分たちの血統を誇るときは別だ。だがそんな飲み会があったのもかなり前の話だった。

「簡潔に言うよ」ドイヤンはビジネスライクにうなずいた。「ほら、ブロンマの現金輸送車強盗事件があっただろう。先週の月曜に、セキュリタスの警備員二人が撃たれたやつだ」

「ああ、その話なら聞いている」トイヴォネンは皮肉な笑みを浮かべた。

「その夜、誰かがカリ・ヴィルタネンをベリスハムラで消した。クレイジー・カリとかトカレフって呼ばれてた男だ。ほら、ロシアの鉄砲のトカレフだよ。十ミリ口径の自動拳銃、それを常に振り回してたから」

「〝愛される子にはいくつも名前がある〟というからな」

「ともかく、ヴィルタネンが殺されたのとブロンマの強盗殺人事件は関連があるんだ」

「その噂ならもう聞いた」トイヴォネンが微笑《ほほえ》んだ。「しっかりしろ、ドイヤン。もっと新しい情報はないのか？」

「そこなんだよ」ドイヤンもあきらめる様子はなかった。「ヴィルタネンはブロンマ空港の強盗に加わっていたんだ。警備員が輸送鞄の中の塗料アンプルを破裂させたことに激怒して、運転手に引き返すよう命じ、警備員を撃った。それから逃走し、車を遺棄し、金もそのまま放置した。人生に影を落とすような赤い札は一枚ももち出さなかったんだ。強盗の裏にいるやつらはトカレフの行為に激怒し、その夜には片付けた。運転手もとっくに同じ運命をたどったんだろう。おれなら、昨晩ウルヴスンダ湖で揚がった移民野郎を調べるね」

「それはもう昨日のニュースだ、ドイヤン」トイヴォネンは念のために時計をちらりと見た。どうせアコフェリが何者か、知りもしないんだろう。

「そうだと思ったよ。だが本題はここからだ」

「待ちきれないな」トイヴォネンがため息をついた。

「ハッセル小路に住んでた会計士のじいさんがいただろう。ダニエルソンって名前の。カール・ダニエルソンだ。先週の水曜に鍋踊りをしたそうじゃないか。その殺人とブロンマの強盗も関係あるんだ」

「なぜそう思うんだ？　それになぜお前はダニエルソンを知ってるんだ」

「ソールヴァッラの競馬場でよく見かけたからな。毎回ロッレ・ストールハンマルと一緒に来てたよ。知ってるだろ、ストリス。昔の同僚だろ」

「彼のことも知っているのか」

「知らないわけないだろう」ドイヤンが鼻で笑った。「十四歳のとき、初めてストリスに捕まったんだ。街の真ん中のカルラ通りに立って闇ガソリンを売ってたら、急に目の前で車が停まって、一軒家みたいにごっついやつが降りてきた。そして十四歳のドイヤンの耳を引っ張り、車に押しこんだ。おれはストックホルムの犯罪捜査部に座り、福祉局のおばさんが迎えにくるのを待っていた。十分後、エステルマルムにロックをかけていない車を置いてきたってのに。まあガス欠だったんだが、そんなことくらいおれさまには簡単に解決できたし……」

「じゃあ、ロッレ・ストールハンマルのことを覚えているのか」

「会った中でいちばんいい警官だったた。若いときに何度かボクシングジムにも連れていってもらったよ。それでもこうなっちまったがな」ドイヤンは肩をすくめた。

「ストールハンマルとダニエルソンにソールヴァッラの競馬場で会ったんだな？」

「そうさ。先週水曜日、六時くらいだったか。ダニエルソンが鍋の蓋と第三種接近遭遇を果たす数時間前の話さ。ストリスとは話したよ。調子はどうだと訊いてくれたんだ。ひどい顔じゃないかとも言われた。あんまりひどいから、小学校からの親友にも紹介できない――それがダニエルソンのことだったんだ。そう言いながらも、ストリスの目がからかうようにきらりと光った。なんだかんだ言って、ストリスもダニエルソンもめちゃくちゃ機嫌が良かった。そしてダニエルソンもおれに片手を差し出し、自己紹介をしてくれた」

「じいさんはカール・ダニエルソンだと名乗った。遠目にも、その日すでに何杯も飲んだのがわかったよ。おれがトロットレースの騎手なら、息を吹きかけられただけで繋駕《けいが》車《しゃ》（騎手が乗る一人乗りの二輪馬車）から転げ落ちていただろうな。蒸留酒たっぷりの息だった」

「それで、お前はなんて答えたんだ?」

「おれはドイヤンだって答えた。他に何を言えばよかったんだ? つまり、お前がおれなら」

「しつこく訊いて申し訳ないが……それと現金輸送車とどう関係あるんだ? ダニエルソンと」

「その裏にいるやつらのことだ。トカレフや車を運転してたやつじゃなくて、もっとヘヴィーなやつら。トカレフも運転手も、失敗をやらかしたせいですでに片付けられた。そいつらが誰だかわかるか?」

「アイディアなら色々ある。続けてくれ」

「ファシャド・イブラヒム」

当たりだ――とトイヴォネンは思った。

「そいつのクレイジーな弟、アフサン・イブラヒム」

それも当たりだ。

「それからめちゃくちゃ恐ろしいいとこ。あのでかいやつだよ。ハッサン・タリブ。つまり、ファシャド・イブラヒム、アフサン・イブラヒム、ハッサン・タリブの三人」

三問中三問正解！

「なぜやつらが裏にいると思うんだ」

「噂が回ってる。耳を澄ます気さえあればな」ドイヤンは耳の後ろで手を丸めてみせた。

噂か――トイヴォネンも同じ噂をすでに何度も聞いていた。それに、自分であれこれ想像することもできる。

「だが、そこにダニエルソンがどう関わっているのかが、どうもわからない」

「ダニエルソンとファシャドは知り合いだった」

「それはあくまでお前の推測だろう、ドイヤン。なぜそう思うんだ」こいつはいったい何を――。

「今説明しようと思ったんだ。ロッレとダニエルソンに挨拶したあと――ほら競馬場で会ったときの話だ――急に思い出したんだよ。あのじいさんをその日の昼間にも見かけたことを。ちょうど昼時だった。ピザ屋で小腹を満たそうと思って、ロースンダ通りをご機嫌に歩いてたんだ。すると三十メートル先に誰がいたと思う？　ハッセル小路との角であのじいさんと話している男がいたんだ。おれが目指していたピザ屋からたった二十メートルのところに」

「それが？」

「ファシャド・イブラヒムだ」

「そいつとは知り合いなのか?」

「どう思う? 同じムショにいたんだ。十年前、ハル刑務所で独房が近かった。信じないなら、警察のパソコンで調べてみろよ。ファシャド・イブラヒムだぞ。あんな恐ろしい男は他にいない」

「それでどうしたんだ」

「すぐに引き返したよ。ファシャドは、念には念を入れて人を殺しておくような男だ。ピザを食べるだけのためにそんなやつと関わりたくはない」

「ファシャドと話していたのがカール・ダニエルソンだというのは確かなのか?」

「ああ、百二十パーセントね」ドイヤンがうなずいた。「百二十パーセントだ」

「なぜそこまで確信がある」トイヴォネンがしつこく尋ねた。

「それがおれの生きる糧だからさ」

「わかった」これが本当なら、ベックストレームをどうやって遠ざけておくか――。

「千でどうだ?」

「二十でどうだ?」

「その真ん中だ」ドイヤンは落ち着き払った様子で言った。

「じゃあ二百だ」

「わかったよ」ドイヤンは肩をすくめた。

41

トイヴォネンがドイヤンと信頼に満ちた会話を交わしていた頃、ベックストレームはセプティムス・アコフェリが死体で発見されたことを理由に、捜査班を臨時招集していた。

いつものように、ニエミの発表が最初だった。ニエミは死体につき添って法医学研究所に行き、チコ・エルナンデスは別の同僚を連れてアコフェリのアパートに戻り、新たに鑑識捜査を行った。今は二人とも会議に出ている。

「絞殺だった」ニエミが言った。「それが唯一の死因。それ以外に身体に傷はない。なお、全裸だった。首に巻いた紐を背後から引かれたせいで窒息した。首の後ろに結び目の痕が残っている。わたしが思うに、そのときにはまだ意識があり、驚愕したはずだ」

「なぜそう思うんです?」アニカ・カールソンが訊く。

「指にそういう傷があったからだ。紐を必死でほどこうとしたときにつくような。割れている爪もあった。かなり短く切ってあったのに」

「どういう種類の紐なんだ?」ベックストレームが質問を挟んだ。

「紐自体はみつかっていないが、細めのものだ。麻紐、洗濯紐、普通の電気ケーブルかもしれない。ブラインドの紐でもいける。わたしなら細めの電気ケーブルを使うが」

「なぜです？」アニカ・カールソンが訊いた。

「それがいちばん使い勝手がいいからだ」ニエミが皮肉な笑みを浮かべた。「引っ張るのが簡単なんだ。引っ張ってからぐるぐる巻けば、岩のようにがっしり固定される。それだけでいい」

「ということは、プロの仕業だと言いたいのか？」アルムが訊いた。

「それはわからない」ニエミは広い肩をすくめた。「いや、プロだとも思えない。この国に絞殺のプロが何人いると思う？　奇襲部隊、特殊部隊の同僚、バルカン半島で暴れまわってきたユーゴスラビア人か？　だがやつらだって、ここスウェーデンでは指先をちゃんと制御していると聞くからな。犯人は確実に力が強い。アコフェリよりも背が高い。それだけは言える」

「ダニエルソンを殺したやつのようにか」ベックストレームが訊いた。

「ああ。わたしも同じことを思った」

「時間帯については？」

「おそらく失踪したのと同じ日。つまり五月十六日金曜日の午前中、あるいはその午後か夜」

「なぜそう思うんだ」

「死体にそれを示す証拠があったわけではない。だが、最近はそういうものなんだ。携帯から電話をかけなくなり、職場に来なくなり、クレジットカードも使われていない。そういった普段の行動が途切れたときに、何かが起きたということになる。ほぼ必ずね」ニエミは重々しくうなずいた。

フィンランド野郎め――まるっきりわかっていないわけではなさそうだな。同じ経験則を三十年前から使っているベックストレームは思った。

「死体の状態はいい」ニエミが続けた。「絞殺され、全裸で二つ折りになって黒いビニール袋に入れられ、普通のダクトテープで巻かれている。そして本人の新聞配達カートに詰められた。ビニール袋は合計三枚。ごく普通のごみ袋だ。ダクトテープもよくある種類のもので、幅は約五センチ。おそらく殺してすぐに包んだ。死後硬直が始まる前に。カートの中には重りもあった。各五キロの重りが四個、合計二十キロ。それも先ほどと同じダクトテープでひとつに巻かれている。アコフェリは五十五キロ、重しが二十キロ、カートが約十キロ――正確な重さは乾いてからになるが。つまり、八十五キロ以上の塊ということになる」

「車は」アルムが言った。「死体は犯行現場から発見現場まで車で運んだんだろう?」

「それ以外は考え難い」ニエミも同意した。「つい先日、興味深い論文を読んだんだ。犯罪鑑識捜査の雑誌でね。人のいないエリアに死体を遺棄する場合、死体を手で運んだり引きずっていったりするなら、七十五メートル以上移動するのはきわめて稀だそうだ」

「カートや台車を使ってもか?」

「それでも最高で数百メートル。長距離移動の場合、まず死体や台車を車で運んでからだ」

「殺された場所については?」

「アコフェリのアパート、フォーンビィ通り十七番のことを考えているのか?」ニエミはエルナンデスと視線を交わした。

「今朝早く、また行ってみたんです」エルナンデスがあとを継いだ。「しかし何もみつかりませんでした。殺されかたを考えると、そこが現場であってもおかしくないですが。痕跡は何もない。それに、別の状況がそれを物語っています」

「別の状況とは？」アルムが訊く。

「新聞配達のカートは確実に被害者のものだし、重しに使われた重りもそう。それも被害者のものだと確信しています。被害者のアパートにはトレーニングベンチ、バーベル一本、それに鉄アレイが一対あるのですが、バーベルには驚くほど少ししか重しがついていなかった」

ベックストレームはうなずいた。「そうかそうか」

「つまり、アパートに残っていた重しはそれだけだったという意味です」

「距離は？」

「被害者のアパートから発見現場までの距離は約十キロ。基本的には全行程車で移動できます。湖岸にそそり立つ岩まで。斜面を上がりきったところです。その砂利道から水ぎわまでは三十メートル。高低差は十三メートル」

「でもそこは車は入れないでしょう」アニカ・カールソンが訊く。

「警察や、市の道路管理課とか公園管理課にでも勤めていないかぎりね。あるいは何かの作業員で、そこで仕事があった。南東からだと――つまりクングスホルメンに面しているほうからだと、発見現場ぎりぎりまで車で接近することが可能だ。残りは徒歩で百メートル。登り斜面ではあるが」エルナンデスは何か言いたげに肩をすくめた。

「タイヤの痕は？　車が入れるところまでの」アニカ・カールソンが訊く。

「たっぷり」チコは笑みを浮かべた。「だからそれについては、ろくに何もわからなかった」

「チコ」ベックストレームが口を開いた。「犯人はどのように事を運んだと思う？　年寄りに教えておくれ。きみの意見をね」

さあよく考えてみろ、小さなタンゴダンサーめ。アニカ・カールソンからはすでに、ベックストレームに好意的な視線が寄せられている。

エルナンデスも驚きを隠せない様子だった。

「わたしが思ったことを知りたいんですか？」

「ああ、そうだ」ベックストレームは相手を励ますように微笑《ほほえ》んだ。やっぱり頭の悪いやつだな。必ず訊き返さなきゃいけないんだから。

「では……これはあくまでわたしの個人的な意見という前提ですが。絞殺自体については、完全にニエミと意見が一致しています。被害者は不意をつかれた。背後から首を絞められ、服を脱がされ、二つ折りにたたまれた。被害者は細身だし身体をよく鍛えていたから、生きていたときはきっと、前屈すると膝を曲げなくても手が床についたと思います。犯人は死体を二つ折りにしたあと、ダクトテープを足首、肩、背中に巻きつけて固定し、また肩そして足首のほうへ戻った。最後に、足首のところでぐるぐる巻いてからテープを切っている」

「それからビニール袋を切って大きくしてから死体を包み、同じダクトテープで封じた。その包みを被害者の新聞配達のカートに入れた。背の高いキャリーカートで、車輪が二個、取っ手がふたつ、それが長方形の金属の枠に支えられている。そこにカンバス地の大きな袋が入っている。カンバス地というのは厚みがあって水を通さない、テントに使うような生地です。袋には紐がついていて、それで口を開閉することができる。袋の上部には同じカンバス地の蓋がついていて、それも紐で締めることができる」

「どのくらいの時間がかかるんだ」ベックストレームが尋ねた。「絞め殺してから、袋の紐をきゅっと結ぶまで」

「力が強くて器用であれば、そして必要な道具が揃っているなら、かかって三十分でしょう。二人、三人いたとなれば十五分くらいか」

「複数いたと考えているのか？」アルムが訊く。

「まあ、そうじゃないとは言い切れませんからね」エルナンデスは肩をすくめた。「でも、一人でも可能です。二人なら半分の時間ですむ。それより多いと、狭いからかえって効率が悪くなるかも。だがもちろんありえないことじゃない」

そんなことくらい、でくのぼう以外誰でもわかる――ベックストレームはうんざりした視線をアルムに向けた。

「それから？」

「そのカートでアパートから運び出した。外の道に出ると、停めた車まで十メートル。車にカートを積んでその場を離れた。それで合計一時間。しかしこういうものを運ぶのはほぼ確実に夜だし、アコフェリはおそらく午前中に殺された――その頃に生きていた証が消えているから

——と考えると、湖に落とすのは暗くなるまで待ったと思われます。殺して、パッキングして、輸送できる状態にしておいた。カートを車に入れて現場から移動し、暗くなるのを待った。あるいは夜になってからアパートにカートを取りに戻ったか。わたしなら、必要以上に長く死体をアパートに置いておきたくはないですが」

「ではウルヴスンダ湖に投げ捨てたのはいつだ。その日の夜か？」

ベックストレームは思案顔でまずはエルナンデスを見つめ、エルナンデスが頭を振ると、ニエミを見つめたが、ニエミも首をひねった。

「難しいところだ」ニエミが言う。「死体はきっちりビニールに包まれていたから、正確にはわからない。金曜の夜には湖の中だったかもしれないし、それよりずっとあとでもおかしくない。ところで今朝からダイバーを潜らせているが、まだ何もみつかっていない」

「他には？」

「今の段階では何も」ニエミが頭を振った。「何かわかればすぐに連絡する」そして皮肉な笑みを浮かべてつけ足した。「あるいは、何もわからなかったことを」

「よし」コーヒーとお菓子が恋しくなってきたベックストレームが言った。「では聞きこみだ。今度はつまり、アコフェリがリストのいちばん上だ。ハッセル小路一番とフォーンビィ通りのアコフェリのアパート。アコフェリについては何もかも、それにダニエルソンとの関わり、プラス、その他の興味深いことすべて。人員は充分足りてるか？」

「フォーンビィ通りのほうはテンスタの地域警察が手伝うと言ってくれています」アニカ・カールソンが言った。「彼らの地元ですし、普段から住民と交流がある。ハッセル小路については自分たちでできそうです。わたしが担当するつもりです」

「よし」ベックストレームは答えた。

それからベックストレームはスティーグソンにその場に残るよう命じ、二人きりになったとたんに優しく相手の腕を叩いて、またベックストレームその二を演じ始めた。つまり、昨夜アニカ・カールソンが出会ったほうのベックストレームだ。

「なあ、エディプス」ベックストレームが語りかけた。「今回はハグはなしでいくだろう?」

「ああ、あの……」スティーグソンが胸の前で手を丸めてみせた。

「そうだ、メロンの彼女だ」ベックストレームが請け合った。

「それについてはアンカンとも話しました」スティーグソンはもう頬を染めている。

「それはよかった。ところで彼女はきみの母親と似ているのか?」

「誰です? アンカン?」

「参考人のアンデションだ。わかるだろう? 巨大メロンだよ」

「いいえ、全然。うちの母はかなり細身でした」

やはり――ベックストレームは思った。近親相姦被害者にいちばんありがちな特徴だ。自己否定。完全なる自己否定。

42

テンスタとリンケビィの地域警察はその歴史始まって以来、地域住民と良好な関係を築くことに時間を費やしてきた。住人の九十パーセントが、地球上のもっとも悲惨な地域からやってきた移民。そのほとんどが難民で、生きていたいとはとても思えないような、いや生きること自体が難しいような国の出身だ。だから良好な関係を築くのは簡単なことではなかったし、地域警察の警官の九十パーセントが普通のスウェーデン人であることも状況をよくしてはいなかった。普通のスウェーデン人というのはつまり、何代も前からスウェーデン人、あるいは移民の二世や三世のことだ。スウェーデン社会に自分の居場所をしっかりみつけ、根を下ろしている。

そのため、犯罪撲滅活動は二の次になっている。普通の警察の仕事はなおざりになる一方だ。ここで大事なのは人と人の間に橋を架け、関係や信頼を築くこと。いちばん基本的な、相手と言葉が通じるかどうかという点も含めての話だ。

「楽勝だ」聞きこみの進めかたを打ち合わせたあとで、地域警察のボスはアニカ・カールソンに向かってそう言った。「地元住民とはちゃんと普通に会話できてるんだから」

それから地域警察は、二日間かけてアコフェリの近所の住民と話そうとした。フォーンビィ通りのアパートから最寄りの地下鉄の駅まで、アコフェリの写真がついたポスターを何枚も貼った。アパートの入口、建物の外壁、街灯、掲示板。それも、かなり広範囲に。リンケビィとテンスタの広場には仮設の交番まで設け、殺されたセプティムス・アコフェリはまるで今週のお買い得商品だった。

しかし誰も何も見ていないし、何も聞いていない。警察と話したわずかな住民は、首を横に振るだけだった。それ以外の大勢の住民は、実は警察が何を知りたがっているのかもわかっていなかった。

ハッセル小路一番の聞きこみのほうは、もう一方と比較すれば順調だった。アニカ・カールソンが率いるペッテションとスティーグソン、そこにソルナ署の生活安全部から数人の警官が加勢に入り、アパートの全員に話を聞いた。二人を除いては、誰もアコフェリのことを知らなかった。何も見ていないし、聞いていない。皆警察に訊きたいことがあり、皆不安を口にした。このアパートに住み続けて大丈夫なのか?

例外の一人目は、未亡人スティーナ・ホルムベリ七十八歳だった。

スティーナ・ホルムベリは早起きだった。本人は、それが年齢のせいだと確信している。歳を取れば取るほど、睡眠は少なくていい。死に近づくほど、目覚めている時間が貴重になるのだから。ここ数年、彼女はアコフェリがアパートを訪れたのを複数回目撃していた。いつも朝五時半から六時の間。もちろん、何か特別なことが起きないかぎり。例えば大雪が降ったり、地下鉄が止まったり。

一度など、言葉を交わしたこともあった。それは同じアパートの住人が殺された翌日のことだった。

「というのも、スヴェンスカ・ダーグブラーデット紙が届かなかったんですよ」

その前の週、ホルムベリ夫人は新聞をダーゲンス・ニィヒエテル紙からスヴェンスカ・ダーグブラーデット紙に替え、新しい新聞は翌週の月曜日から届くと言われていた。なのに、さらに四日間ダーゲンス・ニィヒエテル紙が届いた。金曜の朝、彼女は早い時間に部屋を出て、新聞配達員と直接話すことにした。もちろんその前に二紙ともの購読サービスに電話をしたのだが、プッシュ式の電話をもっていないため、機械音声の指示に従うことができず、結局あきらめたのだった。

アコフェリは急いでいるようだったが、なんとかすると約束してくれた。新聞社に連絡しておくからと。それから〝予備として〟もっていたスヴェンスカ・ダーグブラーデット紙を彼女に渡した。ほぼ二十四時間前に起きた出来事のおかげで一部余っていたとは言わずに。

「だけど今はちゃんと届いてますよ」ホルムベリ夫人は満足そうだった。

週末はどの新聞も届かなかった。何か問題が起きたのだろう。他の部屋の人たちにも届かなかったから。しかし数日前からまた元どおり届くようになった。あえて言うとしたら、新しい新聞配達員は、前の配達員よりも来るのが三十分遅いことくらいで。

「前の子はいい子だったのにねえ……」ホルムベリ夫人は残念そうに頭を振った。「あの黒い肌の子ですよ。言ったとおり、いつ見ても急いでいたけれど、新聞を配達するんだからしょうがない。でも優しくて、愛想のいい子だった。あの子がダニエルソンに何かしたなんて、とても思えない」

「夫人はなぜそう思われるんですか？」スティーグソンが尋ねた。「なぜ新聞配達員がこのアパートの住人に何かしたと？」アコフェリが殺されたことはまだ知らないはずだよな？

「だって、じゃなきゃなぜあの子を捜しまわっているの。そんなことくらい子供でもわかるわよ」夫人は優しくスティーグソンの腕を叩いた。

例外の二人目はセッポ・ラウリエン二十九歳だった。

「ああ、これ、新聞配達の人だろ。ハンマルビィ・サポーターの」セッポはそう言って、アコフェリの写真をスティーグソン巡査に返した。

「なぜ知ってるんだい？」哀れなやつだ。見た目は普通なのに、まるっきり状況を理解していない。

「ぼくがＡＩＫのＴシャツを着てて」

「ＡＩＫのＴシャツを着てたのかい？」

「パソコンでゲームしてたんだ。サッカーのゲームだよ。そのときは必ずＡＩＫのＴシャツを着るんだ」

「なぜ新聞配達員と話したんだい」

「ガソリンスタンドに何か食べるものを買いにいこうと思って。二十四時間開いてるから」

「それで新聞配達と出くわしたのか」

「うん。ぼくは新聞は取ってないけどね。読まないし」

「会ったのはこのアパートの中？」

「うん」セッポはうなずいた。「隣の人が新聞を取ってるから」

「なぜ彼がハンマルビィのファンだとわかったんだい？」

「向こうが、ＡＩＫのファンなのかと訊いてきたんだ。Ｔシャツが目に入ったんだろ」

「それで、そうだと答えたんだな？　ＡＩＫのファンだと」

「ぼくは、お前こそどこのファンなんだって訊いた」

「すると？」

「ハンマルビィのファンだって」セッポは驚いた顔でスティーグソンを見つめた。「言ったじゃないか。ハンマルビィ・サポーターだって」

「話したのはそのときだけ？」

「うん」

「いつだったか覚えてるかい？」

「いいや」セッポは首を横に振った。「でも雪はなかったから、冬じゃなかった」

「それは確かかい？」

「だって、それなら上着を着てただろう。冬にTシャツで出かけるわけがない」

「ああ、そうだな。そのとおりだ」

「だろ？　じゃなきゃ風邪を引いてしまう」セッポは自信満々に答えた。

「だがそれ以上何も覚えていないかい？　新聞配達員と話したのがいつだったかとか」

「そんなに前のことじゃないはずだ。ママが入院したあとだから。ママが家にいたときは、徹夜でゲームなんかさせてもらえなかったし、家にはいつもごはんがあった」

「わかるよ。彼はどんなやつだった？　その新聞配達員は」

「優しかったよ」


最後に訪ねたのは、アンデション夫人の部屋だった。アニカ・カールソンがスティーグソンに睨《にら》みをきかせ、代わりにフェリシア・ペッテションを前面に押し出して、呼び鈴を鳴らす前に「今回はフェリシアが質問をするから」と釘を刺した。

アンデション夫人はアコフェリのことを知らなかった。見たこともない――ちっともおかしなことではないけれど。わたしは朝かなり遅くまで寝ているから。

「起きるのは早くて八時よ」ブリット＝マリー・アンデションが微笑《ほほえ》んだ。「それからのんびりコーヒーを飲みながら新聞を読んで、プッテちんと朝のお散歩に出かけるの」

「でも本当に恐ろしいことが起きたわねえ。いったいどうなってるの？　ここに住んでて大丈夫なのかしら」

　同じアパートのカール・ダニエルソンが新聞配達員のアコフェリと何か「関係」があったなんてことは「ありえない」という。

「ダニエルソンのことをよく知っているわけじゃないけど……それははっきり言っておくわ。ちょっと話しただけでもう充分。だけど、殺された若者と何かあったなんて絶対にありえない」

「なぜそう思うんです」フェリシア・ペッテションが尋ねた。

「だって、ダニエルソンは人種差別主義者だもの。それくらい、親しくなくてもわかる」

　役に立つ情報は何もなかった。今回はハグもしてもらえなかった。フェリシア・ペッテションがスティーグソンに脅すような視線を投げかけた。参考人がわずかに身を屈めてスティーグソンに手を差し出したからだ。真っ白な歯を全部見せて微笑み、胸を突き出している。

「アンデション夫人、色々とありがとうございました」スティーグソンが手を握り返した。

「本当に」

　今回はおりこうさんだったわね――その場を去るとき、フェリシアは思った。

43

何人もの同僚が近隣のドアを叩いている間、アルム警部補は自分のオフィスで、高齢にもかかわらず殺人捜査に浮かび上がったグレー・パンサー（アクティブな年金生活者）たちのことで頭を悩ませていた。あまりに深い悩みにつき、念のためドアも閉めておいた。

普段はそんなことはしないのに、紙とペンまで取り出して、いくつも仮説を書き出した。どれも、ダニエルソンの幼馴染が犯人だというシナリオだ。一人の場合、二人の場合、あるいはもっと大勢。プロファイリングや犯人像分析といった最近の傾向を心底軽蔑しているはずなのに。

セーデルマンとグリマルディへの聴取は、どうにも歯がゆいものだった。前者は頑なに質問に答えるのを拒否し、後者は自分が何をやっていたのかも覚えていない。グリマルディにとっては都合のいいことに、病気のせいで真偽を確かめることもできない。ともかく、アルムにはできない。

グリマルディのことを知っている、年上の同僚に話を聞いてみた。すると返ってきたのは、皮肉な笑みとウインクだった。

「あいつのことなら数週間前、フレースンダの新しいピザ屋で見かけたな。うちの奥さんと食べにいったんだ。皆があの店はグリマルディがオーナーだと言うが、書類に名前は載っていない。とりあえず、目は悪くなさそうだった」

「どういう意味だ?」

「ピザ屋で、金髪の女と指を絡ませていた。やつの半分ぐらいの歳の女だ。だから、おれの話が大袈裟《おおげさ》じゃないのはわかるだろう?」

スウェーデンを築いた世代——国会議事堂に爆弾を仕掛けたという脅迫電話をかけた老人たちは、そう自称していなかったか? そんなことができるなら、幼馴染を殴り殺すくらいお茶の子さいさいだろう。犯罪統計がどうであれ。

ただ事が複雑になったのは、アコフェリが殺されたせいだ。だから紙とペンが必要なのだ。幼馴染の一人がダニエルソンを殴り殺した。そして大金の入った鞄を奪った。曖昧《あいまい》なアリバイしかないロッレ・ストールハンマルのことも完全に除外できかねる。そのアリバイはストールハンマルを憎む男が証言したもので、実際にどうだかを知ったら証言を覆《くつがえ》すかもしれない。とにかく、自分のアパートから疎ましい住人が消えてくれればいいと思っているだけなのだから。

二人あるいはもっと大勢による共同作業という可能性も捨てきれない。カール・ダニエルソンが、例えばグリマルディの闇金を管理してやっていたが、その金をくすねたとか。グリマルディとその仲間ハルヴァル・セーデルマンがダニエルソンのうちを訪れ、殴り殺し、金の入った鞄を奪った。

それがアコフェリでないならだ。

アコフェリが殺されたダニエルソンを発見した。ダニエルソンを殴り殺した幼馴染は、金の入った鞄に気づかずに逃げた。あとで鞄のことを思いつき、アパートに戻り、アコフェリが鞄を奪ったことに気づいた。アコフェリのアパートに行き、殴り殺し、ウルヴスンダ湖に捨てた。

おれをからかってるのか――？ アルムがそう問いかけた相手は、自分自身だった。それからいちばん新しい仮説に太い黒い線を引いて消した。

アコフェリがダニエルソンを殺し、金の入った鞄を奪った。ダニエルソンの幼馴染がそれに気づき、アコフェリのアパートに行き、殺し、鞄を奪い返し、死体を捨てた。

なぜだ？ なぜアコフェリはダニエルソンを殺した？ それにいったいぜんたいなぜ幼馴染たちはそれが新聞配達員の仕業だとわかった？

謎は深まるばかりだった。アルムはため息をつき、またもう一本、太い黒い線を引いた。

それから愛する妻の待つ家に帰った。にんにくバターを添えたラムのステーキ、サラダにベイクドポテト。あと少しで週末だ。もう木曜だし――二人はワインを開け、こっそり前祝をした。

44

ハッセル小路とリンケビィで、一介の歩兵たちが首を折られたばかりの雛鶏のように走り回っている間、ベックストレームはもう少し脳みそが必要な思考活動を、唯一名前を挙げる価値のある部下であり数学と物理の博士でもあるナディア・ヘーグベリ相手に実践していた。ベックストレームと同様にグルメで、目を見張るほどのウォッカ通でもある。バカばっかりの世界において、希少価値のある話し相手だ。女だというのに。

ベックストレームが滋養たっぷりの昼食から戻ると、ナディアがオフィスのドアをノックして、ダニエルソンの手帳の内容について相談してもいいかと尋ねてきたのだ。手帳の現物は証拠品のビニール袋に入っているが、時間の節約のために、ナディアは手帳に記された内容を時系列に並べたリストを渡した。

「ダニエルソンのメモは、略語のような暗号ばかりです」ナディアが結論を述べた。「今年の一月一日から五月十四日までの十九週ほどの間に、合計百三十一件のメモがありました。平均すると、一日一件弱です」

「続けてくれ」ベックストレームは受け取った紙をデスクに置き、腹の上で手を組むと、椅子にもたれた。この女にはちゃんと頭がついているようだからな。

「最初のメモは今年の第一日目、つまり一月一日火曜日です。書いてあるとおりに読むと〝男同士のディナー。マリオ〟。早めのディナーのようですね。手帳によれば、午後二時からだから」

「手堅く始めようとしたんだな」ベックストレームがにやりとした。

「きっとそうでしょう。夜まで我慢できなかった」ナディアも同意した。「最後からふたつめのメモは、殺された当日です。五月十四日水曜日。〝14：30　銀行〟なお、銀行を訪れたという記述はこれだけ」

「あれだけの金を引き出せば、毎日は行かなくてすむだろうな」

「いちばんよく出てくる記述は、全部で三十七回同じものがありました。一月から五月の間に、基本的に毎週水曜と日曜。〝ソールヴァッラ〟あるいは、略して〝ヴァッラ〟か〝競馬〟。どれも同じことを指していると思います。競馬のためにソールヴァッラを訪れていた。レースが開催される日は基本的に必ず通っています。最後の記述も殺された日で、〝17：00　ヴァッラ〟。その翌日や翌週、翌月も何も書かれていません。かなり短期的な予定しか入れないタイプのようです」

「ソールヴァッラ以外の競馬場は？」すでに判明している情報と一致するじゃないか。

「手帳にはそういった記述はありませんでした」ナディアが頭を振った。

「だろうな。古い的中券を拾い集めるために、わざわざ遠くの競馬場まで行くことはない」

「それ以外、多種多様な記述が六十四件。さっき言った銀行での予定が一件と、病院が二件、そういった類《たぐい》の予定です。あとは例外なく、幼馴染の名前。ロッレ、ギュッラ、ヨンテ、マリオ、ハルヴァンなど。一人だったり二人だったり、もっと大勢だったり。週に何度も出てきます」

「実に豊かな社交生活だな」ベックストレームがあきれて天を仰いだ。「その中で何か興味深い点は？」

「何か興味深い点は？」ベックストレームが繰り返した。

「あると思います。全部で三十件も」

またあの表情になった。このロシア女はカミソリのように鋭い。「続けてくれ」

「そのうちの五件は毎月月末に出てきます。日付は決まっていませんが、必ず最後の週のどこか。毎回同じ内容です。大文字の〝R〟、そして数字の〝10000〟」

「それをどう解釈する？」

「Rというイニシャルをもつ人間――ファーストネームか苗字か――が、毎月ダニエルソンから一万クローネ受け取っていた」

「愛人か……」ベックストレームはそこで急に、アパートでみつかったコンドームとバイアグラのことを思い出した。おれは毎回無料でやってるがな――ベックストレームは自信満々な表情で考えた。それは真実とはかなりかけ離れているのに。

「わたしもそう思います」ナディアが笑みを浮かべた。「ということは、Rはファーストネームの頭文字でしょうね」

「でもそれが誰なのかはわからない、と」

「今調べているところです。まだ始めたばかりなので」

「そうかそうか」ベックストレームは満足気な表情を浮かべた。ナディアに任せれば、今日の午後にはその女が誰だか判明しそうだな。

「それから四月四日金曜日にも記述が。〝SL、2000〟」

「SLか……。それがストックホルム《S》交通《L》の一カ月定期なら、お友達やご近所さんの分まで買えたはずだな」

「SLというイニシャルの人間が、二月八日の金曜日にも二万クローネ受け取っている。その点についても今、調査中です」

おれ以外にも仕事をしている人間がいてくれるとは。ベックストレーム自身がまるっきり割に合わない量の労働を課せられてからもう一週間になる。

「しかし本当に面白くなるのはここからですよ」ナディアが言う。「実に面白くなるんですよ、ベックストレーム」

実に面白くなる？

ほぼ週に一度、一カ月に四回から六回、手帳にある全期間を通しては合計二十四回、三種類のコードが出てくる。〝HT〟〝AFS〟それに〝FI〟。どれも総じて大文字だ。どれも同じくらいの頻度で現れ、必ずあとに数字がついている。〝HT5〟〝AFS20〟〝FI50〟といった具合で、各コードに必ず同じ数字がついてくるというパターンが確立されているが、ひとつだけ例外もある。一度だけ、FIのあとに百という数字が出てきて、Uというアルファベットに感嘆符までついている。〝FI100U!〟

「どう解釈する?」ベックストレームは念のため、もらった書類を見ながら、空いた右手で丸い頭をかいた。

「HT、AFS、FIというのは名前だと思います。五、二十、五十、百というのは支払われた金額でしょうか。シンプルな暗号ですね」

「ということは、ダニエルソン氏はずいぶん安く上げたようだな」ベックストレームはにやりとした。五クローネや二十クローネ、五十クローネくらい、おれでも払える。いや実際のところ、百クローネだって払える。まあ、毎回じゃなければ。毎回だったわけでもなさそうだし。一回だけらしいから。

「そうではないと思います」ナディアが首を横に振った。「その倍数かと」

「倍数だと?」ナ・ズダローヴィエ? ニエット? ダー? どういう意味だ?

「FIは五十。つまり五しかもらわないHTの十倍。百もらった一回を除いてね。そのときはHTの二十倍もらった」

「なるほど。そうかそうか。ならそのAFSってやつは、毎回二十だから、つまりHTの四倍か。しかしFIがもらう半分……」

「四十パーセントです。FIが百もらったときを除いてね」ナディアが訂正した。

「そうだそうだ、そう言いたかったんだ。だがこのBeaというのは？　そういう支払いがあるたびに、毎回Beaと書かれている」ベックストレームは念には念を入れて、もらったリストを指さした。「例えばここ、〝FI50Bea〟とか〝HT5Bea〟。これはどうだ？」

「それはBetala《支払い》の略だと思います。ダニエルソンのような人間はよくこういう略語を使うんです。例えば〝Bet〟は支払い済み。〝Bea〟なら、ある額を支払う予定、という意味かも」

「なるほどな」ベックストレームはあごをこすり、実際よりも抜け目のない表情を浮かべようとした。「いったい、いくらぐらいの話なんだ？」

「つまり、金額だ」ベックストレームは念のため繰り返した。こんな難しい数学の計算をしているのだから。

「ここからはあくまで推測ですよ、おわかりのとおり」

「ああ、わかっている」ベックストレームは念のため書類は脇へやり、椅子にもたれた。さあ、このチャンスを逃すなよナディア。警察隊全体で唯一お前さんの話を理解できる男が耳を澄ましているのだから。

「ダニエルソンが、殺された日に二百万クローネ引き出したとしましょう。その前に貸金庫に行ったのは半年近く前です。そのときも同額を引き出したとする。そうすると、毎月HTに約一万七千、AFSには七万近く、FIには十七万近く払ったことになる」

「つまり、毎月二十五万」ナディアが続けた。「六カ月で百五十万になります。この事業にかかる他のコストや、FIが100U！のときにもらった額を考えると、総額約二百万。ざっくばらんなところ」ナディアはそうまとめた。その奔放なスウェーデン語は、今では彼女の人となりの一部になっている。

「きみの言うことはよくわかるよ」ともあれ概要は理解したベックストレームが言った。おれが犯罪課報サービスの分析官なら、ナディアに出会った瞬間に洋服ダンスの中で首を吊るだろうよ。

「どうしたらいいだろうか」ベックストレームは尋ねた。なにしろおれがボスだからな。

「犯罪課報サービスの最新情報に載せようと思います。課報担当の誰かが、何か情報をもっているかもしれません」

「そうしてくれ」ベックストレームは好意的にうなずいた。あそこの半猿人たちがこのレベルの話についていけるかどうかは別として。「最悪の場合、自分たちで謎を解けばいいだけだからな」

三十分後、トイヴォネン警部がベックストレームの部屋に駆けこんできた。顔を真っ赤にし、メールからプリントアウトした最新の犯罪課報情報を振り回している。

「おい、いったいぜんたい何をやってるんだ、ベックストレーム」トイヴォネンが怒鳴った。

「絶好調だ。訊いてくれて恩に着るよ。きみのほうの調子はどうかね？」このキツネめ。「HT、AFS、FI！」トイヴォネンがまた紙を振り回した。「いったい何をやってるんだ！」

「なぜか突然、きみがそれを説明してくれるような気がしてきたが」ベックストレームは無邪気な笑みを浮かべた。間違っていたら教えてくれよ、このフィンランド野郎。

「HTはハッサン・タリブ、AFSはアフサン・イブラヒム、FIはファシャド・イブラヒム」トイヴォネンはそう言って、ベックストレームを睨《にら》みつけた。

「何もひらめかないが」ベックストレームは頭を振った。「それはいったいどこのおバカさんたちの名前なんだ？」

「聞いたことがないのか？　ここ数年きみが働いていた落とし物課でだって有名人のはずだぞ。警備員のやつらだって絶対に知っている。なのに知らないのか？」

「じゃあ犯罪課報サービスにアップするまでもなかったな」お前はバカか――その答えはわかっているだろう？　聞こえたか、このケチなフィンランド野郎め。ベックストレームはにこやかな笑顔を作った。

「いい加減にしろよ、ベックストレーム」トイヴォネンはそう吐き捨て、ベックストレームの部屋を出ていった。

45

トイヴォネン警部は家に帰る前に、警察署長のアンナ・ホルトと話し合いをした。二人きりで非公式に話したいと言ってきたのは署長のほうだった。ミネラルウォーターや議事録、形式的な諸々は抜きで。

ベックストレームと話したあと、トイヴォネンはその足でナディアのもとへ向かった。調査の現状を確認し、ブロンマでの強盗殺人に関する情報にはすべてしっかりと目を通しておけと命じた。

「申し訳ありません」ナディアは謝った。「うちの事件とその強盗殺人に関連があるなんて、夢にも思わなくて。知っていれば、当然まずあなたにお知らせしました」

「よろしい」トイヴォネンの声は実際よりも苦々しく聞こえた。「実は明日から、イブラヒム兄弟といいとこにフルコースで取りかかるんだ。そのことが街に洩れてほしくはないし、新聞で読みたくもない」

「ベックストレームのことならご心配なく」ナディアがトイヴォネンの腕をぽんぽんと叩いた。

「よく注意して監視しておきますから」

「きみに関しては一度も不安に思ったことはないよ」

それからトイヴォネンはソルナの街を速足で歩き回り、いちばん上のボスに報告をする前に血圧を下げようとした。

「どうぞかけてちょうだい」アンナ・ホルトが言った。「何か飲む?」

「どうも。いや、けっこう」トイヴォネンが椅子に腰かけた。

「で、どうなっているの?」

「ブロンマ空港での強盗殺人とカリ・ヴィルタネンが殺されたのには関連がある。鑑識もその証拠を出せるはずだと言っています。強盗に使われたミニバンの捜査さえ終わればね。警備員二人を撃ったのはヴィルタネンだ。一方で、運転していた男の正体はわからない。知ってのとおり、候補なら何人もいるが。今、調査を進めているところで」

「なぜ警備員を撃ったの?」

「警備員が輸送鞄の中の塗料のアンプルを破裂させたからだ。カリはそれに激怒した。鞄にアンプルは入っていないはずだったから」

「説明してちょうだい」

その現金はロンドンからやってきた。イングランドとスコットランドで両替されたスウェーデン、デンマーク、ノルウェーの紙幣。それに、スウェーデンの銀行や両替所が注文したイギリスのポンド。それらがロンドンからストックホルムのブロンマ空港に、普通のプライベートジェットで運ばれてきた。乗務員二人とイギリス人ビジネスマン四人が乗っていたが、彼らも最後の最後に一千百万クローネが小さな布袋に入って搭乗してきたとは夢にも知らなかった。

「最近、現金輸送会社は頻繁《ひんぱん》にこの方法を使うらしい。巨額の現金でないかぎり、臨機応変にスケジュール外の輸送を行う。ただし塗料アンプルは航空安全法に引っかかるから入れられない。気圧の変化で割れる可能性があるし、それ以外の理由で割れることもあるから。機内の人間にしたらたまったもんじゃない」

「それはよくわかるわ」

「警備員は、空港に届いた袋を開けることはできない。警備員自身が窃盗の疑いをかけられないよう、組合がその条件を課したんだ。だから現金はそのまま輸送車に積みこまれ、塗料アンプルなしで現金保管所に運ばれる。この場合たいていはなんのロゴもついていない普通の車を使い、保管庫はブロンマ空港からわずか十五分の距離だ。ましてや今回は一千万程度の少額だったわけだから……」

「少額？　ということは高額というのはいくらくらいなの？」ホルトが微笑《ほほえ》んだ。

「億、いや十億という単位ですね」トイヴォネンも微笑んだ。

「それで、今回はどこでおかしくなったの」

「撃たれた警備員たちは、自分の身の安全よりも責任感を優先した。上司に相談もせず、塗料アンプルの入った空の袋を余分にもっていったんだ。その中にロンドンから来た現金の袋を入れた。強盗犯どもはそれを奪い、車で逃走した。もう安全だと思った警備員は、リモコンで塗料アンプルを破裂させたんだ。リモコンは二百五十メートルの距離まで届くのに、慌てていて五十メートルのところでスイッチを押してしまった」

「それでいいの？」ホルトが口を挟んだ。「それで袋に入った現金まで色が染まるの？」

「いいや」トイヴォネンは皮肉な笑みを浮かべた。「染まらない。遺棄された車の中に残っていた現金は、まったく色がついていなかった。ちなみに、空港から一キロも離れていない、地獄の天使《ヘルズ・エンジェルズ》（モーターバイクギャング）の本拠地の目の前に車を遺棄したんだ。わざとやつらを困らせようとしたのかもな。逃げる前に」

「問題は、カリ・ヴィルタネンがそのことを知らなかったことね」ホルトが言った。「札が無事だったことを」

「そう」トイヴォネンがうなずいた。「それでいつものクレイジー・カリのスイッチが入ってしまった。運転手にUターンするよう命じ、そのときにはもうウインドウを下ろして、逃げようとする警備員を撃ち始めた。運転席側を逃げていた警備員は、車に轢《ひ》かれた。だから運転手も心の優しいやつではないだろうな」

「銃についてわかっていることは？」

「ウージー製の自動拳銃、二二口径。銃担当の鑑識官は、かなり確実だと言っている。いちばん小さな弾倉でも約六十発入るやつだ。現場では銃弾が三十発発見された。死んだ警備員は背中に五発――それは防弾チョッキに食いこんでいたが、頭にも三発、それで即死。もう一人も十発ほど被弾したが、死には至らなかった。残りの十発は外した弾だ」

「内部に手引きした者がいたように思える仕事ぶりだけど」

「確実にそうだろうな。イギリスの同僚たちが向こうで手引きした者を捜しているし、我々もスウェーデンで仲間を捜している。うまくいけば、芋づる式にいける。片側で摘発できれば、もう片側は簡単だ」

「ヴィルタネンはこの計画の背後にいるやつらに撃たれたの？」

「ああ。おかしなやつらは他にもいるからな」

「運転していた男は？」

「それも間もなく判明するだろう」トイヴォネンは皮肉な笑みを浮かべた。

「昨日の会議では、イブラヒム兄弟とそのいとこが裏で糸を引いていると」

「噂が飛び交うのはいつものことだ。こういう計画は多大な労力が必要だし、多数の人間が関係してくる。車も盗まなければいけないし、その車の車種とモデルに合うナンバーも手に入れなければいけない。撒菱《カルトロップ》を仕入れ、逃走路の計画も練る。そうなると、必ず一人は口を閉じていられないやつがいるものだ。手堅い馬に賭けろ、と言うからな」トイヴォネンは勤務時間外によくソールヴァッラの競馬場に通っているのだった。

「ダニエルソンとあの新聞配達の青年には関連が？」

「論理的に考えると、その二人には関連があるとしか思えない。青年は気の毒なことに、昨晩ウルヴスンダ湖から揚がったわけだが、ニエミなど、同じ犯人だというほうに小遣いを賭けてもいいと言っている。犯人は一人か、二人か、もっとか」

「でもダニエルソンとアコフェリが殺害されたことは、ブロンマでの強盗と関係があるの？」

「今朝その質問をされたら、首を横に振っただろう。だがさっき、新たな情報が入ってきた」

そう言って、ホルトのほうに書類の入ったフォルダを滑らせた。「自分で読んでみてください。匿名の情報提供者から聞いた話です。それにダニエルソンの手帳にあった情報に、ナディア・ヘーグベリが推測を……」

「わかったわ。五分ちょうだい」

「あなたと同意見よ」その四分後、ホルトが言った。

「あなたやわたしのようなまともな警官なら、誰だってそうですよ。あとは、細かい点まで正しい位置にはめるだけ。カール・ダニエルソンがイブラヒム兄弟らのために個人銀行を営んでいたという前提で進めていいと思う」

「強盗の二日後には、二百万スウェーデン・クローネの現金が必要になったというわけね」

「失敗の尻ぬぐいをするのにも金がかかるからな」

46

トイヴォネンとの会議のあと、ホルトはソルナのユングフルーダンセンにある自宅まで歩いて帰り、途中スーパーにも立ち寄った。マンションはソルナ署からほんの数キロのところで、ホルトは時間さえあれば歩いて帰る。ましてや、こんな日なら申し分ない。雲ひとつない青い空に太陽が輝いている。二十六度、つまりスウェーデンの真夏日。まだ五月だというのに。

西地区所轄ソルナ署の署長になって以来、ここを自分の王国のように思うことがあった。それとも女王の統治国と言えばいいのか。法と正義、そしてここに住む住民全員を大切にする、善良で賢明な君主でいなければならないのだ。ホルトの国――きっとそう呼ばれたのだろう。少なくとも市民の間では。もし彼女がアメリカの中西部や南部の保安官だったら。

三百五十平方キロの土地だった。西はメーラレン湖、東はエズヴィーケン湖やサルトシェーン湖に挟まれ、南はストックホルムの中心部に入るための昔の関所、北にはノッラ・イェルヴァ、ヤコブスベリ、メーラレン湖の群島。女王の統治国には約三十万人の人々が住んでいる。半ダースほどの億万長者、何百人という千万長者、その日食べるパンもなく福祉局のお世話になっている数万人の人々。それと、その間に存在するごく普通の人々。

五百人の警官のいる王国。しかも、その多くが国じゅうでもっとも優秀な捜査官だとされている。あと、言うまでもなくエーヴェルト・ベックストレームもいる。それと、その間に存在するごく普通のまともな警官たち。

それなのに今、彼女の王国、彼女の責任所轄内に、炎を吐く竜が爪を立てたのだ。一週間で四件の殺人事件。国でもっとも犯罪率が高い所轄でも、普段なら一年間で起きる件数だ。

必要なのは、わたしのために竜を殺してくれる白馬に乗った王子様──アンナはそこまで考えてから、吹き出した。そんなことを、自分が理事を務める女性警官ネットワークの例会で言ったりしたらどうなるかしら。

竜を殺した者は、お姫様と王国の半分をもらえる。ホルトは微笑《ほほえ》んだ。うちの警官が演じるとしたら、お姫様役はやはりマグダレーナ・エルナンデスでしょうね。男性の同僚たちに投票させたら。

ホルト自身はもう歳を取りすぎていた。秋に四十八歳になる──ホルトはため息をついた。それにもう恋人がいて、日に日に心地よい関係になっている。彼に恋をしてしまったようだ。ひょっとすると愛しているのかもしれない。今までそんな考えは頭から追いやっていたとはいえ。白馬の騎士が竜を殺してくれればそれでいい。

竜を殺した者は、お姫様と王国の半分をもらえる──アンナ・ホルトはそう決めると、自分に向かってうなずいた。

それに、できればすぐやってほしいわ──西地区所轄ソルナ署の署長は思った。

47

この金曜日、アルム警部補はこっそり早めに仕事を上がるつもりだった。もうあと数時間で週末なのだし、その前にいくつも片付けなければいけない用事がある。愛する妻と、ディナーに招待した友人夫妻と一緒に、のんびり週末を楽しむ前に。

いや、別にたいした用事ではない。担当している捜査は、彼がいてもいなくても、期待どおりのテンポで進んでいる。アコフェリが突然死体で発見されたことで事態が複雑にはなったが、それも一度ゆっくりじっくり考えてみればきっと解決するはずだ。しかしアルムの期待は裏切られ、妻に約束した国営酒屋にも行けていなかった。代わりに妻に電話をかけ、口論になりながらも、彼がやることになっていた用事をすべて代わってもらうことになった。

昼食の一時間後、そそくさと荷物をまとめ、警察署でいちばん目立たない裏口から退散しようとしたとき、思わぬ客がやってきたのだ。そしてやっと家に帰りついたときには、友人夫妻はすでにリビングに座って待っていた。妻はキッチンで皿やグラスと格闘し、無慈悲な目つきで夫を見つめた。

「ただいま、ダーリン」アルムは身を屈めて、妻にキスをした。少なくとも、頬にはさせてもらえた。

「殺人捜査官殿はお客さんの相手をしてもらえますか？　わたしはなんとか飲み物を用意するから」妻はそう言うと、あっという間に向こうを向いた。

「もちろんだよ、ダーリン」まったく、信じられないほど最悪な日だ――。

「どうしたんだい、セッポ」アルムは優しくセッポ・ラウリエンにうなずきかけた。それから不本意にも腕時計を見てしまった。録音したほうがいいかもしれないと思い、小さなボイスレコーダーをデスクに置く。この子は頭が冴《さ》えているとは言いがたいからな。

「で、どうしたんだい？」アルムは微笑《ほほえ》んだ。

「アパート代が。どうやって払えばいいの？」そう言って、セッポは振込用紙をアルムに渡した。

「いつもはどうしているんだい？」アルムは優しく尋ね、受け取った用紙を見つめた。約五千クローネ。あのアパートの2Kなら、そのくらいだろう。

「いつもはママが。でも病気になってからはカッレにこの紙を渡してた。でもカッレも殺されちゃっただろ。どうしたらいいの？」

「カール・ダニエルソンが毎回払っていたのか？　ママが病気になってから」これは福祉局に連絡をしたほうがいいな。そしてまた腕時計をちらりと見た。

「うん。それに食べ物を買うお金もくれてた。カッレがね。ママが病気になってからは」

「カッレはきみを助けてくれて、優しいんだな」母親に早期年金とか疾病手当とか、何かもらえるものがあるはずだ。

「まあね」セッポは肩をすくめた。「でもママとけんかした」

「きみのママとけんかしたのか？」

「うん。ママに怒って、それで押したんだ。ママは倒れて、頭を打った。うちのキッチンのテーブルに」

「押したのか？　きみのうちで？　それでママは頭を打った」いったいこの子は何を――。

「うん」

「なぜそんなことをしたんだ」

「それからママは職場で気を失って、病院に連れていかれたんだ。救急車で」セッポは真剣な顔でうなずいた。

「きみはどうしたんだ？　カッレがママとけんかしたとき」

「あいつを殴った。カラテチョップで。それから蹴った。カラテキックだ。そしたら鼻から血が出た。ぼく、怒ったんだ。普段は絶対怒ったりしないのに」

「そうしたらカッレは？　きみに殴られたあとどうした？」

「エレベーターに乗せてあげた。自分の部屋に帰れるように」

「で、それはきみのママが病気になって病院に運ばれる前の日の話なんだな？」

「うん」

「それからどうなったんだい？　ママが入院してから」

「新しいパソコンと、ゲームをたくさんもらった」

「カッレから？」

「うん。ごめんなさいも言われた。握手して、もう二度とけんかしないと約束したんだ。そうしたら、ママが元気になって家に帰ってくるまでぼくを助けてくれると」

「それからもうカッレのことは殴ってないね？」

「殴ったよ」セッポは頭を振った。「一度だけね」

「なぜだい？」

「だって、ママがちっとも家に帰ってこないから。まだ病院なんだよ。ぼくが会いにいっても、話もしてくれない」

いったいこれはどうなっているんだ――。すぐにアニカ・カールソンに報告しなければ。

48

トイヴォネンからもらった三名分の名前――ハッサン・タリブ、アフサン・イブラヒム、フアシャド・イブラヒム。ダニエルソンの手帳にはHT、AFS、FIと書かれていた。あとの二人――金曜の朝八時にはパソコンを立ち上げ、ナディア・ヘーグベリは考えにふけっていた。それは、同僚のラーシュ・アルムに思わぬ客が訪れる五時間前のことだった。

〝SL〟と〝R〟。一人目はファーストネームと苗字の頭文字、もう一人はファーストネームだけ。

まずカール・ダニエルソンとセプティムス・アコフェリ殺害の捜査に出てきた人間全員のリストを出力した。被害者の家族、友人知人、職場の同僚、近所の人、目撃者、怪しい人物、それ以外にもなぜかリストに載っている人たち。計三百十六人のファーストネームと苗字を検索すると、残ったのは三名だった。スサンナ・ラーション十八歳、サーラ・ルチック三十三歳、それにセッポ・ラウリエン二十九歳。

スサンナ・ラーションは環境宅配便で働いていて、アコフェリの同僚にあたる。サーラ・ルチックはアコフェリの上の部屋に住んでおり、聞きこみをしたときのリストに名前があったが、話は聞けていない。というのも、薬物販売の容疑で十四日前からソルナの警察署の留置場に収容されているからだ。セッポ・ラウリエンはダニエルソンと同じアパートの住人だ。ベックストレームによれば〝ずいぶん頭が弱そうな〟若者。

楽勝ね――ナディア・ヘーグベリはセッポ・ラウリエンの個人情報を調べた。家族は母親リトヴァ・ラウリエン四十九歳、数カ月前から脳溢血で入院している。父親、不明。

こんなに簡単でいいのかしら？

おそらく、いいのでしょう。五分後、ナディアはリトヴァ・ラウリエンのパスポート写真をパソコン画面に出していた。撮影当時、四十二歳。金髪美人で、かすかに微笑《ほほえ》む顔写真は、三十五歳を超えているようには見えない。実際にはそれより七歳上の写真なのに。

リトヴァはハッセル小路のアパートに二十九年ほど住んでいる。まだ二十歳にもならない頃に、生後三カ月の息子と一緒に越してきたのだ。そのとき二十歳年上のカール・ダニエルソンは、すでにそのアパートに五年暮らしていた。偶然を嫌うことを学べ——ナディア・ヘーグベリは心の中でつぶやいた。

四カ月近く前、二月八日の金曜日に〝SL〟はカール・ダニエルソンから二万クローネを受け取っている。その前日、二月七日の木曜日に、セッポ・ラウリエンの母親リトヴァは職場のトイレで意識を失っているところを発見され、カロリンスカ大学病院の救急に運ばれ、すぐに神経外科で緊急手術を受けた。一カ月後にはリハビリホームに移動し、もう意識不明ではないが、だからといって何かできるようになったわけでもなかった。

五分後、ナディア・ヘーグベリはダニエルソンのアパートで鑑識がみつけた経理書類の山を漁《あさ》っていた。その一枚がパソコンと周辺機器、ソフト、それに六種類のゲームの請求書で、日付は二月八日金曜日、金額は合計一万九千八百七十五クローネ。ソルナ・セントルムのパソコンショップで購入され、現金で支払われている。

父親不明。男ってのは本当にブタね。少なくとも一部の男は——とナデェージュダ・イワノヴァ博士は訂正した。そして今回は、そういう男を一人みつけるのに一時間しかかからなかった。

その日の残りは別のことに費やした。十年分の帳簿を隠せるような場所を捜したのだ。今回は貸金庫ではない。だって少なくとも段ボール箱何箱分かにはなるから。どこかに倉庫を借りているはずだ。近すぎず遠すぎずの場所に。ダニエルソンは合理的で、無駄なことはしない男だ。自分の欲求とそこにある選択肢に応じて予定を立てていく。だからタクシーで行ける距離のはず——ナディアはパソコンのキーボードを叩いた。

五時前に、アニカ・カールソンとラーシュ・アルムが息を切らせながら部屋に飛びこんできた。今まで知られていなかったことが、今日の午後にセッポ・ラウリエンに聴取して判明したのだ。それも、聞き捨てならない内容だった。

「先を続けてちょうだい」ナディア・ヘーグベリは椅子にもたれ、小さな丸いお腹の上で手を組んだ。ところであの人はどこで何をしているのかしら——午前中から、ベックストレームの姿はちっとも見当たらなかった。

「ラウリエンがダニエルソンに暴行を加えたことを認めたんだ。母親が入院することになったのはダニエルソンのせいだと思ったらしい。ラウリエンとダニエルソンの関係は、我々が思っていたものとはまるっきりちがった。ダニエルソンからたまにお使いを頼まれていただけというのはもう忘れていい。ダニエルソンはラウリエンのアパートの家賃を払い、食べ物を買うお金まで渡していた。しかも、それだけじゃない。これは完全に怪しいぞ」アルムがそう説明した。

「おまけに何万クローネもするパソコンやゲームを買い与えていたのよ」アニカ・カールソンも口を挟んだ。

「そんなに不思議なことでもないいんじゃないですか？　彼がラウリエンの父親であることを考えると」ナディアは言った。

「なんですって？」

「いったい、きみは何を……」

「ではこうしましょう」ナディアは手で二人を制した。「アニカ、あなたはラウリエンのDNAを採取して。それで父親が誰かという問題は片付くわね。ダニエルソンのDNA型はもうあるんですから。ラウリエンの解析がSKLから届くのは、いつものように十四日間はかかるでしょうけど、DNAを採取次第、何がどうなっているか説明します」ナディアはさらに続けた。「そしてラーシュ、あなたはラウリエンの家に行って、パソコンのハードディスクを預かってきて」

「それをどうするんだ？」アルムが不思議そうに訊いた。

「わたしの記憶が正しければ、あなたがやった事情聴取で、ラウリエンは夜中じゅうパソコンでゲームをしていたと言った」このおバカさんたち。そしてわたしはただの行政職員なのに、突然殺人捜査を率いている。

一時間半後にはすべて完了していた。まずナディアがカール・ダニエルソンおよびリトヴァとセッポ・ラウリエンについて、パソコンで調べた情報を教えた。ナディアが話し終えるとアルムとアニカは顔を見合わせ、それからナディアを見つめ、最後にうなずいた。不本意ながらも。


「でも、なぜ自分が父親だというのをずっと隠してきたのかしら」アニカが言う。

「養育費を払うのが嫌だったんでしょう。それで、何十万クローネという額を節約できたはず」

「でもなぜ息子にも話さなかった？　ラウリエンはどう見ても、ダニエルソンが自分の父親だとは気づいていなかったぞ」

「ダニエルソンは恥ずかしかったんでしょうよ。自分の息子にふさわしくないから」ナディアが答えた。一部の男は本物のブタよ。


それから三人でアルムの部屋に向かった。そこではセッポ・ラウリエンがコカ・コーラを飲みながらフェリシア・ペッテションに遊んでもらっていた。至極満足気な様子だ。

ナディアがラウリエンのノートパソコンからハードディスクを取り外し、全員で彼が五月十四日水曜日の午後から五月十五日木曜日の朝にかけて何をしていたかを調べた。ラウリエンは水曜の午後六時十五分から木曜朝の六時十五分までパソコンの前に座っていた。朝の三時頃、八分間の休憩を取っている。それ以外は間断なくキーボードを叩いていた。十二時間ぶっ通しで。

「そのとき、ちょっとお腹が減って」ラウリエンは言った。「休憩して、パンを食べて、牛乳を飲んだんだ」

「それからどうしたんだい？　パソコンでゲームをするのをやめたあとは」アルムはあきらめようとしなかった。ナディアがすでに何度も警告の視線を向けたのに。

「寝たよ」セッポは驚いた顔でアルムを見つめた。「それ以外にどうするのさ？」

49

金曜の朝ベックストレームがまずやったのは、上司であるアンナ・ホルトに増員を要請することだった。突然目の前に殺人事件を二件つきつけられたのに、捜査班のサイズはそのまま。最初から人手が足りていないのに。

「あなたの言うことはちゃんと聞こえてます、ベックストレーム」ホルトは言った。最近ますます昔の上司ラーシュ・マッティン・ヨハンソンに似てきたようだ。「問題はあなたに送れる人員がいないこと。うちの署は今、ぎりぎりの状態なの」

「トイヴォネンは強盗殺人事件の捜査一件のために、三十人与えられている。なのにわたしは五人だ。二件の殺人事件を捜査するために。この署では、実に不可解な優先順位があるようだ」ベックストレームはそう言って、無邪気な笑みを浮かべた。さあちょっとはその言葉の意味を噛みしめるがいい。この惨めなガリガリ女め。

「その優先順位をつけたのはわたしです。それは認める。ダニエルソンとアコフェリの命を奪った犯人が強盗殺人にも関わっているということがもっとはっきりしたら、あなたの捜査班をトイヴォネンの捜査班に組み入れてあげましょう」

「それはあまり賢くない選択だと思うが」ガリガリなだけじゃなくて、賢くもないときた。

「なぜ？」

「イブラヒム兄弟が、自分たちの金を隠してくれていた人間を殺すなんて、到底信じられない。ましてやダニエルソンがやつらを騙そうとしたなんて。確かにアル中ではあったが、自殺願望があったとは思えない。それに、何がいちばん信じられないと思う？」

「さあ」ホルトは意に反して笑みを浮かべた。「教えてちょうだい」

「もしそうだったとしてだ。ダニエルソンが金をくすねようとしたから、殺した。それならまず、ダニエルソンの貸金庫に残っている自分たちの金のことを考えたはずだ」

「ねえ、ベックストレーム。なんだか急に、的を射ている気がしてきたわ。もしかしてあなた、ダニエルソンとアコフェリを殺したのが誰だか見当がついているんじゃない？」

「ああ。あと一週間だけもらえれば」

「あらまあ、じゃあいいじゃない」アンナ・ホルトが言った。「次の報告を楽しみにしていま
す。さて、申し訳ないけれど。他にも色々と仕事があるのでね」

どうせなら二匹まとめて片付けてしまうか——ベックストレームはその足でアニカ・カール
ソンのオフィスに向かった。現状を把握するために。

「特に進展はありません」アニカはため息をついた。「聞きこみで新たに判明したことはない。
鑑識のほうでも特に動きはないし、ＳＫＬや法医学研究所からも連絡はない。わたしたち自身、
情報もアイディアも途切れてしまって困っています」

「アコフェリだが」ベックストレームは丸い頭を振った。「何かが腑に落ちない」

「そのことはフェリシアが調べたと思いましたけど？」アニカ・カールソンが驚いた顔でベッ
クストレームを見つめた。「ええもちろん、あなたのおかげで。あなたが指示したんですから」

「通話のことじゃないんだ」ベックストレームはまた頭を振った。「それとは別のことがどう
しても気になって……」

「だけど、それが何なのかわからないのね」

「ああ。わからないんだ。頭のどこかにあるはずなんだが、どうしても出てこない」

「捜査に関係あることだと思います？」

「関係あるかって？」ベックストレームが鼻で笑った。「それさえ思いつけば、事件は解決し

たも同じだ。ダニエルソンの件も、アコフェリの件も」

「ああ神様……」アニカ・カールソンは感動に目を見開いてベックストレームを見つめた。もしもし？　この女はいったいどこまでバカになれるんだ。

「アニカ、きみの助けが必要なんだ」ベックストレームは真剣な面持ちでうなずいた。「これはきみにしかできないことだ」

「もちろんです」

これでお前さんも少しは考えるネタができただろう。その隙に週末を満喫させてもらうよ。


それからベックストレームはいつもの金曜と同じように事を進めた。職場の電話は〝任務にて外出中〟モードにし、携帯を切り、警察署を出た。タクシーでクングスホルメンの安全なレストランに向かうと、たっぷりランチを食べた。それから少し歩いて愛しのわが家に帰り、ご褒美の午睡をし、金曜の平常プログラムのトリを飾ったのは、新しいマッサージ師だった。

珍しいくらい身体のことを熟知したポーランド人のエレナ二十六歳は、ベックストレームの住まいのすぐ近くでヘルスケアサロンを経営しており、ベックストレームが毎週金曜最後の客だった。毎回フルコースのマッサージ、仕上げにスーパーサラミにも来るべき週末の悦楽をちょっと味わわせてくれる。

夜には古い知人と食事をすることになっている。有名な美術商グスタフ・Gソン・ヘニング。これまでベックストレームに何度も助けられ、そのお礼にディナーに招待させてくれないかと頼んできたのだ。

「七時半に、王立オペラ劇場のレストランはどうかね？」ヘニングが尋ねた。

裕福で、銀髪で、誂えたスーツ。テレビのアンティーク鑑定番組でお馴染みの七十歳。街では――そして怪しい仲間の間では――Gギュッラという愛称で呼ばれ、一九三七年生まれの悪名高い若きやくざ者だったユハ・ヴァレンティン・アンデション＝男前《スニッグ》、とは似ても似つかない。その個人情報は、ストックホルム県警の資料からずっと前に消えてしまっている。

「八時ではどうかね」ベックストレームは自分にとっていちばん大事なことに充分に時間を割きたかった。つまり自らの肉体と健康に。

「ではそうしよう」Gギュッラも同意した。

50

トイヴォネン警部は、ベックストレームが思っているように、警備員が殺された強盗殺人事件のために三十人をあてがわれているわけではなかった。金曜の朝には加勢が到着したからだ。

国家犯罪捜査局、特殊部隊、機動隊から人員を借り、ストックホルム県警や県内の別の所轄からも助っ人が来ていた。スコーネ県警まで、県の特別強盗対策チームから三人の捜査官を送ってきた。トイヴォネンは今では、七十人を超える捜査官と特殊部隊を率いていた。必要とあらばもっともらえる。今のトイヴォネンは指をさしたものはなんでも手に入り、各グループ長と突入計画を練ることに一日を費やしていた。

フルコースでやるのだ。事務捜査、尾行、監視、通話記録の確認、携帯電話の監視、盗聴。勢いをつけ、一気に飛び出し、イブラヒム兄弟とハッサン・タリブの取り巻きを一斉に拘束する。留置場にぶちこみ、取り調べをする。車を停めさせ、チャンスを逃さず身体検査をして、必要なら心底怯え上がらせる。無駄口をきいたり、素早い動きをしたり、普通の動作をしたりするだけでも。

「さあいくぞ。イブラヒム一味を留置場に入れるんだ」トイヴォネンが真剣な面持ちで全員にうなずきかけた。

十八時きっかりに、ヨルマ・ホンカメキ率いるストックホルム県警の機動隊と特殊部隊がフッディンゲからボートシルカ、テンスタからリンケビィ、それにノッラ・イェルヴァで合計十件の抜き打ち家宅捜索を開始した。どの建物のドアもしっかりと壊された。アパートや店内にいた者は、手足をばたばたさせながら担ぎ出され、手錠をかけられた。麻薬犬、爆弾犬、それに普通の警察犬が入り、家具も商品もすべて——動かせるものも動かせないものも——ひっくり返して確認し、フレミングスベリの商店では店内の壁をぶち壊し、金、麻薬、武器、弾薬、爆発物、伝火薬筒、発煙弾、カルトロップ、覆面マスク、つなぎの作業着、手袋、ナンバープレート、それに盗難車まで発見した。世界でもっとも美しい首都に太陽が昇り、また新たな一日が始まったとき、留置場には二十三人がぶちこまれていた。だが、これはまだ始まりにすぎない。

リンダ・マルティネスは国家犯罪捜査局の捜査課の警部に昇進したところだった。トイヴォネンの捜査班に参加し、イブラヒム兄弟らの尾行責任者を務めている。マルティネスはメンバーを丁寧《ていねい》に選んだ。敵の弱みはむろん知っているから。

「目の届くかぎり、普通のスウェーデン人《スヴェンスネ》は一人もいない」マルティネスはメンバーを眺めてつぶやいた。黒いのと、茶色いのと、青いのだけ――そして満足気な笑みを浮かべた。

ソルナ署を出る前に、トイヴォネンは上司であるアンナ・ホルトのところへ行き、犯罪課報サービスの最新の発見を報告した。ダニエルソンとイブラヒム兄弟に関連があったかもしれないことも。何を捜しているかわかった今、捜しているものをみつけるのはずいぶん楽になった。例えば、九年も前に証拠不十分で捜査が打ち切られた件。ストックホルム北のアーカラでの大きな強盗殺人事件のあとで、カール・ダニエルソンがマネーロンダリングに関わっていたという疑いがあった。当時は結局証拠がなく、その件は間もなく脇へやられ、忘れ去られた。

今から九年前の一九九九年三月、少なくとも六人の武装した覆面男がアーカラの現金輸送会社の現金保管庫を襲った。十五トンのフォークリフトで、保管庫の壁に激突したのだ。職員を床に伏せさせ、五分後に逃走したときには、約一億クローネもの番号を控えていない紙幣を手にしていた。

「一億百六十一万二千クローネ。正確に言うとだ」トイヴォネンは念には念を入れて、メモを確認した。

「悪くない日給ね」ホルトが言った。「細かい性格の強盗じゃなさそう」

「ああ。だが警察にしてみれば大失態だった」

金は一クローネも取り戻せなかった。関係者を誰も有罪にできなかった。誰がどのように計画し実行したか、かなりいい線までわかっていたのに。唯一の救いは、怪我をした人間がいなかったことだ。しかしそれは強盗の手柄であり、警察のではない。

首謀者はモロッコ出身の有名なギャング、アブドゥル・ベン・カデル（一九五〇年生）で、現在は六十近い。スウェーデンに二十年以上住み、あらゆる種類の犯罪にきっちり顔を出してきた。違法賭博から闇酒場、売春宿、組織的な窃盗や盗品売買、保険詐欺や重大な強盗まで。常に何か容疑がかかっていて、うち三回は身柄を拘束され、勾留された。しかし一度も有罪になっていない。つまり、スウェーデン法務省矯正局の施設では一日たりとも過ごしていない。

「アーカラでの強盗殺人事件の数カ月後、そいつは引退し、モロッコに帰った」トイヴォネンが皮肉な笑みを浮かべた。「モロッコでも酒場を複数経営している。ホテルも少なくとも二軒」

「そこにイブラヒム兄弟といとこがどう関係してくるの？」ホルトが尋ねた。

三人ともその強盗に参加していた――トイヴォネンの同僚は全員そう確信している。ファシャドは当時二十八歳で、実行部隊を率いた。一歳下のいとこがフォークリフトを運転し、弱冠二十三歳だった弟のアフサンは死に物狂いで金をかき集める係だった。つなぎの作業着と手袋と、顔を完全に隠すスキー用のフェイスマスク姿で。

「ベン・カデルは、ファシャドにとってメンターだという表現がいちばん近いだろう。ファシャドは北アフリカ系ではなくイラン出身だが、カデルのお気に入りだった。ああ、二人ともイスラム教徒ではある。それに絶対禁酒主義者だ」トイヴォネンがなぜかそうつけ足した。

「ファシャドは四歳のときに、家族と一緒に難民としてスウェーデンにやってきた。弟はスウェーデンで生まれている。ベン・カデルに実子はおらず、見こみのあるファシャド坊やを気に入ったのだろう。今でも連絡を取っているようで、つい数週間前にはインターポールのフランスの同僚たちから、今年の三月にリヴィエラで二人が会っていたという情報が届いている」

「ダニエルソンの話」ホルトが思い出させた。

「ベン・カデルは、ダニエルソンを自分のまっとうな事業のほうの税理士、監査人、経理アドバイザーとして雇っていた。例えばソッレントゥーナで経営していた食料品店、タバコ屋、洋裁店を兼ねたクリーニング店なんかだ。ダニエルソンはそれ以上のこともやっていたのだろうが、何も証拠がなかったため、参考人として話を聞くにとどまった」

「ベン・カデルがモロッコに戻ると、ファシャドが食料品店とダニエルソンを引き継いだ。今でも食料品店のオーナーはファシャドだ。実際に働いているのは親族だが、書類上はファシャドがオーナーになっている。一方で、ダニエルソンの名前はあらゆる書類から消えてしまった」

「アコフェリは？」ホルトが訊いた。「彼はどう関係してくるの？　アーカラでの強盗に関わっていたことはありえないわよね。当時まだ十六歳だったわけだし」

「正直言って、さっぱりわからない」トイヴォネンは頭を振った。「ダニエルソンともイブラヒム兄弟とも関係があったとは思えない。可能性としては、いてはいけない時間帯にいてはいけない場所にいてしまい、バナナの皮を踏んづけて転んだのだろう。アコフェリがダニエルソンを殺したという線は忘れていい」

「イブラヒム兄弟とハッサン・タリブは？　彼らがダニエルソンとアコフェリを殺した可能性は？」

「さっぱりわからない」トイヴォネンがため息をついた。

「まあ、なんとかなるでしょう」ホルトが微笑《ほほえ》んだ。「ベックストレームは間もなく解決すると宣言していたし。あと一週間あればって」

「ああ、待ちきれないよ」トイヴォネンが鼻で笑った。

それからトイヴォネンはスポンガにあるテラスハウスに帰り、十代の息子二人のために夕食を作った。妻は病気の父親を訪ねてノルランド地方の実家に戻っている。食事のあと、息子たちは友達と遊びに出かけた。トイヴォネンは大きくて強いビールと小さなウイスキーを手に、テレビの前で週末を開始した。下の息子が十一時頃に帰ってきたとき、パパはソファで半分眠りこけながらスポーツチャンネルを観ていた。

「親父、寝るならベッドで寝なよ」息子が言った。「ずいぶん疲れてるみたいだな」

51

ベックストレームとGギュッラ。二人の紳士が夜の八時過ぎに王立オペラ劇場のレストラン〈オペラシェッラレン〉で落ち合ったとき、給仕長は二人を丁重にベランダの目立たない席へと案内した。食前の飲み物の注文を取り、さらにもう一度お辞儀をすると、すみやかにその場を離れた。これまでと同じく、支払いを担当するのはGギュッラだった。

「警部殿に会えて嬉しいよ」Gギュッラは大きなドライマティーニを掲げ、オリーブをそっと噛んだ。グラスの中ではなく、小皿に添えられてきたものだ。

「いやいや、わたしも会えて嬉しいよ」ベックストレームも同意し、氷の入ったウォッカのダブルを掲げた。お前さんは日に日に普通のソーセージ乗りのようになってくるな。

食事を注文する段になると、ベックストレームが選択を任され、Gギュッラのようなソーセージ乗りさえも彼の選択に敬意を表したので、まともな人間の食べる料理を選んだ。まあ基本的には。

「まずはトースト・スカーゲン（小エビのオープンサンドイッチ）と、サーモンのマリネを少々。それからビーフ・リィドベリ（サイコロステーキにマスタードソースと卵の黄身を添え、炒めた玉ねぎとポテトを付けあわせた料理）は卵の黄身を二個にしてくれ。食事中はビールと蒸留酒、あとはまた注文する」

「社長様のお酒のご希望は？」給仕長は斜め右にさらに何センチか腰を屈めた。

「チェコのピルスナーに、ロシアのウォッカ。スタンダードはあるかね？」なんだ、社長ってのは。

「申し訳ありません。ですがストリチナヤなら、クリスタルもゴールドもございます」

「スタリーチナヤだ」ベックストレームが訂正した。今やすっかりロシア通なのだから。「では魚料理の前菜にゴールド、それからビーフにクリスタルをいただこうか」ベックストレームが指示した。酒にも詳しいのだから。

「シングルでしょうか、ダブルでしょうか」

この男はふざけているのか。お味見用でも配る気か？

「八十ミリリットルだ」ベックストレームが言った。毎回だ。しくじるなよ。

　Gギュッラもそれに乗り、ベックストレームの素晴らしい選択を褒めた。ただしサーモンのマリネと二個目の黄身は控え、前菜にはウォッカのシングルで、肉料理には赤ワインにしておいたが。

「カベルネ・ソーヴィニヨンのいいのがグラスであるようなら」

　もちろんございます――というのが給仕長の答えだった。「実は、とりわけ素晴らしい二〇〇三年のアメリカ産ソノマ・ヴァレー、カベルネ九十パーセントがございます。それにほんの、ほんのわずかにプティ・ヴェルド、それが全体を引き立てています」

　このホモどもめが――。いったいどこからそんな発想が出てくるんだ。引き立てる？　おっ立てる？　おれに後ろから突っこんでみろってんだ。

　それでも楽しい宵《よい》になった。Gギュッラは本気で歓待してくれた。ベックストレームのいちばん最近の尽力に感謝してのことだ。警察が冬じゅう計画していた大規模な美術関係のガサ入れの進捗状況を、ベックストレームが優等生のように逐次報告してきたからだ。言うまでもなく半分痴呆の同僚たちはまた郵便受けに髭を挟んでしまい、Gギュッラの名が捜査書類に上がることはなかった。

　それがベックストレームが盗品捜査官として貢献した最後だった。ベックストレーム自身はその類《たぐい》の情報にアクセス権がなかったものだから、前から何度もやっているように、重度の知的障害を抱える同僚のパソコンにログインした。元犯罪鑑識官で、妻を毒殺しようとして以来、ハーフタイムで働いている男だ。それをフロッピーディスク二枚に収めた。一枚はGギュッラにプレゼントし、もう一枚は自分のために取っておいた。念のために。

「こんなこと、礼にも及ばないよ」ベックストレームは謙虚に答えた。

「新しい支払い方法はうまくいってるかね?」なぜかGギュッラがそう尋ねた。「わたしの親愛なる兄弟はご満足かな?」

「実にうまくいっている」惨めなホモとはいえ、Gギュッラはともあれ寛容なホモではあった。相手のいいところは認めねばなるまい。

「話は変わるが。せっかくきみが来てくれたのでね」Gギュッラが言った。「ブロンマ空港での恐ろしい強盗殺人事件のことをテレビで観たよ。気の毒な警備員が二人も撃たれた。慈悲のかけらもない強盗犯のようだな。やはりプロの仕業なんだろう? テレビで観た印象では、まるで軍隊の奇襲部隊のようだったが」

「まあただの追いはぎのホモとはちがうだろうな」ベックストレームが同意した。ちょうど、ユハ・ヴァレンティンが若かりし頃ストックホルムの公園や裏通りでどんな活動をしていたかを思い出していたところだった。

「中心街にいくつも店をもっている良き友人がいるんだが。従業員が毎日かなり高額の現金を銀行にもっていくんだ。彼はとても心配している」

「この世は魑魅魍魎《ちみもうりよう》だらけとしか言いようがない。心配してもなんの不思議もないよ」

「彼を助けてやってはもらえないだろうか。ルーチンを見直したり、アドバイスをしたり。すごく感謝されるはずだ」

「口を閉じていられるような御仁かな？　わかってのとおり、そういう小遣い稼ぎはちょっと微妙なものでね」

「もちろん、もちろんだ」Gギュッラは念のため、青く血管の浮いた華奢《きやしや》な手を振ってみせた。

「きわめて控えめな男だ」

「わたしの携帯番号を伝えておいてくれ」ベックストレームはちょうど夏に向けてワードローブを一新するプランを立てていた。

「それに、気前もいいんだ」Gギュッラはそう付け加え、客と乾杯を交わした。

デザートの段になると、急に仲間が増えた。Gギュッラは自分の性的指向に忠実に生のベリーを注文し、ベックストレームはさらに品のいいコニャックを相手にすることにした。新しく加わったのは Gギュッラの〝昔からの非常に良い友人〟で、彼と同じく美術品業界に身を置く人物だという。

昔とはよく言ったものだ。まだ三十五にもなってないだろう。それになんというオッパイ。膝ポンポンがここにいなくて本当によかった。

まずは昔からの友人の間でお決まりの頬へのキスで挨拶すると、Gギュッラが形式的な紹介を担当した。

「わたしの良き友人、エーヴェルト・ベックストレームだ。そしてこちらが、誰よりも魅力的な女友達タティアナ・トリエン。もともとわたしの古いビジネス仲間の奥さんだったが、彼は自分にとって何が最善かを理解していなかったようだ」

お前さんたちみたいなのが、彼女をなんの役に立てるというのだ――。ベックストレームは手を差し出して男らしく握り、クリント・イーストウッドのような笑みを浮かべた。

「あなたも美術品がお好きなの、エーヴェルト？」タティアナ・トリエンが尋ねた。Gギュッラが彼女のために椅子を引いたので、その尻の曲線美がぴったりの高さに落ち着き、寛大に開いた胸元を完璧な角度から眺めることもできた。

「わたしは警官なんです」ベックストレームはシリアスにうなずいた。

「警官？　まあ、エキサイティングね」タティアナはその大きな茶色の瞳を見開いた。「どういう種類の警官なの？」

「殺人、重大な暴力犯罪の捜査、警部。それ以外は首を突っこまない」クリント・イーストウッドなど引っこんでろ。

それから二人は、タティアナがシンプルなサーモンのオープンサンドイッチとシャンパンで空腹を満たすのを見守り、その間タティアナは注目の九十パーセントをベックストレームに向けていた。

「まあ、なんてエキサイティングなの」タティアナがまた言った。赤い唇と白い歯に微笑を浮かべて。「わたし、殺人捜査官と会うのは初めてなの。テレビで観たことがあるだけで」

ベックストレームは伝説の捜査官の鮮やかな人生から、いつも披露するヒーロー・エピソードを織り交ぜて話した。スーパーサラミはすでに動きだし、いったん動きだせば、あとは早かった。

まずはGギュッラが、支払いをすませてすぐに引き揚げた。この年齢にもなると夜は睡眠が必要なのだと非礼を詫びながら。タティアナとベックストレームはレストランと壁ひとつ隔てただけのナイトクラブ〈カフェ・オペラ〉へと流れ、景気づけに何杯かカクテルを頼んだ。それがなんの役に立つんだか――ベックストレームのスーパーサラミはもうすでに目を覚ましていたのだから。ダサい野球帽なんかかぶってこなくて本当によかった。ベックストレームはバーカウンターにもたれた。そんなことをしていたら、えらい恥をかくところだった。そう思いながら分厚い胸板に力をこめ、腹全体を引っこめた。

「わおぉ、警部さん」タティアナが手でベックストレームのシャツの前を撫でた。「これはただの腹筋じゃないわよね」

タティアナはストックホルムの中心部エステルマルムにあるユングフルー通りの小さな2Kに住んでいた。この子はユーモアのセンスもあるらしい――玄関ですでにズボンを失ったベックストレームは思った。服の残りも寝室までに捨て去り、大きなベッドに彼女を押し倒したときには、普通のイケてるやつみたいだった。そこで相手に一発すごいのをかましてやった。最初に現場に到着したパトカーが応急処置に当たるときのように。ベックストレームは大きくうめき、吐息をもらし、タティアナは大声で叫んだ。それから体勢を変えて、彼女をサラミエレベーターに乗せ、距離にして少なくとも一キロメートルは上下させ、またクライマックスを迎えた。

そして眠りに落ち、目が覚めたときにはユングフルー通りの上に青い空が広がり、太陽がいちばん高いところまで上がっていた。タティアナが朝食を用意し、ベックストレームに携帯番号を渡し、またすぐに会えるかしらと訊いた。ギリシャへのバカンスから帰ってきたらすぐに。

52

金曜の午後、国家犯罪捜査局殺人捜査特別班のヤン・レヴィン警部は、殺人捜査のために赴いていたエステイェータランド地方からストックホルムに戻ってきた。その足で、同棲はしていない恋人アンナ・ホルトの家に向かい、鍵穴に鍵を差したときには、ホルトは玄関に立って待っていた。そして両手を差し出し、彼の手を握った。

「帰ってきてくれて嬉しいわ、ヤン」

一緒には暮らしていない恋人で、ソルナ署の署長――ヤン・レヴィンはソファで彼女から渡された書類の山をめくりながら思った。殺人、殺人未遂、現金輸送車強盗、それに関わっていた実行犯の殺害、加えてアル中老人殺害。念の入ったことに、それを発見した新聞配達員殺人事件まで起きている。それで、彼女はわたしにどうしてほしいっていうんだ？

「どう思う、ヤン？」ホルトがさらに身を寄せた。

「トイヴォネンはなんて？」

「さっぱりわからないんですって」ホルトはくすくす笑った。

「じゃあ、そうなんだろう」レヴィンは微笑《ほほえ》みかけた。「わたしもさっぱりだ」

「あまり興味がないみたいね」アンナ・ホルトは書類を奪うと、ソファテーブルに置いた。

「ちょっと別のことを考えていてね」

「別のこと？」

「今わたしはこの世でもっとも美しい女性の家に来て間もなく三十分が経とうとしている」レヴィンは腕時計を見つめると、確信した表情でうなずいた。「今までのところもらえたのは、キスとハグを一回ずつ、それに分厚い書類の束。同じソファに座っている。わたしは書類を読んでいる。彼女がそれを見つめている。当然別のことを考えてしまうよ」レヴィンがホルトにうなずきかけた。

「じゃあ、何を考えているの？」

「きみのブラウスのボタンを外すことだ」

53

夜の十一時にファシャドと弟のアフサンが、ソッレントユーナの大きな一軒家から出てきた。両親、そしていちばん下の弟ナシール二十五歳もそこに住んでいる。ただし末弟は今現在旅行中のようだ。一週間前から一度も姿を現しておらず、トイヴォネンにはその理由に心当たりがあった。

二人はファシャドの黒いレクサスに乗った。これ以上の幸運はない。その車はすでに尾行可能な状態だった。その日の夕方、ファシャドがへまをしたのだ。車をＮＫデパートの屋内駐車場に停め、いとこのタリブとエレベーターで地下の食料品売り場に向かった。たったの五分——愛する母親へのお土産に、ちょっと美味しいものを購入しにいった五分。それ自体はたいしたことではない。

リンダ・マルティネスの部下がその車にＧＰＳ発信機を取りつけるのには一分あればよかっ

た。これでアルファⅠ——数字の1がついた赤い矢印——を尾行車に座ったままパソコン画面でのんびり追うことができる。

運転しているのはアフサンで、ファシャドは携帯電話で話している。レギエリング通りのレバノン料理レストランの前で車を停め、ハッサン・タリブを乗せた。彼もまたへまをした。レクサスの後部座席に乗りこむ前に、道に停めた白のメルセデスのトランクを開け、携帯電話を取り出し、それを自分のジャケットの胸ポケットに突っこんだのだ。

レクサスの後ろについた尾行車の中では、モータードライブカメラがカシャカシャと鳴りやまず、背後にもしっかりと目を配っていた。

「ビンゴね」今まで知られていなかった車をみつけたリンダ・マルティネスが言った。五分後、その車に自ら発信機を取りつけ、幸せな気分だった。これがアルファⅢ——マルティネスはそう決めると、電子ノートにチェックを入れた。

これぞ人生。道路に面したオフィスなんてくそくらえだ——本当ならそこに座ってなければいけないのだが。なんのために警部になったのよ。それはいちばん上の上司ラーシュ・マッテイン・ヨハンソンのアイディアだったから、引退した相手とはいえ、中指を立ててやりたかった。

別の車に乗る同僚たちがレクサスを追っていき、王立公園の向かいの〈カフェ・オペラ〉にたどりついた。アフサンがナイトクラブの入口から二十メートルのところに二重駐車をしたのが見えた。三人はナイトクラブのドア番と気安く背中を叩き合ってから、店内に消えていった。

こざかしいイスラム野郎めが——お前らの小さなペニスに、ラクダ乗りどもをひっかけてやる。フランク・モトエレ三十歳は、カメラで撮影を続けながら思った。

「フランクはイスラム教徒が苦手なのよ」サンドラ・コヴァッチ二十七歳が、マグダ・エルナンデス二十五歳に説明した。マグダは即座にリンダ・マルティネスに気に入られ、パトロール隊から捜査班に抜擢された。どうしても助手席に座らせろとうるさく頼み、今座っている。

「フランクは本物の人種差別主義のニガーだから」サンドラがマグダにうなずきかけた。「大きな黒い男、誰のことも大嫌い。なぜあんなに粗野なのか知りたいならね」

「きみはちがうよ、マグダ」フランクが笑みを浮かべた。「その赤いタンクトップを脱いでくれれば、どれだけきみのことが好きか証明してやろう」

「女性を軽視してもいる。言ったかしら？　彼のは超小さいのよ。アフリカ最小」

「サンドラ、たわごとばかり言うのはやめて、車に残れ。おれとマグダが中に入る」モトエレはそんなたわごとに耳を貸す必要もなかった。だって実際のところどうなのかは、間もなく一年半前になる職場のクリスマスパーティーのあとにサンドラにも情報が入っているのだから。

リンダ・マルティネスの住む世界では、人気クラブに入るためにドア番に警察バッジを見せるような同僚は存在しなかった。その点についてはすでに別の方法で解決済みなのだ。マグダ・エルナンデスは職業を名乗る必要もなく、真っ白な歯を見せて笑顔を浮かべ、赤いタンクトップとミニスカート姿で列を通り抜けた。

フランク・モトエレのほうは、ドアのところで止められた。何もかも、まるっきりいつもどおりだった。

「申し訳ないが」ドア番が頭を振った。「この時間帯は会員しか入れない」相手は身長百九十センチ、百キロの筋肉とあの瞳。幸いなことに今までそういうやつには出くわさずにすんできたが。自分の仕事を全うしようとしているだけなのに、結局こうなってしまうのだ——。このニガーの目に百万出そう。こいつならパジャマとスリッパ姿でここに立っていても、群衆が集まり頭を下げるだろう。

「招待客リスト」モトエレがもう一人のドア番の手にある紙にうなずきかけた。「モトエレだ」とフランク・モトエレが言う。いつか寒くて天気の悪い日に、クロノベリの留置場の窓に雨が流れる日に、おれたちは再び巡り合うだろう——とモトエレは思った。見た目に反して、余暇のほとんどの時間、詩を書いている。

「入れていい」もう一人のドア番が素早くリストに目をやってから言った。

「やはり。どこかで見たことがあると思ったよ」最初のドア番が作り笑いを浮かべ、横に退いた。

「一度なら、なかったも同然だ」モトエレは相手を見つめながら視線を内に返し、自分自身の内面を見つめた。お前とはいつかまた出会う。それまで、おれはお前みたいなやつらに出会い続ける。

くそ、なんておっかないやつなんだ——店内に消えていくモトエレを見つめながら、ドア番は思った。

「あのニガーの目を見たか?」

「あれは絶対、生きたまま人を喰うタイプだな」同僚も同意して、あきれたように頭を振った。

イブラヒム兄弟といとこをみつけるのに、特殊技能は必要なかった。巨人のようなタリブのスキンヘッドが、満員のフロアで灯台のように輝いている。

「二手に分かれよう」フランクはそう言って、まるでまったくちがうことを言ったかのように微笑《ほほえ》んだ。

マグダ・エルナンデスも微笑んだ。首をちょっとかしげ、相手をからかうようにちょっと舌の先を見せる。

お前のことなら生きたまま喰える——モトエレはそう思いながら、マグダの後ろ姿を見送った。可愛いミス・マグダは、おれとの子供がほしいだろうか?

五分後、彼女は戻ってきた。薄暗い店内なのに大きなサングラスをかけている。

「ねえ、フランク」マグダは彼の腕を撫でた。周囲の男たちの目はどれも、彼女の赤いタンクトップ、赤い唇、白い歯の間をさまよっている。

「問題が起きたわ」マグダが彼の首に手を回し、その耳にささやいた。

「わかった。サンドラと交代しろ。リンダに連絡して、ここに腕のいいカメラマンを呼ぶんだ」

「じゃあ、またあとでね、ダーリン」マグダは華奢《きゃしゃ》な足首を伸ばしてつま先立ちになると、モトエレの頰に軽くキスをした。

54

サンドラ・コヴァッチはストックホルム郊外テンスタで生まれ育った移民の子供だった。父親のヤンコはセルビア人で、エゴイスティックなまでに胸毛がものすごくて、サンドラが二歳のときに家族を捨て、その十七年後にサンドラがソルナの警察大学に志願したとき、娘に問題をプレゼントしてくれた。

「みなさんはサンドラ・コヴァッチがあのヤンコ・コヴァッチの娘だとわかっていますよね？」進行係の警視正がそう言って、入学審査委員会の女性委員長に神経質な笑顔を向けた。

「遺伝罪を信じたことはないけれど」女性委員長が興味津々の視線を返した。「あなたのお父様は何をなさっていたの？」

「田舎の牧師でした」警視正が答えた。

「あらまあ」

サンドラ・コヴァッチが警察大学を卒業したその日、四十代の身体の引き締まった男がベリスハムラの学生寮の部屋の呼び鈴を鳴らした。同僚——いや、正確を期すと未来の同僚。サンドラ自身はガウン姿でドアを開けた。今夜は他の卒業生、つまり未来の同僚との卒業パーティーで、そのためのウォームアップにすでに酒を飲みはじめていたが。

「わたしに何かお手伝いできることでも?」サンドラ・コヴァッチは念のため、ガウンのベルトをきつく締めた。万が一空気を読めていなかったら困るから。

「かなり色々お願いしたくてね」引き締まった身体の男が優しく微笑《ほほえ》み、身分証を見せた。

「警部のヴィクランデルです。公安警察の」

「まあ、それはびっくり」サンドラ・コヴァッチは言った。


その翌週、サンドラは公安警察で勤務を開始していた。五年後、上司について国家犯罪捜査局に移った。いちばん上の上司がもっと上にいって、国家全体の犯罪捜査、特殊部隊、ヘリコプター部隊、海外活動、それに公安警察の秘密のポストでまだ空きがあったものすべての責任者になったからだ。

「きみはわたしと一緒に来なさい、ヴィクランデル」ラーシュ・マッティン・ヨハンソンは、自分の昇進が発表される前日に言った。

「サンドラを連れていってもいいなら」ヴィクランデルが答えた。

「ヤンコの娘か？」

「はい」

「それ以上のアイディアはないだろう」角の向こう側を見通せるヨハンソンが言った。

マグダレーナ・エルナンデス二十五歳は、チリからの移民の子供だった。ピノチェトが権力を握り、国民が選んだ大統領サルバドール・アジェンデを殺すよう命じた晩に、両親は命からがら祖国を逃れた。その長い旅は、徒歩でアルゼンチンとの国境に向かうところから始まり、チリのヴァルパライソ出身の人間が行けるかぎり北にたどりついたときに終わった。

マグダはスウェーデンで生まれ育った。十二歳になると出会う男は皆彼女の目を見るのをやめ、視線はその胸に注がれた。七歳から七十歳までの男全員がだ。七歳上の兄は、毎日のように同じ理由で妹のために拳《こぶし》を血まみれにしていた。

十五歳になった日、マグダは兄にこう伝えた。

「わたし、取るわ。チコ、約束する」

「取らないでほしい」チコは真顔でうなずいた。「マグダ、ひとつわかってくれ。お前は我々男への神からの贈り物だ。それは人間にはどうすることもできない事実だ」

「わかったわ」マグダは答えた。

十年後、彼女はフランク・モトエレ三十歳に出逢った。朝の六時に夜勤が終わると、自分のベッドで寝なくてはいけないのに、彼について帰った。

「ミス・マグダはおれとの子供がほしいか?」モトエレが訊いた。視線を自分の外に向け、マグダを抱き上げてベッドに乗せた。首を曲げることなく、その瞳をまっすぐ見つめられるように。

「ええ、ほしいわ」マグダが言った。「優しくすると約束するならね」

「約束するよ」フランク・モトエレが言った。「きみを絶対に捨てたりしない」なぜならおれの炎は北欧でいちばん激しく燃えているから——。


フランク・モトエレはケニアの孤児院からもらわれてきた子供だった。今の両親とは二十五年前に出会った。父親グンナルはボーレンゲの大工で、ケニアでスウェーデンの大手建設会社スカンスカが請け負っていたホテル建設に関わり、妻ウッラとともに二年間そこで暮らした。そしてスウェーデンに帰る前の週にフランクを孤児院から引き取った。

「でも、書類はどうするの」ウッラが尋ねた。「まずそれを揃えてからでないと」

「なんとかなるさ」大工のグンナル・アンデションは広い肩をすくめ、妻と息子を連れて帰国した。

アーランダ空港ではほぼ二十四時間足止めされたが、最後にはなんとかなって、ボーレンゲの家に帰ることができた。

「あの白いのは雪だよ」グンナル・アンデションがレンタカーの窓ごしに指さした。「スノーだ」

「スノー」フランクはうなずいた。キリマンジャロの峰みたいだ。そのことなら孤児院の優しい女の先生が教えてくれた。写真も見せてくれたから、すぐにわかった。まだ五歳だったのに。白いソフトクリームみたいだ――それも、山ほどある。

十八歳を迎えた日、フランク・アンデションは父親のグンナルに伝えた。自分のもとの苗字に戻したいと。アンデションからモトエレに。

「パパがかまわないと思うなら」フランクは言った。

「もちろんいいさ」父親が答えた。「自分の出身を否定するのは、自分自身を否定することになる」

「じゃあ本当にいいんだね？」念には念を入れてまた訊いた。

「わたしがお前のパパだということを絶対に忘れないならね」

「あんた、フランクとやったんでしょ？」サンドラ・コヴァッチがその翌日、ガレージでナイロビの孤児院から来た男を待っているときにマグダに訊いた。モトエレはすでに勤務開始時間に十五分遅れていた。

「ええ」マグダはうなずいた。

「難しい敵ね」サンドラがため息をついた。「でも安心していいわよ。一回ならなかったことにできる」なにしろ彼女はヤンコ・コヴァッチの娘で、マグダ・エルナンデスのような子とはまるっきりちがう星に暮らしてきたのだから。

「子供がほしいんですって」

「あんた、捜査課で働き始めたのかと思ったけど?」ヤンコの娘が言う。「少なくとも、リンダはそう言ってたけど?」

「少なくとも、彼はそう言ってた。わたしには」

「彼がそう言ったのなら、本気で言ったんでしょうね」わたしとは子供なんてほしくなかったくせに。

「何事にも潮時があると説明したわ」

「彼の反応は?」

「いわゆるロマンチックな男の反応」マグダは笑みを浮かべた。「それに性差別主義者《セクシスト》みたいな反応」さらに笑みが広がった。

「なるほどね」

55

土曜の朝に、グリ《豚》ースルンド《杯》三十六歳は心を開いた。相手は、ヨルマ・ホンカメキ警部四十二歳。普段はストックホルム県警機動隊の隊長だが、今回のトイヴォネンの捜査班では出動指揮官を務めている。

グリースルンドの心は、すでに大きく開かれていた。というのも三日前に、昔からの友人でソルナのヘルズ・エンジェルズでサージェント・アット・アームズという地位に就いているフレドリック・オーカレ五十一歳に開いてあったからだ。その日グリースルンドの整備工場にやってきたオーカレの目は怒りに燃えていた。二人の子供がいる、しがない自動車整備士のグリースルンドに選択の余地はなかった。

「おい、グリースルンド。このオイルトレイに入ったエンジンオイルを飲みたくなかったら、小さなナシールがどこにいるかを教えろ」オーカレは今自分が言ったことを強調するためにトレイを蹴って、丁寧《てぃねい》にモップがけされたコンクリート床にオイルをこぼした。

グリースルンドはすべてを話した。単純な男ではあったが、どちらの側につけばいいかくらいはわかっている。グリースルンドはむろんグリースルンドという名前ではない。本当は貴族の血を引いている。父親からスティーグという名を、母親からスヴィーン《猪》ヒューヴド《頭》という貴族の姓を受け継いだ。母親が、夫と同じニルソンに改姓するのを拒んだからだ。彼女はそれで幸せだったが、息子は不幸せだった。母親は貴族の出にもかかわらず、息子の不幸を和らげるような金は一クローネも持ち合わせていなかったし。

保育園ですでに友達からグリースルンドと呼ばれるようになり、その唯一の利点は生まれてこのかた食べ物には困らなかったことで、間もなくそのあだ名にふさわしい体型になった。小さい頃から父親にはスティッカン《マッチ棒》と呼ばれ、ノッラ・イェルヴァで友達と自動車整備工場を始めると伝えて以来、母親は口をきいてくれなかった。父親はまだ彼をスティッカンと呼んでいる。わかっていないのか、単に妻を苛立たせたいのか。おそらく夫婦の問題なのだろう——十七歳でソルナの工業高校を卒業したグリースルンドは思った。

工場はなかなかうまくいったし、友人たちが最大限に協力をしてくれた。とりわけソッレントゥーナの小学校で出会ったファシャド・イブラヒムや、ファシャドが当時からすでに従えていた同級生たちが。

オーカレと出会ったのはもっとずっとあとになってからだった。ある日突然工場に現れて、トラックの荷台から古いミニバンを振り落とし、陽が落ちる前にこれを廃棄しろと命じた。グリースルンドは言われたとおりにし、また一人顧客を増やした。

端的に言うと、何もかもうまくいっていたのだ。ちょっとしたトラブルや、不機嫌な警官が工場の周りをうろうろしたことはあったが、そのくらいなら我慢できた。昨夜七時に、急に地獄の口が開くまでは。

グリースルンド自身はそのとき、愛してやまないシボレーの一九五六年製ベル・エアーの下に潜り、古いナットをちょっと締めたりしていた。基本的には、ずっと愛してきたそいつとの時間を楽しむためだ。ところが突然シャッターが壊され、そちらを向く暇もないうちに誰かに足首を摑まれ、車の下から引きずり出された。シボレーの車枠にぶつかって頭蓋骨が割れなかったのは奇跡だった。

「グリースルンド」ヨルマ・ホンカメキが目を細めて笑みを浮かべている。「奥さんに電話して、夕飯は要らないと言え。代わりにおれがソルナの留置場でホットドッグをごちそうしてやる」

オーカレに比べれば、ホンカメキはまだ人間らしく振る舞った。それに余分に保険をかけておいて無駄なことはないから、グリースルンドは今一度心を開いたのだ。

ホンカメキはグリースルンドを虐《いじ》め始めた。言うまでもなく、色々みつけたのだろう。針金にはんだ、必要な道具すべて、それに撒菱《カルトロップ》も十個ほど。ごちゃっとひとまとめになったカルトロップのことなど、存在すら忘れていた。古いナンバープレートは、取っておくと便利なのだ。しかしそれだけなら、まあ肩をすくめて終わりにできるくらいのことだった。

そこに、ナシールが置いていった百グラムの袋がなければだ。先週の月曜にカルトロップを取りにきたときに、預かってくれと頼まれたのだ。

「今日一日だけだから」ナシールは請け合った。「これから運転の仕事があって、万が一しくじったときのためにね」そう言って、堂々と細い肩をすくめた。

「わかったよ」グリースルンドは親切で愛想のいい男だったし、できるかぎり顧客には満足してほしかった。とりわけそいつの兄がファシャド・イブラヒムという名前なら。おまけにナシールは夜には取りに戻ると約束したのだ。運転の仕事が終わったら、彼女と一緒にコペンハーゲンに行って祝うのだと。そこでグリースルンドも知っている共通の知人に会う。羽目を外して祝うのだから、ちょっとハイにもなる。

「だってほら、おれは他のスウェーデン人《スヴェンネ》みたいに酒を飲んだりしないだろ」ナシールが言った。

「コカイン百グラム」ホンカメキが言う。「一グラムにつき十四日くらうんだぞ、グリースルンド。袋にはお前の指紋がついている。急にお前がバカになっちまったと思うのはなぜだろうか」

四年の刑期か――。計算くらいはできる。これは心を開くタイミングだ。

「落ち着けよ、ヨルマ」グリースルンドが言った。「お前さんが話している相手は、巨大犯罪組織のしがない歩兵だよ。どうすればおれにそんな金が手に入れられると思う?」

何もかも、あのスプリンガー・スパニエルのせいだ。最初は、ホンカメキみたいなのがいつも引きつれてくる犬と同じようにうろうろしてるだけだった。それから急に座りこみ、吠えだした。そこで根が生えたように動かない。工場内でいちばん大きなオイルトレイの前で。オーカレみたいなやつでも蹴ろうとは思わないサイズだ。ましてや、手を突っ込もうなんて――しかし犬畜生の飼い主は、即座にそこに手を突っこんだ。

だからグリースルンドはもう一度心を開いたのだ。何がどうなっているのかを話した。オーカレに比べれば、ホンカメキはまあ少なくとも半猿人くらいにはまともに振る舞った。いきなり首を絞めたり、鼻の穴に人差し指を突っこんだり、それをぐるりと回したりはしなかった。

ナシールとトカレフはブロンマでの銃撃のあと、必死でその場を逃げ出した。五百メートルほど車を運転し、エンジェルたちの神聖な館の入口の前にミニバンを捨てた。ヘルズ・エンジェルズのクラブハウスは、空港とお隣さんみたいなものだ。

そこに車を乗り捨てた理由は不明だ。車の窓からまだ赤い煙が上がってたからか？　競合相手に嫌がらせをしたかったのか？　たまたま空いている駐車スペースがあっただけ？　愚かなことに、ナシールはもう覆面を外していた。通りを何本か渡って、オーカレの仲間が多くいるあたりを走って逃げる。どこかでもうサイレンが鳴り響いていた。

「ナシールは」グリースルンドが結論づけた。「車泥棒みたいに乱暴な運転をする」

「末っ子のナシールか……」ホンカメキが言う。今回はあの意地悪な兄が、末弟の食事とホテル代にいくら出したのだろうか。

「まじでクソ腹立つガキだよ。あいつがカルトロップを取りにきて、コカインを預けていった。それがすんで、やっとおれは自分の仕事に戻れたんだ。だが、帰りぎわになんて言ったと思う？」

「さあ？」

「ブウブウって言いやがったんだ！」

「お前も人生楽じゃないな、グリースルンド」ホンカメキがにやりとした。

「そうさ」グリースルンドもうなずいた。だが楽な人生なんてあるのか？

「誰かにこの話をしたか？」

「いいや」グリースルンドは首を横に振った。いくらなんでも限度というものがある。

「小鳥がおれの耳にささやいたんだが。オーカレもここに来たそうだな」ホンカメキは独りごとのように言った。

「ノー・ウェイ」こいつはいったい何を企んでいるんだ。

「まあなんとかなるよ」

「指紋はどうするんだ。ナシールのコカインのビニール袋についた」

「なんのことかな？」ホンカメキが頭を振った。「おれにはさっぱり」

グリースルンドは自ら留置場にとどまりたいと申し出た。少なくとも月曜まで。無駄に噂が広まるのを避けるために。

「自宅のようにくつろいでくれ、グリースルンド」ホンカメキが言った。

それからトイヴォネンに電話をかけて、報告した。

「そのガキはコペンハーゲンになんの用があるんだ」トイヴォネンが言った。あそこはヘルズ・エンジェルズが市議会議員をやっているような場所なのに。

「デンマークの同僚とは話した。目を光らせておいてくれると。ツイてれば、あいつはまだ生きてる」

生きていなかったとしても、まあさして困りはしないが——トイヴォネンは思った。

56

グリースルンドがホンカメキに心を開いたのと同じ頃、アルムはソルナ・セントルムで買い物をしていた。国営酒屋の前でロッレ・ストールハンマルに出くわし、睨《にら》まれてもものともせず、大胆でシンプルな質問を繰り出した。

「調子はどうだ、ロッレ」

「どうだと思う?」

「セッポのことは知っているな。セッポ・ラウリエン。カール・ダニエルソンの使い走りをしていた子だ」

「アインシュタインだな」

「アインシュタイン?」こいつは何を言ってるんだ?

「おれたちはそう呼んでるんだ。優しいいい子だぞ。ちょっとぼーっとしてるし、普通とはちがうが。カッレがときどき競馬場に連れてきていた。そういう気分のときにはだ。あの子に使い走りをさせれば、おれたちはのんびりピルスナーを飲んでられるだろ」

「うまくいったのか?」

「ああ、一切問題ない。一度もだ。あの子は計算の天才だからな。しゃべるのは苦手だが」

「計算の天才?」こいつは酔っぱらってるんだよな?

「一度など……あれはエリート競走《エリトロップ》の前日のレースだったな。カッレがセッポを連れてきたんだ。まだ小さかった。レースが始まる前に、おれはこのレースはさっぱり読めないと言ったんだ。どの馬が勝ってもおかしくない。出走するのは十頭。いちばん人気と、二番人気が二頭。オッズは二から五。残りの七頭は二十倍以上。いちばん高いやつは百倍をゆうに超えていた」

「それで?」やはり酔っぱらっているにちがいない。

「あの子は、まだ十歳にもなってなかっただろうな、カッレに七百クローネ貸してくれと言ったんだ。カッレはちょっと酔って機嫌がよかった。その前にダークホースに賭けて勝ったから。だからセッポに千クローネ紙幣を差し出した。するとセッポはおれに、百四十二クローネと八十六エーレずつ、二十倍以上のオッズの七頭に賭けてくれと頼んだ。本人はまだ子供で、賭けられないからな。馬券の窓口にも背が届かなかったんじゃないか。おれは、二クローネとか八十六エーレという額は賭けられないことを説明しなきゃならなかった」

「じゃあ百四十ずつ賭けてよ、とあの子は言った。はいはい、おれはそのとおりにしてやったよ。そうしたら、そのうちの一頭が勝ったんだ。ナイト・ランナーという馬だった。オッズは八十六。すると、セッポはなんて言ったと思う?」

「さあ?」それがどうしたってんだ。

「早く、ぼくの一万二千四十クローネをちょうだい」

「お前の言いたいことがよくわからないんだが」

「それはお前がバカだからだ、アルム」ストールハンマルが言った。「お前は昔からそうだった。だがセッポはバカじゃない。変わっているだけだ。まあマペットのような話しかただし、マペットみたいにも見えるが。だがバカじゃない。それに、急にお前さんのあごを殴りたくなったのはなぜだろうか」

「カッレがセッポの母親とデキていたとは思わないか?」アルムは話題を変えようとした。

「さあて、さっぱりわからんなあ」ストールハンマルはにやりとした。「セッポのお袋さんに訊いてみればいいじゃないか。カッレと寝たなら、きっと覚えているだろうさ」

「カッレがセッポの父親だとは思わないか？」

「本人に訊いてみたらいいじゃないか」ストールハンマルはまたにやりとした。「セッポのことじゃないぞ。どうせろくにしゃべらないからな。だがお前とベックストレームで、カッレを取り調べてみればいい。ほら、テレビでよくやってるように霊媒師を呼んでさ。おかしなおばさんがきっと黄泉《よみ》の世界と交信してくれる。そうやってカッレに訊いてみろよ。運がよければ、昔の養育費を絞り取れるんじゃないか？」

はいはい、そうですか――とアルムは思った。礼を言う前に、ストールハンマルはもうその場を立ち去っていた。

57

月曜の朝早く、リンダ・マルティネスはトイヴォネンに、イブラヒム兄弟とそのいとこハッサン・タリブの張りこみについて進捗状況を報告した。

計画どおりに進んでいた。それどころか、期待以上にうまくいっている。すでにイブラヒム家の車を三台特定し、発信機をつけた。今まで知られていなかったメルセデスをハッサン・タリブが使用していることも突き止めたのだ。尾行捜査の神が鷹のような目をもつ善き神であれば、今日の午後にはあと二台、携帯電話の番号を突き止められるはずだ。

「三人は別々の方向に帰っていきました。タリブは〈カフェ・オペラ〉で女性をひっかけ、タクシーで彼女のアパートに向かった。女性はフレミングスベリに住んでいます。ファシャドとアフサンはその直後にナイトクラブを出ると、ソッレントゥーナの家に戻った。タリブは女性のアパートの前でタクシーを降りたとき、電話をかけ始めた。その数秒後、ソッレントゥーナの一軒家の前にいたファシャドの携帯電話が鳴りだした。携帯追跡班が、基地局の情報を洗い出しています。正確な位置と時間がわかっているから、番号はうまく割り出せるはず」

「むろんうまくいくだろう」トイヴォネンが言った。これは戦争なんだから、うまくいかなくては。「他には？」

「ひとつ問題があるかもしれない。この写真を見てもらえれば、その意味がわかるかと」リンダ・マルティネスがビニールフォルダに入った偵察写真を手渡した。

写真の束のいちばん上の一枚をちらりと見ただけで充分だった。あのチビのデブ、殺してやる――。

「どういうことだ」

ファシャドとアフサンは、夜の十一時頃、ソッレントゥーナの家から出かけた。その二十分後、中心部のレギエリング通りでタリブを拾い、三人で〈カフェ・オペラ〉に向かった。

「十一時半ちょうどに、彼らはナイトクラブの店内に消えました。うちの二名も続いて入り、

店内のバーに同僚のベックストレームが女性と一緒にいるのを発見した。イブラヒム兄弟とタ
リブはそこから少し離れて立ち、フランク・モトエレによれば、彼らは確実にベックストレー
ムを偵察していたということです。モトエレはさらに、少なくともファシャドのほうがベック
ストレームと一緒にいた女と視線を交わしていた印象を受けた。しかしベックストレームと我
我が張りこんでいる三名が目を合わせた形跡はない。ベックストレームは連れの女性に完全に
夢中になっていたようで」
ベックストレームと連れの女性の写真が半ダースほど。張りこみ対象者の三名の写真はさら
に何枚も。そのうちの二枚は、ベックストレームと女性が背後に写りこみ、手前にファシャ
ド・イブラヒムが写っている。カメラに背中を向けて。
ベックストレームはバーカウンターにもたれていた。笑顔を浮かべ、隣にいる美しい女性に
大袈裟《おおげさ》な身振りで話しかけている。彼女のほうも満面の笑みを浮かべ、はしゃいだ様子で、相
手にすっかり夢中のようだった。
「この女の身元はわかっているのか?」トイヴォネンが尋ねた。
「はい。サンドラ・コヴァッチが店内に入り、すぐ気づきました。公安警察時代に存在を知っ
た女だそうです。タティアナ・トリエンという名で、ポーランド出身、現スウェーデン国籍。
トリエンという姓のスウェーデン人と結婚し離婚しています。職業は高級売春婦。ストックホ
ルムでもっとも高級だという話です。一晩で一万から二万。エステルマルム地区のユングフル

ー通りのアパートに住んでいますが、そこに客を連れて帰ることは少ない。普段はホテルです」

「それからどうなったんだ?」

「トリエンとベックストレームもほどなく〈カフェ・オペラ〉を出て、外の道でタクシーを拾いました。トリエンのアパートに向かい、そこで一夜を過ごした。ベックストレームは翌朝十時頃にやっと自宅に帰ったんです。二人がクラブを出てすぐに、イブラヒム兄弟も出てきた。そのままソッレントユーナの家に戻っています。ファシャドの車で。いつもの黒いレクサスで、またアフサンが運転していた。ベックストレームを尾行する様子は一切ありませんでした。タリブはその三十分後に店を出た。若い女と一緒に。タクシーで彼女の家に向かい……その点についてはもう話しましたね。彼女の身元も割れています。ジョセフィーン・ヴェーベル二十三歳。ドロットニング通りのジーンズショップ勤務。目を見張るような犯罪歴はなし。普段はナイトクラブに顔を出してはタリブみたいなのとつるんでいる。彼女の携帯番号が手に入れば完璧です。そんなに難しいことじゃないはず」

「つまりどういうことだと思う?」

「三人は、ベックストレームを偵察するために〈カフェ・オペラ〉に入った。トリエンがベックストレームを誘惑し、彼らに居場所を伝えたのでしょう。狙いはおそらくベックストレームを懐柔すること。もう半分落としたも同然だわ。あの男の噂を考えると、ベックストレームが選ばれたのは偶然ではないはず」

「わたしもそのように思う」あのチビのデブ、殺してやる——。

58

トイヴォネンの部屋でどんな言葉が交わされたかは知る由もなく、職場に到着したベックストレームは最高にご機嫌だった。時刻も、珍しいくらい早かった。というのも、やっと自分の銃を受け取れることになり、銃倉庫に予約を入れてあったのだ。一度は巨大な敵に奪われてしまった銃。ベックストレームにとって魂ともいえるそれを、敵は簡単に奪い去ったのだ。

ベックストレームは普段銃を持ち歩くことはなかった。スーパーサラミをもつ男に、アソコの延長材は必要ない。それにホルスターや銃身が腹が立つくらいに痛いのだ。左の脇につけても、ウエストにつけても。しかし考えが変わったのは、約六カ月前に特殊部隊に襲撃されたときだった。そのときベックストレームは、オロフ・パルメ首相暗殺事件に深く関わっていた国会議員に話を聞こうと、国会議事堂を訪れていた。しかし逆に、その国会議員を人質にして立てこもったと糾弾された。

ベックストレームは過ちを犯したこともなければ、批判される理由もない清廉な騎士であり、スウェーデン王国の国会議事堂に銃を携えて足を踏み入れるつもりはなかった。だから兜《かぶと》の目庇《まびさし》を開いたまま正々堂々と戦ったが、敵のほうはそうではなかった。徒手空拳のベックストレームに向けて、あわや爆弾と手榴弾《しゅりゅうだん》の雨を降らすところだった。

その後しばらくしてフッディンゲの病院を退院したとき、まず銃を返してくれと要請した。敵は狡猾《こうかつ》にも、ベックストレームが病院のベッドに縛りつけられている間に銃を奪ったのだ。ベックストレームはさらに勤務時間外にも銃を持ち歩く許可を申請し、それにふさわしい理由も挙げた。

雇用主から受け取った返事は、世界いち意味不明な言い訳だった。調査の結果、ベックストレームが年に一度の射撃試験に合格していないことが判明したという。それは拳銃を使用するための必須条件だった。三年前に国家犯罪捜査局から異動になるまではよかった。国家犯罪捜査局時代はきちんと毎年試験を受けていたのだ。まあ実際には昔からの友人で同僚のローゲション警部補がうまくやってくれていたのだが、それは雇用主が首を突っこむことではない。ベックストレームとローゲションの間での話であり、調査結果などケツの穴に突っこんでしまえ。

そういうわけで、ベックストレームは改めて試験を受けることになった。三度目の試験で立派に合格し、それが西地区所轄ソルナ署に配属になる直前のことだった。雇用主はそれでもなんとか時間を稼ごうとしたのだが、ベックストレームが組合を巻きこむとやっと音を上げた。これで銃を携帯できるようになった。状況が逼迫した場合は人を殺す権利もある。一人前の警官に戻れるというこの決定はつい先週通知されたばかりで、ベックストレームは一秒も無駄にはしなかった。即座に銃倉庫に電話をかけて、受け取り時間を予約した。そして今日がその日だった。

ベックストレームは準備も多少行った。個人の資金を投入し、銃砲店で俗にアンクルホルスターと呼ばれるものを購入した。古い警察映画『フレンチ・コネクション』で、アメリカの同僚ポパイが使っていたのと同じモデルだ。それから仕立て屋に行き、涼しい麻のスーツを受け取った。緩い着心地のジャケットに、裾が広がったズボン。短パンをはくとアンクル・ホルスターが見えてしまうし、この夏は暑くなるという予報もあり、無駄に汗をかきながら歩くつもりはなかったからだ。

オーダーメードの黄色い麻のスーツを身につけ、ホルスターをもうふくらはぎに取りつけ、朝の九時には西地区所轄の銃倉庫に来ていた。

「シグ・ザウエル九ミリ口径、ホルスター、標準弾倉十五発、銃弾一箱二十発」倉庫の係員が、ベックストレームが待ち焦がれていたものをカウンターに並べた。「ここにサインしてください」そう言って受取書を渡した。

「おいおい、ちょっと待て。二十発？　なんだそのケチぶりは」

「それが標準的な配付です。もっとほしい場合は、警察署長の許可を書面で提出してください」

「もういい。それにこのゴミはとっとけ」ベックストレームはホルスターを返した。銃と弾倉と銃弾はジャケットの胸ポケットに収める。どこに銃を収納するかをばらすつもりはなかった。

あの男はまったくどうかしちまってるな——係員は黄色い麻のスーツを見送った。まるでマフィアみたいな恰好じゃないか。特殊部隊のやつらに電話して教えたほうがいいだろうか。

部屋のドアを閉めると、ベックストレームはちょっと練習してみることにした。銃をふくらはぎのホルスターに収め、麻のズボンを少し振って裾がホルスターにふんわりかかるようにした。素早く右膝をつき、左手でズボンの左裾を引き上げ、同時に計算し尽くされた動きで銃を抜き、狙いを定め、引き金を引いた。

これでもくらえ《サック・オン・ディス》、マザーファッカー——。

反復練習こそが近道——ベックストレームはそう考え、もう一度最初から動きを繰り返した。素早く膝をつくと、動揺した敵がやみくもに撃ち始め、銃弾がベックストレームの頭の上を通り過ぎる。するとベックストレームが自分の銃を引き抜き、慎重に狙いを定め、最高にニヒルな笑みを浮かべるのだ。

「さあ撃てよ《ゴー・アヘッド》！　楽しませてくれ《メイク・マイ・デイ》、トイヴォネン」ベックストレームがささやいた。

「あらまあ、びっくりするじゃないですか、ベックストレーム！」その瞬間、胸に書類の山を抱えたナディア・ヘーグベリが部屋に入ってきた。

「ちょっと練習していただけだ」ベックストレームは男らしい笑みを浮かべた。「で、どうかしたのかね？」

「あなたに依頼された書類です」ナディアは書類の束をベックストレームのデスクに置いた。「イブラヒム兄弟といとこのハッサン・タリブについての情報。それから、捜査班の会議の時間になったら教えるようにとも頼まれていたから。十五分後です」

「イエス」ベックストレームはそう言って、左足をどすんとデスクに乗せると、銃をホルスターに収めた。

ベックストレームの部屋を出てドアを閉めると、ナディアはあきれたように頭を振った。まったく、子供みたいなんだから――。

会議に向かう前に、ベックストレームは弾倉いっぱいに銃弾をこめた。十五発とスライドに一発。残りの四発は、万が一のために右のポケットに入れておいた。銃砲店に行く時間さえできれば、大きな箱をもっと買うつもりだった。

閉じられたトイヴォネンのドアの前を通り過ぎたときには、自分の手を押さえなければいけないほどだった。本当ならドアをこじ開け、キツネの部屋の天井に向けてぶっ放してやりたいところだ。頭を狙うのはちょっとやりすぎだが、天井に一発なら……。フィンランド野郎がズボンにお漏らしをするくらいがちょうどいい。そうできればいい気味なのに――。

59

「やあ、よく集まってくれた」ベックストレームは自分の部隊のメンバーを見回し、温かい笑みを浮かべ、テーブルの議長席にかけた。

まだまだご機嫌で、おまけに銃で武装してもいる。あくまで秘密裡に。誂えた黄色のズボンの中に何が隠されているか、バカな同僚たちには想像もつかないだろう。

「まずは思いつくままに推測してみようか」ベックストレームが言った。しかし冒頭からいきなりめちゃくちゃにならないよう、ちょっとしたヒントくらいは与えておこう。「関連性だ」ベックストレームは続けた。「カール・ダニエルソンとセプティムス・アコフェリの殺害事件に関連はあるのか？」

「もちろんあるでしょう」ナディア・ヘーグベリが言った。「カール・ダニエルソンの殺害が、アコフェリ殺害への引き金になったんです」

アヒル、黒雌鶏、膝ポンポンが、そうだという顔でうなずいた。しかしでくのぼうだけは、疑わし気に首をかしげた。

「納得いってないようじゃないか、アルム。きみの意見を聞かせてくれ」

アルムはセッポ・ラウリエンのことが気に入らないという。なにしろ二度にわたってダニエルソンに暴行を加えたことを認めたし、ダニエルソンとの関係、それにダニエルソン殺害方法の暴力性が事実を物語っている。

「犯人はダニエルソンをめちゃくちゃに壊そうとした」アルムが言う。「まるでこの世から消したかったみたいに。ラウリエンはその点でぴったりくる。だって、母親が入院する原因になったと思っているわけだから」

「それから？」ベックストレームは意地悪な笑みを浮かべた。「それからどうなったと思う？」

おれがキツツキだとしたら、アルムはまるで餌台だな。

「そのあとはいちばん単純な展開でいいんじゃないか？　アコフェリがダニエルソンのアパートを物色し、金の入った鞄をみつけた。それをもって帰り、殺された。じゃあ誰が殺したんだ、と皆思うだろう？」

「ああ、まったくそのとおり」ベックストレームはにこやかな笑みを浮かべた。「誰が殺したんだ？」二十四時間新たな挑戦ばかりだな。でくのぼうが口を開くたびに。

「その点については無駄にややこしく考えないほうがいい。いちばん単純な説明は、アコフェリが住んでいたエリアには極悪犯罪人がうようよしているし、電話をかけた相手、それが共犯者のはずだ。二人は金を山分けをするためにアコフェリの部屋で会った。ところがけんかになり、殴り合い、アコフェリは殺された。殺したやつが、その死体を湖に遺棄した」

「ほう、なるほどね」ベックストレームが言った。アヒルと黒雌鶏とダーラナ出身の気の毒な近親相姦被害者さえ、それは信じられないという仕草をし、ナディア・ヘーグベリなどあきれて天井を見上げ、念のため聞こえるほど大きなため息までついた。

「ナディア、きみは納得がいかないような顔だが？」このロシア女なら、アルムの頭を全部ついて削ってしまうこともできるだろう。

「アコフェリは不意に襲われたという話だったと思いますけど？　後ろから首を絞められた

と」ナディアが言う。「それにセッポ・ラウリエンはダニエルソンを殺してはいません。アリバイがあるんだから。殺人が行われた時間、彼はパソコンの前に座っていた。俗に言うアリバイってものがあるんです。アリバイはもともとはラテン語で〝他の場所に〟という意味。彼は最上階の母親のアパートの部屋で自分のパソコンの前に座っていた。つまり、二階のダニエルソンの部屋にはいなかった」

「俗に言うアリバイ——わたしはそのアリバイとやらを信用できないね」アルムが言う。「パソコンの前に座っていたのがラウリエン本人だとなぜわかる？ 他の人間が座っていたかもしれないじゃないか。つまり、ラウリエンはそこにはいなかった」

「じゃあ誰が座っていたっていうんです？」ナディアは言い返した。この男は真正のバカにちがいない。この署ですらも珍しいくらいのバカだ。

「知り合いなら誰でもいいじゃないか。犯行を計画し、アリバイを作ってくれる友達を呼んだ。そういう意味では、それがアコフェリだったという可能性も否めない。ラウリエンはアコフェリのことを知っていると認めただろう」

「新聞配達中に一度話しただけということでしたが」

「本人によればだ。ラウリエンのパソコンの前に座っていた人間をみつければ、この事件は解決だ」

「わたし、ちょっと真剣に説明しますね」力をかき集めるために、ナディア・ヘーグベリは大きく息を吸った。

「ああ、やってくれ」ベックストレームが言う。さあ、これで鳥の餌台が大火事になるぞ。

「パソコンの前に座っていたのはセッポ本人しかありえません。別の人間の可能性は皆無です」

「なぜそう思うんだい、ナディア」

「セッポは特別だからです。あんな人間は世界に一人だけかも」

いったいこの女は何を――？　あの子はただのおバカさんじゃないか。

「あの夜、彼はパソコンで数独を解いていました。ほら、最近どの雑誌にも載っている日本の数字パズルですよ。雑誌とはちがって、彼が解いていたのは三次元のパズルでした。ルービックキューブみたいなものです。ログを見れば、彼がどの問題をどのように解いていったかがわかります。その解きかたやスピードを見れば、彼が特別な知能をもっているのがわかる。だからセッポは世界に一人だけだと思うんです」

「だがあの坊やは頭が悪いじゃないか」アルムが言う。

「それはちがいます。わたしは医者ではないけれど、あれはおそらく自閉症の一種。言語能力に限界があり、確かにそれが表に出がちね。子供のような話しかただと思ってしまうでしょう。実際、訊かれたこと以外には答えないし、小さい子供のようなもんです。親が無駄なセリフや皮肉、普通の嘘なんかをいっぱい教えこむ以前のね」

「じゃああの子は天才だってのか？」ベックストレームが言った。いったいこの女は何を言っている――？

「ええ、確実に数学の天才ですよ。社交能力に問題？　ええ、でもそれはわたしたちの基準で彼を測るから。初めてダニエルソンの顔を殴ったのは、ダニエルソンが母親を押したから怒ってやったんだと話した。次に殴ったのも、また怒ったから。母親が自分と会話してくれないからと。それ以上正確な答えはないんじゃないかしら。一度目のあとにはダニエルソンをエレベーターに乗せてあげた、おうちに帰れるように、と言った。ダニエルソンはエレベーターに乗って住んでいる二階に戻った、ではなくて。普通の大人ならそう言うでしょう。実際どうなったかは知らないのに。ラーシュ、あなた自分の事情聴取報告書を読んでごらんなさい」

「ナディア、それは確実なの？　あなたが言ってること」アニカ・カールソンが訊いた。

「ええ、確実です。実は今朝、三次元の数独を彼に送ってみました。わたし自身が三週間も――暇さえあればやっているのに――解けないでいるやつをね。するとすぐに返事が返ってきた。それも説明つきで。やはりいつもの子供みたいな説明でしたよ」

「よし」ベックストレームが言った。「今日はこれ以上は進まなそうだな。それに、やることが山とある」

「ですよね」アニカ・カールソンが自分のノートに手を伸ばした。

「ハッセル小路一番で三度目の聞きこみだ。イブラヒム兄弟とハッサン・タリブの写りのいい写真を見せて、見かけなかったかどうか訊くんだ。カール・ダニエルソンと話しているところを見かけていれば最高なんだが」

「うちの二件の殺人事件とトイヴォネンが担当している事件に関連があると思いますか？」ア

ニカ・カールソンが尋ねた。

「それはまだわからない。トイヴォネンはそう思っているようだが。わたしは親切で協力的な同僚だから、そこも調べてあげようと思ってね」

「ではそうしましょう」アニカ・カールソンが勢いよく立ち上がった。

「わたし自身もやるつもりだ」ベックストレームが言った。数時間前から死の武器を左のふくらはぎにまとう男は、警察署の外のジャングルに出たくてうずうずしていた。

「座ってもいいですか」会議の二分後、ナディアがベックストレームの部屋に入ってきた。

「もちろんだ、ナディア」ベックストレームは今までになく朗らかな笑みを浮かべた。「覚えておいてくれ。わたしのドアは常にきみのために開いている」ところで、手に入れると約束したウォッカはどうなったんだろうか。

「それで、どうしたんだい？」

「これです」ナディアがカール・ダニエルソンの黒の手帳を掲げた。

「それについてはもう解決済みだと思ったが？」

「それが、自信がなくなってきて」

「話してくれ」ベックストレームはお気に入りのポーズをとった。念のため足をデスクの上にあげ、客にもシッゲちゃんの鼻先が見えるようにした。

「何かおかしいんです」

「ダニエルソンがやつらに渡していた金額のことか？」

「いえ、それはそんなにおかしくない。推測が正しければですが。それにこれが金の話だというのは確信しています」

「続けてくれ」まるでカミソリのような切れ味の女だ――。

「ダニエルソンの行動が、わたしのイメージに合わないんです。毎週のようにファシャド・イブラヒム、アフサン・イブラヒム、ハッサン・タリブ、つまりＦＩ、ＡＦＳ、ＨＴに金を支払っていたのだとしたら、なぜそれを手帳に書くような危険を冒したのか」

「もしかすると、きみやわたしのような人間にちょっとした手がかりを残したかったのかもしれんぞ？　ある意味保険として」

「その方向でも考えてみました。でも、じゃあなぜ正確な金額を書かないの？　なぜわざわざファシャドはハッサンの十倍、一度など二十倍、それにアフサンがハッサンの四倍……なんて書くんでしょう」

「それは当然なんじゃないか？　ファシャドはリーダーだ。アフサンはその弟で、ハッサンなど、仲間に入れてもらっている田舎のいとこだろう」

「基本的には、その金は九年前のアーカラ強盗――現金保管庫を破壊した強盗事件から来ているものだと思われますよね。ファシャドがリーダーとして実行し、ハッサンはフォークリフトで外壁に突っこむというヘヴィーな仕事を担当した。弟のアフサンも一緒に連れていってもらい、鞄に金を詰めた。ファシャドがいちばん多くもらうのはわかる、でもアフサン・イブラヒムよりはハッサン・タリブのほうが多くもらっていいはずでは？」

「銀行員ダニエルソンのところに預けた額がまちまちだったとか？」ベックストレームは賢そうな笑みを浮かべた。

「まあそれも考えられます」ナディアが肩をすくめた。「別の可能性としては、トイヴォネンの推測がまちがっている」

「つまり？」

「FI、AFS、HTというイニシャルは、別のものだという可能性です。別の人間か、ひょっとすると人間じゃないのかも。まったく別物」ナディアは念のため、もう一度肩をすくめた。

「だが、金を渡せる相手は人間だけだろう」ベックストレームが反論した。「きみは自分で、これは金のはずだと言ったじゃないか。それにイニシャルは彼ら三人の名前と一致する。平凡な名前とは言い難いしな。きみの取り越し苦労なんじゃないか？」

「まあ、わたしが間違っていたこともありますし」ナディアは立ち上がった。

「大丈夫だ、解決するから」ベックストレームはうなずきかけ、相手に勇気と希望を与えようとした。唯一価値のある同僚が、自信を失っているのだから。

「ええ、それについては当然そうなると確信していますよ」

砦から出る前に、ベックストレームはナディアから受け取った感動的な量の書類をめくることにした。

しかし読み終わったとき、ベックストレームはこう思った。天使が合唱を始めないぞ?

60

ファシャド・イブラヒムは三十七歳で、四歳のときスウェーデンにやってきた。父親と母親に二人の姉、年老いた父方の祖母の合計六人で、全員がイランからの政治難民だった。スウェーデンで家族はさらに増え、ファシャドには弟が二人できた。アフサン三十二歳と、末弟のナシール二十五歳だ。祖母はスウェーデンに来た翌年に亡くなった。姉二人は結婚して家を出た。だからソッレントューナの大きな家に現在残っているのは五人。イブラヒム三兄弟とその両親で、一家の実質的な大黒柱はファシャドだった。三年前に父親が重度の脳溢血を起こして以来。

モラル的には非常に疑わしい大黒柱ではある。十五歳になった年、ファシャドは同級生を刺殺した。故殺罪に問われ、福祉局の世話になったが、それで人生がいい方向に進んだわけではなかった。成長した点があるとしたら、ずる賢くなったくらいだろう。というのも、初めて刑務所に入るまでにそれから十年もかかったからだ。重大な強盗罪で四年、そのほとんどを、トイヴォネン警部のいちばん優秀な情報提供者と同じ重警備刑務所で過ごした。

刑務所を出る数カ月前に、ファシャドは普通の刑務所に移された。塀の外での暮らしに備えるための期間として。しかしその善意もまた、あまりいい結果は生まなかった。

一週間後に、別の囚人が刑務所の洗濯室で、洗濯紐を首に巻かれて絞殺されているのがみつかったのだ。ファシャドがタレコミ屋を消したというのは皆が知っていた。ないのは決定的な証拠だけ。ファシャドは黙秘を決めこんだ。

塀の外に出ると、ほぼすぐに今度はアーカラの現金保管庫強盗の容疑をかけられた。三カ月勾留され、その間もずっと黙ったままで、証拠不十分で釈放された。ファシャドは謎めいた男だった。ベン・カデルの後継者――ベン・カデルはモロッコ人で、ファシャドはイラン人なのに。イスラム教徒で絶対禁酒主義者、麻薬の容疑がかかったこともない。女性との付き合いは一時的なものすらない。というか、母親と姉二人を除けば、女性との関わりは一切ない。そもそも駐車違反やスピード違反、街でのけんかすらない。めちゃくちゃ危険で、寡黙《かもく》で、信用している人間は三人だけ。二人の弟アフサンとナシール、それにいとこのハッサン・タリブ。

二人の弟も、犯罪歴を見るかぎり、兄の足跡をたどっているようだ。少なくとも、たどろうと奮闘しているようだが、あまりうまくはいっていない。世間では、いちばん年若いナシールがこの家族の面汚しだとみられている。二十五歳ですでに四度、トータル四年間の刑務所暮らしを体験している。暴行、レイプ、強盗。警察の捜査データベースの注記によれば、セックスも麻薬も大好きで、やりかたのスタイルにはこだわらないようだ。しかしアルコールは一切口にしない。そういう意味では敬虔《けいけん》なイスラム教徒だった。普通のスウェーデン人のように、酔っぱらってうっかり皆の前で他人の秘密を暴露したりはしないのだ。

これまでに、警察から百回以上取り調べを受けた。最初の頃は、母親と福祉局の立ち会いの下で。ナシールもやはり黙秘を決めこんだ。

「名前はナシール・イブラヒム」それから自分の個人識別番号を告げる。「それ以外に言うことはない」

「お前は兄のファシャドにそっくりだな」もう何人目だかわからない取調官が言った。

「兄の名を出すのか。なら敬意を払え」

「もちろんだ。じゃそこから始めよう。兄さんの話をしようじゃないか。ファシャド・イブラヒムだ。あいつは他の人間にたっぷり敬意を払うことで知られているようだが?」

「おれの名前はナシール・イブラヒム。個人識別番号は八三〇二〇六……」

警察では、それ以上のことは何も訊き出せなかった。だが街では事情がちがった。尾行写真や通話の盗聴、嫌々ながら話してくれる目撃者の証言。ファシャドも何度か弟に旧約聖書的な懲罰を加えていたようだ。二人ともイスラム教徒なのに。

ハッサン・タリブは見た目からして田舎者のいとこだった。スウェーデンには家族と一緒に、イブラヒム一家の数年後に移住してきた。新しい母国で、人生の最初の数年をソッレントゥーナの家で大きな親族とともに暮らした。三十六歳、そのうちの三十三年をスウェーデンで過ごす。故殺、暴行、強盗、重大な脅迫罪、強要罪で有罪になり、殺人、複数の重大な強盗、さらにもう一件の殺人と殺人未遂の容疑がかかっている。三度の服役で合計十年をくらい、実際に刑務所に入っていたのは八年間だった。ファシャドのボディーガードも兼ねた殺し屋で何でも屋。見た目も恐ろしく、身長二メートル、体重百三十キロで、スキンヘッド、深くくぼんだ黒い目。黒い無精髭、そして常に何かを噛んでいるようにあごが動いている。

そんなやつは、シッゲちゃんで髪を真ん中分けにしてやる——。ベックストレームはがばっと立ち上がると、仕立てのいい黄色の麻のズボンを振った。カモン・パンクス、カモン・オール・オブ・ユー、メイク・マイ・デイ——。

61

ハッセル小路一番での聞きこみは三巡目を迎えていた。今回はファシャド・イブラヒム、アフサン・イブラヒム、ハッサン・タリブについてだ。彼らがカール・ダニエルソンと会っていた可能性がないかどうか。警察はいい写真をもっていた。それも自前の写真で、この間の尾行で新しく撮影したもの。正義の名のもとにおいて、この件についていえば無関係だがよく似たタイプの男の写真を何枚も加えた。肌の浅黒いやつらばかり。茶色や黒や青はいない。フランク・モトエレが、面割りの写真を用意している上司に、自分の写真も提供しようかと申し出たのに。

アルムがどうにか理解させようと努めても、セッポ・ラウリエンは何も見ていないと言い張るばかりだった。

「こいつらのことは見たことないよ」セッポが頭を振った。

「念には念を入れて、もう一度見てくれ」アルムがなだめすかした。「我々が興味あるのは、つまり外人だ。移民と言ったほうがいいかな?」

「意味がよくわからない」セッポが頭を振った。

まったく気の毒なやつだ――アルムはため息をつくと、写真を取り返した。

「あらまあ、写真はどれも外人ばかりじゃない。最近では移民と言うのかしらね」スティーナ・ホルムベリ夫人が言った。

「この写真の連中を、見かけたことがありませんか?」ヤン・O・スティーグソンが訊いた。

「ここソルナに住んでるのは移民ばかりですもの」ホルム夫人は優しくフェリシア・ペッテションにうなずきかけた。「移民だからどうだっていうの?」

アパートの住人のほとんどは、写真の男は誰も見たことがないと言うばかりだった。

しかし四階に住むイラク出身で地下鉄の改札の駅員をしている男が、警察の仕事ぶりを褒めてくれた。

「きみたち警察はまったく正しい方向に捜査を進めているよ」イラク出身の男はアニカ・カールソンにうなずきかけた。

「なぜそう思うんです?」

「イラン人だろ? 見ればわかるよ」駅員は鼻で笑った。「まったくあいつらはぶっとんでるからな。何をやらかしたっておかしくない」


ベックストレームは遅れて合流した。その前に、アニカ・カールソンとは軽く打ち合わせをしておいた。

「アンデション夫人は、わたしときみだけで訪ねるほうがいいと思う」ベックストレームが言った。「若きスティーグソンは外して」

「よくわかります」アニカ・カールソンも同意した。

実際のところ、ベックストレームはスティーグソンのことなど頭になかった。実は、完全にプライベートな件で調べたいことがあったのだ。タティアナ・トリエンに出逢って以来考えていたことなのだが……。彼女は自分に夢中のようだから、この関係が長期にわたることは間違いない。将来問題が発生しないように、そろそろ比較研究をしておいたほうがいい——と思ったのだ。

女ってのは年月が経つと、垂れてくるものだからな。

ブリット＝マリー・アンデション夫人は金メダルを提供した。正確に言うと、二個。強固なスチール建造物のようだ――半時間後にアニカ・カールソンとともにソファに座り、ブリット＝マリー・アンデションに写真を見せていたベックストレームは思った。この参考人は、自分の半分の歳のタティアナと同じサイズの驚異的な塊を有しているのに、高さも同じまま保っている。

それらを自由に開放したら、いったいどんなふうになるんだろう。やはりあおむけにしか寝られないのだろうか。

「この人、見たことがあるわ」アンデション夫人は興奮気味に、ファシャド・イブラヒムの写真を指さした。念のためベックストレームのほうに身を屈め、赤い爪で指してみせた。

理解不能だ――ベックストレームはなんとか相手の胸から視線をはがし、指がさしているものを見ようとした。

「確かですか？」アニカ・カールソンが訊いた。

「ええ、確かよ」アンデション夫人がベックストレームにうなずきかけた。

「最後に見たのはいつです？」ベックストレームが訊く。

「ダニエルソンが殺された日ね。プッテちんの散歩に行ったときだから、午前中のはず。通りに立って、話していたわ。アパートの門のすぐ前で」

「確かですか？」アニカ・カールソンがまた訊いた。そしてベックストレームと合意の目配せを交わした。ベックストレームはやっと自分の視線に制御を取り戻し、念には念を入れてソファにもたれた。足をテーブルに上げるなんてことは考えられない。シッゲちゃんの鼻先を見せたりしたら、このばあさんは悶《もだ》え死んでしまうだろう。

「この男もいた」アンデション夫人はハッサン・タリブを指した。「すごく巨大な男でしょう？」

「二メートルあります」ベックストレームも請け合った。

「じゃあそのはずよ。通りの反対側で車にもたれて、ダニエルソンともう一人の男が話すのを見つめていた」

「車のことを覚えていますか？」アニカ・カールソンが訊く。

「黒かった。それは確かよ。ほら、車高が低くて高級な車。メルセデスやＢＭＷみたいな」

「レクサスだった可能性は？」

「わからない。わたし、車には詳しくないから。免許はもってるけど、もう何年も運転していないし」

「だがその大きな男のことは覚えているんですね」ベックストレームが訊く。

「ええ、それは確かよ。わたしのことをじろじろ見ていたの。うっかり目が合ってしまい、そうしたら……おかしな顔をしてみせた。舌を突き出してね」アンデション夫人は頬を紅潮させた。

「人を不快にさせるような表情かしら」おせっかいなアニカ・カールソンが助け船を出した。

「失礼な仕草ってことですね」

「ええ」アンデション夫人は大きく深呼吸した。「本当に不快だったわ。だからすぐに部屋に戻ったの」

このばあさんはすごい記憶力だな。

「でも被害届は出さなかったんですね？」

「被害届？　何に対して？　舌を出したから？」

「性的嫌がらせで」アニカ・カールソンが言う。

「いいえ。新聞を読んでいれば、そんなことしても無駄だってわかってるし」

終わり、終わり、ここでお終いにしておこう。

「それではアンデション夫人、ご協力本当にありがとうございました」ベックストレームが言った。

「やはりそうだったよ、ナディア」その半時間後、自分のオフィスに戻ったベックストレームは言った。「ほら、あの手帳のことだ。ファシャドとタリブが、ダニエルソンとアパートの前で話していたという目撃証言が出てきた。ダニエルソンが殺された日の午前中にだ」

「わかりました、ベックストレーム」ナディア・ヘーグベリはそう言った。

この女も必ずしも常に鋭いというわけではなさそうだ――。そして念のため、ズボンの裾を振った。

62

その日職場を出る前に、ベックストレームはトイヴォネンのオフィスに寄り、アンデション夫人の目撃談のことを教えてやった。気の毒なフィンランド野郎は、あらゆる支援を必要としているのだろうから。おまけに昔は自分が指導担当だったという責任感もある。

しかしトイヴォネンは不思議なほど興味を示さなかった。

「そんなもの、過去のニュースだな。だが、礼を言うよ」

「手助けが必要なら言ってくれ」ベックストレームがにこやかなほうの笑みを浮かべた。「昼休みに耳に入ったんだが、きみは捜査に百人もらってるそうじゃないか。なのに何も判明していない」

「噂などどれもくだらない。捜査は進んでいるから、イブラヒム兄弟についてはひとつも心配しなくていいぞ。ところでそっちは？」

「あと一週間あれば」

「それは楽しみだな。わからんぞ、ベックストレーム。きみがメダルをもらえるのかもしれないし」

本当は何をしにきたんだ、あのチビのデブめ――ベックストレームが部屋から出ていったとたんに、トイヴォネンは思った。すぐにリンダ・マルティネスと話さなければ。

フィンランド野郎に小指を差し出したりしたら、腕ごと奪われるからな――ベックストレームのほうは、トイヴォネンの部屋を出たとたんにそう思った。しかし今回はちがった。いったいあいつは何を考えているんだ?

トイヴォネンには多くの情報提供者がいて、ベックストレームにもハッセル小路一番の目撃者がいるのに、ナディア・ヘーグベリはどうしてもカール・ダニエルソンの手帳のことが腑に落ちなかった。それに、別の考えも浮かんだのだ。

金を渡す相手は人間だけではない。品物やサービスに対してだって支払う。たいていの場合、それを提供した人間が誰かなどまるっきり考えずに。

試してみる価値はある――ナディアはそう思い、念のためベックストレームの部屋のドアを叩いた。まだ一人で保安官ごっこをしているかもしれないし、と思って。しかし部屋は空っぽだったし、携帯電話はいつものとおり切られていた。
明日の朝話そう。彼が出勤したらまっ先に。

結局のところ、そのチャンスが巡ってくるまでに一日以上もかかることになった。というのもその夜、エーヴェルト・ベックストレームのアパート――クングスホルメンにある愛しのわが家で、大変な出来事が起こったのだ。国家を震撼させ、老若男女を問わずベックストレーム警部の名が市民の口に上るような出来事が。そして上司のトイヴォネン警部が、理想的な健康状態にもかかわらず、脳溢血と心臓発作を同時に起こしかねないような出来事が。

63

黒のレクサスが夜の八時にソッレントゥーナの一軒家を出たとき、今回はハッサン・タリブは最初から車に乗っていた。追跡車はそこから数街区離れて、平行した道を走っている。パソコンの画面で目標物を追うことができるから、それ以上近寄る必要はない。
通行料のかかる中心街に入ったあたりでやっと、追跡車が目標物に近寄った。交通量も増えた。運転していたサンドラ・コヴァッチは、レクサスがスヴェア通りの突き当りで左折したとき、何が起きているのかを即座に理解した。ストックホルム中心街最大の屋内駐車場へ入ろうとしているのだ――。数街区分の広さがあり、地下三階建て。車の出入口だけで四ヶ所、歩行者用のは一ダースもあった。

「やばい」サンドラが口走った。「わたしたちを撒こうとしてるんだわ」

マグダ・エルナンデスが携帯無線機を摑むと車を飛び出し、駐車場の車専用出口に立った。やつらがUターンだけしてすぐ出てきた場合に備えて。

コヴァッチとモトエレは黒いレクサスを捜して駐車場内を回った。やっとみつけたときには車は空っぽで、いちばん下の階にきちんと停められていた。いくつもある歩行者用出口の脇に。

コヴァッチはすぐに暗号化された捜査班の無線チャンネルでリンダ・マルティネスに連絡を取った。

「落ち着きなさい、サンドラ」マルティネスが言う。「こういうことが起きるのは仕方ない。よくあることよ。近隣を一周して、やつらの他の車がみつからないか捜してみて」

「どう思う?」トイヴォネンがその三十分後にマルティネスに尋ねた。「外国に逃亡して、腹を日に焼くつもりだろうか」

「それはないと思います」マルティネスが答えた。「今日一日、状況は落ち着いていました。昨日番号が判明した携帯電話二台の通話も特に増えていないし、駐車場から出てからも携帯は静かなままだから、彼らは一緒にいて電話する必要がないと見ていいでしょう。でも、何かしでかすつもりなのは確実ね。問題はそれがなんなのか」

「飛行機、フェリー、列車」

「すでに手配済みです。各所の同僚には警告しておいたので、できることをやると言ってくれています」

「くそっ」トイヴォネンは急にあることを思いついた。「ベックストレーム！　あのチビのデブ。あいつは今……」

「トイヴォネン、わたしのことをバカだとでも思っているの？」マルティネスが遮《さえぎ》った。「ベックストレームのことも見張っていますよ。四時間前に署を出て以来ね。正確に言うと、四時間と三十二分前です」

「それで、どうしてるんだ？」

「四時四十三分に自宅に到着し、中で何が行われていたかは不明ですが、音から察するにがっつり昼寝をしていたようです。それから一時間半前に行きつけの近所の酒場に現れ、今もまだそこに座っています」

「そこで何をやっているんだ」

「ビールと蒸留酒を飲んで、健康を脅かすような量の豚すね肉の煮こみと根菜類のマッシュを食べながら、ウエイトレスにちょっかいを出しています。胸のふくよかな金髪。名前はサイラ。そう、あなたと同じフィンランド系です」

人生はなんて不公平なんだ——とトイヴォネンは思った。

夜中十二時を迎える三十分前、ストックホルム県警の緊急通報番号112にまた通報が入った。今回も、ここ二十四時間で入ってきた数千もの通報と残念ながらとてもよく似ていた。

「ほい、また一人電話してきて、夜の平和を乱しますよ」電話の声が言った。

「お名前と、何があったかを教えてもらえますか？」オペレーターが答えた。こいつ、酔ってるな――。

「ハッセ・アーリエンだ。ハッセ・アーリエン社長。前はTV3の社長だった」

「で、何があったんです？」めちゃくちゃ酔ってるようだな――。

「誰かが隣の部屋で、狂ったみたいに銃を撃ってる」

「その住人の名前は？」

「ベックストレームだ。チビでデブで、なんでも警官らしい。いつも箒職人《ほうき》みたいに酔っぱらっているから、おそらくやつが銃をぶっ放しているんだろう」

64

スウェーデンの警官の基本的人権である拳銃所持の権利を取り戻すまでに、ベックストレームは三度にわたって射撃テストを受ける羽目になった。

一度目は、一発も撃たせてもらえなかった。

その日にベックストレームはストックホルムの南にある射撃練習場までタクシーで向かった。射撃インストラクターはいかにも射撃インストラクターらしく、ひそめた眉がそのまま短く刈りこんだこめかみにつながっているような男だった。ベックストレームは銃を受け取ると、弾倉を入れ、コッキングをしてから、いくつもある標的のどれに穴を開ければいいのかを尋ねるために、インストラクターのほうを振り返った。

するとインストラクターは驚いて地面に伏せ、突然顔を頭痛薬のように蒼白にして、すぐに銃を手から離せと叫んだ。ベックストレームは言われたとおりにした。

「ベックストレーム、頼むから安全装置をオフにした銃をわたしのへそに向けないでくれ。そうしてもらえると非常に助かるのだが?」インストラクターは押し殺した声でそう言った。

ベックストレームはまた銃を摑むと、コッキングをしてスライドに入っていた弾を出し、弾倉も出し、念には念を入れて人差し指で触ってみてから、銃をポケットに入れた。

「そうしなきゃ、お前さんがお漏らしするからか?」といちばん丁寧《ていねい》な口調で言った。

しかし役には立たなかった。もうそれ以上撃たせてもらえなかったのだ。インストラクターはあきれて頭を振りながら、その場から立ち去った。

二度目は女性のインストラクターだった。ベックストレームは一目見た瞬間に、敵が何をしているのかわかった。防弾チョッキとヘルメットをつけ、常時ベックストレームの背後に立ったまま指示を出す。ベックストレームはそれを聞く気力もなかったし、どちらにしても無理だった。決まりのとおりに防音イヤーマフを装着していたからだ。その代わりに本来の目的に集中することにした。銃を上げ、じっくり狙いを定め、左目を閉じ、念には念を入れて右目も細めてから、前方の人型の紙をよく狙って、弾を発射した。

すばらしい——一分後に成果を眺めたとき、ベックストレームは思った。少なくとも半分は当たったし、医者でなくてもそのうちのほとんどが死に至る傷なのがわかる。

「で、銃はどこで受け取るんだ?」ベックストレームが尋ねた。

最初インストラクターはあきれたように頭を振り、顔色を前の同僚と同じ色にして、やっと口を開いたときの声もやはり同じようなものだった。

「スウェーデンの警察官は、激しい暴力にさらされる危険性がある場合のみ——つまりわたしが言っているのは非常事態のことですが——襲ってきた相手の脚を撃つことになっています。それも膝より下。腿だって死に至る可能性があるんですから」

「わたしが間違っていたら教えてくれ。頭のおかしな悪党がナイフを手に襲いかかってきたら、その膝を撃てってのか?」

「膝の下です」インストラクターが訂正した。「答えはイエス。職務執行法でそう決まっています」

「わたしならまずそいつに、キスとハグのどっちがいいかを訊くね」ベックストレームは皮肉たっぷりに答え、あきれたように頭を振ると、その場を去った。そしてタクシーに乗った瞬間に、警察官の労働組合で働くいとこに電話をかけた。

「つまり、雇用主はお前がシッゲちゃんを握ることをいまだに拒否しているのか」いとこは急に、ベックストレームと同じくらい血に飢えた声を出した。

「そのとおりだ」ベックストレームが言った。「で、どうするつもりだ？」

必要なことはすべてやろうじゃないか――というのがいとこの答えだった。例えば、以前組合のオンブズマンをしていた頼れる男に頼る。今は警察大学で射撃インストラクターをしていて、必要な証明書を発行する資格をもっている。

「事情は話しておく。そいつから電話させるから、時間を約束しろ」いとこが言った。

「他にやるべきことは？」

「七百ミリリットル瓶を持参することだな」


時間の節約のために、ベックストレームは警察大学の射撃練習場に着いたとき、まず自分がもっている中でいちばんいいモルトウイスキーの瓶を差し出した。

「おやおや、ありがとさん」頼れる男は舌で口の周りを舐めた。「では、そろそろシッゲちゃんを握りたいだろう？」そう言って、ベックストレームに自分のシグ・ザウエルを渡した。

「感じるか？」インストラクターは、手で銃の重みを感じているベックストレームにうなずきかけた。

「何をだ」

「人生で本当の鳥肌が立つのは、シッゲを握ったときだけだ」インストラクターはベックストレームから酒をプレゼントされたときと同じくらい嬉しそうだった。

こいつはおそらくどうかしている――ベックストレームはそう思いながら、相手が背後でこっそり銃をもう一丁取り出して、自分を狙っていないかどうかを確かめた。

それから標的をじっくり狙い、念には念を入れて左目をつむり、右目を細め、いつもどおり研ぎ澄まされた弾を発射し、いつもの場所に命中させた。

「おいおい、ベックストレーム」インストラクターは驚嘆を隠せないようだった。「これで悪党は静かになったな」

ベックストレームが証明書をポケットに入れて立ち去る前に、新しい友人から素晴らしいアドバイスが送られた。

「ひとつ考えたんだが、ベックストレーム」

「ああ?」

「きみの場合、そうだな、低めに狙っても、当たるのが高めだろう?」

「ああ」

「そいつの前の地面を狙ってみてはどうだ」インストラクターがアドバイスした。「つまり、規律課のうるさいばあさんたちのことを考えるとだ」

そんなことは忘れろ、この腰抜けめ。今や一人前の警官の権利を取り戻したベックストレームは思った。誰かがちょっと手を上げただけでも、頭蓋骨を撃ち抜いてやる――。

65

ベックストレームは行きつけの酒場を、夜中になる前には出た。フィンランドのユヴァスキュラ出身の白い竜巻《たつまき》の都合が悪くなったのだ。彼女の通常のヒモが突然職場に迎えにきたからだ。おまけにベックストレームのことを睨《にら》みつけた。だからベックストレームは独りで家に帰った。愛しいわが家のドアを開け、大きくあくびをすると、玄関に入った。

まあ今夜はシッゲを抱きしめるくらいで我慢しておくか――そう思った瞬間、招かざる客の存在に気づいた。

「おかえり、警部どの」ファシャド・イブラヒムが家の主に向かってにこやかに挨拶した。

巨人のようないとこのほうは何も言わなかった。ベックストレームのことを、深くくぼんだ黒い瞳でじろりと見つめただけだった。岩を掘ったような顔だ――下あごさえゆっくりと動いてなければ。

「どういうご用件かな?」ちくしょう、どうすればいいんだ――。「まずは、一杯ごちそうさせてもらおうか」ベックストレームはそう提案し、キッチンのほうをあごで示した。

「おれたちは酒は飲まないんだ」ファシャド・イブラヒムが頭を振った。ベックストレームのお気に入りのアームチェアに心地よくもたれている。いとこのほうは部屋の真ん中で立ちポーズを決めて、ただこちらを睨んでいるだけ。

「大丈夫だよ、警部さん。我々は穏便に話がしたくて来ただけだ。ちょっとビジネスの話をね」

「なるほど」ベックストレームはそっと黄色い麻のズボンの裾を振った。急に汗でぐっしょりし、おまけに脚がなにやら不思議な振動を始めた。

「きみの同僚たちが何をしているのかに興味があってね。どうも二種類の可能性があるようだ」ファシャドは独り言のように続けた。

そして手をポケットに突っこむと、千クローネ紙幣の束を取り出し、ベックストレームのソファテーブルに置いた。ベックストレームがこれまで黄金の詰まったおまるの中で見てきた札束と驚くほどよく似ている。それからファシャドはなぜか内ポケットから短剣《スティレット》を取り出し、両刃になった刃を開くと、爪にたまった汚れを取り始めた。

「おれが思うに、二種類の可能性がある」ファシャド・イブラヒムは繰り返した。声はさっきから友好的だが、いとこのあごはまだ回っている。ファシャド自身は、爪の掃除に忙しそうだ。

ここは、ベックストレーム・ナンバー2でいくしかない――。他に選択肢もないし、最初から全力でいくことにした。

「神よ、我に慈悲を与えたまえ！」ベックストレームはそう叫び、丸い頭で天を仰ぎ、懇願するように組んだ手を頭上へと上げた。それから巨人タリブの前に膝──右の膝をついた。まるで求婚するかのように。

タリブのあごが止まった。半メートル後ずさり、自分の前に跪《ひざまず》くベックストレームを当惑した顔で見つめている。それから肩をすくめ、首を回してボスのほうを見た。明らかに照れくさそうな顔だ。

「男らしくしろ、ベックストレーム。女みたいだぞ」ファシャドが警告し、あきれたように頭を振って、ナイフの先でベックストレームを指した。

その瞬間、ベックストレームは攻撃に出た。

66

ベックストレームがクングスホルメンの行きつけの酒場に座ったのとほぼ同じ頃、コペンハーゲン警察にある情報が入った。声から察するにデンマークで生まれ育った、匿名の中年男。緊急通報番号に電話をかけてきて、メッセージを残したのだ。

ファサン通りぞいの大きな駐車場、昔のSASホテルから二百メートルほどのところに、ゴミのコンテナが置かれている。コンテナの中の、よくある麻袋——もともとは豚の飼料が入っていたもの——に死体が入っている。中の男は、自分で袋にもぐりこんだわけではない。デンマーク警察がみつけやすいように、ちゃんと裸の足が袋から突き出た状態だ。

「まあ、そんなところだ」男はデンマーク語でそう言ってから、プリペイド携帯を切った。逆探知するのは不可能で、こういった会話のさいには必須のアイテムだ。

その三分後、現場に最初のパトカーが到着した。さらに半時間後には、生活安全部の警官二人に、コペンハーゲン警察の犯罪捜査官と鑑識官が加わった。

ベックストレームがダブルエスプレッソのお供に小さな蒸留酒を頼んだ頃には、麻袋は開かれ、中に入っている裸の死体を見てみることができた。首にくくられた紐に、住所タグが下がっている。〝ナシール・イブラヒム。ストックホルムの犯罪捜査部宛〟死体の口には駐車違反切符が突っこまれており、身体についた傷から、長く苦痛に満ちた死だったのが見て取れた。

イスラム系の強盗犯が逃亡車を間違った場所に停めたというメッセージはこの上なくはっきりしていた。コペンハーゲンの警察はもともと情報をもらっていたので、スウェーデンの同僚に電話をかけた。ストックホルム県警機動隊のヨルマ・ホンカメキ警部に。ホンカメキはその電話を取ったとき、ベックストレームのアパートの前でベックストレーム作戦のフィナーレを指揮していた。

ナシールのいちばん上の兄ファシャドが救急車の中に運びこまれていく。救急隊員が二人で担架《たんか》を担ぎ、女性の看護師が点滴の袋をもっている。ファシャドはホンカメキにはわからない言葉でうめき、ズボンは血だらけで足首まで下ろされていた。いとこのハッサン・タリブは別の救急車でその場をあとにしたところだった。意識不明。ネックカラーをつけ、担架は三人がかりで運び、医師と看護師がなんとか命をつなごうとしていた。

いちばん元気そうなのはナシールの二番目の兄アフサンだ。鼻を折られ、大量の鼻血を出し、背中に回した両手に手錠がかかっていて、自分の足で歩こうとしないとはいえ、それ以外はまるっきり普段どおりだった。

「この豚どもめが！　肛門から犯してやる」ホンカメキの部下二人に機動隊車両に連れこまれたとき、アフサンはそう叫んだ。

いったい何が起きてるんだ――ホンカメキは頭を振った。

「いったい何が起きてるんだ」その一分後、トイヴォネン警部が同じセリフを繰り返した。パトカーを降り、ホンカメキの顔を見たとたんに。

67

明らかに照れた表情になったタリブがベックストレームから視線を外した瞬間に――男のくせに逡巡するなんてまるで女みたいだが――ベックストレームは攻撃を仕掛けた。雷のような速さで相手の足首を摑むと、力のかぎり引っ張ったのだ。

タリブはそのまま後ろに倒れた。切り倒されたヨーロッパアカマツの大木のように。どこの出身かを考えれば、なぜアカマツなのかはわからないが。ただ、そのまま後ろに倒れたのだ。両腕《むな》を虚しく振り回しながら。そして首と後頭部をベックストレームのソファテーブルにぶつけ、最高級コールモーデン大理石の天板に大きなひびが入った。

ベックストレームは瞬く間にシッゲを抜き、多少苦労して――それは否めなかったが――立ち上がった。念には念を入れて左目をつむり、いつもよりさらにじっくりと狙いを定めた。

ファシャドもまた立ち上がり、相手を制するように両手を振り回した。手からスティレットが落ちる。ベックストレームの高価な絨毯《じゅうたん》に、先端を下にして。

「落ち着け、警部。落ち着いてくれ」ファシャドは必死で手を振り回している。

「メイク・マイ・デイ、パンク!」ベックストレームが叫んだ。そして、新しく張ったばかりのフローリングに傷がつくことなど気にせずに、銃をぶっ放した。

68

ベックストレームの隣人は、実は緊急通報番号に電話する必要はなかった。警察はもともとその場にいたのだ。

夜の十一時過ぎ、サンドラ・コヴァッチのパソコン上で、急に白いメルセデス――アルファⅢ――が動きだした。今夜早い時間に、レクサスと同じ屋内駐車場のいちばん上の階に停められていたものだ。

コヴァッチとエルナンデス、そしてモトエレを乗せた尾行車がすぐ近くにいて、二分後にはメルセデスの百メートル後についていた。明らかにクングスホルメン方向に向かっている。アフサンが運転し、ファシャドが隣に座り、ハッサン・タリブはきっと後部座席を占領しているのだろう。

コヴァッチは無線でリンダ・マルティネスに連絡を入れた。そしてマルティネスが別のメンバーに連絡を取った。その夜、ベックストレームを監視していて、そのときはベックストレームのいる店から数街区しか離れていないマクドナルドで軽食を食べていた同僚たちに。

トーマス・シング警部補はマレーシアからの養子で、その同僚グスタフ・ハルベリ巡査はいかにもスウェーデンらしい名前だが、こちらは南アフリカからの養子だった。二人は車に飛び乗ると、ベックストレームのいる店に戻った。十五分前にそこを離れたとき、ベックストレームはコニャックの大きなグラスにしがみついていた。今もまだそこに座っている。おそらく同じコニャックのグラスだろう。空になっているから。

「どうする?」ハルベリが訊いた。

「待とう」シングが答えた。

五分後、ベックストレームが金髪のウエイトレスを手招きし、立ち上がり、ポケットから札束を取り出し、五百クローネ紙幣を一枚だけ抜き、レシートを丸めた。ウエイトレスが釣りを渡そうとすると、首を横に振った。

「金には困っていないようだな」ハルベリ巡査が言った。

「なんのためにここで見張ってると思ってんだよ」シング警部補が言う。ハルベリより五年長くこの仕事をしていて、すでに酸いも甘いも嚙みわけているのだ。

ベックストレームが支払いをするために立ち上がった頃、白のメルセデスがベックストレームの住むアパートの門を二十メートル過ぎたあたりで停まった。ファシャドとタリブが降りてきて、アフサンは車を路肩に駐車し、ライトを消し、車に残った。アフサンの兄といとこはべックストレームのアパートの門の中に消えていった。コヴァッチは同じ道の五十メートル先に車を停めた。エンジンを切り、ライトを消し、そのまま坂を下って停止した。

「どうします?」マグダ・エルナンデスが訊いた。

「ベックストレームは間もなく戻ってくる」コヴァッチのイヤフォンの中にはシングがいた。

「シングとハルベリは徒歩であとをつけて」コヴァッチが指示し、エルナンデスにもうなずきかけた。

「何かおかしい」モトエレが頭を振った。

「何が?」エルナンデスが尋ねる。

「直感だよ。ベックストレームは、やつらが来ていることを知らない気がする」

「ダーティー・コップよ」コヴァッチが鼻で笑った。「知ってるに決まってるじゃない」

「ベックストレームは今日の午後ずっと携帯を切っていた」モトエレが反論する。

「もう一台もってるか、別の方法で時間を約束したんでしょ」

四分後、ベックストレームが自分のアパートの門に消えた。

「こっそり忍びこんで、新聞受けから盗み聞きするなんて考えないでね」コヴァッチがモトエレに警告した。「今日はリスクを冒さないこと」

「ここはめちゃくちゃ暑いな。窓を開けてもいいかい、ママ?」モトエレが後部座席のウインドウを下げながら訊いた。

「あんたみたいなのは暑いほうが好きだと思ってたけど？」コヴァッチがからかう。「フランクちゃん、風邪だけは引かないでね」

「時間を約束って、どうやって……」モトエレがそう言いかけたとき、遠くで鈍い破裂音が響いた。モトエレがとっさに車から飛び出し、その方向へと走る間、何度も鈍い破裂音が続いた。その音なら、何千回と聞いたことがある。防音イヤーマフをつけて射撃練習場に立っているときに。

アフサン・イブラヒムは何も見ていなかったし、聞いてもいなかった。ｉＰｏｄで音楽を聴いていて、リズムに合わせて歌い、目をつむって満喫していた。しかし誰かが急に車のドアをがばっと開けて首を掴んだときに、何もかもおかしくなった。座席の間に置いておいたナイフを反射的に掴んだが、次の瞬間にはうつぶせに道路に倒れていた。誰かがアフサンの手を踏み、ナイフを蹴り飛ばした。立ち上がろうとすると、わき腹を強く蹴られた。誰かに髪を掴まれ、顔を上げさせられ、鼻をチョップされた。頭がくらくらする。もう一発、さらにもう一発。暗闇がアフサンを包みこんだ。周りで響く声もほとんど聞こえなくなった。

「やめなさい、フランク！」サンドラ・コヴァッチが叫んだ。「殺すつもり？」そして同僚を脇へ押しやった。アフサンの背中に膝をつき、その両手を腰の上まで引きあげ、手錠をかける。まず右、そして左。

「あんた、信じられない！」サンドラ・コヴァッチがまた言った。

「このアラブ野郎はおれを刺そうとしたんだぞ」モトエレが石畳の道の反対側に落ちているナイフを指した。

「フランク、いい加減にしなさい。あんたが襲いかかったとき、もうナイフはもっていなかったでしょ」

フランク・モトエレは聞いていないようだった。ただ肩をすくめると、銃を抜き、ベックストレームのアパートの門をくぐった。

69

一発目ですでに、ファシャドは空っぽの袋のように倒れた。どうやら左脚に当たったようだ。ベックストレームとしては、そんなバカみたいな場所を狙うつもりはなかったのに。

ベックストレームは念には念を入れてもう何発か撃ち、それがあちこちに当たり、それからやっとあたりが静まり返った。タリブはじっと動かないままあおむけに倒れている。目は半分開いているが、瞳に宿る命は消えていた。下あごも動くのをやめ、耳と鼻から血が流れている。脚が奇妙に痙攣《けいれん》している。ベックストレームは身を屈め、ウエストに突っこんであった黒い銃を奪い、自分のウエストに差した。

それからファシャドのもとへ向かった。両手で左脚を抱えながら、床の上で苦しんでいる。

ベックストレームの高価な絨毯《じゅうたん》に大量の血を流し、大声でうめきながら。

「おいこらお前、いい加減に黙れ」どうせここまで来たのだからと、ベックストレームは相手をがつりと蹴りあげた。シッゲが当たったほうの脚を。

ファシャドは白目を剝き、気を失った。ベックストレームは札束をポケットに入れてから、状況を確認した。やっと平和が訪れた――そう思った瞬間、家の電話が鳴った。

「ベックストレームだ」ベックストレームはため息をつきながら、部屋の中の惨状を見つめた。

「どうも、ベックストレーム」女性の声だった。「同僚のコヴァッチです」

「わたしなら大丈夫だ」

「今あなたの部屋の前に同僚と一緒に立っているんですが。入れてもらえませんか？」

「特殊部隊のバカどもはいないだろうな？」また同じ過ちを犯すつもりはないベックストレームが訊いた。

「完全にまともな同僚だけです」コヴァッチが請け合った。

「わかった。一分だけくれ」

それから金を安全な場所に隠し、ウイスキーをグラスにたっぷり注いだ。シグ・ザウエルもウエストに差した。この時間にもなると、そのあたりはかなりきつくなっているが。

まあ、こんなものかな――ベックストレームは今一度、部屋の中の惨状を確認した。念には念を入れて。

それからドアを開け、同僚たちを招き入れた。自分はソファに座り、ウイスキーを飲み干した。念のため、もう一杯注ぐ。いったい近頃の警察隊はどうなっているんだ――。十五分近く命の危機にさらされていた自分は、独りで平和と秩序を取り戻した。なのに雇用主ときたら、何もかも終わったあとに五人の洟たれ小僧を派遣するのか。女二人に、ニガー二人、それにムラート。きっと学校で虐《いじ》められた口だろう。スウェーデン警察はいったい何をしているんだ――。

その半時間後に到着したピエテル・ニエミは、ドア口で深いため息をついた。かつて犯行現場だった場所――いや、正式には今でも犯行現場なのだが。それなのに救急隊員や警官やらが五十人は足を踏み入れ、動かせるものは何もかも動かし、動かせないものまでべたべた触っている。

「よし」ニエミが口を開いた。「全員部屋を出てもらおうか。我々が作業できるように」

「忘れろ、ニエミ」ベックストレームが言った。「わたしはここに住んでるんだ」

「ベックストレーム……」ショック状態なのだろう、とニエミは思った。

「これがタリブの銃だ」ベックストレームが銃を一丁、かつては自分のソファテーブルだったコールモーデン大理石の残骸の上に置いた。「そして、こっちがわたしのだ」

「あそこの床のナイフは?」

「ファシャド・イブラヒムのものだ。あれも回収してくれ」

「銃弾が当たった箇所は?」

「すべてこの部屋で起きた。あいつらはおそらく道具を使って玄関の鍵を開け、わたしが帰ってくるのを待ちかまえていた。それで大乱闘になったんだ」ベックストレームはそこで肩をすくめた。あとは自分で考えてくれ。

「ベックストレーム、あなた以外に銃を撃った人間は?」チコ・エルナンデスが訊いた。

「さっぱりわからない」ベックストレームはうそぶいた。「何もかもあっという間で、混乱していて。では失礼させてもらうよ」ベックストレームが続けた。「自宅のようにくつろいでくれ。わたしはちょっと横になろうと思う」

そして寝室に入ると、ドアを閉めた。ニエミとエルナンデスは顔を見合わせ、肩をすくめただけだった。

その一時間後、ベックストレームはアンナ・ホルトとアニカ・カールソンの訪問を受けた。

「気分はどう、ベックストレーム」ホルトが訊く。

「プリマ・ライフだ」ベックストレームはそう答えた。これより元気だったことはいくらでもあるのに。おまけに不思議なくらい現実味がなかった。自分の身に起きた出来事だとはとても思えない。

「わたしに何かできることはある？　医者の診察、デブリーフィング、ああそれにホテルの部屋も予約したわ」

「それなら忘れてくれ」ベックストレームは念のため、首も横に振った。

「ここに残ってあなたの面倒を見させてください」アニカ・カールソンが言う。「リビングを少し片付けるわ。ニエミはもう終わったと言っているから」

「本当かい」ベックストレームが驚いた顔でアニカを見つめた。凶暴なレズが、おれみたいな男の部屋を片付けてくれるだって？　いったいどうなってるんだ――。

「そのあとは、ソファで寝ると誓いますから」アニカ・カールソンがにやりとした。

「まあ、じゃあそれで」いったいこの女は何を言ってるんだ？

「外にはジャーナリストが五十人はいる」ホルトが言う。「生活安全部の警官を門の前に立たせてもかまわないわね？」

「もちろんかまわない」ベックストレームは肩をすくめた。

「ではまた明日。気分が落ち着いた頃に連絡をちょうだい」


ベックストレームはシャワーキャビンに入った。そこに立ったまま、湯を浴びる。タオルで身体を拭き、バスローブを着て、警察のメンゲレ医師から処方された緑色の錠剤と茶色い錠剤を飲んだ。頭を枕につけた瞬間に眠りに落ち、目覚めたのは、淹れたてのコーヒーと焼き立てのパンとチーズとバターの香りのせいだった。

「おはようございます、ベックストレーム」アニカ・カールソンが笑顔で立っている。「朝食はベッドで？　それともキッチンで？」

「キッチンで」無駄にリスクを冒すつもりはないからな。

70

火曜の午前中、アンナ・ホルトとトイヴォネンは状況を以下のようにまとめた。

ハッサン・タリブは、夜の間にカロリンスカ大学病院の神経外科で二度手術を受けた。激しい脳出血を起こしており、医師たちが必死に命を救おうと努力した結果、今は集中治療室に入っている。

ハッサン・タリブは身長二メートル、百三十キロ分の筋肉と骨でできていて、ストックホルムの地下世界で恐れられてきた男だ。同じような見た目の男たちからも恐れられていた。そのハッサンが後ろに倒れて、ソファテーブルに頭を打ちつけた。映画やテレビに出てくる悪党なら、ぶるぶるっと頭を振って、また立ち上がり、ベックストレームをみじん切りにしただろう。

しかしこれは現実に起きたことであり、ハッサンは生き延びられるかどうかもわからなかった。

ファシャド・イブラヒムもまた手術台の上で一夜を過ごした。弾が当たったのは左膝のすぐ下で、警察のルールブックどおりだったのに。弾はまず下腿、脛骨《けいこつ》および腓骨に当たり、そこまでは予測どおりで予定どおりだった。それから予測不可能なことが起きた。銃弾は新しい種類のもので、標的に当たると炸裂《さくれつ》するタイプだった。弾が貫通したり、跳弾したりして他の人間に当たるリスクを減らすためにその銃弾が導入されたのだ。狙った人間への被害が大きくなるのは、まっとうな犠牲だ。今回は銃弾のケースボディが炸裂し、その破片が大腿骨ぞいに上がって、腿の血管を傷つけた。病院に到着したとき、ファシャド・イブラヒムはすでに三リットルの血液を失っていた。救急車の中で心臓が二度止まった。十時間後、彼は集中治療室にいて、その後の経過は今のところ不明だ。

弟のほうは、ベックストレームのアパートの前の道で素早く診断が下りた。鼻が折れ、おそらく脚と右手の指も折れている。それなら、留置場の医療スタッフでも手に負える。ところが機動隊の車両で警察署へ向かう短いドライブの間に、アフサンは気を失い、床に倒れた。最初は猿真似かと思ったが、結局は彼のこともカロリンスカに送り届け、一時間後にはアフサンまで手術台に乗っていた。右の肋骨が複数本折れて、肺がパンクし、気胸を起こしていたのだ。それでも、兄やいとこよりはずっと良好な状態だった。

「アフサンは問題なく回復する」ホンカメキが話した外科医は言った。「言うまでもなく、予想外のことが起きないと想定してですがね」医者はお決まりのセリフを吐いた。

末弟のナシール・イブラヒムは死亡が確認された。おそらく普通のはんだごてで拷問され、よくある鈍器とやらで頭蓋骨を割られた。この場合に何が使われたか不明だが。念には念を入れて太い紐で首も絞められ、そこに住所タグが下がっていた。死体は今日これからソルナの法医学研究所に到着する予定だ。すでにデンマークの同僚たちがリグス病院の法医学部で仕事をすませてはいたが、念のためスウェーデンの法医学者も見てみたい場合に備えて。

念のためファシャド・イブラヒム、アフサン・イブラヒム、ハッサン・タリブの三名は、二時間前から高度の蓋然性のある容疑で勾留されている。エーヴェルト・ベックストレーム警部とフランク・モトエレ警部補への殺人未遂、重大な銃刀法違反、あとでそれ以外にも色々出てくるだろう。

三人とも、寝ているベッドの上ですら自力で動けないのに、警察は驚くほど厳重な警備をつけた。特殊部隊、機動隊、それに生活安全部からは、突然時間が空いた制服警官が二十人も配備された。それに半ダースほどの捜査官たち。

トイヴォネン警部はちっとも喜んではいなかった。

「あのチビのデブめ。どういうわけでわたしの捜査を台無しにしたんだ」トイヴォネンは血走った目で上司を見つめた。「ここはスウェーデンじゃないのか？」

「まあまあ」アンナ・ホルトが言う。「いや、ここはまだ一応スウェーデンよ。でも、あなたが言うほど単純な話ではない」

「ナシールは殺され、ファシャド、タリブそしてアフサンの三人は集中治療室だ」トイヴォネンは念には念を入れて、名前を言いながら指で人数を数えた。

「まあまあ」ホルトが言う。「まず第一に、ベックストレームはナシール殺害とはまるっきり無関係。どちらかというと、あなたがオーカレやそのお友達に話を聞いたほうがいいんじゃない？」

署長はふざけてるのか？　とトイヴォネンは思った。長い警官人生の間に、フレドリック・オーカレやヘルズ・エンジェルズの仲間とは数えきれないほどまるっきり無駄な会話をしてきたのだ。前回など、オーカレは脂でオールバックにしたような髪形の弁護士を連れていて、警察署を立ち去る前にトイヴォネンの肩を叩いてこう言ったのだ。

「ところでお前はフィンランド野郎なんだろ、トイヴォネン」

「それがどうした」トイヴォネンは嘲笑《ちょうしょう》を浮かべたオーカレを睨《にら》みつけた。

「じゃあうちの前の会長を知ってるよな？　あいつもフィンランド野郎だ。ああそうだ、あんたによろしく言ってたよ。一緒にバイクに乗ったりピルスナーを一杯やったりしたければ、連絡くれよな」

トイヴォネンは言うまでもなく連絡しなかった。しかし今回はどうしても連絡を取るしかない。ちっとも楽しみではないが。

「ニエミによれば」そうすぐにはあきらめないトイヴォネンが言った。「ファシャドはベックストレームの部屋の鍵をポケットに入れていたそうじゃないか」

「新しい合鍵ですって。わたしの理解が正しければ」ホルトもまた、ニエミと話したのだ。

「ベックストレームの部屋の合鍵をもっていたってのは、ずいぶん奇妙な話だ」

「あなたの言いたいことはわかるし、ベックストレームの噂についてもよく知っている。でも賄賂《わいろ》を渡しにいったのなら、普通に呼び鈴を鳴らせばいいじゃない。それに、それが理由で訪ねたんだとしたら、交渉はあまりうまくいかなかったみたいね。これが非常に微妙な内容だというのをわかった上で言うと」トイヴォネンと同じくらい本物の警官であるホルトが言う。

「金が足りなかったんじゃないか？　ニエミによれば、ファシャドは一銭ももっていなかった」

「まあまあ、ここは落ち着いて。想像だけで物を言ってはいけない。今までに判明したのは、ファシャドとタリブが、ベックストレームの知らぬ間に部屋に忍びこみ、驚かせた。殺すため、脅すため、何かを強要するため、協力を強制するためなのか、それとも賄賂を渡しにいったのか。それはわからない。ベックストレームには自分の身を守る正当な理由があった。ファシャドが受けた膝への銃撃は、完全にルールブックどおりだったし」

「それ以外の五発についてはどう思う。ニエミが天井や壁からほじくり出したやつだ」

「きっと大乱闘になったんでしょう。ベックストレームによれば、リビングに入ったとたんに襲われたそうだから。タリブが銃を抜き、ファシャドはナイフをかざした。ベックストレームはなんとか自分の銃を抜き、弾を発射した。それの何が問題？」

「わたしが間違っていたら教えてくれ」トイヴォネンは頭の蓋が飛んでいってしまわないように深呼吸した。おれは冷静だよな？　「ベックストレームがタリブを床に押し倒し、銃を奪い、ノックアウトした。その間にうっかり銃が何度か発射された。タリブを倒すと、今度はファシャドの脚を撃った。完璧な箇所、左膝のすぐ下に。ファシャドにナイフで刺し殺されそうになったから。それで正しいか？」

「まあだいたいね」ホルトは肩をすくめた。「今朝ベックストレームと朝食を食べたアニカ・カールソンによれば、彼はタリブを若い頃にやっていたミステリアスな柔道の足技で転ばせたんですって。本人によれば、当時はかなり上のレベルまでいったそうよ。タリブはそれで不運な角度に転んでしまい、ベックストレームのソファテーブルに頭をぶつけた。状況を考えると、それをベックストレームのせいにするわけにはいかない。それからファシャドがベックストレームに駆け寄り、ナイフで刺そうとしたから、膝を撃った」

「ベックストレームによれば、そうだな」

「わたしはニエミともエルナンデスとも話したけれど、彼らの鑑識捜査によれば、ベックストレームの話と矛盾する点は何もなかった。タリブについては、もうそのとおりでしかないと。それに壁の銃弾は、同じ場所に立って撃った場合にはありえない角度だそうよ。それもベックストレームの話と一致するわ」

「鑑識捜査か」トイヴォネンは鼻で笑った。「あなたもその目で見たでしょう。あれから五十人はあの部屋を踏み散らかしたはずだ」

「あなたやわたしを含めてね。それ以外の同僚たちも。それもベックストレームのせいではない」

「ああ。だが覚えてろよ。あのチビのデブにメダルと一年分の年収をプレゼントすればいい。ところで見たでしょう。あいつの家の家具がどんなだか……」

「ちょっと待ちなさい、トイヴォネン」ホルトが遮《さえぎ》った。

「はいはい、聞いてますよ」おれは完全に冷静だよな?

「ふと思ったんだけど、あなたはあのベックストレームにちょっと嫉妬しているんじゃない?」ホルトは笑みを浮かべた。まったく子供みたいなんだから、男ってのは。トイヴォネンが乱暴な足音を立てて部屋を出ていくのを見ながら、ホルトは思った。

すでにその日の早朝のニュースから、ベックストレームは国家の英雄だった。多くの同僚が首をかしげ、いったいなぜこうなったんだろうと不思議がった。しかしその大半は口を閉じて、同調しておくことにした。それでも何人かは、当惑を隠せなかった。

ヨルマ・ホンカメキもその一人だった。カロリンスカ大学病院の入口で、フランク・モトエレと出くわしたときだ。

「いったいなにが起きたんだろうか。どうしても不思議で仕方がない」ホンカメキがため息をついた。

「どういう意味です?」モトエレの目が突然サバンナの冬の夜のように真っ黒になった。

「あのチビのデブだよ」

「言葉に気をつけてくださいよ」モトエレは視線を自分の内に向けた。「あの人は英雄です。敬意を払ってください」

71

ベックストレームとアニカ・カールソンは、アパートの中庭を抜けて裏口から外に出た。通りに面したほうは完全にサーカス状態で、パトロール警官も大忙しだった。ジャーナリストに普通の野次馬。アパートの中に入ってこようとする人間が何人もいる。ベックストレームが本当に生きているのかどうかを確かめようとする者もいた。手紙や花束、プレゼントが殺到し、門の前にはベックストレームの勇気を讃えてキャンドルやランタンが半円状に並べられている。外は明るい真夏日だというのに。

「やらなきゃいけないことが、ふたつ」車に乗ったとたんにアニカが言った。「デブリーフィングに行くのと、内部調査課に行くこと」

「なぜそんなことをしなきゃいけない」ベックストレームは拗ねたように言った。

「早いほうがいいの。さっさと終わらせてしまいましょ。どっちから行きます？」

「それもきみが決めてくれ」

「賢明ね」アニカ・カールソンがベックストレームの腕を叩き、微笑《ほほえ》んだ。


デブリーフィングのほうはあっという間に終わった。カウンセラーは、ベックストレームが国家犯罪捜査局時代に知っていた元同僚だった。仕事で燃え尽き、クライシスに陥り、そこから復活し、常に変貌し続ける警察組織の中で新たな使命を受けたらしい。

「調子はどうだい、ベックストレーム」元同僚は念のため、カウンセラーらしく首をかしげてみせた。

「プリマ・ライフだ。これ以上ないくらいに。きみのほうは？　燃え尽きたと聞いたが」このできそこない警官め。

五分後、ベックストレームは部屋から出てきた。

「だが、報告書になんて書けばいい？」カウンセラーが訊いた。

「想像力を駆使しろ」それがベックストレームの答えだった。

一方で、ストックホルム県警の内部調査課への訪問は一時間もかかった。そこには今までにも数えきれないほど来たことがある。もっと長い時間、互いに心を開いて対等に口論したり怒鳴り合ったりしたこともある。今回はまずコーヒーが出てきて、ネズミ課の課長である警視正がわざわざ挨拶に現れ、容疑がかかっているわけではまったくないからと請け合った。ベックストレームはアニカ・カールソンと目配せを交わした。アニカは、必要とあらばすべてを見届けるためについてきたのだ。なにしろ西地区所轄の労働組合代表なのだから。

これまでに判明したことは、一貫してベックストレームの話と一致している。鑑識の同僚ピエテル・ニエミとホルヘ・エルナンデスも、ベックストレームの話を裏づける証拠を多数発見している。現場に最初に到着した同僚たち、サンドラ・コヴァッチ、フランク・モトエレ、マグダ・エルナンデス、トーマス・シング、グスタフ・ハルベリも、ベックストレームに有利になる証言をした。

「ほんの一時間前にモトエレにも話を聞いたところだ。彼が最初に部屋に入ったらしいな。衝撃的な描写だった。まさに戦場。ベックストレーム、きみが生きていられたのは純粋に奇跡だ。そうだ、きみも聞いたかもしれないが、別の犯人が外の通りでモトエレを刺し殺そうとしたんだ。きみを助けにアパートに入る数分前の出来事だ」

「恐ろしい話だ」ベックストレームは言った。「まだ若いのに。モトエレの具合は?」おれを助けるだと?　洟たれ小僧が何を言ってる。

「状況のわりには悪くない」警視正は具体的な内容には踏みこまずに流した。「結局、きみには質問が四点あるだけだ」

「かまわない。続けてくれ」ベックストレームが言った。アニカ・カールソンの目はすでに、ベックストレームがすっかり元気になりそうなくらい細められていた。

夜十一時半にアパートに帰ったとき、ベックストレームは警察の拳銃を携帯していた。なぜ？

「勤務中だったからだ」ベックストレームが答えた。「現状を考慮して、わたしも同僚たちも署を出た瞬間に銃を身につけることにしている。家でシャツを着替え、少し腹ごしらえをしてから、ソルナ署に戻るつもりだったし」

「うちの班は現在、昼夜を問わず働いているんです」アニカ・カールソンも援護した。「ブロンマ空港の強盗殺人にも関連している可能性がある二件の殺人事件を捜査しているんです。まるっきり人手が足りていません。二件でたった六人の捜査官」

おいおい、なんてことだ——まさかおれに恋したわけじゃあるまいな？

「ああ、実にひどい話だ」警視正が同意し、白髪交じりの頭を振った。「警察は実際、ぎりぎりのところでやっている」

ファシャド・イブラヒムはベックストレームの部屋の合鍵をもっていた。どうやって手に入れたか、心当たりはないか？

「とりあえず、わたしは渡していない。イブラヒムにはこれまで会ったこともないし。自分の部屋で飛びかかられるまではね。鍵は二本もっている。職場のデスクの引き出しに入れてある一本と、普段持ち歩く鍵束に一本。それからアパートの管理人も合鍵をもっている」

「つまり、イブラヒムがどのように合鍵を手に入れたかはわからないと？」

「ああ」ベックストレームは嘘をついた。すでに何がどうなっているかは推測がついていたが。しかしその点については自分でGギュッラとタティアナ・トリエンを問いただすつもりだった。

「鍵は一度も落としたことはない。落としていたら、すぐに錠を取り換えたよ」

「管理人は？」

「ほとんど話したこともない」

「デスクの引き出しにある鍵は？　引き出しは鍵がかかるのか？」

「ちょっと待ってくれ。まさか同僚の誰かがわたしの鍵をイブラヒムやタリブのようなやつに渡したとでも言うのか」

「清掃人なんかもいるだろう」警視正が食い下がった。

「この話は埒《らち》が明かなそうですね」アニカ・カールソンが割って入った。「それに、それを突き止めるのはわたしたちの仕事じゃない気がしますが」

「ああ、確かにちがうな」警視正が同意した。

デスクの引き出しに鍵を入れるのを覚えておかなくては。万が一のために。しかしどうやって、見た目はそっくりだがうちの錠にはまらない鍵を用意すればいいんだ？

同僚たちが入ったとき、ベックストレームはアパートの部屋で酒を飲んでいた。なぜ？

「確かにウイスキーを飲んだ。脈拍が二百以上に上がっていたので、必要だと思ってね。どうせあの日はもう仕事は上がるしかなかったし、ニエミがやってきてすぐに自分の銃を渡したんだ」

警視正はその点もよく理解し、自分もきっと同じことをしただろうと言った。

ベックストレームは合計六発撃ち、その一発がファシャド・イブラヒムに当たった。何発目が当たったかは把握してるか？

「最後の一発だ。今こうやって落ち着いて考えてみると、かなりの確信がある」

最初に巨人のようなタリブが、銃を抜いた状態で襲いかかってきた。ベックストレームはタリブをかわしながら、なんとか自分の銃を抜き、組み合っている間に何発か発射されてしまった。それから素手で相手を倒し、銃を奪うことができた。

「するともう一人がナイフを振りかざして駆け寄ってきた。それでわたしは相手の左の膝の下を狙ったんだ」

「そうか」警視正がため息をついた。「それで全部だね？　我々警官に、誰かが護りの手を広げてくれるときもあるのだな」

「ベックストレーム、これからどうしたいですか？」アニカ・カールソンが尋ねた。「家に帰って少し休みます？　それに、何か食べないとね」

「警察署だ。飯なら途中でバーガーを買おう。我々には殺人捜査があるんだ」

「もちろん。あなたがボスですから、ベックストレーム」

72

ナディアがベックストレームを抱きしめた。そしてその耳にささやく。

「あなたのデスクの引き出しに入れておきましたから」

ベックストレームはあやうく感動するところだった。誰かが心臓に手を触れたとき、いつもそうなるように。

「ありがとう、ナディア」まったくロシア人てのは、センチメンタルな人種だ。

若きスティーグソンは立ち上がり、敬礼をした。制服も着ていないのに。

「ボス、おかえりなさいませ」スティーグソンが言った。「嬉しいです」

「ありがとう」ベックストレームは相手の肩を叩いた。まさかこいつは父親にまで襲われたわけじゃあるまいな？

「怪我がなくてよかったな、ベックストレーム」アルムも言った。

「ありがとう」この腰抜けめが。頭が悪いだけじゃなくて、協調性もあるのか。

「ボスが生きていて本当によかった！」フェリシア・ペッテションはそう言って、ベックストレームに抱きついた。首に腕を回し、ぎゅっと力をこめる。

「まあ、まあ」ベックストレームは言った。いったいこいつらはどうしてしまったんだ。

「日常に戻るぞ。報告は？」

すべて計画どおりに進んでいる。まあ、基本的には。リンケビィでの聞きこみは残念ながら成果が上がっていない。地元交番の同僚たちが必死で頑張っているのに、面白い情報はさっぱり出てこない、とアニカ・カールソンが言った。

ダニエルソンの交友関係の洗い出しもまた困難だった。彼の長年の友人たちは捜査にあまり関心を示さず、事件について話そうともしなかった。アルムはそのうちの数名にますます不信感を抱くようになった。

「いやあ、元同僚ストールハンマルは、それほどいいやつじゃないな。残念ながら性格が変わってしまったようだ」

「きみもついに考えを変えたようだな」ベックストレームがいつもよりさらに朗らかな笑顔を浮かべた。

「変えたも何も。最初から疑っていたさ」

ナディア・ヘーグベリはダニエルソンの帳簿を捜していた。倉庫や収納スペースを貸し出す会社に何軒も連絡を取ったが、今のところ引っかかってこない。

ベックストレーム不在の間にトイヴォネンが彼女のところに来た。ファシャド・イブラヒムとダニエルソンの関連について何かわかったかどうかを確かめに。必要なら手を貸すとも言われた。強盗殺人捜査班から二人貸してもいい。しかしナディアは、ボスが帰ってくればきっとどうにかなると説明した。それに彼女に決められることではないのだ。

「どいつらだ」ベックストレームが尋ねた。「トイヴォネンが貸そうとしたのは」

「国家犯罪捜査局のルフトと、ストックホルムシティー署のアスフです」ナディアはため息をついた。

空頭と紙頭か——両者とも知っているベックストレームは思った。普通のでくのぼうなら、もううちにいるしな。

「そいつらなら、いなくても平気だ」ベックストレームが言った。それ以外になんて言えばいいんだ。おれが頭を撃ち抜かれそうになったとたんに、捜査に首を突っこんでくるんだから。

「他には？」

「わたし、面白いものをみつけたと思います」フェリシア・ペッテションが言った。

「教えてくれ」

フェリシア・ペッテションはアコフェリの携帯の通話を調査していた。ここ三カ月分の通話リストを請求してみると、失踪した日に五度かけていた番号に、基本的に毎日電話をかけていたことがわかった。

「基本的に毎日です。たいていは早朝。五時半から六時の間。新聞配達をしている最中です。他にこれほどかけている相手はいません」

「だがまだ誰の番号かはわからないんだな？」ベックストレームが訊いた。

「ええ。ですがわたしが話を聞いた職場の人たちではありません。親族も誰もその番号を知らない。友達も。そもそも友達はあまりいないけど。宅配便会社のスタッフや、大学で知り合った友達くらいで。高校時代の友人も二人いました。あと近所に一人。ですが誰もその番号は知らないと」

「その通話はどこで受信されている？　相手はどこにいるんだ」

「ここソルナです。ソルナかスンドビィベリ。毎回同じ基地局で」

「犯罪課報サービスには訊いたのか？」

「ええ、もちろん。県警犯罪捜査部の携帯捜査データベースにも登録がありませんでした。今はありますが、それはわたしが登録したからです」

「なるほど」ベックストレームがあごを撫でた。「アコフェリは……何かがおかしい」

「何が気になるのか、ボスはまだ思いつきませんか？」

「わたしも歳を取ったものだな。だが、遅かれ早かれピンとくるはずだ。予定どおりに進めよう。そのうち謎は解ける。フェリシア、引き続きアコフェリのことを調べてくれ。これはわたしの直感だ。もっと具体的に言えればいいんだが、今の時点ではまだ直感だけだ」


さあ、これでこいつらにもちょっとは考えるネタができただろう——ベックストレームはすっかり普段のベックストレームに戻っていた。なんだ、直感って。それにどうすればアニカ・カールソンを撒けるだろうか。そろそろ、がっつり飲みたいのだが。

73

その午後、県警本部長は参謀本部を臨時招集した。メディアからの圧力が大きくなりすぎたためだ。国民は、英雄であるエーヴェルト・ベックストレーム警部に会わせろと要求している。実のところ、こんな騒ぎはアンナ・リンド外務大臣が暗殺（二〇〇三年九月）されて以来だった。そのとき追われたのは、当然今の県警本部長ではなく当時の県警本部長だったが。その彼は今では別の、より重圧の少ない任務を与えられている。彼がメディアに露出しなくてすむような対策を講じるには、時間も労力もかかった。

会議は、人事部の新しい部長からの興味深い提案で始まった。彼は民主党の政策研究所にいた過去があり、首相の広報官代理を務めていた時期もあり、ほんのひと月前にはギモにある領主の館で秘密裡に行われたきわめて興味深い週末カンファレンスに参加したばかりだった。秘密を明かしても問題ないとされるくらい閉鎖的なサークルの会合らしい。

国民の間では、〝自尊感情係数〟が高まる一方だった。これまでに行われた多数の意識調査においてそのことが証明されている。〝自己肯定係数〟が同様の調査を行ってきたこの三十年でここまで高かったことはなく、どの曲線も振り切れそうだった。

軍隊や警察、普通の税関職員、沿岸警備隊、消防隊員までが、階級、役職、肩章、記章、それにメダルや賞をほしがっている。一般市民は王家が社会的にもっと表に出るべきだとし、勲章の授与を復活させてほしいとも願っている。学者や将官のみでなく、自分のような平凡な国民も授与対象に含まれるくらい大々的に間口を広げるべきだと、過半数が要求しているのだ。おまけに首相が――カンファレンスの最終日に現れたのだが――きわめて興味深い提案を行った。スケールの大きな政治思想家にふさわしい、大胆な提案だった。同時に、人事部長が耳にした中でもっとも深く考えさせられる類《たぐい》のものだった。いや、本当に。

「なんだったの？」県警本部長が尋ねた。

「爵位です。首相は、貴族階級の復活を喚起しようとしていました。財政への影響はすでに試算済みで、年俸、褒賞金、退職金などを毎年何十億単位で節約することができる。最近はどっちを向いても、風を追うように虚《むな》しい話ばかりですからね。リアリティショーで尻を見せてつかの間の名声を得てどうする」

「具体的には？」県警本部長の主任弁護士は上司と同い歳の痩せた女で、白物家電セールスマンのような人事部長が職場にやってきた一日目から、鋭く睨《にら》みを利かせていた。

「金でできた大きな警察メダルですよ」人事部長が言う。「警察内における最高の栄誉。このところ一世代にわたり忘れられていたが」

最後にそれを授与するかどうかの議論がなされたのは、三十五年近く前だった。ノルマルム広場の銀行での人質事件で、〝ノルマルム広場の英雄〟と呼ばれることになるヨンヌ・ヨンソン警部補とグンヴァルド・ラーション警部補が、地下の金庫室に閉じこめられていた人質を解放し、犯人たちに手錠をかけて表に引きずり出した。新聞記事の入稿や大きなニュース番組に充分に間に合う時間に。そして、壁のようにびっしり差し出されたマイクと、フラッシュの一斉砲火に迎えられた。

そのときはメダルの授与にはいたらなかった。当時の警察委員会長官は昔の国民党の調整候補者にすぎなく、他に妥当な候補者もいなかったから県警本部長になっただけの男だった。要はろくに実力がなかったのだ。

「ちょうど選挙の時期だったり、社会民主労働党政権だったりで、パルメ首相の逆鱗《げきりん》に触れ、県警本部長はしっぽを巻いたんだ。それだけの根性がなかったんだな、つまり」

最後にメダルが授与されたのはもう六十年近く前になる。授与されたのは、当時ストックホルム県警の警部補だったヴァイキング・エーンという男だった。彼がその栄誉にあずかったのは、一九四八年十一月に起きた、俗に言う〝マーガリン暴動〟での決定的な尽力に対してだった。

「金でできた大きな警察メダル……」県警本部長はまるでそれをしゃぶっているみたいな声だった。彼女自身はまるっきり別のアイディアがあったのだが、それは心にしまっておくことにした。少なくとも、当面は。

「マルガリエータ、あなたこの件を調べてもらえる？」本部長は主任弁護士に頼んだ。「いくつか根拠になるような情報をみつけてくれたら、明日の朝改めて話し合いましょう」

「ええ、ぜひ」主任弁護士はなぜか非常に寛大なうなずきを新しい人事部長に送った。「光栄です」

ヴァイキング・エーンとは？

そして、マーガリン暴動とは？

74

ヴァイキング・エーンとは誰だったのか。

ヴァイキング・エーンは一九〇五年にスコーネ地方のクリッパンで、粉ひき小屋を営むトール・バルデル・エーンとその妻フィデリア・ヨセフィーナ（旧姓マルコウ）の息子として誕生した。彼は警官であり、伝説的なレスラーでもあった。一九三六年のベルリンオリンピックでグレコローマンスタイルのヘヴィー級金メダルを獲得し、当時からすでに、ヘラクレスのような怪力は子供の頃九十キロの小麦の袋を担いで粉ひき小屋の急な階段を上り下りしていたからだとささやかれていた。

ヴァイキング・エーンは一九二六年にストックホルム県警に巡査見習いとして採用され、クリッパンおよびスコーネ地方は喪に服すことになった。というのも、その頃クリッパンはスウェーデンのレスリングの中心地だった。ヴァイキング・エーンが地元クラブに多数のチャンピオン称号をもち帰っていたからだ。しかし彼は地元を去り、ストックホルム県警のレスリングクラブに移る。

一九三六年の伝説のオリンピックでは、ベルリン体育館において、第三帝国の偉大なる息子であり英雄、レスラー男爵クラウス・ニコラウス・フォン・ハベニックスを打ち負かした。開始一分後にはもうハベニックスをマットに倒し、摑みかたを変え、逆向きに腰から抱え上げて、一緒に立ち上がった。その逞しい腕で相手を上下逆さに抱えて。スウェーデンからやってきたヴァイキングは恐ろしい雄叫びを上げ、後ろに倒れながら、フォン・ハベニックスを観客席の三列目へと投げつけた。

その十二年後、彼は金でできた大きな警察メダルを授与された。

ヴァイキング・エーンは当時警部補で、ストックホルム県警の機動隊の隊長代理だった。その十五年前に機動隊が結成されたとき、初代の隊長は機動隊をSA——ドイツの突撃隊になぞらえた。戦後はいくらか別の活動も行ったが、その後は主に二種類の任務を請け負っていた。特別危険な囚人の刑務所間の移送と、王国の首都における重要な〝建造物、構築物、その他価値のあるもの〟の警護だ。

機動隊は、警察組織初の特別車両を与えられた。長い黒のプリマスV8。運転手を含めて十名の警官が乗ることができる。それも屈強な男ばかり。エーンがほぼ例外なく、機動隊のメンバーをストックホルム県警のレスリングクラブからスカウトしていたからだ。国民はその車両を〝黒いマイヤ〟と呼び、それに乗って移動する者たちのことは彼らの耳の形になぞらえて

〝カリフラワー旅団〟と呼んだ。
マーガリン暴動の三日目――それは国家の緊急事態であり、社会が変化を遂げようとしている過渡期だった。その暴動を、ヴァイキング・エーンがついに止めたのだ。さもなくばかなり悲惨な状況になっていただろう。その褒美として、金でできた大きな警察メダルを授与されたのだ。

それでは、マーガリン暴動とは？

マーガリン暴動はスウェーデンの近代史において長らく見落とされてきた一章で、ずっとあとになってから、歴史家マイヤ・ルンドグリエンが第二次世界大戦終了後のスウェーデン政府の配給政策についての論文の中で、この事件について分析している（『満腹の男たちと痩せた母親たち』ボニエール・ファクタ社、二〇〇七年）。
暴動は一九四八年十一月四日木曜日に始まり、デモに集まった人々の不満の原因は、戦争が一九四五年五月に終結して三年半も経つというのに、スウェーデン政府がマーガリンの配給制度を継続していることだった。デモに集まったのは労働階級の母親たちで、当初は非常に慎ましやかな規模だった。人数で言うと五十人程度で、プラカードを掲げているのはそのうちの半ダースほどだった。
彼女たちはあえてガムラスタンのスウェーデン中央政府ではなく、ノッラ・バーン広場にあったスウェーデン労働組合連合本部の前でデモを決行した。ターゲ・エルランデル首相と担当議員のグスタフ・メレルにはたいした被害もなかったが、その代わりにデモ隊の怒りは労働組合連合の委員長アクセル・ストランドとその側近、経理責任者のヨースタ・エリクソンに向けられた。

スウェーデンの歴史始まって以来初めて、労働者の党が政権を預かっている時代だった。誠実な社民党支持者なら誰でも、最近の政府は労働組合連合のスポークスマンでしかないことを知っている。だから中央政府よりも労働組合連合の砦を選んだのだ。

五十人余の母親たちが労働組合連合の正面階段の下に集まり、要求をリストにしたものを労働組合連合の代表者に手渡し、こういう話は政府のほうへとあしらわれ、あとは基本的にそこに立っていただけだった。

しかし二日目にはデモ隊の口調がめっきり厳しくなり、人数も何倍にも増えた。数百人もの母親が、〝労働階級の子供のパンにもマーガリンを〟〝金持ちはバターを食べている、我々は配給切符を食べている〟などと訴え、シュプレヒコールを繰り返したり、興奮した怒声が響いたりした。三日目の十一月六日土曜日、状況はきわめて危ういものになった。中でももっとも不埒なプラカードには〝満腹の男たちと痩せた母親たち〟という文字が躍り、さらにはストランドとエルランデルが蒸留酒のグラスを手にした風刺画が描かれていた。

週末の宵《よい》、おまけにこの日は英雄王グスタフ二世アドルフの命日にも当たり、こういう種のデモをするにはとりわけ時期が悪かった。

労働階級の女たちがメーラレン湖周辺全域から列車でやってきて、デモ隊の人数は朝の時点ですでに五百人に達していた。クララ地区の所轄署は、ストックホルムの県警の本部長ヘンリック・タムに助けを求めた。所轄署には地元の秩序と安全を保障できないところまできていたのだ。タムは伝説のヴァイキング・エーン率いる機動隊を出動させた。ヴァイキング・エーンは自ら黒いマイヤに乗って現れ、そのあとに何台も普通のパトカーが続いた。興奮した群衆の間を抜け、労働組合連合の正面階段のてっぺんに、レスリング仲間に囲まれて敬意を強要するように仁王立ちになった。誰もサーベルを抜く必要はなかった。

「かかあどもは家に帰れ、さもなくばお仕置きだ」エーンが叫び、右の拳《こぶし》を突きあげた。その拳は国王陛下のクリスマスビュッフェに上るクリスマスハムくらい大きかった。

これは昔の暗黒時代の話で、ほとんどの女性は夫の言うことに従うのが常だったので、デモ隊はそのまま解散して帰路についた。それでなくても、家でお腹をすかせた子供が待っているのだ。さらには雨も降ってきた。冷たい十一月の雨がしとしとと。

ヴァイキング・エーンは支配階級である中流階級の英雄となり、金でできた大きな警察メダルを授与された。県警本部長だけでなく、国じゅうの各ブルジョア朝刊紙の社説も感謝の意を表した。あいにくエーンの残した発言は、六十年後に歴史という名のナイトランプの薄明かりの中で見たときにはいただけないものばかりだが。

当時スウェーデン初の長波ラジオ局〈ストックホルム―モータラ〉のインタビューで、自らの貢献を〝謙虚〟に語っている。無駄に騒いだだけで、なんの得にもなっていない。エーンにとっては、まるっきり別の次元の話だった。ヒステリーを起こした女の群れを黙らせ、帰って自分の仕事をしろと言うこともできないなんて、男どもはどこまで腰抜けなんだ。食事を作って、掃除をして、洗濯をして、皿を洗い、子供の面倒を見るのが女の仕事だ。通りや広場をうろついてエーンやその同僚やまともな市民に迷惑をかけるのではなく。なお、エーン自身の家庭内では、そういった問題は一切起きていない。

右へ倣えのメディアの喧噪の中で、ひとつだけちがった声が聞こえていた。女性ジャーナリストのバング女史が端的にこうまとめたのだ。ヴァイキング・エーンは、ストックホルム県警の立派なカリフラワー旅団の自明のリーダーである。彼が実在しなかったなら、創造しなければいけないくらいに。

水曜の朝県警本部長の参謀たちは、主任弁護士が作成した覚書を黙読した。一瞬、県警本部長はエーヴェルト・ベックストレームは実のところこのメダルにまさしくふさわしい男ではないだろうかと思ったが、それから我に返った。

人事部長はいつものように自分の体面を護ろうとした。

「それ以前にメダルを授与された者は？」彼は尋ねた。「全員がエーンのようなやつだというわけではないだろう？」

「むろんちがいます」主任弁護士は珍しいくらい澄みわたった声で答えた。「世界史に名を残すほどの人物もいます。このメダルを授与された人間の中で」

「そうか……」人事部長が言った。基本的には、希望が膨らむのをいつも感じていたい性質なのだ。

その中でもっとも有名なのは、ナチスの親衛隊大将ラインハルト・ハイドリヒだった。ハイドリヒは一九三九年、スウェーデン国の主導により、国際刑事警察委員会の総裁に指名されている。その一年後、〝その果てしない尽力により、戦争の嵐に荒廃したチェコスロバキアに秩序をもたらした〟として金でできた大きな警察メダルを授与されている。

「他の例も聞きたいですか?」主任弁護士が穏やかな笑みを浮かべた。

まあ、じゃあいつもどおりでいいわね——次の会議へと急ぎながら、県警本部長は思った。あのチビのデブの不幸の塊を記者会見に出すことは残念ながら免れない。アンナ・ホルトがまともな範囲で会見を収められる女であることを願うしかない。彼女自身は同席するつもりはなかった。ああそれからもちろん、いつものクリスタルの花瓶を贈呈しなくては。

75

同日、ベックストレームはいちばん上の上司アンナ・ホルト警察署長の監視の下、記者会見に臨んだ。演台には、ベックストレームの直属の上司トイヴォネン警部と県警本部長の広報官も上がった。多くの聴衆が予想されたことから、県警本部長はクングスホルメンの警察本部の大きな講義室を貸しだした。

遺憾なことに、彼女自身は同席できなかった。他に重要な会議があったためだ。少なくともホルトにはそう弁解したが、目と耳のついた者には何も隠し事はできない世界で言うと、自分のオフィスで独りTV4の生中継ですべてを見届けたのだった。

アンナ・ホルトはまず手短に事件の報告を行った。部屋はジャーナリストで満杯だったのに、なんの質問も出なかった。

それからトイヴォネンがブロンマでの現金輸送車強盗殺人事件の捜査の進捗状況を報告した。少なくとも、主な容疑者たちは勾留された。今日このあと検察官が、殺人、殺人未遂、重大な強盗の罪でファシャド・イブラヒム、アフサン・イブラヒム、ハッサン・タリブに対する再勾留請求を提出する。

一方で、二人の実行犯についてはトイヴォネンは口に出さなかった。状況がまだちょっと微妙なので、その話はできない。しかしジャーナリストたちは同感ではなかったようで、質問はそのことばかりになった。しかも、基本的なことはすでに知っているようだ。

カリ・ヴィルタネンとナシール・イブラヒム、この二人については？

ノーコメント。

カリ・ヴィルタネンはベリスハムラに住むガールフレンドのアパートの前で撃たれた。撃ったのは強盗の首謀者で、ヴィルタネンが失態を犯し、警備員を撃ったことに報復したのでは？

ノーコメント。

ナシール・イブラヒムは、逃走車を運転していた。そして、その車を現場から五百メートルのヘルズ・エンジェルズのクラブハウス付近に放置した。そののちコペンハーゲンで死体で発見された。これはヘルズ・エンジェルズの報復か？

ノーコメント。

そのあたりで広報官が質問タイムを終了にし、ベックストレームにマイクを譲った。ジャーナリストは誰も反対しなかった。

ベックストレームは月曜の夜に自宅で起きたことを話してくれるのだろうか――。急に、部屋の中が静まり返った。記者たちが、写真を撮ろうとするカメラマンたちをシーッと制したほどだった。

ベックストレームは彼を知る者全員を驚かせた。謙虚で言葉少なく、むしろ渋い表情で、唯一口角を上げたときは、『NYPDブルー』の主役アンディ・シポウィッツのスウェーデン版かと見紛うほどだった。それを見逃した記者はおらず、新聞の見出しにも躍った。しかしそこには賛否両論あった。アンディ・シポウィッツなのか、はたまたクリント・イーストウッド演じる『ダーティーハリー』のキャラハン刑事なのか。

「話すことはさしてない」ベックストレームは言った。「やつらはわたしのアパートに侵入し、帰ってきたところに襲いかかり、殺そうとした」

そしてうなずくと、ニヒルな笑みを浮かべた。

聴衆は、ベックストレームがそこでわざと間を置いたのだと解釈した。続きがあるのだろうと。しかしベックストレームはまた肩をすくめ、うなずいただけで、無関心な様子だった。

「まあ、そんなところかな」

聴衆はそれには納得しなかった。質問が銃弾のように降り注ぎ、広報官がなんとか制御し、最大手テレビ局の記者に発言権を与えた。

「それからどうしたんです?」彼女はマイクを突き出して叫んだ。ベックストレームは五メートルも先にいて、ジャケットの襟に専用マイクがついているのに。

「どうしたらよかったんだ。一人は銃を構え、わたしを撃とうとしていた。もう一人はナイフで刺そうとしてきた。わたしは自分の命を救おうとしただけだ」

「どのように?」国営テレビの記者が、今度は流されるまいと詰問した。

「習ったとおりにだ。銃を奪い、大人しくさせた。もう一人がナイフで刺そうとしたので、脚を撃った。膝の下だ」ベックストレームはわざと最後の一言を付け加えた。

「ハッサン・タリブは?」エクスプレッセン紙の記者が息巻いた。「スウェーデンでもっとも恐れられている有名な殺し屋ですよ。そんな男に撃たれそうになったというのに、あなたは相手の銃を奪い、攻撃できなくさせた。カロリンスカ大学病院から得た情報によれば、タリブは頭蓋骨が割れ、いまだに集中治療室で生と死の狭間をさまよっているそうじゃないですか」

「まずやつから銃を奪った。撃たれそうだったからだ。それから子供のとき習っていた柔道の技で床に倒した。残念ながら、そのさいにテーブルに頭をぶつけてしまった。誠に遺憾だ」

「素手で銃を奪い、床に倒したと……?」

「まあ多少は自業自得だろう」ベックストレームが遮《さえぎ》った。「それ以外どうすればよかったと思う？　抱きしめてキスでもすればよかったのか？」

部屋の中の誰もそうすればよかったとは思わなかった。拍手に歓声、ベックストレームのエリックの道（中世に新しく王になった者が、各地方の長の承認を得るために全国を回った旅路）はきっと真夜中まで続いたことだろう。彼自身が十分後に制止しなければ。

「さあ、もうすまないが」ベックストレームは立ち上がった。「ちょっと仕事があってね。とりわけ、捜査中の殺人事件二件をなんとかしなくては」

「あともう一点だけ！」TV3の女性記者が懇願した。彼女はジャーナリストとしての資質よりもその金髪と巨乳で知られていたから、ベックストレームは半分シポウィッツになって、慈悲深くうなずいた。

「なぜあなたが狙われたんでしょうか」

「他の同僚よりも、わたしのことが怖かったんじゃないか」ベックストレームは肩をすくめた。そしてマイクを外すと、その場を去った。トイヴォネンの脇を通るときには、誰の目にも明らかな仕草をやってみせた。

ベックストレームにいいことは、警察にとってもいい。つまり、わたしにとってもいいはず。県警本部長はテレビを消した。ともあれ、今のところは――。

76

驚くほど寡黙なヒーロー。それにアンディ・シポウィッツやハリー・キャラハンとはちがって、現実に存在している。ベックストレーム不足の折、メディアは他の人間に話を聞いて回った。アフトンブラーデット紙はベックストレームの射撃インストラクターに大インタビューを試み、インストラクターは惚れ惚れとこう語った。

「今まででいちばん優秀な生徒であり……警察隊でもっとも優秀な射撃手でもあり……歴史始まって以来……実に驚異的な……とりわけ緊急事態に……きわめて冷静に……」

複数の同僚もコメントしたが、それはあえて匿名《とくめい》で公開された。というのも、ベックストレームはこれまで常に〝警察首脳陣の目から見ると、きわめて賛否両論のある〟存在だったからだ。

それ以外は華々しい評価ということで意見が完全に一致していた。

〝伝説の殺人捜査官〟

〝常に正しい〟

〝必ず助けてくれる同僚〟

〝恐れを知らない。決して逃げない。あきらめない〟

〝蒸気機関車のように猛進する〟

などなど。

実名で声を上げた同僚も二人だけいた。一人は昔からの友人でもある、ローゲション警部補。彼自身も〝伝説の殺人捜査官〟であり、〝ベックストレームはいいやつだよ〟というコメントにとどまった。もう一人は元いちばん上の上司ラーシュ・マッティン・ヨハンソン。現年金生活者で、ベックストレームを国家犯罪捜査局から追い出した張本人だ。

「エーヴェルト・ベックストレームをどう思うかって？」

「ええ、どう思います？」ダーゲンス・ニィヒエテル紙の記者は、ヨハンソンとベックストレームの関係をよく予習していたはずなのに、その質問を繰り返した。

「エーヴェルト・ベックストレームは本物の不幸の塊だ」

「その発言を引用させてもらってもかまわないですか？」

「もちろんだ。もう二度と電話してこないと誓うなら」

しかし、なぜかヨハンソンのコメントは紙面には載らなかった。

記者会見が終わると、ホルトは関係者一同を軽いランチに招待し、ベックストレームにはクリスタルの花瓶が贈呈された。警察のエンブレムの下にベックストレームの名が彫られている。それにヴァイキング・エーンのものだったとされる、昔の警察バッジも。

ベックストレームは家に帰りつくとすぐに、重篤なアルコール依存症患者の隣人――テレビ局の元社長――の呼び鈴を押し、花瓶をプレゼントした。

「これに頭を突っこんで溺れてみればいいんじゃないかと思ってね。このチクり魔め！」ベックストレームは警察の内部調査課を訪ねたときに、通報の電話のことを耳にする機会があったのだ。

その夜の残りは、届いた手紙とメールをすべて読み、期待のもてそうな何通かに返事をしたためた。小包とプレゼントはすべて開け、その間に強い酒を何杯か飲んだ。
世界最高級のウォッカ――。ナディアが瓶と一緒に袋に入れてくれた小さなウォッカグラスを見つめた。あの女には、広い心がある。

77

カール・ダニエルソンが殺されて十四日後の水曜日には、ほかにも色々なことが起きていた。

ベックストレームにいたっては〝署の有名人〟から〝国の有名人〟へと昇格してしまった。ストックホルム県警最大の捜査――アンナ・リンド外務大臣暗殺以来最大の捜査――は灰と化した。火をつけたのは犯人たち自身とは言え、トイヴォネンは笑えなかった。彼と同僚に残されたのは、残骸の掃き掃除だけ。それも簡単なことではなかった。

ハッサン・タリブは、そもそも会話自体が不可能だった。医者も困ったように頭を振るばかり。生き延びられたとしても、今後長きにわたり情報を提供できる状態にはならない。脳の広範囲に損傷が残る。

「そういう期待をしているなら、捨てたほうがいいですよ」医者はそう言って、トイヴォネンにうなずきかけた。

ファシャドとアフサン・イブラヒムは、とりあえず口をきくことはできた。問題は二人とも警察とは話そうとはしないことだ。

フレドリック・オーカレとは話すことができた。オーカレは機嫌がよく、いつもの弁護士を連れていて、基本的には何も知らないという態度だった。ヘルズ・エンジェルズの仲間と一緒に、ナシール・イブラヒムを殺したのか？　そんな男には一度も会ったことがない。会いたいとも思わない。ましてやコペンハーゲンくんだりでは。ちなみに、デンマークの首都を訪れたのは一年も前の話だ。そのときは友人に会うためだった。

「トイヴォネン、ときどきお前のことが心配になるよ」オーカレが笑みを浮かべた。「まさかアルコールに手を出したんじゃないだろうな?」

ピエテル・ニエミが新しい科学的証拠を摑んだ。普段なら、捜査の突破口となるようなものだ。

「ベックストレームがハッサン・タリブから取り上げた銃だが、法医学者がカリ・ヴィルタネンの頭からほじくり出した銃弾と線条痕が一致したよ。だがこの状態ではどうしようもないな」

トイヴォネンは大きくうめいただけだった。あのチビのデブめ――!

「どうする?」ニエミがまた訊いた。

「検察官が読めるようなものを用意してくれ。ベックストレームが次の記者会見を開く前にな」

「よくわかるよ。きみがやるか、それともわたしが?」

「何をだ」

「あのデブの始末だよ」ニエミがにやりとした。

78

ナディア・ヘーグベリは記者会見にも行かず、ランチも断った。ベックストレームが自ら誘ったのに。一気にやることが増えたからだ。その日、シュアガード社の貸倉庫をやっと発見した。ソルナ署からほんの五百メートルの距離だった。サービス精神旺盛なスタッフが、ナディアが撒いた餌に食いついた。ナディアが送った名前のリストと自社の顧客の名前を比べ、〈ブリクステンの電気屋〉株式会社に小さなスペースを貸し出していることに気づいた。

ナディアは若きスティーグソンを引きつれ、そこに向かった。倉庫にはカール・ダニエルソン・ホールディングス株式会社の帳簿の入った段ボール箱が十箱ほどあった。一方で、〈ブリクステンの電気屋〉株式会社の帳簿はひとつもない。

おまけにナディアは積み重なった箱のいちばん下から、二十九年物の手書きの遺言状を発見した。一九七九年のクリスマスイブに作成され、署名され、証人の署名もある。遺言状のフォーマットは次のようなものだった。

いちばん上に一単語。罫線の入った紙の真ん中に。つまり、普通のノートの一ページを破いたのだろう。ボールペンでこう書かれている。

〝遺言状〟

それから二行空けて、本文が始まっていた。

〝遺言者カール・ダニエルソンは、精神が完全に機能しており、健康この上なく、美味しいランチを食べて機嫌のいいこの日、次のとおり遺言を残す。財産はすべて、不動のものも流動のものも、わたしの死後リトヴァ・ラウリエンおよび彼女とわたしの一人息子セッポに遺す〟

〝一九七九年十二月二十四日、ソルナにて〟

遺言状にはカール・ダニエルソンの署名があった。手書きの署名は奔放な文字で、証人は〝ロッレ・ストールハンマル〟と〝ハルヴァン・セーデルマン〟の二人だった。

当然彼らは酔っていたのだ――ナディアはため息をついた。この種の行動にはわりと古風な見解をもっている。

ナディアとスティーグソンは段ボール箱と遺言状を警察署にもち帰った。

まずは二時間ほど、帳簿をめくるのに費やした。ほとんどが株やその他の有価証券の売買証明書、経営に関わる経費の領収書。その大半が接待や出張のようだ。

この頃にはナディアも、カール・ダニエルソン・ホールディングス株式会社がどのように利益を上げていたかはっきり確信していた。有価証券取引が得意だったのではなく、おそらく誰かが彼に闇資金を渡し、それを各種の金融取引によって洗浄していたのだ。

八年前、基本的には困窮《こんきゅう》しきっていた会社が、海外の融資元から五百万というありえないような巨額の融資を受けている。融資元が唯一の担保にしたのは、カール・ダニエルソン個人の、当時は年二十万もなかった課税所得だった。あとは世界の株式市場の上昇が結果を出してくれた。融資は三年以内に返済し終わり、現在は純資産が約二千万、実際の価値はそれより何百万も高い。

ナディアはため息をつき、経済犯罪局に電話をして、証拠がみつかり次第、捜査のこの部分を引き継いでもらうことを再確認した。経済犯罪局は時間ができたら連絡するからと約束した。今はちょっと立てこんでいるけれど、来週ならなんとか。

ナディアは時計を見た。帰って夕食を作る時間だ。今夜もテレビの前で独りで食べる……？

ナディアはローランド・ストールハンマルの携帯に電話をかけ、自己紹介をして、食事に招待させてもらえないかと訊いた。いくつか質問があって――と。

ストールハンマルは最初、乗り気ではなかった。彼も仲間も、警察にはすでに充分に嫌がらせを受けている。そういう意味では、生きている仲間も、死んでいる仲間も。

「嫌がらせするつもりはまるっきりありません」ナディアが言った。「カール・ダニエルソンの古い遺言状の話を聞きたくて。それにわたし、料理が上手なのよ」

「そういう女には弱いんだ」とストールハンマルは言った。

二時間後、ストールハンマルがソルナのヴィンテル通りにあるナディアのアパートの呼び鈴を鳴らした。オーブンの中にはピロシキ、コンロにはボルシチ、テーブルにはすでにロシア風のニシンの酢漬けが何種類も並び、さらにはビール、水、そして世界一のウォッカまで用意されていた。

キッチンの熱気で頬を紅潮させたナディアに、ロッレ・ストールハンマルはいのいちばんに小さな花束を渡した。おまけにジャケットを着て、アフターシェーブローションの香りを漂わせ、まるっきりしらふのようでもある。

「きみは料理をさせたらすごいんだな、ナディア」一時間後、コーヒーとアルメニアのコニャックを味見するためにリビングのソファに座ったとき、ストールハンマルが言った。

「電話ではそっけなくてすまなかった」

ロッレ・ストールハンマルはカッレの遺言状のことをよく覚えていた。

「いつものメンバー、六人くらいだったかな。一緒にクリスマスを祝うことになって、マリオがランチを用意したんだ。セッポのことは全員が知っていた。リトヴァとの子供だってね。あの子はまだ生後数カ月だった。だからカッレをからかったんだ。あの赤ん坊の養育費を払うのはお前か、おれたちか、なんてね。あの頃のカッレは景気の浮き沈みが激しくて、特にそのクリスマスは、おれの記憶が正しければ、一文無しだった。今回死んだときにどうだったかは、きみらのほうが詳しいだろう。確かに立派な家具なんかは遺しているから、それを売ることはできるが、息子は数百万なんて額は期待しちゃいけない。その母親もだ」

「じゃあこう言ったら驚くかしら。カール・ダニエルソンは死んだとき、少なくとも二千五百万の財産があったって」

「ここ数年カッレが酔っぱらっては言ってたセリフとそっくりだな」ストールハンマルは皮肉

な笑みを浮かべ、頭を振った。

「カッレは芸術家肌だった。ボヘミアンってやつだ。ポケットに金があったら使ってしまう。かといって、困窮しているわけでもなかったが。国民年金もあるし、個人年金保険にも入っていた。それに競馬場でもずいぶん落ち着いたよ。今年なんかかなりうまくいってたくらいだ。おれたち、たいてい一緒に賭けていて。おそらく知ってるだろうが、春にはV65レースで十万近く当てたんだ」

「でも十年前は？」

「上がったり下がったりだ」ストールハンマルは広い肩をすくめた。「で、結局いくらもってたんだ？」ストールハンマルはその大きな指の間でコニャックグラスを回しながら、興味津々な目つきでナディアを見つめていた。

「二千五百万よ」

「確かなのか」ストールハンマルは驚きを隠せなかった。「カッレは確かに経理の天才だった。〈ブリクステンの電気屋〉がしばらくめちゃくちゃやばかったときも、カッレがなんとかしてやったんだ。銀行に行って、ぶっといローンを借りて、それで経営を立て直した。白身を泡立てて、メレンゲを作る――カッレはいつもそう言ってたな」

「二千五百万。今回はメレンゲは入れずにね」

「まったく、えらいこった」ロッレ・ストールハンマルはあきれたように頭を振った。

79

　その前日、アルムはどうしてもセッポ・ラウリエンが父親を殺したという考えを捨てきれなかった。まずコンピューターに詳しい国家犯罪捜査局の同僚に話を聞き、パソコンを使って偽のアリバイを作る方法はいくつもあるということを知った。たとえば、誰か別の人間をパソコンの前に座らせておく。しかも、機知に富んでいて知識さえあれば、物理的にその部屋にいなくても可能だという。

「別のパソコンにつないでそこから操作することもできる。そういうのは証拠をみつけるのが非常に難しい」コンピューターのエキスパートは言った。

「そうなのか」アルムの場合、自分のパソコンが言うことをきかなければ、乱暴に振ってみるくらいしかしないのだが。

「最近では、自動でやってくれるプログラムもある。それを走らせておけば、自分は好きなことをしていていいんだ。プログラムの指示どおり、パソコンが勝手にやってくれるから」

「例えば、ゲームをさせておくとか？」

「ああ、例えば、そうだ」

アルムが〝警察いちのコンピューターオタク〟から教わったことを話しても、ナディアはさして感動しなかった。

「話はわかりましたよ、アルム。でも問題は別のところにあるんです」

「なんだ」

「セッポはゲームが大好きなの。基本的に好きなことはそれだけ。だったらなぜプログラムにやらせるの？　当然彼ならそういうプログラムを準備できるでしょうけど」

「自分でも言ってるじゃないか、ナディア。今自分の言ったことをよく考えてみろ」

「セッポは忘れなさい。彼はダニエルソンを殺してはいない」

「なぜそう言えるんだ。なぜわかる」

「セッポは嘘がつけない。彼みたいな人間に嘘はつけないのよ。ダニエルソンを殺したんだとしたら、あなたが尋ねたとき、すぐにそうだと答えたでしょうよ。今まで答えてきたのと同じ調子でね」

本物のバカだわ――アルムが部屋を出ていったとき、ナディアは思った。

パソコン専門家なだけでなく、今度は精神科医気取りか――ナディアのオフィスのドアを閉めたとき、アルムはそう思った。

アルムはそれでもあきらめることなく、翌日にはやっとご褒美を手に入れた。四月九日水曜日、殺される約一カ月前、カール・ダニエルソンがカロリンスカ大学病院に救急搬送されていたことを突き止めたのだ。夜の十一時頃、ハッセル小路一番のアパートの入口で意識不明で倒れているところを同じアパートの住人がみつけ、救急車を呼んだ。

外傷が見受けられなかったことから、救急隊員はまず心臓発作か脳溢血を疑った。しかし医者が診察してみると、服を脱がせたとたんに他の傷が現れた。誰かがカール・ダニエルソンを後ろから突き飛ばしたのだ。濃い青あざが、膝の後ろや、背中と首の後ろを殴られたことを物語っていた。それで軽い脳震盪《のうしんとう》を起こし、気絶したのだ。

救急病棟で、ダニエルソンは意識を取り戻した。何が起きたのか覚えているかと医者が尋ねると、つまずいて階段から落ちたのだと答えた。

「でも、あなたはそう思わないんですね？」アルムが尋ねた。

「ええ。そんなの論外です。誰かが後ろから襲ったはず。まずは膝の後ろを殴り、前のめりに倒した。床にうつぶせになったところで、他の箇所も殴った」

「犯人がどんな凶器を使ったかはわかりますか？」

医師には確信があった。それをカルテにも書きこんでいた。

「野球のバット、こん棒、長いタイプの警棒など。まさにサッカーのフーリガンに襲われたのと同様の傷でしたね。あの日は実際、ロースンダで試合が行われていた。ＡＩＫ対ユールゴーデン。わたしの記憶ちがいじゃなければ」

「覚えているんですね？　確かですか？」

「あなたもあの日夜勤だったら覚えていたでしょうよ」医師が皮肉な笑みを浮かべた。「救急窓口は、まさに野戦病院さながらでしたから」


それからアルムは、セッポにいちばん近い部屋の住人にも話を聞いた。非常に優美な女性で、形よく維持された体型をしている。五十の山はもう何年も前に越えているはずなのに――。アルム自身は数カ月前に六十になったところだった。

「まったく気の毒な子よね」ブリット＝マリー・アンデションが言った。「かなりおつむが弱いでしょう」

「アンデション夫人は、ラウリエンとカール・ダニエルソンがどういう関係だったかご存じですか？」

「あの子がダニエルソンの息子だってこと以外に？」ブリット＝マリー・アンデションはかすかな笑みを浮かべた。

「じゃあご存じなんですね」

「このアパートの住人はみんな知ってるわ。長く住んでる人ならね。あの子自身が知っているかどうかはわからないけど。あの母親は……」

「なんです？」アルムが先を促した。

「彼女が入院しているのはわかっていて言うんだけれど」アンデションは口をきゅっと結んだ。「あの母親は本物のじゃじゃ馬よ。二十歳も年上のダニエルソンと付き合ったりして。それは秘密でもなんでもない。でもセッポがそれを知っているかはわからないわ」

「セッポとカール・ダニエルソンはどういう関係でした？」アルムが思い出させた。

「基本的にはダニエルソンの使い走りをしていただけ。あれをしろ、これをしろとね。たいていは言われたとおりにやっていたわよ。だけどときどき、犬と猫みたいにひどいけんかをするときがあった。それも最近はかなり頻繁《ひんぱん》に」

「具体例を挙げると？」

「ええと、今年の冬のいつ頃だったかしら、わたしがアパートに戻ってみると——ああ、うちの小さなダーリンとお散歩に行ってたんだけれどね。すると入口でひどい騒ぎが起きていた。ダニエルソンが酔っぱらってわめき散らし、そこに急にセッポが襲いかかって首を絞めようとした。恐ろしかったわ」アンデション夫人は頭を振った。「わたしがいい加減にしなさいと叫ぶと、彼らはけんかをやめたけど」

「だがセッポはダニエルソンの首を絞めようとしていた」

「ええ、わたしが止めていなければどうなってたかしらね」アンデション夫人は胸を押し上げながら、ため息をついた。

なるほど——とアルムは思ったが、うなずいただけだった。

さあ今度こそ――。アンデション夫人の部屋を出たとたん、アルムはスティーグソンの携帯に電話をかけ、すぐにハッセル小路一番に駆けつけるよう命じた。スティーグソンは十五分以内に現れたが、セッポのほうはドアの呼び鈴を鳴らして二分経ってからやっとドアを開けた。

「ゲームをしていたんだ」

「ゲームは少し休憩してもらってもいいかい？　きみに話があるんだ」アルムは優しい先生のような声を出そうと努めた。

「わかったよ」セッポは肩をすくめた。

二度目にカール・ダニエルソンを殴ったときのこと。それが何日か覚えているかい？

「覚えてない」セッポは首を振った。

「ＡＩＫがユールゴーデンと対戦した日だと言えば、わかるかな？」

「四月九日だ」セッポが嬉しそうにうなずいた。「思い出したよ。水曜だ」

「そこまで覚えているのか」スティーグソンが驚いた。「曜日まで。どうやって」

「だって今日も水曜だから。五月二十八日水曜日。四月は三十日までででしょう」セッポは念のため、腕時計をスティーグソンに差し出した。

この子はまるっきりイカれちまってる――アルムはさっさと話題を変えることにした。

「どのように殴ったか覚えているかい？」

「うん」

「またカラテだったかな?」

「いや、野球のバットで殴ったよ」

「セッポ、今きみが言ったことは大変なことだよ。この前はカラテチョップで殴ったと言ったし、今日は野球のバットでも殴ったと言う。なぜだい」

「言っただろう。すごく怒ったから」


アルムは検察官に電話をかけ、小声で相談した。それからセッポのバットを押収し、セッポのことはアパートに残した。

「明日またきみと話さなきゃいけない」アルムが言った。「だから旅行に行ったりはしないでくれ」

「大丈夫だよ」セッポが言う。「ぼくは旅行なんてしないから」

80

記者会見の翌日、ベックストレームは捜査班を招集して新たな会議を開いた。アルムは早く話したくてたまらずに椅子の中で飛び跳ねていたが、ベックストレームはじっくり時間をかけて各種の形式的なことをすませ、それからやっとナディアに大発見を報告するように頼んだ。ダニエルソンの帳簿と遺言状のことだ。

ナディアも特に急ぐそぶりはなかった。

「つまりダニエルソンには二千五百万クローネもの財産があるのか」ただのアル中に。いったいスウェーデンはどうなってしまうんだ。

「おおまかに言えばです」ナディアがうなずいた。「相続税が廃止された今、セッポとその母親がその額を分け合うことになります」

「税務署は」ベックストレームが反論した。「やつらが最後の一エーレまで奪おうとするんじゃないか?」

「それは考えられませんね。あの帳簿の穴をみつけるのは難しい」

「それがさらにわたしの仮説を裏づける」アルムはもう黙って聞いていられなかった。

「この話には父親への憎しみ以上のものがあるはずだ。あの子にはダニエルソンを殺す強い経済的動機がある。そろそろ真剣に検察官と相談して、あの子をここへしょっぴいて取り調べるべきだ。アパートの家宅捜索も。もちろん昨日押収してきたバットも鑑識に回さなければ」

やっと言いたいことを言えたアルムは、なぜかベックストレームとナディアの二人を睨《にら》みつけた。

「そう焦るな」ベックストレームは無邪気な笑みを浮かべた。「フェリシア、きみのほうの携帯の捜査はどうなっている?」

とても順調です――というのがフェリシア・ペッテションの答えだった。昨日やっと、アコフェリが死の数カ月前からほぼ毎日電話をかけていた先の電話番号の通話リストが手に入った。失踪する前の一昼夜に五度もかけていた番号だ。

「その携帯番号が契約されたのはたった半年前です。基本的には通話を受けるためだけに使われていたようです」

「アコフェリからか？」ベックストレームが訊く。

「基本的にはそう。ただ、もうひとつプリペイド携帯の番号から着信がありました。そちらは多くて週に数回、アコフェリと同じようにその携帯番号にかけてきています。なお、その番号のほうは数年前から契約されています」

「そのプリペイド携帯についてわかっていることは？」

「何もかも」フェリシア・ペッテションが嬉しそうに笑った。「少なくとも、わたしはそう思ってます」

「何もかもか」ベックストレームが繰り返した。この子はいったい何を言ってるんだ？

「昨日やっと通話リストを手に入れたばかりなんです。だからまだ調べ始めたところですが、誰のプリペイド携帯だったかは想像がついています」

「誰なんだ」

「カール・ダニエルソンです」

「いったい何を言ってるんだ」ベックストレームが言った。

「いったいぜんたい、なんてことだ」スティーグソンも言った。

「なぜそうだとわかるの？」アニカ・カールソンが訊いた。

「まあ面白い」ナディアが言った。

いったい何が起きているんだ――アルムは思った。口を開かなかったのは、彼一人だった。

「想像するのは難しくありませんでした」フェリシアが言う。「それに言ったとおり、ボスがその方向性で考えろと言ってくれたんですから」

「続けてくれ」ベックストレームが言った。

「この番号は、カール・ダニエルソンが殺された日まで頻繁《ひんぱん》に使われていました。それからは完全に沈黙しています。最後にかけた三本の通話は、夜の七時頃、ダニエルソンが殺されるほんの数時間前です。最初にローランド・ストールハンマル所有の携帯に短い通話。推測するに、夕食を食べにこちらへ向かっているのかどうかを確認したのでしょう。それから少し長めの通話をグンナル・グスタフソンへ。騎手のギュッラと呼ばれている男です。馬のアドバイスのお礼を言ったんでしょうね。最後に短い通話が、留守番電話につながっています。おそらくセッポ・ラウリエンはゲームをしている最中で邪魔されたくなかったんでしょう。それ以外にも、その前にダニエルソンの友人知人にたくさんかけられています。まだ始めたばかりなので、すべて調べるには数日かかりますが」

「ということは」ベックストレームが言った。「携帯が三台。どれもプリペイド。一台はアコフェリ、もう一台はダニエルソン。その両方が三台目の携帯にかけていて、受信専用とみられ、所有者はわかっていない。アコフェリとダニエルソンの携帯は、殺されて以来行方不明」

「イエス」フェリシア・ペッテションが答えた。

「次の質問はだ。その二人は……」

「いいえ」フェリシアがベックストレームを遮り、首を横に振った。「ダニエルソンとアコフェリは、お互いに電話をかけてはいません」

「頭は悪くないようだな、フェリシア」

「どうも、ボス。わたしの意見を聞きたいですか?」

「もちろんだ」

「この三台目の携帯さえみつかれば、事件は解決すると思います」

「当然だ」目をつむれば、小さなフェリシアの血管にロシア人の血が流れているかと思うほどだ。

「ちょっと待ってくれ。ストップ、ストップ」アルムが言った。「ダニエルソンとアコフェリはどうつながっていたんだ。二人とも殺され、同じ携帯にかけていたという以外に」

「それで充分ですよ」ナディアが言う。この男はまったく本物のバカにちがいない。「二人とも犯人と知り合いだけど、お互いのことは知らなかった。とりあえずわたしはそう思いますね」

「で、それはいったい誰なんだ」アルムはその瞬間ピンときた。「二人とも知っていたと自白した唯一の人間は、セッポ・ラウリエンじゃないか。セッポはきっと、もう一台別の携帯をもっているんだ。所有者不明のプリペイド携帯をね」

「自白も何も」ベックストレームは肩をすくめた。「問題は、殺人犯というのはたいてい、自白するような元気がないことだ」

「だがこれは特筆すべきことだぞ」アルムは顔を真っ赤にして言った。「はっきり指示を与えてください。ラウリエンをどうします？」

「家に行って質問してみろ。ダニエルソンを殴り殺して、アコフェリを絞殺したかどうか」

「ダニエルソンについては、すでにもう訊いた」

「やつはなんと答えたんだ？」

「否認しました」

「ほらな」ベックストレームがにやりとした。「それにここで座ってぐだぐだ言ってても何も始まらない。外に出て働け。少なくともわたしはそうするつもりだ」

しかしまずは滋養たっぷりの昼食――。伝説の捜査官だって、ちょっとは美味しいものに舌《した》鼓《つづみ》を打つ必要があるのだ。

81

ランチのあと、ベックストレームはいくつもの独占インタビューに応じ、各紙に慈悲を与え、考慮に値するアドバイスを授けた。

キリスト教系新聞ダーゲン紙の女性レポーターには、幼少期からの信仰とわが主への信頼を告白した。

「死の暴力により地にうち倒されても、わたしは立ち上がり、迎え撃つ力を得たのです」ベックストレームは敬虔《けいけん》な目つきで語った。

タブロイド紙二紙の使者には順番に、長いこと考えてきたことがあると語った。情報共有に関して、警察はあまりに狭量だと。タブロイド紙に対する共有は言わずもがな。

「さもなくばどうやって偉大なる探偵、市民諸君の知恵を借りられる？　きみたちの助けがなければ」ベックストレームはため息をつき、エクスプレッセン紙の記者にうなずきかけた。

「公益のためだ」その三十分後、今度はアフトンブラーデット紙の記者に語りかけた。「メディアに情報を提供するのは、警察の務めだ。国民に何がどうなっているのかを報告する義務があるのだから」

それに続いた朝刊紙スヴェンスカ・ダーグブラーデット紙の取材には、法的安全性の様々な欠陥に懸念を示した。

「犯罪への取り組みは、兜《かぶと》の目庇《まびさし》を上げた状態で行わなければいけない」ベックストレームは新聞社からの使者を鋭く見据えた。「警察には法的安全性を軽く見ている人間が多すぎる」

最後に朝刊紙ダーゲンス・ニィヒエテル紙の取材。そこでは、すべての質問に同意しておいた。

「まるっきり同感だ」ベックストレームはまた繰り返した。何度目かはもう忘れたが。「わたしにはそれ以上うまい表現はみつからない。まったく、恐ろしいことだ。法治国家はどうなってしまうんだろうか」

帰り道に、ベックストレームはまずGギュッラを訪ね、二人きりで真摯《しんし》な話し合いをもった。Gギュッラは悲嘆にくれているだけでなく、完全に打ちのめされていた。あの悪党どもがいかにしてベックストレームのアパートの鍵を手に入れたのかを知って。

「ベックストレーム、心からきみに誓うよ。あの女はわたしのこともきみのことも欺《あざむ》いたんだ。あの夜電話をしてきて、どこかに出かけないかと誘われたとき、わたしはもう予定が入っているからと断った。〈オペラシェッラレン〉で、警察勤務の大切な友人とディナーを食べる約束があるからと。彼女がそこに現れたとき、まさかそんな卑怯な下心があるとは思いもしなかった。わたしの目には、明らかにきみという人間に心惹かれたようにしか見えず……」

はいはい、そうかそうか。

「ソファテーブルと絨毯《じゅうたん》、それに壁にいくつも開いた穴はどうすればいい」ベックストレームが訊いた。

その点については何も心配しなくていい。Gギュッラには、物事を正すために必要な人脈とリソースがあった。それも、即時に。

「ベックストレーム、これだけはどうしてもわたしに償わせてくれ。何も知らなかったとはいえ、責任を逃れるつもりは微塵《みじん》もない。きみの命を危険にさらす企てに参加してしまったのだから」

「ソファテーブル、絨毯、壁の穴」ベックストレームがまた言った。巧言に惑わされるものか。

「当然だ、大切な友人よ。ところで、あのテーブルなんてどうだね?」Gギュッラは自分の書斎に置かれたソファテーブルにうなずきかけた。

「アンティーク、中国の漆塗りだ。色がきみのソファにぴったりじゃないか?」Gギュッラがささやいた。

「絨毯も悪くないな」ベックストレームはテーブルの下の絨毯にうなずきかけた。

「それも中国のアンティークだ。やはりきみはセンスがいい」

ベックストレームのアパートの門の警備は、今では警備会社セキュリタスが担当していた。

彼らがソファテーブルと絨毯、それにその日届いた郵送物を部屋にもって上がるのを手伝ってくれた。ベックストレームは冷蔵庫にあったもので簡単に夕食をすませ、それから本日の収穫に手をつけた。メールに手紙、小包、プレゼント。雌鶏の形の手編みのティーポットカバーから、手書きの手紙に百クローネ紙幣が同封されたもの、あとは匿名《とくめい》の篤志家《とくしか》がそれよりずっと大きな額をベックストレームの口座に直接振りこんでいた。

ティーポットカバーはゴミ箱に投げ捨てた。

手紙は読んだ。〝警部殿に神のご加護を。素晴らしい尽力に感謝。元銀行頭取、グスタフ・ランス八十三歳〟。どうもどうも。ケチなじいさんめ。ベックストレームは百クローネ紙幣を財布に入れると、手紙はゴミ箱に捨てた。

事務作業がちょうど終わった瞬間に、呼び鈴が鳴った。

「こんばんは、ベックストレーム」アニカ・カールソンが微笑《ほほえ》んでいる。「あなたが寝る前に様子を見にきたの」

これはこれは――。

「コーヒーでもどうだね？」

アニカ・カールソンはベックストレームの新しいソファテーブルと絨毯に賛辞を送った。さらには壁と天井の銃撃の痕にまで。

「わたしなら、そのまま残しておくわ。すごくかっこいいじゃない。あなたがここに連れてくる女の子たち全員、わおぉ！　って言うにちがいない。この男の家の壁には銃撃の痕が……」

アニカ・カールソンが言った。「わたしだって実はちょっと……」

「待ってくれ、アニカ」ベックストレームが相手を遮《さえぎ》った。「個人的な質問をしてもいいかね」

「もちろん」アニカは微笑んだ。「どうぞどうぞ、ぜひやってちょうだい」

「気を悪くしないと約束してくれるか？」だって、誰が就寝前にあごの骨を折られたいものか。タリブや他のやつのあごだけで充分だ。

「わたしがレズだかどうか知りたいんでしょう」アニカは嬉しくて仕方がない様子で答えた。

「ああ」

「みんな噂好きよね」アニカは広い肩をすくめた。「いちばん最近の同棲相手は、シティー署の家庭内暴力課の女性同僚だった。でも半年前に別れたの。で、いちばん最近誰とセックスしたかを知りたいなら――自分ですませるやつを除けばね――実は男だった。それに、同僚ですらなかった。何かの営業マンだった。バーからおもち帰りしたんだけど」

「その価値はあったのか？」

「いいえ」アニカがあきれたように頭を振った。「おしゃべりばっかりで、仕事はちょっぴり。いや、ほとんどおしゃべりだったわね」

こんな話しかたをする女がいるものなのか――。この世はいったいどうなってしまうんだ。ベックストレームはうなずいただけだった。

「わたしはオープンでいたいだけ。無差別種目に参加してるって言えばいいのかな」アニカ・カールソンが説明をつけ足した。「ベックストレーム、何か特に質問したいことがあったの？」

「実は、そろそろ寝ようと思っていたんだ」このままでは、スウェーデンはどうなってしまうんだ。まともで勤勉な、尊厳ある男たち——おれたちはどうなってしまうんだ？

82

金曜日、ベックストレームは朝いちばんの対策として、自分の澄みわたった青空に浮かぶ唯一の雲を消し去ろうとした。トイヴォネンの部屋に行き、新しい拳銃を要求したのだ。前のは内部調査課のゴム手袋たちが調査をすませるのを待つ間、どうやらストックホルムの鑑識課に閉じこめられてしまったようなのだ。

「銃なんて、何に使うつもりなんだ」トイヴォネンがベックストレームを睨《にら》みつけた。

そんなことお前には関係ないだろう——ベックストレームはそう思ったが、理性を保とうとした。トイヴォネンのような本物のバカを相手にするときは、ドライな態度を崩さないほうがいい。

「わたしは警官だ。銃を携帯する権利がある。それをちゃんと支給するのがきみの仕事だ」

「次は誰を撃つつもりなんだ、ベックストレーム？」トイヴォネンはもうすでに気分が高揚していた。

「執務中の護身のため、そして職務に必要なあらゆる行動のためだ」ベックストレームは今ではその一節を暗記しているくらいだった。

「忘れろ、ベックストレーム」トイヴォネンは頭を振った。「本当のことを言えよ。目覚めてしまったんだろ。周りの人間を撃ちまくることに」

「いいから新しい銃を用意しろ」ベックストレームは苦々しい口調で言った。

「わかったよ、ベックストレーム」トイヴォネンは親切そうな笑みを浮かべた。「はっきり言おう。きみでも理解できるようにな。新しい銃を与えるつもりはない。たとえ返却のさい、それをお前の尻の穴に突っこんでいいと言われてもだ」

「書面で申請するよ。上層部にもその控えを送る。組合にもだ」

「そうしたまえ、ベックストレーム。上層部がきみに銃を与えるなら、それは彼らが決めたことだ。わたし自身は、自分の手を他の人間の血で染めたくはない」

それ以上、どうにもならなかった。

その夜、トイヴォネン、ニエミ、ホンカメキ、アラコスキ、アロマー、サロネン他数名、フィンランドの同胞たちがレストラン〈カレリア〉に向かった。ソンマルンド警部さえも一緒に行かせてもらうことができた。実際にはオーランド（スウェーデン語を話すフィンランド自治領の島）の出身なのに。フインランドの大地にルーツをもつ男たち。正しい木の銘柄で、心が正しい場所にあり、ソンマルンドについても本土生まれであってもおかしくないような男だ。祝うためなのか、傷を舐め合うためなのか――まあ、どっちでもいい。同胞で集うことが大事なのだ。そしてやはりいつもどおりの展開になった。

茹《ゆ》でたヘラジカのマズル、鮭と卵のピロシキと、茹でた蕪《かぶ》を添えた羊のステーキ。ビールとブレンヴィーンを飲み、『コトカの薔薇《ばら》』を歌った。一杯目《ヒエラン》にも、二杯目《ハルヴァン》にも、三杯目《テッシエン》にも。

「コトカの薔薇……」ソンマルンドが夢見るような目でつぶやいた。稀なほど麗《うるわ》しい女性だったのだろうな――。

ベックストレームはついに行動を起こすことに決め、新しい信奉者の中でももっとも熱心で、しかもメールに自分の写真を添付してきた女性を訪ねてみることにした。写真から判断するに、わざわざ会いにいく価値はありそうだ。それに街中に住んでいるから、賞味期限切れなら踵《きびす》を返して帰ればいいだけだ。

あの写真は最近撮ったものではなかったな――その一時間後にベックストレームはそう思ったが、善意溢れる女性ではあった。スーパーサラミはいつもの基本業務を行い、ベックストレームが自分のアパートの前でタクシーを降りたときには、今日もまた雲ひとつない空に太陽が昇っていた。アパートの怠惰な住人がエレベーターを一階に戻すボタンを押し忘れたため、ベックストレームは階段を使った。二階まで上がって、自分のドアにおぼつかない手で鍵を差しこもうとしたときに、階段の上から音を消した足音が聞こえた。

その前日の昼間、参考人の一人がアニカ・カールソン警部補に電話をかけてきた。

「ローマンだよ」ローマンが言った。「おれのこと、覚えてる？　ほら、環境宅配便で働いてる、アコフェリの同僚だよ」

「覚えてるわ。どうかしたの？」アニカ・カールソンが答えた。あれから歩道の自転車は撤去したのかしら。

「証言をつけ足したいんだ」

「今どこ？」アニカ・カールソンは二人きりで話したほうがいいと感じた。

「すぐ近くだよ。実は、おたくの署に荷物を届けたところなんだ。あの撃ちまくりベックストレームにね。うちのおかしな顧客が、商品券をプレゼントしたいんだと。おれに言わせれば、法的にはちょっとあれだが」

「今迎えにいくから」アニカ・カールソンはそう言って、その五分後にはローマンが彼女の部屋に座っていた。

昨日、ある考えがひらめいたのだ。アニカ・カールソンらが職場に来たときに、話し忘れたことがあったのを。

「アコフェリが正当防衛のことを訊いたっていう話、しただろ？　どこまでやり返していいかとか」

「覚えているわ」アニカはすでにそのときの調書をパソコン画面に出していた。

「ひとつ言い忘れたことがあるんだ。おれのミスだよ」

「それで？」

「正当防衛が許される例を挙げてくれと頼まれたんだ。おれは、暴行やもっとひどい攻撃、果ては殺人未遂まで色々な例を挙げた。それに、他の人を助けるための正当防衛についても話したんだ」

「それで、何を言い忘れたの？」

「ミスター・セブン、つまりセプティムスが、具体的な質問をしたんだ。状況を考えるとちょっとおかしかったんだけど」

「なんて訊いたの？」

「強姦ならどうかって。強姦されそうになった場合。それでも殺人未遂のような正当防衛が認められるのかって」

「それで、あなたはどう思った？」

「はっきり訊いたさ。まさか、おかしな顧客に後方から突っこまれそうになったのかってね」

「それでセプティムスは？」

「ただ肩をすくめただけ。その話はしたくないようだった」

否定か――。去年の秋に通った性的暴行のセミナーで習ったとおり。典型的な被害者の否定だ。しかしベックストレームは今日はもう帰ったようだから、相談できる人がいない。

明日朝、アパートに寄ってみよう。


ベックストレームのアパートの階段をこそこそ歩く足音。可愛いシッゲは鑑識課のゴム手袋に奪われてしまった。残るは新たなベックストレーム・ナンバー2だけか――。堂々と一歩踏み出し、左手を上げ、右手は上着の内側に入れた。

「動くな。さもなくば、頭を撃ち抜くぞ」ベックストレームが言った。

「おいおい、待ってくれよ」新聞配達員が、念のためにベックストレームのスヴェンスカ・ダーグブラーデット紙を振ってみせた。

新聞配達員か――ベックストレームは差し出された新聞を受け取った。

「なぜエレベーターを使わない。こそこそ階段を歩き回ったりして、人を怯えさせるな」

「警部さんは怯え上がるタイプだとは思わなかったけど」新聞配達員はにやりとした。「そうだ、お見事だったね。テレビで観たよ」

「エレベーター」ベックストレームが思い出させた。

「ああ。みんなそうしてるよ。新聞を配るやつらならね。最上階までエレベーターで上がって、あとは一階ずつ走って下りるんだ」

「なぜ下りるときにエレベーターを使わないんだ」無駄に歩く必要なんかないだろう？

「余計に時間がかかる。考えてもみろよ。一階ずつエレベーターに乗っては降りるなんて。そんなことしてたら、あんたの新聞が届くのは夜のお茶の時間だ」

自分の部屋の玄関に入り、ドアを閉めたとき、だしぬけにベックストレームの頭に雷が落ち、丸い頭の中全体を照らし出した。

アコフェリー――ベックストレームは考えた。ハッセル小路一番。エレベーターつき六階建てのアパート。なぜお前はエレベーターを使って上に上がらなかったんだ。

83

「焼き立てのパンに面白いニュースを穏便にお届けにまいりました」アニカ・カールソンがベーカリーの紙袋を振ってみせた。

「入りたまえ」あまり眠れなかったベックストレームがうなるように言った。自分のベッドでやっと意識を失うまでに、二時間は悩み抜いていたのだから。

「ところで今は何時だ」

「時刻は十時です。一晩じゅう女性ファンたちとお忙しくしていたんだろうから、早く起こしたくなくて」

「それはお気遣いどうも」ベックストレームは皮肉な笑みを浮かべた。無差別種目だって？ だがけっこういい子じゃないか。

「だから、シャワーを浴びてらっしゃい。その間に優しいアニカおばさんが朝ご飯を作ってあげるから」

「じゃあパンケーキとベーコンがいい」

「バカ言わないで」アニカが鼻で笑った。


「あなたはどう思う、ベックストレーム」その半時間後にアニカが訊いた。ローマンの話を伝えたのだ。

「思うって何をだ」ベックストレームはすでに別のことを考えていた。

「カール・ダニエルソンがアコフェリを襲おうとした可能性はあるかしら。典型的な犯人像には当てはまるわ。年配のアル中男。普段は男の友人とばかり付き合っているが、性活動はまだある。家からバイアグラとコンドームがみつかったことを考えればね。アコフェリのような若者──黒人で、自分の半分ほどの大きさ。ダニエルソンみたいな男の目には魅力的に映ったのかも。懐《ふところ》がちょっと温かくなって、気持ちがリラックスしたときなんかに」

「忘れろ」ベックストレームが頭を振った。「ダニエルソンはそういうタイプじゃない」

「そういうタイプじゃないって、どういうこと？」

「尻の穴に突っこむようなタイプじゃないってことだ」

「それの何がおかしいの。あなたみたいな男だって、チャンスさえあればやるでしょう」

「若者の尻にだ」ベックストレームが言い直した。なんだ、無差別種目と豪語したくせに。

「そう……」アニカ・カールソンは肩をすくめた。

「そんなことより、聞いてくれ。家に帰ってきたときに、アコフェリの何がおかしいのかにやっと気づいたんだ。ずっと悩んでいた例のことだ」

「わかった、わかったわよ」その十五分後にアニカ・カールソンが言った。「つまり、アコフェリはエレベーターを使わずに、階段で上がった。それの何が問題なの？　ちょっと余分にトレーニングしたかっただけじゃない？　わたしも階段を使ったトレーニングはよくやるわよ。すごく効果的なんだから」

「こうしようじゃないか」

「わかったわよ」アニカ・カールソンは念には念を入れて、もう小さな黒い手帳を取り出していた。

「アコフェリの新聞配達についてすべてを知りたい。どういうルートで、どの建物から始まり、どこで終わっていたのか。合計何紙配り、ハッセル小路一番では何紙なのか。どの順番で配るのか。わかったか？」

「わかりました」アニカ・カールソンがうなずいた。「報告するとき、あなたはどこにいますか？」

「職場だ」ベックストレームが答えた。「まずはちょっと服を着なければならん」

84

土曜日だというのに、ベックストレームは職場にいて、如才《じょさい》なく推理を働かせていた。昼食のことなど忘れるほどに。

「あら、ここで頑張ってたのね」アニカ・カールソンが言った。「下のカフェテリアを覗いてもいなかったから」

「考えてるんだ」

「あなたが正しかったわ。アコフェリの配達はなんだか非常に怪しい」

これはびっくり——。ベックストレームはすでに何がどうなっていたのかわかっていた。

「さあ、教えてくれ」

毎朝三時に、アコフェリをはじめ、そのエリアで働く新聞配達員はロースンダ通りにある配送センターに新聞を取りにいく。アコフェリの場合は、ダーゲンス・ニィヒエテル紙とスヴェンスカ・ダーグブラーデット紙が約二百部と、ダーゲンス・インドゥストリー紙が十部ほど。それを会社が決めたルートにそって配達する。そうすれば一歩も無駄に歩かなくてすむから。

「基本的にはそのエリアを北西に進んでいく。ハッセル小路一番のアパートは、配達コースの最後から三番目です。配り終えるのには二、三時間かかり、大事なのは朝六時までに全員に新聞を届けること」

「なるほど、ほぼ最後なわけだな」

「それで、ここからが怪しいの。最後の建物はハッセル小路四番で、その前がハッセル小路二番。四番はロースンダ通りの角に立っていて、そこから二百メートルほど行けば、アコフェリがリンケビィに帰るための地下鉄の駅がある。その最短コースを取らずに、彼はルートの最後のほうを入れ替えていたみたいなんです。ハッセル小路一番は配らずに通り過ぎ、まず最後の四番——本当は最後のはずなのに——で新聞を配る。同じ道を戻り、ハッセル小路二番も配る。それから通りを渡って、最後にハッセル小路一番に配達していた」

「二百メートルほど無駄足になるわけだな」最近ではすっかりそのあたりに詳しくなったベックストレームが言った。

「いや、三百メートル近いですよ、実は」アニカ・カールソンのほうはほんの数時間前にそこを実際に歩いてみたのだ。「まるっきり無駄足です。推測するに、少なくとも五分は無駄になる。おかしいですよね。できるだけ早くリンケビィに帰りたいはずなのに。新聞配達のカートを置いて、二時間くらいは眠りたいでしょう。宅配会社の仕事に行く前に」

「それから？」ベックストレームが訊いた。「ハッセル小路一番ではどういうことになっていたんだ？」

「ここからがますます不思議なんです」


ハッセル小路一番には朝刊をとっている住民が十一人いた。ダーゲンス・ニィヒエテル紙が六人、スヴェンスカ・ダーグブラーデット紙が五人。カール・ダニエルソンが殺されてからは、十人に減り、ホルムベリ夫人がダーゲンス・ニィヒエテル紙からスヴェンスカ・ダーグブラーデット紙に替えたから、現在では競合二紙はちょうど引き分けということになる。

「ダーゲンス・ニィヒエテル紙が五部と、スヴェンスカ・ダーグブラーデット紙が五部」アニカ・カールソンがまとめた。

それがどうしたっていうんだ――ベックストレームは心の中で思った。「続けてくれ」

「最初に新聞を受け取るのは、一階に住むホルムベリ夫人です。それは別におかしなことじゃない。エレベーターに向かうのに、彼女のドアの前を通り過ぎるんだから。それから最上階までエレベーターで上がり、階段を使って下りながら、残りの十部を配達する。最後に受け取るのが、今回の被害者カール・ダニエルソンです。二階に住んでいて、その階で朝刊を購読しているのは彼だけ」

「だがあの朝はそうはならなかった」

「ええ。まさにあなたの指摘どおり、あなたが殺人現場に来たとき、アコフェリのバッグにはまだ新聞が残っていた。ニエミとエルナンデスの調書によれば、彼らが現場に到着したときには、ショルダーバッグの中に朝刊が九部残っていた。二人とも几帳面な性格よね。十一部マイナス、ホルムベリ夫人に配達した一部、それからカール・ダニエルソンに配達するはずだった一部。だけどドアが少し開いていて、ダニエルソンが玄関先で倒れて死んでいた」

「その新聞は、玄関の敷居のあたりに置かれていた」

「そのとおり」

「アコフェリは毎回そんな配りかたをしていたのか？」

「とりあえず、最近はずっとそうだったみたいです。少なくとも、そのような印象を受けました」

「なぜだ」

「わたし自身は朝の七時前に現場に到着し、ニエミと相談の上、アパートの中を調べることにしたんです。ニエミたちがダニエルソンの部屋に集中できるようにね。一階に、自転車やベビーカーを置ける小さな倉庫部屋があって——まあ、たいした数じゃないんですが。住人のほとんどは年金生活者ですしね。でもとにかくベビーカーが一台と自転車が数台は停まっていた。それに、アコフェリの新聞配達カートもあった。わたしが自分で書いた報告書によればね。そのときは深く考えなかったけれど」

「アパートの門の前に止めておけばよかったのに。それがいちばん楽だったはずだ」

「今はそう思うけれど、そのときは考えもしなかった。あなたはわたしよりも抜け目ないわね、ベックストレーム」アニカ・カールソンが笑みを浮かべた。

「まあな」ベックストレームはいちばん謙虚な笑みを浮かべた。

「まあとにかく、一階を調べていたときにアパートの住人が自転車を取りにきたの」

「どうせ怯えてたんだろう」

「ええ、当然何があったのかは訊かれた。その頃には警官が十人ほどアパートの中を調べていましたからね。わたしは詳細には踏みこまずに、通報があったからですと説明した。あなたはどなたですか、ここに何をしにきたんですかとも訊いた。彼女は名を名乗り、頼まなくても身分証を見せてくれた。このアパートに住んでいて、仕事に行くところだと。天気がいい日は自転車で職場に向かう。ちなみにアーランダ空港に行く国道ぞいのスカンディック・ホテルの受付で働いているんですって。そこまでは五キロくらい、朝の八時に勤務が始まるらしく」

「新聞配達のカートは」

「それも訊かずとも、いつもそこにあると教えてくれた。少なくともここ数カ月はずっと。どうやら彼女は毎朝それに苛立っていたみたい。自転車を取り出すときに邪魔だから。カートにメモを張ろうかと思ったくらいなんですって。それが新聞配達のものだというのはわかっていたし。彼女自身は新聞は購読していなかった。職場で無料で読めるから」

「ということは、アコフェリが何時に来るかは知らないわけだ」

「ええ。そのうちアパート内で会うだろうと思ったそうです。わたし自身はそのことは深く考えなかった。言ったとおり、そのときは」

「アパートの住人には誰もこのことをしゃべっていないな?」

「わたしを誰だと思っているの。しゃべったりすると思う?」

「賢い同僚には同じ重さの金ほどの価値がある」

「アコフェリはアパートの誰かと付き合っていたのね」

「そのとおりだ。ずっとそうじゃないかと思っていたんだ」

85

アンナ・ホルトはその朝、七時頃に目を覚ました。曖昧《あいまい》な内容のエロチックな夢を見ていたが、それは決して不快な夢ではなく、目を開けるとヤン・レヴィンが隣に寝そべり、彼女を見つめていた。右手で頭を支え、左手は彼女の右の乳首をもてあそんでいる。

「起きてたのね」

「ああ、すごく」ヤン・レヴィンはそう言って、なぜか自分の股間のほうにうなずいてみせた。

「あらまあ」ホルトは布団の下で手を伸ばし、触ってみた。「緊急な問題が発生したみたいね」

「どうすればいいだろうか」ヤン・レヴィンがそう尋ね、彼女の首に腕を回した。

「対応します」ホルトは布団をはねのけると、彼の上にまたがった。

朝が最高——その半時間後、ホルトは思った。爽快《そうかい》だった。いつも元気になるのだ。ヤンのほうはむしろ心が安らいだようで、今にも寝てしまいそうだった。男ってのは——そう思った瞬間、ホルトの携帯電話が鳴った。

「土曜日のこんな時間に電話をしてくるなんて、いったいどこのどいつだ」レヴィンがうめいた。

「わたしには察しがついているわ」ホルトが電話を取り上げた。県警本部長にちがいない。

「起こしたんじゃないといいけれど」県警本部長はホルトと同じくらいはっきり目が覚めていて、かなり怒った声だった。

「起きていました」ホルトは理由は告げずにそう答えた。そしてレヴィンのほうに朗らかな笑顔を作ってみせた。

「新聞は読んだ?」

「いいえ。どの新聞ですか?」

「全部よ」県警本部長はそう言ってからつけ足した。「ベックストレームよ。ありとあらゆる新聞の取材を受けたみたいね。あのキリスト教系の新聞まで。自身の強い信仰について告白している」

「本人と話してみます」好きに言えばいいけれど、ベックストレームはそういう意味ではバカじゃない。

「助かるわ」県警本部長は電話を切った。

「ちょっと仕事ができちゃった」ホルトが言った。「あなたは寝ててちょうだい」

「朝食を用意するよ」ヤン・レヴィンがベッドの上で起き上がった。

「なんの仕事か……」

「いや」ヤン・レヴィンが首を横に振った。「わたしも警官だ――ええと、言ってなかったかな？ 今の電話の理由もはっきりと察しがついているよ」毎回あのベックストレームなんだから――。


アンナ・ホルトはパソコンの前に座り、インターネットを立ち上げると、各朝刊紙を読み、自分の不安が的中したのを悟った。それからベックストレームの携帯電話にかけた。いつもどおり、出ない。だからアニカ・カールソンに電話をかけて話した。


彼女にできるなら、わたしにもできるはず。彼女というのは県警本部長のことで、アンナ・ホルトはトイヴォネンに電話をかけた。

「トイヴォネンだ」トイヴォネンがうめき声で答えた。

「ホルトです」

「どうしました、ボス？ 昨日はちょっと遅くまで飲んで」

「ベックストレームよ」あとは二分で用件を伝えた。

「では月曜まで待つしかない。今は週末で、相手はベックストレームだからな」

「それがなんと職場にいるらしいの。さっきアニカ・カールソンと話したんだけど。朝から出てきてるらしい」

「そうだとしたら、わたしへの嫌がらせだろう」トイヴォネンが言った。

86

「これからどうします？」アニカ・カールソンが訊いた。

「ここからはめちゃくちゃ慎重にいくぞ。絶対にヘマをしないように」

「言うとおりにします」

「アルムが作った、ダニエルソンの知り合いのリストがあるだろう。それを見たい。アルムに電話をして伝えろ。今すぐ職場に来てリストをもってこいと」

「必要ありません。わたしのがあります。コピーをもってるんです」

「それは残念だ。あいつを虐《いじ》めてやろうと思ったのに」


昔ソルナとスンドビィベリで幅をきかせていた男たち――。その十五分後、カール・ダニエルソンの親しい交際範囲についてアルムがまとめた書類を読み終えた。騎手のギュッラ、ゴッドファーザー、元同僚のロッレ・ストールハンマル。愛すべき昔のやんちゃ坊主ども。日々酒に飲まれて間もなく五十年になる。

そして、そのうちの一人に電話をかけた。

「これはこれは、国家の英雄、ベックストレーム警部じゃないか」ハルヴァン・セーデルマンが言った。「なぜおれが、そんなあんたから電話をいただくという栄誉を?」

「きみに訊きたいことがあってね」もう酔っぱらっているのか。おれのほうは小さなデスクに座り、しらふで憂鬱《ゆううつ》で薄給だというのに。

「おれのドアはすでに大きく開いているよ。こんな拙宅に光栄だな。お飲み物のご希望は?」

「コーヒーでいい。砂糖なしのブラックで」

それからナディアの部屋に行き、カール・ダニエルソンの手帳をポケットに入れると、電話でタクシーを呼んだ。

「本当に一滴も飲まないのかい?」ハルヴァン・セーデルマンがそう訊いて、キッチンテーブルの上で二人の間に鎮座するコニャックの瓶にうなずきかけた。

「大丈夫だ」

「お前さんはハジキを抜くのが早いだけじゃない。強烈なキャラだよなあ、ベックストレーム」そう言って、自分のコーヒーにたっぷりとコニャックを注いだ。

「ブレンヴィーンはうまい」セーデルマンはうっとりとため息をついた。「それに身体にいい。アル中が百万人もいるくらいなんだから」

全員が元気だとは言い難いがな。

「きみに訊きたいことがひとつあったんだ」ベックストレームはそう言って、ダニエルソンの黒い手帳を取り出した。

「ベックストレーム、お前さんの頼みならね。これがあんたの同僚なら、すでに三ラウンド目だったよ」

「カール・ダニエルソンの手帳だ。メモがいくつも書かれているが、よくわからないものも多い」

「そりゃそうだろうな」セーデルマンがにやりとした。「カッレは抜け目のない野郎だったから」

「同じ略語が繰り返し出てくるんだ。三人の人間に金を払っていたと推測できる」

「それもそうだろうな。確実に。なんて名前なんだ?」

「頭文字だけなんだ。おそらく名前の略だと思うんだが。それと、金額」ベックストレームはそう言って、セーデルマンに手帳を渡した。「HT、AFS、FIという頭文字。どれも大文字だ。よかったら見てくれ」

「どういう意味だと思う? この略語は。なんて名前だと思ったんだ?」

「ハッサン・タリブ、アフサン・イブラヒム、ファシャド・イブラヒム」

「それはお前さんの命を奪おうとしたやつらじゃないか、ベックストレーム」セーデルマンは手帳をめくりながら言った。

「ああ。ダニエルソンがそいつらのことを話していた記憶はあるか？」

「そんな話は絶対にしなかった。どんなに酔っぱらってもだ。そいつらの金を隠してやってた？　その可能性は大だろうな。だが、そんなことを口外するほど老いぼれてはいなかった」

「そうなのか……」

「ああそうだ」セーデルマンが強調した。「それに、これに関しては残念ながら警部殿は何もかも誤解しちまってる。あのラクダ乗りどもはぜひ永遠に閉じこめて、その鍵をロースタ湖に捨ててもらいたいくらいだ。だが、この件に関しては、やつらはシロだ」

「そうなのか」

「カール・ダニエルソンは愉快な男だった。このメモは、遙かなる国からやってきたデーツ踏みたちとはまるっきり関係ない」

「教えてくれ」

「面白い話だぞ」ハルヴァン・セーデルマンは頭を振り、嬉しそうにうなずいた。「ところで、座り心地はどうだ、ベックストレーム」

「悪くない」

「では聞かせてやろう。耳が落っこちないように、押さえておいたほうがいいかもな」

87

「今度は何をしてきたの？」その三時間後、ベックストレームが職場に戻ったとき、アニカ・カールソンが尋ねた。

「栄養たっぷりのランチを食べて、二重殺人を解決した」帰り道にミント味の飴も買ったが。

「きみのほうは」

「あなたに頼まれたことをやっていました。今のところ、あなたの推測が正しいわ。レンタカーもみつかった。スンドビィベリのガソリンスタンド〈ＯＫＱ８〉で五月十七日土曜日に貸し出されている。返却は翌日」

「それは何よりだ。では何が問題なんだ」

「トイヴォネンです。残念ながら、すぐに行ったほうがいい」

「わたしに話があるなら、向こうから来ればいいだろう」

「アドバイスしましょうか。わたしがあなたなら、トイヴォネンと話すときにはとても気をつける。彼があんなふうになったのを見たのは、過去に一度だけよ。そのときは決して楽しい結末にはならなかった」

「そうなのか」若いキツネ野郎はずいぶん威勢がよくなったんだな。

トイヴォネンはともあれ、髪を逆立ててはいなかった。ベックストレームが部屋に入ってくると、優しくうなずき、椅子にかけるよう勧めた。

「ベックストレーム、来てくれて嬉しいよ。面白い写真を手に入れてね。きみに見せたいと思ったんだ」

こいつはいったい何を言ってるんだ。

「これから始めようか」トイヴォネンは張りこみの写真の束を渡した。「これは先週の金曜日の写真だ。きみはタティアナ・トリエンに会い、しっぽを振っていた。その前にはユハ・ヴァレンティン・アンデション＝男前、最近ではグスタフ・Gソン・ヘニングと名乗る男と夕食を共にした。だからきみたち二人を引き合わせたのは彼なのだろうな」

「いったいこれはどういうことだ」ベックストレームがうなり声をあげた。「うちは人手が足りなくてぎりぎりの状態で捜査を進めているというのに、きみは同僚への嫌がらせに張りこみをさせているのか？　相当立派な言い訳があるんだろうな」

「きみはまったくいつも大袈裟《おおげさ》だな、ベックストレーム。我々はイブラヒム兄弟とハッサン・タリブを張りこんでいただけだ。やつらが〈カフェ・オペラ〉に向かい、そこに突然きみと可愛いトリエン嬢まで現れた。ファシャドはずいぶんきみに興味をもっている様子だったから、その部分も調べたほうがいいと思ったんだ」

「わたしはあのバカ者に会ったことは一度もない。突然わたしのアパートに現れて、命を奪おうとするまでは」

「きみの言うことは聞こえているよ。それに部分的には信じてもいる。やつらはきみを買収しようとしたんだろう。うちの強盗殺人捜査がどうなっているのか、情報を流してくれるやつが必要だった。あの頃にはかなりやばいという自覚があっただろうからな。ファシャドはずる賢い野郎だし、金には困っていない。きみの家の鍵はトリエンが用意したんだろうよ。あのあと、すぐにズボンを落としたんだろう?」

「わたしはあの女に鍵など渡していない」

「そうなのか。だがきみが寝入った隙に、合鍵を作ったんだろうな。そうそう、あの女は売春婦だ。高級な類《たぐい》の」

「きみがそう言うならそうなんだろうな、トイヴォネン」ベックストレームは肩をすくめた。

「わたしは一クローネも払っていないがね。きみはいくら払わされたんだ? 五百フィンランド・マルッカってとこか?」

「落ち着けよ、ベックストレーム。買春法で起訴しようとは思っていない」

「実はそれよりもっと深刻なんだな」トイヴォネンが続けた。「この写真はきみが自宅アパートで乱射パーティーを行った夜の写真だ。きみはいつもの行きつけの店で酒を飲んでいる。食事の前にビール、それにウイスキーをたっぷり。食事中にもっとビール、蒸留酒を二杯、食後にコーヒーとコニャック。勤務時間外に銃を携帯して外出した警官が、酒場で酔っぱらっていたわけだ。なぜ同僚たちを部屋に入れたときに手にグラスをもっていたのか、それで納得がいく。ところで、写真写りはどうだ？　すごくよく撮れてると思わないか」

「なんの話だかさっぱり」ベックストレームは一枚目をつまみ上げた。「わたしが飲んでいるのは小さなノンアルコールビールと、その横のはアップルジュースだ。きみもその組み合わせは試してみたほうがいいぞ」

「むろんそうだろうな」トイヴォネンがにやりとした。「それから次のノンアルコールビールに、蒸留酒グラスには予備の水。最後の締めにアップルジュースをもう一杯。今度はコニャックグラスに入れてだ。まったくきみは面白い男だな、ベックストレーム。もし勘定書きのコピーを取り寄せていなかったら、すっかり騙されていたところだった」

「何が言いたい」

「実はちょっとした提案があってね」

「なんだ」

「内部調査課のことなど、心からどうでもいい。わたしは仲間のことを告げ口するような男じゃない。目に余るやつがいれば、自分の手でそいつの耳を引っ張る。完全に警察署内で処理するんだ。この署ではいつもそうやってきた」

「で、提案ってのは？　提案があるんじゃなかったのか？」

「多くの同僚が、きみのメディアでの発言に疲れ切っている。もう一件のほうは仕方ない、我慢しようじゃないか。だが、これからも紙上で我々を苛立たせるつもりなら、転職したほうがいいぞ。犯罪ニュース記者になるとか、毎週木曜日にテレビ番組『指名手配中』でうるさくしゃべってる、国家警察委員会出身の教授のじいさんと交代するかだ。きみが口を閉じているなら、我々も閉じておく。それができないなら、写真と勘定書きと、我々がロッカーと箱の中に集めたものすべてが、本当にやばい新聞社に届くだろうよ。ああ、そういえば、それが希望だったんじゃないのか？　警察はメディアに対してもっとオープンになるべきなんだろう？」

「わかった」

「よし。きみはそういう意味では頭は悪くないだろうから、これで合意に達したと思っているよ。ところで、捜査はうまくいってるのか？」

「ああ。月曜には解決しているだろう」

「ほう、教えてくれよ」

「そのときに」ベックストレームは立ち上がった。

「待ちきれないよ」トイヴォネンがにやりとした。

じゃあ、次は記者会見で――ベックストレームはそう思いながら、軽くうなずき、トイヴォネンの部屋をあとにした。

88

「どうでした？」アニカ・カールソンが訊いた。「心配してたんです」

「平気だ」ベックストレームが答えた。

「トイヴォネンはなんて？　さっきわたしのところに駆けこんできたときは怒り狂っていたから。心配になったわ」

「わたしの昔のキツネだ。元指導担当にちょっとしたアドバイスや助言をもらいたかっただけだ」

「それはよかった」アニカ・カールソンが皮肉な笑みを浮かべた。「捜査のほうはどうします？」

「いつもどおりだ。怪しい人間のことを徹底的に調べる。通話記録やなんかをフルコースでな。音もなく、目に見えず、痕も残さず。そうだ、ナディアに電話してみろ。職場に来て手伝ってもらえ。わたしが残業申請にサインするから。若い子たちはいなくても平気だろうし、アルムはこれに引き入れないほうがいい」

「その怪しい人間は携帯電話をもっていないようなんですが。とりあえず、みつかりませんでした」

「あるに決まっている。ダニエルソンとアコフェリが電話をした番号だ。かかってくるだけの携帯電話。運がよければ、まだ始末されていないだろう。それに、家の固定電話もある」

「それはもう確認を始めています」アニカ・カールソンが請け合った。

「ならば平気だ」ベックストレームがにやりとした。「月曜には、手錠を取り出さなければな」

89

日曜の朝早く、ハッサン・タリブが新たな脳出血を起こした。前に彼の命を救った医者は、また新たに努力をすることになった。しかし今回はそううまくはいかなかった。十五分後には手術が中断され、タリブはカロリンスカ大学病院の神経外科で朝の五時半に死亡宣告を受けた。

タリブのような人間が死ぬと、ろくなことがない。おかしなことを思いつく輩《やから》がいくらでもいるのだ。五分後には、ホンカメキ警部がセキュリティーをさらに強化する決定をした。トイヴォネンとリンダ・マルティネスと相談した上で。トイヴォネンが正式な決定を下し、生活安全部から六人と張りこみ捜査課から六人を投入することになった。

生活安全部の警官たちは外の警備を強化し、捜査官たちは病院の敷地や建物内を巡回して、怪しい車両や人間、それ以外のおかしな動きを早期に発見するよう努めた。

朝の九時頃、フランク・モトエレが整形外科に現れた。入口で同僚たちに挨拶し、エレベーターでファシャド・イブラヒムが左脚を足首から股の手前までギプスに固定された状態で閉じこめられている個室のある七階へと上がった。

「やあ、どんな様子だ」モトエレは、ファシャド・イブラヒムが入院している整形外科の入口に座っている同僚たちに挨拶をした。

「平和ですよ」同僚が笑みを浮かべた。「患者は寝ている。さっき看護師と話したところだが、痛みがひどいらしく、常に鎮痛剤を流しこんでいるそうだ。だから我慢するしかない。あいつはほとんどずっと寝てますよ。弟に会いたければ、胸部外科です。今はナイフはなしでね」

「ちょっと見てくる」

「どうぞ」生活安全部の同僚が言った。「その間に、ちょっと喫煙室に行ってきます。もう気が狂いそうで。ニコチンガムなんて、冗談みたいなもんだ」

何かがおかしい――ファシャドの病室のドアを開ける前に、モトエレはすでに感じていた。念のため手に銃を握り足でドアを蹴り開いた。病室は空っぽで、窓が開いたままだ。ベッドが窓のほうに寄せられ、ベッドの脚には普通のクライミングロープが括りつけられていた。

六階下の地面までは二十メートル。地上にはすでに男が一人立っていて、ギプスをものともせずロープを伝い下りていく男を待ちかまえている。しかしフランク・モトエレが窓から頭を出したとき、ファシャドはまだ数メートルしか下りられていなかった。

モトエレはロープを摑むと、それを引っ張った。モトエレのように百キロの筋肉と骨でできた男にはたやすいことだ。ロープに摑まったファシャド・イブラヒムのほうは、体重七十キロもない。それにファシャドはミスを犯した。手を緩めて滑り下りるのではなく、しがみついてしまったのだ。ロープと一緒に窓まであと一メートルというところまで引き戻されてしまい、そのときにモトエレが視線を自分の内に向けて、ロープから手を離した。その衝撃でファシャドの手もロープから離れ、なすすべもなく二十メートル下の地面に背中から落ちた。即死。そのときやっと、モトエレはファシャドの仲間が銃を抜き、自分に向かって撃ち始めたことに気づいた。

下手な射撃だった。一方でモトエレのほうはじっくりと時間をかけた。銃を抜き、窓の下に屈み、相手の片脚の上部を狙い、両手で銃を握り、両目を見開いた。ルールブックどおりに。ちょっとツイていれば、腿の血管を切り裂くことができる。地上にいる男は地面に倒れ、銃を手から離し、撃たれた脚を抱き、モトエレにはわからない言葉で叫んだ。

モトエレはまた視線を内に向け、銃をホルスターに収め、同僚たちを探して廊下に出た。彼らが走ってくる足音と、叫び声はもう聞こえていた。

ホンカメキ警部は三十分も経たないうちにトイヴォネンに電話をかけ、状況を手短に報告した。誰かがファシャドを助けて病室の窓を開けた。同じ人間が結び目のあるクライミングロープを渡した。長さ約二十メートル。モトエレがロープを引っ張り、ファシャドを中に引き入れようとした。しかしファシャドは手を離し、二十メートル下の地面に背中から落ちた。仲間がモトエレを撃ち始めた。複数発。モトエレは撃ち返した。一発だけ。脚の高い位置に当たり、相手は倒れた。捕らえられ、身元の確認が終わり、救急窓口へと送られた。便利なことに、整形外科はほんの百メートルのところだ。それに、誰がファシャドにロープを渡し窓を開けたのか、警察は心当たりがあった。

「整形外科の下級看護師の女が一人行方不明です。知りたいだろうから言っておくと、イラン出身。約一時間前に病院から忽然と姿を消した」ホンカメキが報告を終えた。

「まったくお前たちは何をしているんだ」トイヴォネンがうめいた。

「ルールブックどおりですが」お前ならどうしたっていうんだ？

「弟のほうは。あいつはまだ生きてるんだな？」

「ええ、まだ生きています。そう訊きたくなる気持ちはわかりますが」ホンカメキは皮肉な笑みを浮かべた。

「そいつを留置場へ移動させろ。安全を確保しなければ」

「そうしたいのですが、留置場のほうで断られました。必要な医療措置ができないからと」

「じゃあフッディンゲ病院に移動しろ」

「フッディンゲに？　なぜです」

「うちの所轄内に置いておきたくないんだ。人がハエみたいに死ぬのを見たくない。犠牲になるのはうちの警官なんだぞ」

「わかりました」

「モトエレについては……」

「それも手配済みです。鑑識はもう来ているし、内部調査員も到着している。唯一足りないのはベックストレームだけです」ホンカメキはそう言って、あきれたように天を仰いだ。

まったく、なんてことだ。三対一でキリスト教徒の勝ちか——ベックストレームはテレビで朝のニュースをつけたときに思った。やっとパンケーキとベーコンだ。例の監視人は、今日は他のことで大忙しのようだから。

「モトエレ、ショックなのはわかる」内部調査員が言った。

「いいや」モトエレは頭を振った。「ショックなど受けていない。完全にルールブックどおりにやっただけだ」敬意を——。モトエレはそう思い、目を自分の内へと向けた。

90

月曜のランチのあとには、攻撃に出る準備が整った。まずはアニカ・カールソンと打ち合わせをして、細かい指示を与えた。

「ベックストレーム、ベックストレーム……」アニカ・カールソンはあきれたように頭を振った。「あなたはわたしが会ったことのある中で、いちばん抜け目のない人ね。あの恐ろしい人間との会話の中に、いったいいくつ罠を仕掛けるつもり？」

「わたしにもわからない。きみは言うとおりに動いてくれ」

「もちろんです、ボス。フェリシアとスティーグソン坊やはどうしましょうか」

「待機だ。スティーグソンを連れて入ることは考えられないし、やばいことになったとき、フェリシアのことを心配したくない」

「そのとおりね」アニカも同意した。

「あの二人には外の車で待機させよう。万が一の場合には、援護に呼ぶ」

それから四人は二台の覆面パトカーに分乗してハッセル小路一番に向かった。スティーグソンとペッテションはアパートの門の前に車を停めた。ベックストレームとアニカ・カールソンはエレベーターで最上階に上がった。アニカ・カールソンが屋根裏に続く階段に隠れると、ベックストレームは呼び鈴を鳴らした。その日の朝に連絡を入れてあったので、ドアは二度目の呼び鈴で開いた。

「あら警部さん、いらっしゃい」ブリット＝マリー・アンデションが真っ白な歯を全部見せて、大きな笑みを浮かべ、なぜか左手で気前よく開いた胸元の谷間をなぞっている。

「警部さんは何をお飲みになるかしら？」

「コーヒーがありがたいね。だがその前に、トイレをお借りできるかな」

「もちろんよ」ブリット＝マリー・アンデションは首をちょっとかしげ、さらに景観をよくするために前屈みになった。「ところで、なぜそんなによそよそしいの。名前で呼んでくださらない？　ブリット＝マリーよ」そう言って、よく日に焼けた手を差し出した。

「ベックストレームだ」ベックストレームは半分ハリー・キャラハンになりきって答えた。

「あなたったら昔気質《かたぎ》の本物の男よね、ベックストレーム」ブリット＝マリー・アンデションは笑いながら頭を振った。「自宅のようにくつろいでちょうだい。コーヒーを淹れてくるわね」

ベックストレームはトイレに入った。しかしキッチンから物音が聞こえてくると、こっそりトイレから出て、玄関のドアの鍵を開けた。万が一やばいことになったときに、同僚がドアを破る手間を省くためだ。それからトイレの水を流し、わざと大きな音を立ててトイレのドアを閉めると、リビングに行き、女主人の花柄のソファに座った。

ブリット＝マリー・アンデションは盆に色々と盛っていた。ゴキブリみたいな犬も今日はおりこうなプッテちんになって、小さな花柄の布を敷いたバスケットにちょこんと座っている。ブリット＝マリーはピンクの安楽椅子にかけ、それを前に引いたので、コーヒーを注ぎながら、よく日に焼けた膝がベックストレームの仕立てのよい黄色の麻のズボンに触れそうなほどだった。

「あなた、もちろんブラックでお飲みになるでしょう？」ブリット＝マリーがうっとりとため息をついた。

「ああ」

「本物の男ですものね」ブリット＝マリーはまたため息をついた。

エスプレッソを飲むときだけは、温かいミルクを添えるが――とベックストレームは心の中でつけ足した。

「ブラックでいい」

「コニャックを少し、なんて誘っちゃいけないかしら。それともウイスキー？」ブリット＝マリーが盆の上に並ぶ酒瓶に向かってうなずいた。「わたしはちょっとコニャックをいただこうと思って。少し、少し、ほんのすこーしだけ」

「飲むといい」ベックストレームは理由は告げずに言った。「それが賢明な選択かもしれない」

「それで？」ブリット＝マリーが首をかしげた。「なんの話なのか聞きたくて死にそうよ。電話で、わたしにお礼を言いたいと言っていたわね」

「ああ、そのとおりだ」

「何度も遮《さえぎ》ってごめんなさい」ブリット＝マリーが唇を突き出して、そっとコーヒーをすすった。「でもまずはあなたの服装を賞賛させて。黄色の麻のスーツにベージュの麻のシャツ、それに合ったネクタイ。イタリア製の革靴。きっとハンドメイドなんでしょうね。わたしがこれまでに会ったことのある犯罪捜査官は、仕事に来る前に公園のベンチで夜を明かしたような恰好ばかりだったけれど」

「服装が悪いと、相手の対応も悪くなる」ベックストレームがことわざを引用した。「褒め言葉をありがたくいただいておこう。わたし自身はあなたにお礼を言いたくて来たんだ」

「わたしったら、何をしたのかしら。さっぱりわからないわ」

「実はわたしもなんだ。だがまずあなたは、元同僚ストールハンマルという手がかりを我々に与えてくれた。唯一言い忘れたのは、ざっと四十年ほど前に彼と付き合っていたこと。当時は基本的に常にやりまくっていたそうだね。しかしやつが容疑者として充分じゃないことに気づくと、次はイブラヒム兄弟とそのおっかないいとこへと我々を導いてくれた。もちろん」ベックストレームは続けた。「部分的にはあなたを信じよう。やつらがカール・ダニエルソンと話しているのを見た、巨体の悪漢が車にもたれて、舌を突き出したというのは本当だろう。それでも警察が満足しなかったため、最後にはうちでいちばん単純な同僚に、セッポ・ラウリエンが最近頻繁にダニエルソンとひどいけんかをしていたと吹きこんだ。おまけにカール・ダニエルソンを憎んでいたと。実際のところ、十四日前からあなたのおかげで、うちの者たちはまるで雌鶏の群れみたいにやみくもに駆け回ってばかりだった。それに結局、あなたが言い忘れたのは一点だけ」

「で、それはなんなのかしら?」ブリット＝マリー・アンデションは座ったまま急に背筋をまっすぐに伸ばした。微笑の気配は一切なく、小さなグラスにコニャックを注ぐ手が震えてもいない。

「水曜の夜にカール・ダニエルソンを鍋の蓋で殴り殺したのはあなただということです。念のため、ネクタイで首も絞めた。そして書類鞄を奪った。愚かなことに、ダニエルソンはあなたに鞄の中の金を見せてしまったんだ。そして金曜の朝、それからたった三十時間後には、若い愛人セプティムス・アコフェリも絞殺した。彼はすぐにあなたの仕業だと気づき、木曜にはそれがダニエルソンにレイプされそうになっての正当防衛だったと思いこんだ。あなたは以前にもカール・ダニエルソンのことをアコフェリに話していたんでしょう。ダニエルソンから性行為を要求されている、みたいなことをね。金曜日にアコフェリと会ったとき、警察に行って本当のことを話したほうがいいと勧められた。あなたは被害者であって、ダニエルソンが悪いのだからと」

「それでアコフェリをそこの寝室の中で殺した」ベックストレームはリビングの向こうにある寝室のほうにうなずいてみせた。ドアは閉まっている。「まずはセックスですべてを忘れさせ、相手が充分にリラックスしたところで、最後に背中をマッサージしてあげるとでも言ったんだろう。一緒に警察に行って、すべてを告白する前に」

「こんな想像力豊かな話、生まれて初めて聞いたわ」ブリット＝マリー・アンデションは言った。「同時に失礼極まりない話でもあるから、警部さんが誰にも口外していないことを心から願うけど。そうなったら本当に警部さんを侮辱罪で訴えなければいけなくなる。最近では名誉棄損って言うのかしら。まさかそんなことにはならないわよね？」

「ああ、もちろんだ。この話はあなたとわたしの間のこと」ベックストレームがうそぶいた。「誰一人として口外はしていない」

「それはよかった」ブリット＝マリー・アンデションの顔にやっと、ほぼ普段のような笑みが戻ってきた。「なんだか急に、わたしたち二人で解決法をみつけられるような気がしてきたわ。類は友を呼ぶと言うじゃない、ベックストレーム？」家の女主人はそう言って、三杯目のコニャックを注いだ。

「先日、あなたの元義弟と会ったんですよ。いやいや、非常に興味深い人物だ」

「興味深いだなんて信じられないけど」ブリット＝マリーが鼻で笑った。「あの男は五十年前から完全にアルコール漬けなんだから。人生で嘘をつかなかったことなんて一度もない」

「それでも彼が言ったことを話そうと思うんだが。わたしがあなたなら、注意深く耳をそばだてるね」

91

「カッレの手帳にある記載を見て、ビーアの話を聞きにきたのかと思ったんだが」ハルヴァンは気前よく三杯目のコニャックを自分のコーヒーに注いだ。「なのに急にまるっきり関係ないイスラム教徒の話なんか始めるから。ここをどこだと思ってんだよ。911のテロかよ？」

「ビーア？」ベックストレームが訊き返した。「説明してくれ」

「おれの元兄嫁、ブリット＝マリー・アンデションだよ。昔のソルナ・ガールだ。ソルナでいちばん大きなおっぱいで、中世の関所より北でいちばんセックスがうまかった。まだ男が男で、ホモがこの街を占領する前の話だ。それでどうなった？　山のようにレズビアンが発生しただけじゃないか」

「まだわけがわからないんだが」

「ビーアだよ。ブリット＝マリー・アンデション。ビーアって呼ばれてたんだ。〈サロンBeA〉の。スンドビィベリで美容サロンを開いていたんだ。大勢の女の髪にパーマをかけ、閉店時間ぎりぎりに行くか、事前に電話で予約をしておけば、サロンのカーテンの向こうで普通の一発もやらせてもらえた。ああ、兄貴が彼女に出逢ったのもその口だよ。ロッレから教えてもらったんだ。ロッレは一度も金を払う必要はなかった。ボクシングのスウェーデン・チャンピオンで、次のインゲマル・ヨハンソンだと新聞に書きたてられていた。ベックストレーム、あいつのアソコを見たことがあるか？　試合途中にズボンを下ろし、下半身をくるりと回せば、インゴを立見席まで吹っ飛ばせただろうよ」

「だがお前の兄が彼女と結婚した」

「ああ、そうさ。兄貴は彼女に骨抜きにされた。ロッレが精彩を欠き始め、すでに腹を見せているのにしっぽまで振り始めたとき、ビーアは兄貴に乗り換えたんだ。ヒエラン――当時はそう呼ばれていた。あの女は、うちの兄貴ペール・アドルフがめちゃくちゃ金をもっていると誤解したんだ。ロッレのほうは、そのうちソルナの中心部で昔はよかったなんて愚痴《ぐち》りだしそうな状態だった。それより、兄貴に賭けたほうがいいと思ったんだろうな」

「それからどうなったんだ。お前の兄は十年前に亡くなっただろう」

「ああ、そうさ。いい気分ではなかったな。おれたちはすでに、兄貴に地獄に堕ちろと言ってしまってたから。ある晩マリオがパーティーを開いたとき、兄貴がマリオのことをガイジンって呼んだんだ。だからおれたちは兄貴をロースンダのヒットラーと名付け、地獄に堕ちろと言ってやった。名前もペール・〝アドルフ〟だし、口髭まで生やしてたんだ。それからビーアと結婚して、ロースタ湖ぞいに立派な一軒家を買った。煙突の先まで借金にまみれていたが、ビーアはそれを知らなかった。セックスで骨抜きにして、自分が全部相続できるものだと思いこんでいた。だが兄貴には一クローネも財産がなかったから、ハッセル小路一番に落ち着くことになった。それで勘定屋のカッレに乗り換えたんだ。つまりカール・ダニエルソンにだ」

「ではダニエルソンのほうはもう少し金があったのか」

「その頃にはうまくいき始めてたんだろうな」ハルヴァンがうなずき、四杯目を自分に勧めた。

「カール・ダニエルソンはどうなったんだ。ビーアとは」

「カッレも兄貴と同じくらいビーアに夢中になった。若いリトヴァと息子はほったらかして、ビーアとやることしか考えていなかったんだ。長年の間に、そのために何百万って払ったんじゃないかな。手帳のメモを見ただろ？」

「まだ意味がわからないんだが」

「HT、AFS、FIだよ。急にお前さんが頭が悪い気がしてきたのはおれだけか？」

「今日はちょっと調子が悪いらしい。助けてくれる気はないかね？」

「HTは手こき（handtralla）だ」ハルヴァンはそう言って、自分の股間の前でエアギターを弾いてみせた。

「AFSは吸う（avsugning）」ハルヴァンは唇を突き出した。

「で、最後のFIだが。それはオマンコ（fitta）を使ってのセックスだ。普通のまともなやつってことだよ。カッレはビーアとのセックス日記をつけていたんだ。そんなに難しいか？　普通の手こきに五百、吸ってもらえば二千。昔ながらのセックスに五千。ゴムなしでやらせてもらったときには、十枚も払ったって書いてあったじゃないか。最後のほうのカッレはもうまともじゃなかった。普通のセックスに一万も払うなんて……」

「ベックストレーム、アラブ人のことは忘れろ」ハルヴァンはそう言って、コップの中身を一気に飲み干した。「これはカール・ダニエルソンがおれの元兄嫁ブリット＝マリー・アンデションとのセックスを記録したものだ。ちなみにあの女は、兄貴に財産がないと気づいたとたんに旧姓に戻した。十年間はセーデルマンという名前だったが。アンデションに改姓したとき、おれほど喜んだ人間はいなかったね」

「だがちょっと待て」ベックストレームがあることをひらめいた。「〝吸う〟なら、afsugning じゃなくて avsugning じゃないか。それをどう説明する？」

「カッレらしいや」ハルヴァンがにやりとした。「いつもそういう調子だったんだ。ちょっと皮肉をこめてね。ブリット＝マリーは実際よりお高く留まった女だった。彼女のところに行けば、普通に吸うんじゃなくて、特別な感じで……ほら、ちょっと貴族みたいに吸ってもらえるってこと（貴族の名字はvがfになることがあるため）だ。まさにカッレらしいや」

「そうなのか……」ベックストレームはそうつぶやき、念のため、まだ自分の丸い頭に耳がちゃんとついているかどうかを確認した。

92

「貴族みたいに……」ベックストレームも唇を突き出し、ブリット＝マリー・アンデションの元義弟との会話をまとめた。

「ねえ、ベックストレーム」ブリット＝マリー・アンデションが身を寄せ、見事なのは否めない景観を披露し、その間にもよく日に焼けた手をベックストレームの左の腿の内側に置いた。

「あなたもなんだか、ちょっとほしがってるみたい」彼女の手がベックストレームの仕立てのよい黄色の麻のズボンを上がっていく。

くそ、なぜ電話してこないんだ――ベックストレームは自分の腕時計を盗み見た。あの凶暴なレズめ。そう思った瞬間、二人が座っている部屋のどこかで携帯電話が鳴りだした。

「わたしのか、あなたのか」ベックストレームは自分のを取り出し、念のため掲げて見せた。

「わたしのではない」そう言って首を横に振り、ポケットに戻した。

「どうせ間違い電話よ」ブリット＝マリー・アンデションはそう言った。さっき一瞬、その目はアニカ・カールソンと同じくらい細められていたのに。そのアニカ・カールソンが今、三台目のプリペイド携帯にかけたのだ。ベックストレームが指示をしたとおりのタイミングで、カール・ダニエルソンとセプティムス・アコフェリの電話を受けるためだけの番号に。

「ねえ、ベックストレーム」ブリット＝マリーは突然、彼の膝に座っていた。日焼けサロンで焼いた手で、シャツの襟元と胸を撫でている。「ふと思いついたんだけれど、わたしたちが二人で協力すれば最高なんじゃない？」

「どういうことだい」彼女の手がもうネクタイにかかってはいたが、ベックストレームはちっとも心配はしていなかった。警戒は武装なり――。

「わたしたち、同じ年頃だし。あなたが今まで行ったことのない場所に連れていってあげる。つまり、セックスのことよ。普通の旅行じゃなくてね。ダニエルソンのお金も山分けしましょう。あの男が悪党からくすねたお金。あなたを殺そうとしたあの恐ろしいアラブ人たちからね。それに……」

「いくらくらいの話なんだ」ベックストレームが相手を遮《さえぎ》った。膝に座る女が両手で彼のネクタイを撫でていても、氷のように冷静だった。よく日に焼けた、力強い手。女にしては大きな手。まるで男の手のような。

「好奇心で訊いているんだ」ベックストレームが弁解した。

「百万近くよ」ブリット＝マリー・アンデションが言う。その手はベックストレームの黄色い百合の柄が入った青いネクタイをもてあそんでいる。

「それは確かなのか？　今朝検察官と話をつけて、部下がほんの数時間前にソルナのＳＥ銀行にあるあなたの貸金庫を確認しにいったんだが。その中にはカール・ダニエルソンの書類鞄が入っていて、現金は二百万あった。千クローネ紙幣の束が二十。一束はそれぞれ十万」

「それにさっきの電話だが」ベックストレームはさらに続けた。「数分前にあなたのハンドバッグの中で携帯が鳴っただろう。あれはまた別の同僚がかけたものなんだ。ダニエルソンとアコフェリがいつも電話していた番号――ダニエルソンは買春するため、アコフェリはおそらくあなたを愛していたから」

「ブリット＝マリー・アンデション」エーヴェルト・ベックストレーム警部は言った。「ふと思ったんだが、わたしは今、うちの業界では非常に珍しい人物と話をしているようだ」

「で、それはどういう意味かしら？」ブリット＝マリー・アンデションの目が急にアニカ・カールソン以上に細くなった。スティーグソンがまさに彼女について女性を侮辱するような表現をしたときに、その目を爪でくり抜きたそうにしていたアニカ・カールソンの顔が思い出される。

「女性の二重殺人犯だよ。現在のところ、そのかどで無期刑に服している女性は一人もいないんだ。実際のところ、四十年以上いない。その前はフィンランド人の売春婦だった。今回はスウェーデン人の同胞というわけか」

その瞬間、ブリット＝マリー・アンデションが襲いかかった。ベックストレームの発言内容を考えると、おそらく怒りのあまり衝動的に。自分の負けは悟っているはずなのだから。ネクタイの根元をぐっと掴み、全力でネクタイを引っ張ると、床に転げ落ちた。ネクタイを留めていた小さなクリップが外れたからだ。

昔ながらの警察ネクタイだった。ベックストレームのアル中の父親が毎日使っていたものの十倍の値段がしたが。父親は勤務中、必ず最初から結び目のある青いネクタイを着用していた。お仕置きとしてチンピラどもを昔のマリア地区の留置場にぶちこむときに、首を絞められないように。週末には自宅でもつけていた。もう普通のネクタイを結ぶことができなくなっていたから。

「さて、ビーア」ベックストレームがポケットから手錠を取り出し、それをはめるために彼女の両手を摑んだ。「さあ、おりこうにな」

ちっともおりこうではなかった。ブリット＝マリーは床の上で身をひるがえすと、ベックストレームの足をすくい、その上に馬乗りになり、ネクタイのない首を摑んで手でぎゅっと絞めた。その手はベックストレームのものよりずっと大きくて強かった。

彼女の小さな犬もバスケットから飛び出してきて、加勢した。ベックストレームの高価な黄色のズボンを嚙みちぎろうとしている。それからブリット＝マリー・アンデション六十歳女性――統計的には二重殺人の犯人ではありえない女――がテーブルにあったコニャックの瓶でベックストレームの顔を殴りつけた。

「頼むよ、アニカ！」ベックストレームが叫んだ。頭の中では閃光と暗闇が順番にやってくる。しかし助けてと叫ぶくらいなら、死んだほうがましだった。女に襲われているのだから。

アニカ・カールソン警部補が、昔の砲弾と同じくらいの速さで部屋に飛びこんできた。プッテちんを蹴り上げると、犬は半円を描くように部屋の向こうへと飛んでいった。その飼い主のことは警棒で叩いた。肩を二回、腕を二回。それから手錠をかけた。髪を摑んで、頭をそらせ、女同士でこういう状況になったときに必要な唯一のメッセージを伝えた。

「このババア、大人しくしないとぶっ殺すぞ」それは同じ女同士という感情はこもっていなかったし、女性警官の声にも聞こえなかった。

アニカ・カールソンの残りの気遣いは、上司へと注がれた。エーヴェルト・ベックストレーム警部に。「気の毒に、ベックストレーム。鼻を折られてしまったみたいね」その間にフェリシア・ペッテションとヤン・O・スティーグソンがブリット＝マリー・アンデションをアパートから連行した。

「平気だ」ベックストレームは洟をすすった。両方の穴から、真っ赤な血が流れている。手でシャツの中を探り、レコーダーを取り出す。仕立てのよい黄色の麻のジャケットに隠すように、腹に貼りつけておいたものだ。

「これが動いてるかぎりは、なんだって平気だ」ベックストレームはむちむちした指で自分の鼻をつまんだ。「絆創膏《ばんそうこう》をくれ。そして署に戻ろう」

93

ベックストレームが折れた鼻に絆創膏を貼り、自分のオフィスに入るか入らないかのうちに、ニエミが息を切らせて走りこんできた。

「いったい何があったんだ、ベックストレーム、顔を圧搾ローラーで押しつぶされたみたいじゃないか」

「そんなことはどうでもいい、ニエミ。どうしたんだ？」

「捜査に突破口が開いたぞ！　今ＳＫＬから電話があって、ポーランド人がコンテナで発見したゴム手袋からＤＮＡを採取できたらしい。なんと女だったそうだ」

「ダニエルソンの家政婦だろう」数日前から状況を把握しているベックストレームが言った。

「わたしもそう思ったよ」

フィンランド野郎は頭も悪いにちがいない。面白いやつだな。ダニエルソンのアパートを何日も捜査してきたくせに。

「だがそれから、アコフェリの爪からも同じＤＮＡがみつかったんだ。問題は、その女がデータベースには入っていないこと。だから誰なのかわからない」

「それは過去のニュースだ、ニエミ」ベックストレームは椅子にふんぞりかえった。悪魔のように鼻が痛むというのに。「その女なら、今留置場に入ってる。ちょうどよかったよ。せっかくだから行って、DNAを採取してきてくれ。そしてきみときみの仲間——南アメリカ出身の同僚——で彼女のアパートの家宅捜索をするんだ。アコフェリを殺したのはそこだからな。それでも時間が余れば、彼女が死体を運んだレンタカーが下のガレージに停まっている」

「いったい何を言ってるんだ、ベックストレーム」

「わたしは警官だ。そんなことくらい、十四日前にはわかっていた」

次にトイヴォネンがやってきた。

「おめでとう、ベックストレーム。急に、まともな同僚のように付き合ってやってもいいと思えてきたよ。お前が口を閉じているかぎりはな」

「それはそれは。老いた警官の心に沁みるよ」

「どういたしまして」トイヴォネンはにやりとすると、行ってしまった。

あの小さなキツネめ、いつか殺してやる——。

それから検察官が電話をかけてきた。

「ベックストレーム、あなたが犯人を捕まえたらしいわね。犯人の女と言ったほうがいいかしら」

「ああ」

「それからニエミとも話しました。だから明日の午前中には勾留質問の手続きをするつもりです。相当の理由のある疑いで」

「それはよかったな」ベックストレームは受話器を置いた。


アンナ・ホルトにいたっては、ベックストレームのオフィスにまでやってきた。

「おめでとう、ベックストレーム」ホルトは笑顔でうなずいた。「わたしのために竜を殺してくれて」

「どうも。記者会見は？」

「それについては、ちょっと控えめにいこうと思う」アンナ・ホルトは黒いショートヘアを振った。「最近あまりにもね。短い公式声明だけにします。明日、勾留質問の手続きが終わったあとに」

やはりそういうことか。まずはおれの手から尊厳を奪い、それから名誉も奪った。おれに残されたものといえば、噛みちぎられた麻のズボン、割れたソファテーブル、血だらけの絨毯《じゅうたん》、かつては愛しのわが家だった壁と天井に銃弾の穴。そのお礼にもらったものといえば、クリスタルの花瓶だけ。すでにアル中の隣人にあげてしまったが。それからかつておかしな男のものだったという警察バッジ。

「どう思う、ベックストレーム」アンナ・ホルトが尋ねた。

「ファイン・ウィズ・ミー《わたしならかまわないが》」ベックストレームは部屋を出ていくアンナ・ホルトに完全にシポウィッツな表情を見せた。このガリガリ女め、さっさと逃げ出しやがれ。

「セッポ・ラウリエンはどうする」今度はアルムが顔を真っ赤にして駆けこんできた。ホルトが出ていって、ほんの二分後に。

「アルム、来てくれてよかった」ベックストレームは言った。「こうしよう、よく聞けよ」

「ああ、聞いてる」

「まずはセッポについてきみが書いたすべての書類を集めるんだ。それからそれを丸めて、何本か輪ゴムをかける。それを自分の尻の穴に突っこんでおけ」

　頭が悪いだけでは足りないらしい。アルムの背中を見送りながら、ベックストレームは思った。あの野郎はまったく、ユーモアのセンスのかけらもない。


「ボスに敬意を」フランク・モトエレが言った。視線を自分の外に向け、ベックストレームにうなずきかける。

「ありがとう。感謝するよ」こいつの目があれば、シッゲなど必要ないな。睨《にら》みつけるだけで、悪党でも慈悲を求めるだろう。

「一人残っている」モトエレは視線を内に向けた。「上の弟のアフサンは裁判のあとに処分する。おれには刑務所にいくらでも友達がいる。両方の側にだ。だから楽勝だ」

「そうか」一人残っている？　こいつはいったい何を――。

「敬意を」モトエレは繰り返した。「ボスのような人間が複数いれば、こんな事件とっくに解決していた」

「身体には気をつけろ、フランク」ベックストレームが言った。おめでとう、エーヴェルト。お前は今、西半球でいちばん気味の悪い警官とお友達になったようだぞ。

「こんなところにしけこんでたの?」アニカ・カールソンが訊いた。「ところで、鼻の具合はどう?」

「まったく平気だ」ベックストレームはそっと絆創膏に触れてみた。

「ねえ、ピルスナーでも飲みにいかない? よかったらごちそうするわ」

「まあ、じゃあ」

94

ベックストレームはアニカ・カールソンを自分の行きつけの酒場に連れていった。なんの問題もない。彼の白い竜巻《たつまき》はフィンランドの大家族に会いにユヴァスキュラに帰省し、念のため睨《にら》みのきくヒモも一緒に連れていったのだ。

まともな男なら、毎月の掃除と週に一度のいいセックスを、ただの凶暴なレズのために手離しはしない。無差別種目で闘っているかどうかは関係なく。

はたして、かなり楽しい晩になった。最後の瞬間までは。

「ねえ、ベックストレーム」アニカ・カールソンが言った。「わたし、今までヘステンス製のベッドでセックスをしたことがないの。だから、どう？」

そして突然筋肉質な長い指でベックストレームの腕を掴み、ぎゅっと力をこめた。まるでワイヤーで腕を縛られたみたいだった。

「おいおい」まだ鼻がずきずき痛むし、自分のベッドで気を失う前にあごを殴り割られたほうがいいくらいだった。かつては愛しのわが家だった、破壊された部屋で。

「正直に話すとだな」ベックストレームが言った。

「ええ、そうして」

「実は、そんな勇気がないんだ」これでやっと言えたぞ。それにあごもまだ残っている。

「すでに言ったとおり、ベックストレーム。わたしはセックスに関してはオープンな考えをもっている。あなたがそうしてほしいと言うなら、すごく、すごく優しくもなれる。でもあなたが後悔して別のことも試してみたいと思うなら、すごくすごく意地悪にもなれる」

考えさせてくれ——ベックストレームはそう言いながら、すでに黄色の麻のジャケットの中で滝のように汗が流れていた。こんなことを言う女がいるなんて——。まったく恐ろしい世の中だ。

「いいわよ」アニカ・カールソンが広い肩をすくめた。「ここを出るまでに決めてくれれば」

「大丈夫よ、ベックストレーム」アニカ・カールソンはそう請け合い、彼の手に爪を滑らせた。

「それにここはわたしが払うと約束したし」

そしてポケットに手を突っこみ、だしぬけに千クローネ紙幣を取り出した。つい一週間ほど前に、ヴァルハラ通りの商業銀行の地下金庫で見た札と、驚くほどよく似ている。

そういうことか——五十年以上前に人間を信じるのをやめたベックストレームは気づいた。


「どうやって金庫からもち出したんだ」

「いつものよ。いつの世にも女がやるやりかたで」アニカ・カールソンが微笑《ほほえ》んだ。「それにあなたが親切にも、トイヴォネンに電話をするために一階に上がってくれたから。だから余裕だったわ。金の山から一束取って、ビニール手袋に入れ、いつもの場所に突っこんだの」

「あんなところにか……?」答えはわかっているのに、ベックストレームは訊いた。

「まずは舐めて湿らせなきゃいけなかった。昔教えてもらったの。警察大学に入る前に、女性刑務所で看守として働いていたときに。当時、お客さんたちの脚の間にどんなものをみつけたか、あなたには想像もつかないでしょうよ」

「でもニエミのオフィスに行くまでにちょっとした地獄を見たわ。わたしはアソコが狭いから、すっごく痛くて」

「ねえ、ベックストレーム」アニカ・カールソンが続けた。「あなたとわたしは完璧にお似合いなカップルになれる気がする」そう言って、念のためもう一度彼の腕に爪を走らせた。

「考えさせてくれ」人類はいったいどうなってしまうんだ？　スウェーデンはどこへ行ってしまうんだ？　警察隊では何が起きているんだ？

それに、お姫様と王国の半分はどうなったんだ？

訳者あとがき

『許されざる者』『見習い警官殺し』に続き、スウェーデンを代表するミステリ作家レイフ・GW・ペーションの邦訳三作目『平凡すぎる犠牲者』を日本に紹介できるのを嬉しく思う。日本では多数の北欧ミステリがしのぎを削り、シリーズだからといって次が出るとはかぎらないシビアな状況だ。こうやって邦訳三作目を紹介できるのはひとえに一、二作目を読んでくださった読者の方々のおかげであり、心から感謝を申し上げたい。

『見習い警官殺し』に続き、本作『平凡すぎる犠牲者』でも主人公を務めるエーヴェルト・ベックストレーム警部は、ご存じのとおりチビ・デブ・無能と三拍子揃った嫌な男。いかにして仕事をさぼるかに日々情熱をかたむけ、すきあらばオフィスを抜け出して酒を飲もうとし（たいていその瞬間に同僚がドアをノックするのだが）、気に入った女性同僚や参考人を呼び出しては目の保養をしている最低男なのに、なぜか事件は解決してしまうという幸運な星回りのキャラだ。今回は諸般の事情によりソルナ署に配属になり（ソルナ署の新しい署長はなんとあのアンナ・ホルト）、さらには医者から健康のために食生活の改善と禁酒を言い渡される。普段なら通勤はタクシーのベックストレームだが、心機一転、殊勝にも早起きして徒歩で新しい職場に向かうという、キャラが豹変してしまったかのような出だしだ。当然の展開として着任早早殺人事件が起こり、やはり人手不足の折、ベックストレームが捜査を任される。殺されたのはアルコール依存症の年金生活者で、一見取るに足りないような事件のはずが、事件が事件を呼び、いつの間にかベックストレーム警部の名が世間にとどろくほどの大騒動へと発展する。

今回の捜査でベックストレームの右腕となるのは新顔の女性警部補アニカ・カールソン。優秀で腕っぷしも強くて、同性愛者だという噂もあり、要はベックストレームの苦手なタイプ。捜査班のほかのメンバーも、ベックストレームの言うような「まともなスウェーデン人の警官」は一人もおらず、鑑識のニエミはフィンランド野郎だし、その部下のホルヘ・〝チコ〟・エルナンデスは両親がチリからの移民。事務捜査を担当するナディアは、ロシアでは物理学と応用数学の博士号をもっていたがスウェーデンに亡命した女性だ。若手の捜査官たちも様々な国からの移民二世や養子で構成されている。チコの妹でソルナ署いちの美女マグダレーナ・エルナンデス、ブラジルの孤児院からスウェーデン人の両親の養女になったフェリシア・ペッテションヨン、ケニヤの孤児院から養子にもらわれたフランク・モトエレ、セルビア人犯罪者の娘サンドラ・コヴァッチ、他の捜査官もマレーシアや南アフリカから養子にきており、本作の裏テーマは「多様性」なのだろうかと思うほどの多彩な顔ぶれだ。

この「多様性」はスウェーデンの現実に即している。これまでにも多くの難民や労働移民を受け入れてきただけでなく、世界各国から養子を迎えるのも珍しくない。三十年近く前にわたし自身がスウェーデンの小さな町に留学したときも、町にひとつしかない高校にタイやアフリカや韓国からの養子がいた。わたしには親と見た目が全然ちがう子供を養子にするという発想がなかったので、とても驚いた。それに加えて、バルト三国や東欧などにルーツを持つ、一見したただけでは養子や移民二世だとはわからない子たちもたくさんいたはずだ。

本作に話を戻すと、署内が「外人やら同性愛者やら女だらけ」という状況に、ベックストレームはとまどい「スウェーデン警察はどうなってしまうんだ？」「スウェーデンはどこに行ってしまうんだ？」という決まり文句をつぶやく羽目になる。「（自分のような）本物のスウェーデン人の男だけが真の警官たりえる」と常々考えているベックストレームなのに、いつの間にか彼自身が少数派《マイノリティー》になっているのが現実なのだ。最初は心の中で散々暴言と差別発言を吐いているが、この事件を捜査する間にベックストレームがどのような精神的成長を見せるのかにもご注目いただきたい。

著者レイフ・GW・ペーションは『見習い警官殺し』のあとがきでも書いたように、犯罪学の権威であり、長年にわたり国家警察委員会のアドバイザーも務めていた。『許されざる者』に続き、本作でも著者が二カ所でさりげなくカメオ出演しているので探してみてほしい。

レイフ・GW・ペーションの作品に初めて出会ったのは『許されざる者』だという読者の方が多いのではないだろうか。主人公は、引退した身ではあるが元国家犯罪捜査局長官のラーシュ・マッティン・ヨハンソン。病と闘いつつも、かつての部下や個人的な人脈を駆使して、時効を迎えた殺人事件を執念で解決しようとする作品だ。わたし自身も、頑固ではあるが人間味あふれるヨハンソンの人柄に魅了された読者のひとりだ。

本国スウェーデンでは一九七八年から八二年にかけてストックホルム県警の犯罪捜査部中央

捜査課に所属するヨハンソンと親友ヤーネブリングの活躍を描いた三部作が刊行されている。デビュー作当時のヨハンソンはまだ三十代半ばで、親友ヤーネブリングと二人でパトカーに乗りこみ、ストックホルムの街を守っていた。プライベートでは警察の事務職の女性と結婚して長男と長女をもうけるも、離婚してバツイチの状態だった。その後、二〇〇二年から〇七年にかけて刊行された〈福祉国家の失墜〉三部作では、警察内で順調に出世をしたヨハンソンが県警犯罪捜査部の部長を務めているが、書類仕事ばかりで現場に出られないことにストレスを感じてもいる。あいかわらず独身で、ヤーネブリングや実家の長兄が女性を紹介してくれるものの興味がもてない。そんなとき、職務中に出会ったピアという名の郵便局長のことがなぜか忘れられなくなる。この三部作の最後にヨハンソンは国家犯罪捜査局の長官にまで上り詰めているが、長官に任命されたときのエピソードは『見習い警官殺し』に出てくるので記憶に新しい読者も多いかもしれない。

このように、スウェーデンでは七〇年代の終わりから、ヨハンソンを主役に据えたシリーズが多くの読者に親しまれている。さらに、それとは正反対の存在のベックストレームが主役のシリーズが並行して刊行され、時系列的には入り乱れている。作品を刊行順に整理してみると以下のようになる。

一九七八年〜一九八二年　ヨハンソンを主人公にした初期の三部作

二〇〇二年　ヨハンソン〈福祉国家の失墜〉三部作一作目 *Mellan sommarens längtan*

och vinterns köld（夏の憧れと冬の凍えの間で）
二〇〇三年　ヨハンソン〈福祉国家の失墜〉三部作二作目　*En annan tid, ett annat liv*（別の時代、別の人生）
二〇〇五年　ベックストレーム『見習い警官殺し』
二〇〇七年　ヨハンソン〈福祉国家の失墜〉三部作三作目　*Faller fritt som i en dröm*（夢の中のように落下する）
二〇〇八年　ベックストレーム『平凡すぎる犠牲者』本作
二〇一〇年　ヨハンソン『許されざる者』
二〇一三年　ベックストレーム　*Den sanna historien om Pinocchios näsa*（ピノキオの鼻についての本当の話）
二〇一五年　リサ・マッテイ　*Bombmakaren och hans kvinna*（爆弾職人とその女）
二〇一六年　ベックストレーム　*Kan man dö två gånger?*（人は二度死ねるのか？）

なおベックストレームはヨハンソンのシリーズでも脇役として初期の頃から登場していた。著者はヨハンソンという正義を体現するような不動のヒーローを擁しながらも、二〇〇五年からあえて脇役だったベックストレームを抜擢し、新しいシリーズの主人公に据えた。それ以外の愉快な仲間たちも両方のシリーズに顔を出し、これぞシリーズものの醍醐味とばかりに読者を楽しませてくれる。

エンターテインメント性で言うとベックストレームのシリーズのほうが評価が高いのか、世界二十五カ国に版権が売れ、二十世紀フォックスによってアメリカでテレビドラマ化もされている。スウェーデンでもこの春に新しいテレビシリーズBäckström（ベックストレーム）がC MoreおよびTV4というチャンネルで放映され、初回はC More始まって以来の視聴者数をマークしたと報道されている。本作『きわめて平凡な犠牲者』の一部もドラマの原作として使われており、ベックストレームとアニカ・カールソンが活躍するという設定だ。ヨハンソンとベックストレームと愉快な仲間たち。彼らとは何度でも再会したいし、邦訳を一冊でも多く出せることを願っている。

なお、このシリーズでは、ベックストレームの口を通して、考えうるかぎりの差別的呼称や差別発言が飛び出す。念のため記しておくが、本書はそういった差別発言を容認・肯定することが目的ではない。「すべての人には同じ価値がある」という民主主義の精神が徹底しているスウェーデンでも、ベックストレームのように内心ではあらゆる人々を軽蔑している人間がいるという現実の風刺だと考えていただきたい。本書に出てくる差別発言に不快感を示された読者の方、それはまったく自然な反応です。多くの方がそのように感じ、わたしたちの暮らす社会が「差別」という行為に関して「不寛容な社会」になることを願ってやみません。

最後になりましたが、刊行にあたって多大なご尽力をいただいた編集部の小林甘奈氏ほか、東京創元社の皆様に心よりお礼を申し上げます。

訳者紹介　1975年兵庫県生まれ。神戸女学院大学文学部英文科卒。スウェーデン在住。訳書にペーション『許されざる者』『見習い警官殺し』、ネッセル『悪意』など、また著書に『スウェーデンの保育園に待機児童はいない』がある。

検印
廃止

平凡すぎる犠牲者

2021年1月8日　初版

著　者　レイフ・GW・ペーション

訳　者　久《く》　山《やま》　葉《よう》　子《こ》

発行所　(株)東京創元社
代表者　渋谷健太郎

162-0814/東京都新宿区新小川町1-5
電　話　03・3268・8231-営業部
　　　　03・3268・8204-編集部
URL　http://www.tsogen.co.jp
DTP　キャップス
暁印刷・本間製本

乱丁・落丁本は、ご面倒ですが小社までご送付ください。送料小社負担にてお取替えいたします。

ISBN978-4-488-19208-2　C0197

とびきり下品、だけど憎めない名物親父
フロスト警部が主役の大人気警察小説

〈フロスト警部シリーズ〉

R·D·ウィングフィールド◎芹澤 恵 訳

創元推理文庫

クリスマスのフロスト
フロスト日和《びより》
夜のフロスト
フロスト気質《かたぎ》 上下
冬のフロスト 上下
フロスト始末 上下

シェトランド諸島の四季を織りこんだ
現代英国本格ミステリの精華

〈シェトランド四重奏《カルテット》〉

アン・クリーヴス◎玉木亨 訳

創元推理文庫

大鴉の啼く冬 ＊CWA最優秀長編賞受賞

大鴉の群れ飛ぶ雪原で少女はなぜ殺された——

白夜に惑う夏

道化師の仮面をつけて死んだ男をめぐる悲劇

野兎を悼む春

青年刑事の祖母の死に秘められた過去と真実

青雷の光る秋

交通の途絶した島で起こる殺人と衝撃の結末

北欧ミステリの帝王の集大成

KINESEN◆Henning Mankell

北京から来た男 上下

ヘニング・マンケル

柳沢由実子 訳 創元推理文庫

◆

凍てつくような寒さの未明、スウェーデンの小さな谷間の村に足を踏み入れた写真家は、信じられない光景を目にする。ほぼ全ての村人が惨殺されていたのだ。ほとんどが老人ばかりの過疎の村が、なぜ。休暇中の女性裁判官ビルギッタは、亡くなった母親が事件の村の出身であったことを知り、ひとり現場に向かう。事件現場に落ちていた赤いリボン、防犯ビデオに映っていた謎の人影……。事件はビルギッタを世界の反対側、そして過去へと導く。事件はスウェーデンから、19世紀の中国、開拓時代のアメリカ、そして現代の中国、アフリカへ……。空前のスケールで描く桁外れのミステリ。〈刑事ヴァランダー・シリーズ〉で人気の北欧ミステリの帝王ヘニング・マンケルの予言的大作。